SOÑANDO EN VRINDAVAN
y otras historias de ellas

Soñando en Vrindavan y otras historias de ellas
Primera Edición
© La Pereza Ediciones, 2014
Editor: Ernesto Pérez Castillo
Imagen de cubierta: Liudmila López Domínguez
       Habana!!! Escultura, metal y yeso. 25 x 16 x 10 cm.

ISBN-13: 978-0615999456 (La Pereza Ediciones)
ISBN-10: 061599945X

La Pereza Ediciones, Corp
11669 sw 153 PL
Miami, Fl, 33196
United States of America
www.laperezaediciones.com

PREMIO INTERNACIONAL DE NARRATIVA FEMENINA
BOVARISMOS 2014

SOÑANDO EN VRINDAVAN
y otras historias de ellas

Bovarismos
Un sello de
La Pereza Ediciones

Jurado:
María Elena Llana
Amanda Pérez Morales
Greity González Rivera

GANADOR DEL PREMIO INTERNACIONAL
DE NARRATIVA FEMENINA
BOVARISMOS 2014

SOÑANDO EN VRINDAVAN
Lourdes Monert (Cuba, 1957)

Y allí estaba yo, Arundathi Shuari, a principios del siglo XXI frente a la colina de Malabar, al sur de Bombay. Me había escapado de la vigilancia de mi suegra para tratar de ver, aunque fuera de lejos, las torres del silencio. Pero no pude. Están ocultas por una tupida vegetación y por altas murallas. Me dijeron que sólo los encargados de depositar los cadáveres sobre las plataformas redondeadas pueden llegar hasta allí. No obstante, aproveché la primera oportunidad que se me presentó para llegar hasta Malabar, impulsada por mi curiosidad juvenil. No vi las torres, pero alcancé a ver los buitres dando vueltas en círculos por encima de la colina. Algunos llevaban en sus picos miembros putrefactos. El cielo estaba despejado y distinguí claramente como uno de aquellos pájaros le arrebataba a otro lo que parecía ser una pierna. ¿Será de un hombre o de una mujer?, me pregunté a mí misma, mientras contemplaba atónita la repugnante visión. Pensé que tal vez esa pierna había pertenecido a una chica de veinte años como yo. Y en aquellos momentos, imaginándome el porvenir que me esperaba si mi esposo moría, sentí envidia de la dueña de aquel miembro que los buitres se estaban disputando. Esa persona había muerto seguramente de una enfermedad o a causa de un accidente. Mi final quizás sería más triste.

Mi familia no desciende de los persas que emigraron a la India en el siglo VII. Por eso no somos parsis y no practicamos el zoroastrismo, un antiguo culto, cuyos creyentes no entierran ni incineran a sus muertos para no contaminar la tierra y el aire. Y tampoco los arrojan a los ríos para no contaminar el agua. Sin embargo, comencé a experimentar un interés casi morboso por las creencias de los parsis cuando, siendo todavía una niña, mi maestra me dijo que ellos no consideran inferiores a las mujeres. Y a mí, que fui criada dentro de las tradiciones hindúes, eso me gustó. No deseaba convertirme al zoroastrismo. Y no hubiera podido hacerlo porque los parsis no aceptan conversos. Pero los numerosos ídolos del panteón hindú y la interminable rueda de reencarnaciones que forman parte de las creencias del hinduismo fueron paulatinamente perdiendo sentido para mí gracias a los libros que mi padre tenía en su habitación. Esos libros me abrieron nuevos horizontes y me dieron una concepción diferente de la vida.

Mi padre fue un hombre culto y de mente abierta, pero desgraciadamente pereció en un accidente cuando yo tenía siete años. Su muerte fue solamente el principio de mis infortunios, porque poco después falleció también mi madre. Escuché a las vecinas decir que ella tenía tres meses de embarazo, que el impacto emocional que le produjo la muerte de mi padre le provocó un aborto y que la pérdida de sangre y otras complicaciones causaron su muerte. Pero a veces pienso que lo que la mató fue la angustia y el miedo porque el futuro de muchas viudas en la India es tan negro como la estatua de Rama que vi en el templo de Kalaram en Nasik.

Cuando mi madre murió, un hermano de mi padre vino a vivir a nuestra casa con su familia. Era más grande y cómoda que la suya. A mi tío no le interesaban los libros de papá y permitió que me los llevara a mi cuarto. Los relatos que leía alegraban mi infancia y en ellos descubrí que más allá de la India, que es en sí misma un crisol de pueblos, etnias y culturas, existe otro mundo grande y asombroso formado por países con nombres raros y habitados por pueblos con costumbres, idiomas y religiones diferentes. Ese otro mundo, exótico y lejano, me fascinaba y llenaba mi imaginación de fantasías. Quería crecer y viajar para conocer esos lugares. Sin embargo, en el fondo de mi corazón sabía que tendría pocas posibilidades de realizar mis sueños. Nací mujer y nací en la India. Y esas oportunidades disminuyeron todavía más cuando murió mi padre.

Vine al mundo en un pueblo llamado Shirdi en el estado de Maharashtra. Mi lengua nativa es el maratí, aunque mis primos y yo asistimos a una escuela donde nos enseñaron inglés. Mi familia pertenece a la casta de los vaisias que desde la noche de los tiempos han sido comerciantes, artesanos, agricultores y ganaderos. El sistema de castas en la India dejó de existir legalmente en 1947. Pero aún pervive en el corazón de la sociedad hindú, sobre todo en las zonas rurales.

Recuerdo perfectamente aquella tarde cuando vinieron a darnos la noticia del fatal accidente. Quería mucho a mi padre. Era un hombre bueno y un padre cariñoso. Me sentí muy triste porque sabía que no volvería a verlo. Pero lo que me desgarró el corazón fue el llanto desconsolado de mi madre. Después, al crecer un poco, comprendí que esa tarde mi madre no lamentaba solamente la pérdida de su marido. También lloraba por temor al provenir que le esperaba.

Las tradiciones religiosas hindúes prohíben a las viudas volver a casarse. Una costumbre que, por descontado, no afecta a los viudos. Actualmente, las familias de mentalidad progresista están pasando por alto esa práctica milenaria permitiendo que las mujeres cesen de guardar fidelidad inalterable a sus maridos difuntos. Pero todavía la mayoría de las viudas hindúes tienen que pagar la culpa de continuar viviendo después de la muerte de sus esposos. Y, aunque la ley les concede el derecho a heredar sus bienes, a veces no los reclaman debido a la ignorancia. La mayor parte de la población hindú vive en aldeas y pueblos pequeños y en esas zonas abunda el analfabetismo. No obstante, las viudas han conseguido algunos progresos. Si se rapan la cabeza, ya lo hacen voluntariamente. Y tampoco son obligadas a inmolarse en la pira funeraria de sus esposos como antaño, aunque hay rumores sobre algunos casos aislados en regiones remotas. En la última década del pasado siglo algunas viudas practicaron el satí, el rito de suicidarse lanzándose a la hoguera donde ardía el cadáver del marido. Pero seguramente fueron forzadas a hacerlo por sus parientes políticos, que ambicionaban quedarse con el dinero del muerto. O quizá esas mujeres querían escapar de su triste suerte porque en la India las viudas están condenadas a la marginación social. Son una carga y una maldición para la familia. En algunos casos, sus propios hijos las despojan de sus posesiones y les compran un boleto a Vrindavan, una ciudad pequeña situada a sólo 150 kilómetros de la capital. Vrindavan es famosa por sus innumerables templos. Según la leyenda, Krisna, uno de los principales dioses hindúes, pasó allí los primeros años de su vida. Muchas viudas optan espontáneamente por mudarse a Vrindavan. La ciudad de las viudas es una salida. Un aciago refugio para aquellas que lo han perdido todo. Si cantan durante cuatro horas al día en los ashrams o monasterios recibirán a cambio un poco de comida caliente y algunas rupias. Las más afortunadas quizás puedan conseguir un trabajo que les permita alquilar una habitación. Pero cientos de ellas vagan por las calles envueltas en sus vestiduras blancas y con las manos extendidas, pidiendo limosnas. Al final del día, cansadas y hambrientas, se acurrucan en los rincones, en covachas, en los portales o en los huecos de las escaleras. El gobierno tiene estipulado que las viudas reciban una pensión de 125 rupias al mes. Una miseria. Pero muchas viudas ni siquiera solicitan su pensión simplemente porque no lo saben o porque no están preparadas para enfrentarse a los engorrosos trámites. Y, ¿por qué las viudas casi nunca se quejan? Porque creen que esa desventurada existencia forma parte de su karma y que si mueren en Vrindavan alcanzarán la liberación instantánea o moksa.

Como tantas otras chicas en la India, yo sería una viuda muy joven. Pero no de las más jóvenes. Hay niñas que llegan a esa nada envidiable condición a los nueve años porque en mi país no es inusual que casen a las chicas cuando deberían estar todavía jugando con muñecas. La edad legal para casarse las mujeres es 18 años. Pero la ley es una cosa y la realidad otra. A mí me casaron con Savir, un viejo amigo de mi tío, hace dos años. Savir era un hombre gordo, viudo y padre de cuatro hijos, uno de ellos de mi edad. Pero mi tío consideró que Savir era un buen partido. Un novio de nuestra misma casta y dueño de un comercio de telas y enseres domésticos.

Mi tío, que se convirtió en mi tutor legal al morir mis padres, comenzó a buscarme marido cuando yo tenía doce años. Yo me opuse durante mucho tiempo. Aún no me interesaban los hombres. Solamente quería jugar con mis amigas, ir a la escuela y leer, leer y leer... en especial los libros que formaban parte de la herencia de mi padre y que eran los únicos objetos realmente míos porque mi tío se quedó con todo lo demás. Por supuesto que sabía que algún día me casaría. Pero deseaba casarme por amor como las protagonistas de las novelas que leía. Cada vez que me hablaban de un nuevo pretendiente me resistía tan ferozmente que mi tío terminaba dejándome tranquila por un tiempo. Ni siquiera quería verles las caras a los candidatos. Gritaba con todas mis fuerzas, me encerraba en mi diminuta habitación y me negaba a comer. La esposa de mi tío me pegaba y trataba de obligarme a ingerir algún alimento. Pero yo soy muy terca y mientras más trataban de forzarme más me rebelaba. Los parientes y amigos no comprendían mi actitud, porque las muchachas hindúes casi siempre aceptan las decisiones de sus padres y tutores. Pero mi innata indocilidad estallaba en mi interior ante la idea de atarme para siempre a un hombre que sólo me inspiraba repulsión y miedo. Además, mi espíritu estaba impregnado de las historias que había leído. En algunos de esos relatos las mujeres eran valientes y obstinadas. Y sobre todas las cosas me horrorizaba la idea de tener intimidad con un hombre al que apenas conocía. Una vez accedí a salir de mi cuarto para ver a mi pretendiente. Era apuesto y no demasiado viejo. Me examinó de arriba a abajo y percibí que sus ojos estaban llenos de lascivia. No pude resistir el impulso de salir corriendo y meterme en mi cama con la cabeza oculta debajo de la colcha. Pensé que cuando llegara el momento de acostarme con él me iba a sentir peor que una perra. Al menos, las perras cuando están en celo aceptan de buena gana a los machos. Yo era sólo una niña y estaba asustada. Quería crecer, enamorarme y casarme con un hombre de mi gusto. Así fue pasando el tiempo y mi tío, tal vez por temor a que sus intenciones de casarme antes de la edad legal llegaran a ser conocidas por las autoridades, dejó de insistir. Sin embargo, cuando Savir se interesó por mí, poco después de que cumplí 17 años, tío Radjiv me dijo con firmeza:

—No voy a tolerar más tus impertinencias. No puedo seguir manteniéndote.

Volví a enfrentarme a él. Le dije que si intentaba obligarme a casar con aquel hombre mayor, iba a salir corriendo y que no me detendría hasta llegar al río Godavari, que estaba crecido a causa del monzón y que me dejaría arrastrar por la corriente hasta ahogarme. Pero mi tío no cedió esta vez ante mis pataleos y mis amenazas. Después, escuchando retazos de conversaciones agazapada detrás de las puertas, supe que mi tío le debía dinero a Savir. Y que Savir le había prometido olvidarse de una parte de la deuda si me convencía para que yo accediera de buena gana a casarme con él. Y tuve que resignarme a casarme con Savir y a convertirme en la madre postiza de cuatro chicos, uno de ellos mayor que yo y otro de mi misma edad. Y a mudarme con mi nueva familia a una aldea, tan pequeña que ni siquiera tiene nombre, situada en la ladera de una colina no lejos de Shirdi.

Los festejos por mi casamiento duraron tres días. Me pintaron las manos con alheña y con mi sari rojo y mis escasas joyas me veía hermosa. Savir, vistiendo un traje de algodón bordado, lucía más gordo y caminaba con la torpeza de un ganso cuando vino hacia mí para colocarme una guirnalda de flores alrededor del cuello. No quiero recordar mi noche de bodas porque no sentí ningún placer, ni esa noche ni las que siguieron. No obstante, comprendí que Savir sí me amaba. Comencé a ayudarlo en su tienda y a ocuparme de la casa y de mis hijastros. Mi suegra y mis cuñadas venían todos los días a fisgonear y a criticar lo que yo hacía. Pero Savir me defendía. Un día me dijo:

—Estoy muy enfermo del corazón y puedo morir. Si algo me pasa, trata de regresar con tu tío. No te quedes en esta aldea.

Por eso aquella tarde, frente a la colina donde están las torres del silencio, por un instante llegué a envidiar la suerte del miembro que se balanceaba colgando del pico del buitre. Savir estaba en un hospital de Bombay al borde de la muerte. Le habían hecho una cirugía en el corazón pero su estado se había agravado. Y si me quedaba viuda con seguridad me enviarían a Vrindavan. Yo no quiero convertirme en una ramera, ni continuar vagando hasta el fin de mis días hambrienta, andrajosa, con la mirada vacía, canturreando rezos por tres o cuatro rupias para ser más pura y esperando la muerte para alcanzar el moksa. La única liberación que me interesa es escapar de mi amargo destino. Y fue precisamente allí, frente a las torres del silencio, donde casualmente me sucedió algo que tal vez sea crucial para cambiar el rumbo de mi vida. Cuando me alejaba de la colina tropecé con un objeto. Era una cartera que contenía dinero y documentos. Resistí la tentación de quedarme con el dinero. Mis padres siempre me inculcaron el valor de la honestidad. Y mi instinto me indicó lo que tenía que hacer. Si no devolvía el dinero, resolvería problemas temporales. Pero, ¿qué pasaría después? Además, si mis suegros veían aquellos billetes, me los quitarían. Eran dólares, euros y rupias. Una pequeña fortuna. Los documentos tenían fotografías de una joven y una dirección de Roma.

También encontré una tarjeta con un número de teléfono y el nombre de un hotel. Escondí la cartera en mi sari, busqué un teléfono público y marqué el número que estaba en la tarjeta. Contestó el recepcionista del hotel Volga. Le pregunté si Alexa Baldini, el nombre que aparecía en los documentos, se hospedaba en el Volga. Me pidió que esperara y a los pocos minutos la dueña de la cartera acudió al teléfono. Nos pudimos comunicar en inglés porque mi tío, respetando la voluntad de mi padre, me mandó a una buena escuela. La señorita Baldini es italiana y trabaja para una revista. Se mostró muy agradecida porque los papeles que estaban dentro de la cartera son muy importantes para ella. No supo cómo la perdió mientras tiraba fotos frente a la colina. El hotel Volga está cerca de Malabar y diez minutos después ella llegó en un taxi. Me abrazó y me dio algunos billetes. Yo no quería cogerlos pero ella insistió. Me preguntó dónde vivía para decirle al taxista que me dejara en mi casa. Y tuve que contarle por qué no podía aceptar su ofrecimiento. Le hablé de mi orfandad, de mi matrimonio impuesto, de la enfermedad de Savir y de mi temor a que me mandaran a Vrindavan. Mi relato la conmovió. Tenía que tomar un avión al día siguiente para volver a su país, pero me anotó en una hoja de papel su dirección electrónica para que le escribiera. Me dijo que piensa volver a la India, para hacer un reportaje sobre la labor de una organización humanitaria. Y que tiene conocidos en Delhi que tal vez puedan ayudarme a conseguir un empleo. ¡Si la señorita Alexa pudiera llevarme con ella! No puedo evitar soñar con un paseo en góndola por los canales de Venecia, y con ver correr el agua en la Fontana de Trevi en Roma donde vive la señorita Alexa. He visto esas ciudades en la televisión y en los libros de mi padre. Vuelvo a la realidad. Sé que probablemente nunca podré viajar fuera de la India pero, si la señorita Alexa cumple su promesa, tal vez no tendré que deambular como una sombra alucinante por las calles de Vrindavan.

Savir murió al siguiente día y regresamos a la aldea para efectuar los ritos funerarios. Mi familia política comenzó a atormentarme cuando aún los restos de mi esposo flotaban en el Godavari. Lo primero que hizo Vanalika, mi suegra, fue reducir mis raciones de comida. Me dormía con hambre y a pesar de que recogía frutas de los árboles empecé a adelgazar rápidamente. Paranjay, el hijo mayor de mi esposo, trataba de espiarme mientras me bañaba, mis cuñados apenas me dirigían la palabra y sus esposas me vigilaban continuamente. Y la peor de mis pesadillas se hizo realidad. No tuvieron que mandarme a Vrindavan. Me fui voluntariamente.

Una tarde salí a tumbar algunas frutas de un granado cerca de la casa y cuando regresé sentí olor a humo. Corrí al patio y vi como mis libros desaparecían rápidamente consumidos por las llamas. Vanalika los había sacado de mi habitación y los estaba quemando. Corrí hacia la hoguera gritando como una loca. Pensé que tal vez podría rescatar algún libro de aquella fogata asesina. Pero el fuego ya había cogido fuerza. Esa fue la última noche que dormí en aquella casa. Me fui caminando al amanecer, sin decir nada. Tenía guardado el dinero que me había dado la italiana, y en Shirdi tomé un autobús para Nasik. Allí compré un boleto hasta la estación Mathura Junction, a pocos kilómetros de Vrindavan. El viaje en tren duró veintidós horas.

Alquilé un destartalado cuarto y pude alimentarme durante varias semanas. Intenté inútilmente comunicarme con mi tío. Había cambiado su número de teléfono y no se molestó en avisarme. Dos veces traté de entrar a un cibercafé para escribir a la señorita Alexa, pero me negaron la entrada. Pensaron que era una mendiga. Mis saris estaban sucios y harapientos y, a pesar de que me bañaba diariamente en el río Yamuna, tenía aspecto de pordiosera. ¿Acaso no lo era? Mis desgracias continuaron. Me pidieron desocupar la habitación donde vivía. El dinero se me agotaba y comencé a mendigar y a cantar en los templos.

Una tarde me senté a descansar junto al templo Banke Bihari. Me quedé dormida y no me di cuenta de que anocheció. Desperté cuando un desconocido se me echó encima. No pude gritar porque me tapó la boca con un trapo. Su cuerpo pesaba mucho sobre el mío. Sentí su aliento en mi cara. Olía a gutka, la pasta de nuez de areca y cal que se masca en la India. Intuí que de nada me serviría oponer resistencia. Cuando aquel cerdo satisfizo sus bajas pasiones y se fue, me quedé allí tirada, adolorida, humillada y deseando que la tierra me tragara.

Conseguí quitarme el trapo de la boca y desahogué mi frustración y mi rabia llorando hasta que me desmayé. Desperté al amanecer, cuando alguien me golpeó con el pie para que me apartara. Nunca en mi vida me sentí tan miserable. A nadie le importaba si yo vivía o moría. Cuando me puse de pie, vi que mi sari estaba desgarrado. Crucé los brazos sobre mi pecho para protegerlo de las miradas de la gente y, con la cabeza baja, comencé a caminar buscando las calles más desiertas. Pocos transeúntes se fijaron en mí y nadie se acercó a preguntarme qué me pasaba. Andando despacio, tragándome las lágrimas y sintiendo molestias en la región pélvica porque aquel hombre era una bestia, logré llegar a Keshi Ghat. Me sumergí en el Yamuna con desesperación, anhelando borrar de mi cuerpo las huellas de la violación. Permanecí largo rato en el agua. No tenía apuro ni un sitio exacto adónde ir. Anduve despacio hacia el centro del río. El agua fue ascendiendo sobre mi cuerpo. Tuve la intención de dejar que me envolviera cubriéndome por completo. Pero, cuando estaba a punto de llegar a mi nariz, me invadió el pánico y no tuve valor para continuar. Retrocedí y me senté en uno de los escalones cercanos a la corriente del río. Me avergoncé de mi cobardía. Mendigué durante todo el día y conseguí algunas rupias pero me acosté con el estómago vacío. Estaba muy deprimida y no tenía ganas de comer. Regresé a Keshi Ghat para dormir cerca del agua. El deseo de acabar para siempre con mis sufrimientos seguía en mi alma. Solo necesitaba un poco de valor, y con ese pensamiento me quedé dormida. Desperté acuciada por el hambre. El río todavía estaba envuelto en las sombras. El sutil perfume de las hojas de albahaca llegó hasta mí. Siempre me había gustado ese olor. Recordé que en sánscrito Vrindavan significa bosque de albahacas. También me gustaba Keshi Ghat, el más hermoso de todos los ghats, erigidos junto al Yamuna. Comenzó a amanecer. El sol, una bola inmensa y luminosa, parecía emerger de las oscuras aguas, bañando con reflejos coruscantes el ghat y las torres octogonales y tiñendo el cielo de matices sublimes. El paisaje que tenía frente a mí era tan bello y apacible que todas las fibras de mi ser se conmovieron. Y de repente experimenté el anhelo de vivir, de ser feliz y de descubrir lo bueno que aún queda en la tierra. Pensé que, si las contaminadas aguas del Yamuna se impregnan de belleza al recibir la luz de la aurora, también yo podía tener esperanzas y que no todo en mi vida sería siempre brutal, lóbrego y mezquino. Sentí como si un canto misterioso brotara de mi interior. Un himno, sin música ni palabras, que no tenía nada que ver con los monótonos mantras que estaba acostumbrada a oír. Mis labios permanecieron cerrados, pero comprendí que el sentimiento que me embargaba era un poema a la vida y mi íntimo cántico de alabanza a un Dios que aún no conocía. Bajé los peldaños del ghat y me metí en el agua. Me bañé, lavé mis cabellos. Quité de mi frente la marca de ceniza que llevan las viudas y que sustituye al bindi rojo que distingue a las mujeres casadas. Permanecí largo rato en el agua. No quería purificarme. Sólo deseaba lucir limpia. Decidí intentar de nuevo escribirle a la señorita Alexa. Y, viéndome con el dinero en la mano, el dueño del cibercafé no puso reparos y hasta me ayudó. Pude enviarle un email a la italiana. Le escribí que estaba en Vrindavan, durmiendo en las calles, y que necesitaba ayuda urgente. Había pagado para usar el ordenador durante media hora y todavía me quedaba tiempo. Esperé sin cerrar la sesión. Tal vez ella estuviera conectada en esos momentos. No. No iba a tener tanta suerte. Pero de pronto aparecieron unas pequeñas letras negras. Apenas podía creer lo que leía. Mis dedos temblaban sobre el mouse. Alexa me decía que en Vrindavan hay un refugio para mujeres como yo y me ponía la dirección. Pero lo que más me alegró fue su despedida: "Espérame allí a fines del próximo mes. Voy con el propósito de hacer otro reportaje. Pero tengo unos amigos en Delhi que me han prometido ayudarte a conseguir un empleo". Fui al refugio. No hay espacio para más mujeres. Sin embargo, cuando le conté a la directora que había sido víctima de una violación, me dijo que podía quedarme y dormir en un rincón. Cuento con emoción los días que faltan para su llegada. No quiero hacerme demasiadas ilusiones. Pero, al menos, no he vuelto a sentir el impulso de hundirme en el Yamuna para no salir nunca.

Vrindavan, 20 de septiembre, 2011

CUENTOS FINALISTAS

YO NO TOMO CAFÉ
Estrella Planisig (Argentina, 1979)

Qué puedo decir, a veces mentimos sin darnos cuenta. Incluso puede tratarse de una mentira tan diminuta que hasta ni nos percatamos de ello. O quizás sí nos damos cuenta que faltamos a la verdad y simplemente no nos importa demasiado. Pero, ¿qué hay de cierto en eso de que "la mentira tiene patas cortas"? Les diré que toda la frase está llena de verdad. Ese día, la mentira se transformó en un simple monosílabo… y el pago por la falta de sinceridad se abonó por el resto de mis jornadas en la dichosa empresa.

Sucedió el segundo o tercer día de trabajar en la oficina. A eso de media mañana, el jefe me ofreció un café. Ante el acto de cordialidad, tan normal para todos los mortales, yo me debatía si contarle o no acerca de mi predilección por la leche. Al instante recordé que a él le gusta hacer chistes un tanto subidos de tono y consideré que el solo hecho de expresarle mi gusto por la leche lo tentaría a hacer algún tipo de broma que no tenía ganas de soportar. Y como si fuera un dato menor, las oficinas donde trabajo pertenecen a un tambo. Podría decirse que, aquí, sobra la leche.

Años después, reflexiono sobre la situación… hubiera bastado con un "no, gracias". Pero conozco demasiado a mi jefe a pesar de la corta relación laboral. No se quedaría conforme ante la negativa. Habría vuelto a la carga con "¿qué deseas tomar?". Y otra vez estaría en aprietos. La leche sólo se puede pedir de una manera: nombrándola. Un café no necesita ser nombrado. Uno puede decir "tráigame un cortado, por favor", y nadie dudaría que hablamos de café.

¡¿Por qué no pude pedir un té con limón?! Pero resulta que toda la situación era un disparate. ¡La secretaria era yo! Se supone que yo debo realizar la bendita pregunta, ¿desea algo de tomar, "señor jefe"? Y en ese mismo instante mi jefe sabría que "su" secretaria no sabe ni dónde se colocan los filtros de café… en caso de que la cafetera tuviera uno.

En la enciclopedia universal de secretarias (editada por esposas cornudas, jefes babosos, mujeres trepadoras, administrativas varias y fantasías de gente que jamás pisó una oficina) se estipula que, nadie en su sano juicio diría "señor jefe, quiero leche"… porque eso, podría significar varias cosas, por ejemplo que soy tolerante a la lactosa y… que conozco la profesión muy bien. Tal vez, el ofrecimiento de café fue una indirecta… Fue una forma de "enseñarme" que las secretarias son las que deben realizar la pregunta. Sucede que yo no soy una secretaria con experiencia. En rigor de verdad, nunca fui secretaria.

Ante el dilema, opté por omitir mi explicación y aceptar la invitación. De esta forma, di por acaba mi instrucción como profesional porque esa indirecta no la percibí en lo más mínimo. Es más, si de aprender se trata, incorporaría la costumbre de esperar que me ofrezca mi jefe algo de beber a media mañana. Más tarde buscaría la forma de decirle que el café no era una de mis bebidas favoritas. Ni siquiera se encuentra entre las primeras cinco.

Lamentablemente ese momento no llegaría nunca. Ese mismo día, sostuvimos una charla, confrontando diferentes puntos de vista acerca de cómo hacer las cosas no sólo en los negocios sino también en la vida… y resulta que él no aguanta que le mientan. Fue el discurso en favor de la honestidad jamás pronunciado en la historia de las oficinas. Todos los jefes del mundo y sus secretarias debieran tomar notas sobre la responsabilidad y la honestidad (sobre todo lo último) que se necesitan para llevar a cabo sus labores habituales contribuyendo a la transparencia de las acciones, logrando en definitiva, un mundo mejor.

Casi me dejo llevar por mis ideales de pureza (en ese entonces todavía soñaba con salvar al mundo) y el discurso más que encendido de mi compañero jefe, al punto de levantar por bandera a la blanca leche como símbolo de unión en nuestra cruzada por la honestidad laboral. Por suerte, eso no sucedió. Aunque sí brindamos con el café que quedó en nuestras tazas. Entre más palabras escuchaba, sólo podía concentrarme en hacer pasar el café (negro y sin azúcar) por mi garganta.

Hubiera sido lindo si otras personas hubiesen tenido el privilegio de escuchar el discurso. A veces, la exclusividad tiene esas cosas. Yo padezco la exclusividad… en esa oficina con dos escritorios y dos perros que mueven la cola cada vez que oyen a su dueño hablar. Adopté la actitud de foca y aplaudí como tal. También habría sido muy meritorio para mí haber tomado notas. Alguna frase significativa y concluyente sobre la oda a la verdad y sus beneficios. Incluso hasta se me ocurrieron algunos lemas como por ejemplo: "hasta la leche, siempre" o "leche o muerte"… Otra vez, sellé mi boca. De ninguna manera pronunciaría esa palabra. Por lo tanto, el lema debiera de surgir de su propia mente.

Con los ánimos exaltados (los de mi jefe) no quedó más que felicitarlo por el despliegue de ideas tan bellamente expuestas. Lo de "no mentir" lo entendí perfectamente. También entendí que la declaración "el café no me gusta" queda desterrada del ámbito de la oficina. De hecho, no me quedaban ni las ganas de apropiarme de un clip porque mi reputación, mi trayectoria, mi visión de la vida y la responsabilidad como ser humano se verían afectadas de manera irreversible y severa. Hoy es un clip, mañana "el café no me gusta" y después quién sabe… la corrupción es silenciosa y puede llegar hasta los niveles más altos e impensados.

El silencio hace rato se instaló en la oficina… no hay mucho más para agregar. Las tazas vacías son testimonio de mi mentira piadosa y descontrolada. Mi jefe me observa, parece no entender… yo tampoco entiendo lo que quiere que entienda. Luego de un rato, trae la bandeja y coloca las tazas de café, la azucarera, las cucharitas… Se llevó todo a la cocina.

¿Habrá sido otra indirecta? ¿Una lección encubierta? Debería consultar la enciclopedia de las secretarias respecto al tema "servir el café" y todo lo relativo a ello. Ahora que lo pienso bien, creo que yo debería haber recogido las tazas. ¿Habré comenzado una revolución sin darme cuenta? ¿Seré la primera versión de oficina de "jefes al gobierno, secretarias al poder"?

Durante ese momento en soledad (entiendo que lavó las tazas también) volví a pensar en las revoluciones. Nunca fueron pacíficas. ¿Y si todo esto se trata de una provocación? ¿Y si en realidad, mi jefe (tan sagaz) adivinó mi desagrado por el café y todo esto es un ardid para que yo tenga una crisis de conciencia y confiese?

¡Ah! Maldito truhan. Con su discursito sobre la verdad y las buenas prácticas profesionales, quiso envolverme en la maniobra. Él quiere que yo confiese. Quiere que diga "me gusta la leche ¿y qué?" ¡Quiere que me auto incrimine!

¡Claro! Debí sospecharlo antes. ¿Desde cuándo hay jefes abanderados de la honestidad? ¡Yo me preocupo por una mentira pequeñísima como mi gusto por el café y el otro arma toda una estructura amparada en verdades, para engatusarme!

Lo que él no sabe, es que "su" secretaria es más inteligente. He descubierto la trampa. Porque esta foca no sabrá nada de café pero de malabares, sabe bastante.

El jefe volvió al rato. Tal vez esperaba que fuera a la cocina para ayudarlo a secar las tazas…y se cansó de esperar.

Me dispuse a trabajar ante la mirada atenta de mi jefe… En ese mismo instante, me saqué el traje de foca y me puse el de gato, ese mismo que uso cuando entro a la oficina sin hacer ruido. Mis ojos no se cierran, no hay porqué ceder ante la mirada inquisidora del jefe. De hecho, el jefe ha descubierto que mi mirada guarda un brillo extraño con pizcas de misterio… ¿Sabrá que yo sé? Trepada en mi silla cual pedestal, casi no emito sonido. Ladeo la cabeza como esperando algo, pero la pulseada de ojos no cesa. Quizás, esté disgustado por la penosa tarea de lavar las tazas… Es una cuestión que no me importa en lo más mínimo. Mis muecas de gato complacido parecen surtir el efecto: vislumbro la duda en la cara de mi jefe con mirada de ratón. Los poderes se inclinan a mi favor, pero la balanza en esta oficina es muy sensible. Un movimiento de más, un color rojo en mis mejillas y toda la puesta en escena estaría en riesgo. Hay que actuar rápido pensé. El gato ya jugó demasiado con este ratón… ¿Qué se puede hacer en este difícil momento? Sólo queda ronronear y con cuidado pronunciar las palabras que sellen de una vez la mentira, haciendo huir al ratón hasta su agujero, en este caso, su escritorio.

–Mañana lo preferiría con dos gotitas de edulcorante, por favor –y dejé de ronronear.

Así fue como el café se convirtió en una de mis bebidas preferidas… de lunes a viernes, en el horario de 8 a 14 horas. Quizás no fue mi salida más airosa, pero para eso tengo siete vidas, más una, de la foca.

CALIDOSCOPIO
Susana Angélica Orden (Argentina, 1950)

Luego de nuestro casamiento, Esteban y yo decidimos agasajarnos con una luna de miel en la Isla de Palma. Cuando llegamos nos alojamos en un chalet con amplios ventanales desde donde se podía disfrutar del mar como si se encontrara en el living.

Una tarde me encontraba sumergida en la sensación de inmensidad que produce el paisaje marino, cuando me pareció que algo había cambiado pero no sabía exactamente, qué.

Cuando Esteban volvió de su caminata le pregunté si había notado algo extraño allí afuera y me respondió con una mirada interrogadora así que descarté seguir conversando de ese tema.

La mañana siguiente volví a experimentar lo mismo y comencé analizar el paisaje atentamente y efectivamente no había nada singular allí, salvo un conjunto de nubes que tomaban singulares formas en el horizonte.

Me di cuenta de que cuando tenía esas percepciones se producía en la vegetación cercana un silencio singular. No volví a comentarle a mi marido lo observado, por temor a no ser creída.

Una semana después me senté en la entrada para disfrutar de la visión nocturna del mar que se encontraba especialmente calmo y respirar los perfumes de la noche, cuando comencé a sentir una rara inquietud y fue entonces cuando, a la luz de la luna llena, mis ojos que contemplaban la infinitud chocaron con una pequeña extensión de tierra y rocas allá en el medio del mar, frente a mis narices. Me extrañé entonces de no haberla descubierto antes y llamé a mi esposo que estaba viendo la televisión. Cuando él se acercó me manifestó que allí no había nada. Lo peor del caso es que cuando yo miré nuevamente la isla había desaparecido. Mientras Esteban me miraba extrañado, me fui a dormir preguntándome si había sido víctima de un espejismo.

Durante los días siguientes yo temía mirar en esa dirección, pero al cuarto día no pude contener mi tentación y al hacerlo volví a verla. Allí estaba, cubierta de rocas, árboles elevados y playas de arena. Busqué mi cámara y tomé algunas fotos. La lente veía lo mismo que mis ojos. Esperé al anochecer, pero había desaparecido. Esteban no quiso creerme ni mirar las fotos, sosteniendo que se trataba de una ilusión óptica.

La mañana siguiente escuchamos unos gritos y cuando acudimos a la playa nos encontramos con un grupo de estudiantes cuyo catamarán se había averiado y debieron abandonar la embarcación. Lo peor de todo fue que el capitán, muy alterado, decía que habían chocado contra algo que no se podía ver y señaló en la dirección de mi isla.

Mi asombro se convirtió en interés y decidí explorar personalmente el lugar. Aprovechando que mi esposo realizaría el día siguiente una excursión de pesca, alquilé una pequeña lancha y me dirigí en la dirección que yo bien sabía.

A medida que me iba acercando iba sintiendo que una niebla pegajosa me impedía una   correcta visión, pero al salir de la misma la vi. Era verdaderamente hermosa. Desembarqué en su playa con arenas blancas como talco y sus rocas afiladas que no eran más que árboles petrificados, sus coqueros meciéndose al viento y su selva tupida e intrigante. Me introduje en ella sintiendo el canto de los pájaros y de pronto vi volar sobre mí un ave cuyas alas tendrían unos tres metros de envergadura y su cuerpo estaba cubierto de escamas. Me refresqué en arroyos de aguas cristalinas y sentí la tibieza del sol en mi piel. Al llegar a un claro descubrí con admiración a un grupo de caballos muy blancos y con un cuerno en su frente. Ellos me miraron y emprendieron su galope. Me detuve a observar las plantas y sin ser botánica, me di cuenta de que nunca había conocido esas especies, de una belleza exótica, cuyos deliciosos frutos saboreé con placer.

Llegué a un lago de agua transparente y sintiéndome fatigada me senté en una roca. A mi izquierda se divisaba la entrada de una caverna. Penetré en ella con curiosidad y en una de sus paredes observé dibujos de seres humanos con extrañas indumentarias y utensilios que yo nunca había visto en mi vida Seguí caminando y con asombro, descubrí en el techo de la caverna una pintura de un animal, extrañamente similar a un dragón medieval, lanzando llamaradas de fuego por sus fauces entreabiertas. Al salir, descubrí en el tronco de un árbol enorme cuyas ramas se perdían en lo alto, una cruz tallada con un elemento punzante y a su lado la palabra "Brendan". Emprendí al regreso hacia la playa, pensativa, mientras los rumores de esa selva me acompañaban y cobijaban y las hojas secas amortiguaban el sonido de mis pisadas. En mi cabeza sentía una especie de susurro que me respondía preguntas que nunca habían tenido respuesta hasta ese momento e inclusive a otras que nunca me había atrevido a formularme.

Cuando llegué a la lancha una extraña sensación de serenidad y de armonía entre mi alma, el cielo y la tierra me embargaba por completo, a la vez que un irrefrenable deseo de permanecer allí para siempre. Pero cuando miré hacia el mar, comprobé que había vuelto la niebla húmeda y que comenzaba a cubrir la playa, avanzando hacia el interior de la isla y no permitiéndome distinguir los objetos con claridad. Salté rápidamente a la embarcación y partí pero no podía ver casi nada y no podía orientarme en absoluto. Iban pasando las horas y mi confusión se vio aumentada por la llegada de la noche. Comencé a desesperarme porque el motor comenzó a fallar y se quedó inmóvil. Me encomendé a Dios y recostada en el piso de la embarcación, tomé conciencia de que estaba a la deriva. Así debo haberme quedado dormida, mientras escuchaba aterrada el sonido de las olas golpeando con fuerza sobre el casco. Los primeros rayos del sol me despertaron y me permitieron comprobar que estaba en la playa de Palma y los ojos de mi esposo me contemplaban con preocupación y un poco de extrañeza. A sus preguntas respondí que había salido a dar un paseo marítimo y me había extraviado.

Regresé a Madrid transformada y con deseos renovados de retomar mi carrera de arquitectura que había abandonado y de renunciar al insípido aunque bien remunerado trabajo que tenía hasta entonces. Un tiempo después me separé de Esteban por considerar que nuestro amor era solo un espejismo y comencé a imaginar mil viajes por el mundo entero para conocer sus misterios y a la vez develar mis tesoros internos.

Leí un poco sobre los antecedentes de ese lugar maravilloso que visité y que intuí que no se abría para todos. Supe que algunos lo denominan San Borondón en homenaje al sacerdote San Brendan que según la leyenda, luego de viajar sobre el lomo de una ballena, la descubrió y ofició allí la primera misa. Otros, Atlántida, Thule o Utopía. En mi corazón yo la llamé Isla de los Espejos, porque allí nos reflejamos como somos y como deberíamos ser, cual mágico calidoscopio que a veces aparece y otras desaparece en el vacío, de acuerdo a las decisiones que tomemos en nuestras vidas. Sé que un día, cuando esté más crecida y haya encontrado mi yo verdadero, volveré a ella para poder contemplar sus dorados atardeceres, sus etéreos unicornios y sus dragones centelleantes. En algún lugar, en algún tiempo, ese mundo mágico me espera.

LA VISITA

María del Rosario Paludi Núñez (Argentina, 1990)

[...] él había dejado atrás las escalas del tiempo de su origen humano; ahora mientras contemplaba aquella banda de noche sin estrellas, conoció los primeros atisbos de la Eternidad que ante él se abría.
Arthur C. Clarke: *2001, Una odisea espacial*

Un destino cualquiera, entonces elegí del catálogo Dina Huapi, a dos kilómetros de Bariloche. Después del viaje de egresados, hacía ya diez años, nunca había vuelto y esta era una buena oportunidad para volver, tendría tiempo para recorrer los paisajes, hasta podría hacer algunas excursiones, porque de la última vez, entre la resaca, las actividades y los amigos, poco recuerdo de cómo era el lugar. Las fotos en la página de internet prometían un paraíso íntimo, con una cabaña pequeña y modesta frente al lago Nahuel Huapi. Un supermercado, un ciber, una estación de servicio, un kiosco del otro lado de la ruta, que quedaba a sólo tres cuadras. Ideal, esto quiero. Necesitaba tomarme unas vacaciones, mi cabeza no daba para más, no me importaba endeudarme, pagar el viaje en miles de cuotas, necesitaba estar lejos.

El viaje en micro, duró una eternidad, en mi mp3 sólo había música ochentosa, a causa de un nostalgia que me agarró después de escuchar en todos lados las emanaciones electrónicas a la moda, así es como Depeche Mode, Pet shop Boys, Madonna, Queen y tantos otros fueron a parar a mis oídos. Por desgracia el aire acondicionado se había roto en el viaje y *La isla bonita* pretendía llevarme a otros lugares, pero cuando el sudor se derrite en tu nuca no hay ritmo que te distraiga.

Un taxi me llevó a la cabaña. Apenas vi el lugar, tuve el deseo de quedarme a vivir, las montañas imponentes me hacían olvidar de todos mis pensamientos. Al poner el bolso en el piso del comedor, saqué la cámara Nikon que me había comprado la semana pasada. Como una nena embobada con el nuevo juguete, abrí la puerta del fondo, y salí corriendo al lago, fotografié todo lo que veía, montañas, las laderas pobladas de pinos, algunas flores que llamaran mi atención, algún pájaro extraño que con su vuelo irrumpiera en el cielo. Estaba feliz, nunca había visto un paisaje tan hermoso.

Después me fui al supermercado, compre algunas Isenbeck, un vino New Age Blue, varios paquetes de fideos, unos cuantos anotadores, lapiceras y un porta netbook , compra que desde hacía un año y medio venía postergando, pero como si fuera consciente de que lo que

que emprendía ahora lo hacía en serio decidí de una vez comprar ese maldito porta netbook.

Nunca pude ver a la dueña de la cabaña, ni siquiera un familiar, se disculpó diciendo que estaba en Buenos Aires porque tenía a su madre internada en el hospital Pirovano, lo que le hacía imposible volver a Río Negro. Me dijo que dejaba a cargo a un vecino, amigo de la familia, un tal Luis del cual nunca supe nada. Yo ya había puesto bastante plata en mis vacaciones, había reservado con meses de anticipación, así que no estaba dispuesta a arrepentirme o ponerme muy exigente.

Pasó una semana, que aproveché haciendo excursiones, la mayoría gente extranjera con los que gracias a los cursos de inglés tomados en mi adolescencia, pude comunicarme bastante bien. Algunos de Inglaterra, otros yankees, unos pocos japoneses, la mayoría brasileros. De estos había un grupo de amigos que adoraban el clima de la Patagonia, completamente distinto a sus acostumbrados cuarenta grados de Bahía. Los ingleses al decirles que era de Argentina me decían: "Messi yeah, and Maradona", y los yankees: "from Buenos Aires, in Brasil?" Esas cosas que a uno puede hacerles perder la paciencia, pero cuando varias veces te pasa lo mismo, no queda más que sonreírles y en pocas palabras aclarar la confusión.

La última semana quise aprovechar para escribir algo para la columna en una revista online de una universidad. Así que la noche del domingo me dispuse a empezar, después de haber cenado cordero patagónico en un restaurante gauchesco junto a un grupo de nuevos amigos italianos, con los que entre mi vago conocimiento de italiano y un modesto español de ellos pudimos entendernos bien y del paseo con cerveza en mano junto a Valentino de Sicilia o Siracusa, como le gustaba decir a él, y de un beso algo tímido de él, pude tambaleándome ir hasta la puerta de mi cabaña. Oggi no Valentino, maillunedi, lunedi. Valentino se ríe Lunedi! Lunedi! Ciao! Ciao! Algo mareada, riéndome como tonta entré a mi cabaña. Valentino, Valentino. Lindo nombre.

Sentaba en el comedor decorado con cuadros de dibujos indígenas, la netbook apoyada en un linda mesa de algarrobo, los anotadores de Hello Kitty en blanco. Misión imposible. Dos la mañana, con la cabeza dándome vueltas, no, imposible escribir. Desistí de mi empresa y terminé roncando en el rústico sofá cubierto de arpillera ocre. Fatal.

Cuatro de la mañana. El tiempo pareció detenerse. Un silencio lastimoso que inundaba mis oídos. Quizás sonidos apagados, desconocidos para mí. Puede que jamás pudiera atestiguar qué había detrás de ese silencio, de la ausencia. Me molestaba, no me permitía pensar, mis oídos me dolían, yo tan acostumbrada al ruido de la ciudad. En mi cabaña se había cortado la luz. Además, el calor adentro era sofocante, por lo que decidí salir a la galería. Fue en ese instante que me pareció oír mi nombre. Mire sobre mi hombro, después giré. Nada, a excepción de un destello azul que pareció cruzar unos arbustos. Me quise convencer que no había nada, y decidí que lo mejor sería volver adentro. Las manos me temblaban, y por miedo agarré un machete que escondía detrás de un banco de madera. Estoy sola, estoy sola. Quise convencerme mientras sostenía el machete al mejor estilo Kill Bill. Lo repetía tratando de convencerme pero el destello volvía a repetirse. En pocos segúndos, esa nube azul me rodeaba. Los arbustos, la galería y la luna, todo se perdía, ya todo era una bruma azul que me cegaba.

"Estamos solos", me dijo una voz aguda y algo desvirtuada sin ningún acento reconocible, neutra. La niebla azul estaba entrando por mi boca, tenía un gusto metálico, que me fue adormeciendo. El machete cayó al piso. Luego la extraña voz se puso a cantar en un lenguaje indescifrable. Yo, desesperada, lloraba ante el pánico y la impunidad. Mis brazos y piernas se debilitaron, y caí al piso, lastimándome las rodillas con el piso de madera de la galería. Pensaba en mi vida, en mis seres queridos, en la falta de sentido de lo que estaba pasando. Sentía que pronto moriría. "Estamos solos", me decía la voz, podía sentir su aliento en mis oídos, sin embargo no había ningún rostro, solo esa niebla azul.

"Estamos solos." La misma frase se repetía en mi boca, los músculos de mi cara acompañaban los movimientos de mi boca, yo era, yo era quien estaba hablando. Llevé las manos a mi boca, como queriendo evitar que sucediera lo que ya había empezado.

Si ahora lo decía yo, era mi voz. Ahora eterna, sin miedo a morir, segura. Ya nada me parecía desconocido. Ni siquiera mi voz aguda, desvirtuada y sin acento, ni la brisa azul que constituía mi cuerpo.

Al fin ya nada era extraño para mí.

TARDE EN LA SECRETARÍA

Paula Díaz Altozano (España, 1990)

G deja de teclear en su ordenador, ha acabado de rellenar el documento. Lo imprime: es un folio lleno de cuadros en los que hay marcadas algunas "x"; por detrás hay un listado donde G ha escrito sus datos. En un espacio en blanco pone su firma y se fija en ella: es una firma ilegible, con varios trazos que se entrecruzan entre sí. G está bastante orgulloso de ella; la considera una firma con personalidad; es grande, apenas cabe en el recuadro, y tan complicada que a G le costó trabajo lograr hacerla siempre igual. "Es imposible que la falsifiquen" –piensa–, aunque, al instante, piensa también que "¿para qué querría nadie falsificarla?". G guarda el documento en una carpeta y sale de su casa. En la calle hace un calor sofocante. Se da prisa en llegar a la parada y coge casi en marcha el autobús. Se le pega la espalda al asiento de plástico aun cuando funciona el aire acondicionado. Mira el reloj, tiene tiempo más que de sobra. Va a la facultad a entregar el papel, con él acreditará que ha participado en un seminario y así le convalidarán los dos créditos que le faltan para acabar sus asignaturas obligatorias. Hoy es el último día para solicitar la convalidación. G sonríe satisfecho, una semana atrás estaba seguro de que no iba a completar el número necesario de créditos para acabarlas, pero hace tres días se enteró de un seminario gratuito en su facultad: "Social-media comunicación", a saber qué significaba eso... y se apuntó. G está muy contento. Para él se han acabado esos tediosos y soporíferos seminarios por los que nunca ha tenido el más mínimo interés. Adiós a esos ponentes que le narcotizaban en cuanto empezaban a hablar. G baja del autobús y entra a la facultad. Cuando llega a la Secretaría se sorprende al ver una cola de unas diez personas. Se inquieta al ver tanta gente, pero enseguida se tranquiliza, aún le quedan dos horas para una cita que tiene después. Ha quedado con uno de sus profesores, al que tiene que entregar un trabajo si quiere aprobar la asignatura; respira hondo, tiene tiempo suficiente. G se pone al final de la cola, se encuentra en un pasillo estrecho donde hace más calor que en la calle. Delante de él, dos alumnos se abanican con papeles de color amarillo fosforito. Un reloj de pared va marcando los minutos. G cree que va muy deprisa; no puede ser, debe de estar estropeado; mira entonces su reloj y ve que marca la misma hora. Media hora más tarde le toca su turno y entra a la Secretaría. Se acerca a uno de los mostradores, en el que hay una mujer escribiendo algo.

—Buenas tardes —dice G, tendiéndole el documento—. Quería convalidar este seminario.

La mujer lo coge sin responder al saludo. G la observa; si no fuera porque está detrás de un mostrador, G no habría reparado en ella de tan pequeña que es; le recuerda a su canario. Es rubia, delgada y tiene unos ojillos negros que brillan. A su lado hay un cuenco con pipas que parece alpiste del comedero de su pájaro. La mujer levanta la vista y mira a G con sus ojillos entrecerrados y la cabeza ladeada. G se asusta un poco, ese mismo movimiento se lo ha visto hacer al canario cientos de veces.

—Falta el acta de justificación de asistencia —pía la mujer.

—¿La… qué? —pregunta G sin comprender.

—Ese papel amarillo fosforito que tienen los demás; debes rellenarlo y traerlo con el documento.

—¿Me puede dar uno, por favor? —pregunta G.

—No tenemos —responde la mujer secamente, picoteando un poco de alpiste—, tienes que recogerlo en el edificio del Decanato.

G sale de la Secretaría bastante molesto. Nadie le había dicho que era necesario llevar ese papel. Después de andar un cuarto de hora llega sudando al edificio del Decanato. Se acerca a una cristalera en la que pone "Atención al alumno" y pide el acta de justificación a la mujer que hay al otro lado. La mujer se coloca las gafas y mira a G sin comprender.

—Pregunta allí —dice, señalando a una oficina.

En la pequeña oficina hay un hombre dando órdenes a varias chicas que van de un lado a otro con montones de papeles. Está muy sonrojado y tiene un enorme bigote de morsa; el hombre se sienta resoplando y por fin repara en G.

—Buenas tardes —dice bruscamente.

—Hola, me gustaría que me diera un acta de justificación.

—Otro que viene por actas… —murmura malhumorado—, ¡eso te lo tienen que dar en Secretaría, aquí no tenemos!

G se queda sorprendido y empieza a enfadarse.

—Pero en la Secretaría me acaban de decir que debo recogerlo aquí.

—Pues aquí no…

—Sí tenemos —dice una de las chicas, acercándose a G con el papel amarillo fosforito en la mano—, todavía quedan cinco en esa caja.

G lo coge aliviado y le da las gracias.

—Entonces, sólo tengo que rellenarlo…

–Tú no –responde la chica–. Tiene que rellenarlo el director o algún representante del seminario al que asististe, y firmarlo.

–¿El director? –pregunta G, empezando a ponerse pálido– ¿Y dónde puedo encontrar…?

–Has tenido suerte, el señor J tiene su despacho en el último piso de este edificio. Si no está, podrá rellenarlo cualquier colaborador suyo.

G coge el acta y entra en el ascensor. Está empezando a hartarse de dar tantas vueltas y a angustiarse. Mira el reloj: no va a llegar a la cita con el profesor si no se da prisa. Llega al último piso; en una puerta lee "Salón de conferencias" y en la otra "Despacho". Llama a la puerta del despacho. Como no obtiene respuesta, abre con cuidado y mira en su interior. Hay un chico pecoso leyendo ensimismado un periódico.

–Perdón, ¿el señor J? –pregunta G.

–Está en una reunión, en la sala de al lado –responde el chico.

–Necesito que me rellene un acta de asistencia de un curso suyo, ¿sabes cuánto va a tardar en salir?

–Media hora.

–¡Media hora! –grita G, desesperado– ¿No podrías rellenármela tú?

–¿Yo? –exclama el chico con una risita– Yo soy sólo el becario. Puedes esperar en la cafetería del piso de abajo, si quieres te dejo mi periódico.

G mira el periódico deportivo que le ofrece. Después de rechazarlo sale del despacho y va a la cafetería, donde se toma un café. No cree que sea lo mejor con lo nervioso y enfadado que está. ¿Cómo puede ser tan difícil convalidar un curso?, se pregunta. Parece que le estén gastando una broma de mal gusto. Mira otra vez el reloj: no llega, seguro. La espera le tortura. Cuando quedan cinco minutos para que se cumpla el plazo de la media hora sube al despacho y llama a la puerta. Como tampoco recibe respuesta esta vez, la abre. Dentro está el becario y sentado tras una mesa, el que parece ser el señor J, un hombre mayor, con bigote blanco, de aspecto aburrido.

–Disculpe, ¿el señor J?

–El mismo –responde el señor J.

–¿Podría rellenar y firmarme el acta de asistencia a su curso?

–Por supuesto –dice, cogiendo el acta y empezando a escribir.

G respira aliviado. Al menos lo he conseguido…, piensa.

–Aquí tiene –dice el señor J entregando el acta a G–. ¡Oh, un momento! –exclama, volviendo a coger el acta– Se me olvidaba poner el sello.

A G le cuesta desprender sus dedos del papel, pero lo hace y el señor J empieza a rebuscar en un cajón.

—¿Dónde has puesto el sello? —pregunta al becario— Aquí está la tinta, pero no veo el sello por ninguna parte.

—¡Oh! —exclama el chico—, no estoy seguro, pero ayer lo utilicé para unas cartas, creo que lo dejé en el Departamento III.

—¡Pues ve a buscarlo! Sin el sello de la Universidad no se puede convalidar, podría ser una falsificación... ¿comprende usted? —añade dirigiéndose a G.

G dice entrecortadamente que comprende y que esperará fuera a que vuelva. Tiene obnubilado el juicio y no es capaz de pensar con claridad. Los diez minutos que tarda el becario en volver los pasa mirando el picaporte de una puerta, prefiere no fijar la atención en nada más.

El becario llega jadeando.

—¡Aquí lo tengo! Estaba en el Departamento II, en realidad...

Entran al despacho y el becario entrega el sello al señor J, que está hablando por teléfono a la vez que con dos dedos escribe algo que le están dictando en el ordenador. A G le parece que está escribiendo con una parsimonia indecente. Al fin cuelga y de un golpe, sella con tinta azul el acta.

G está andando rápidamente de camino a su facultad, queda media hora para que cierren la Secretaría. Llega al estrecho pasillo y siente que algo muy pesado le cae encima cuando ve que hay unas doce personas esperando en la cola. ¡Esto me pasa por dejarlo todo para el final!, se dice G apesadumbrado. A pesar de todo se pone en la cola. Ha pasado un rato y quedan diez minutos para que cierre la Secretaría; delante tiene todavía a dos personas y detrás a otras dos. Una señora de unos cincuenta años se acerca al chico que tiene delante y le pregunta algo. G al principio no se da cuenta, pero parece que la señora ha decidido quedarse en ese sitio y no tiene intención de moverse. Ahora son tres los que tiene delante. G duda si la señora estaba antes que él cuando llegó. Probablemente se ha colado, y se acuerda del refrán que tantas veces ha oído a su madre: "las desgracias nunca vienen solas". No sabe qué hacer y al fin se decide.

—Perdone, pero creo que yo estaba antes —dice G.

—¡No, no! —dice la señora muy ofendida—, pregunte a este chico que me ha visto llegar.

—Bueno, no sé, no me he fijado... —responde el chico, rojo de vergüenza.

—¡Estaba yo! —dice ofuscada la mujer.

G va a replicar, pero dos mostradores han quedado libres y a ellos se dirigen el chico y la señora. Siente que la rabia le quema por dentro, esto ha sido demasiado. Quedan cinco minutos para que cierre la Secretaría. Uno de los mostradores queda libre y G, casi corriendo, se acerca a él. Detrás hay una chica que parece amable. Se alegra de que no le haya tocado con la mujer-canario, a la que ve revoloteando entre las mesas llenas de papeles. Entrega los documentos y la chica empieza a revisarlos. G sonríe, está tan contento de haber llegado a tiempo que hasta casi se le ha pasado el enfado por lo de la señora. La chica se queda con la vista fija en la ostentosa firma de G. Él la mira también y sonríe orgulloso, le gusta que la gente se fije en su firma. La chica levanta la vista y, señalando con un dedo la firma, mira a G con la boca ligeramente entreabierta. El canario ha aparecido justo detrás de la chica, y mira donde señala su dedo con una mueca malvada en el rostro. G mira también asustado y se da cuenta de que bajo uno de los trazos de la firma hay un recuadro donde pone *nombre... donde no hay nada escrito.

—Falta el nombre —dice el canario, y a G le parece que le acaban de dictar una sentencia condenatoria.

—¿El... el nombre? —pregunta G, empezando a sentir pánico.

—Si no pone el nombre, no sé a quién tengo que convalidar el curso —dice la rubia.

—¿Puedo... puedo escribirlo? —pregunta G con un hilo de voz.

—No se puede a mano, después lo lee una máquina y no lo reconocería —dice la mujer ave.

—¿Y puedo...? —dice G señalando el ordenador.

—Los equipos están apagados desde hace 10 minutos. Los apaga el sistema automáticamente.

G coge el acta y el documento, y sale de la Secretaría. Como un autómata rompe los papeles y los echa a una papelera. Pasa al lado de un tablón de anuncios lleno de carteles que anuncian interesantes seminarios nuevos... Anda unos metros más y, a través de la cristalera ve marcharse el coche del profesor con quien había quedado.

Ha sido un día muy largo, piensa G mientras sale de la facultad y se sienta en una zona de césped. De su mochila saca el trabajo y con una de sus hojas hace un avión de papel.

EL MAQUILLAJE
Ángels Gimeno (España, 1954)

Cortinas con multitud de pequeñas flores, muy cursis, como sacadas del baúl de la abuela, cubren las cristaleras que dan a la calle. Esta
es una peluquería de barrio, un barrio que ha entrado en decadencia.
Cuarenta años atrás se construyeron estos bloques de pisos que desa-
fiaban a la gran ciudad, se alzaban en una periferia yerma donde era posible aparcar, zona deportiva incluida, piscina y cuatro árboles jóvenes
plantados apresuradamente. Allí se instalaron muchos matrimonios jóvenes con niños pequeños, o muy pronto los alumbraron sus respectivas madres. Había mucha algarabía en el barrio dormitorio, pero el
tiempo pasó inexorable y ya parecía el barrio de las viudas, un buen puñado de hombres habían muerto, es como si ellos duraran menos, un
infarto, un accidente, el maldito cáncer en los pulmones que es como
un hacha enfurecida. Ellas sobreviven más, se adaptan a la soledad, siguen acicalándose aunque se carguen de años, inician nuevos amores
con algún vecino superviviente, pero ya están todos tan cargados de
escepticismo, tan faltos de generosidad e ideales, que las relaciones
suelen romperse. "Paco se ha puesto enfermo, pues que lo cuiden sus
hijos... ¿Qué pretenden, que sea yo su enfermera? No, ya quedé bastante harta de cuidar a mi marido en paz descanse, ya tuve suficiente,
merezco vivir, me he pasado la vida cuidando viejos y enfermos".

Las viudas y algunas divorciadas o separadas se reúnen en la peluquería, es como la taberna para los hombres del barrio. Unas explican
sus propias vivencias, otras se limitan a escuchar, pero antes o después,
se abre el grifo de la confidencia, es difícil permanecer siempre hermé-
tica, en silencio, a la reserva, mantener esa falsa coraza de "que todo está bien, aquí nunca pasa nada". Las palabras que dibujan los problemas
pugnan por escapar de los labios cerrados, es necesaria esa pequeña liberación antes de que la inquietud, la zozobra encubierta, se conviertan
en pus y esa gangrena mate los últimos sentimientos, las últimas ansias
de vivir. Son como briznas de hierba raquítica que intenta nutrirse con
los débiles elementos que proporciona una tierra yerma, reseca.

Dentro de aquel salón con olor a laca, a champú, al amoníaco de
los tintes, las mujeres se sumergen en una especie de terapia de grupo,
se confiesan sin el mosén y sin esperar absolución ni mucho menos so-
luciones a los conflictos, excepto el razonamiento que otorga la lógica
elemental de la clienta que tienes a tu lado, con el cabello empastado de
tinte que ensucia su frente y desciende al borde de las orejas. No se

trata de problemas metafísicos, son problemas elementales, básicos, ellas ya están de vuelta de todo y sólo dan valor a cosas concretas y asumibles: dinero, salud, conflictos con los hijos, con el marido si aún lo conservan, con ese nuevo novio que pensaban sería mejor que el ex marido y que acaba teniendo los mismos o peores defectos, corregidos o aumentados.

El salón está ahora vacío de clientas, son las ocho de la tarde. Lisa maquilla los párpados de Mila delante del gran espejo que cubre el testero, después perfila con el *eye-liner* las pestañas. Mila canturrea, parece contenta. Lleva crepado su cabello pelirrojo, brillante, "ha vuelto la moda", asegura con mucho convencimiento, y lo ha rociado con tanta laca que ni un solo mechón se mueve de donde ella lo ha colocado, quiere estar impecable, "preciosa", asegura, y la "r" se le resiste y acaba repitiendo "pesiosa", como si le hablara a una criatura.

—Te repito que lo siento, Lisa, pero he acumulado un poco de dinero y quiero vivir, es tan simple como eso, quiero vivir. Me he pasado la vida encerrada entre estas cuatro paredes, manteniendo a mis hijos y a mi marido con el dinero que yo ganaba cortando o rizando pelos. He conseguido separarme de ese gandul y mis hijos están más que crecidos, todos independizados, ya es hora de que me ocupe de mí misma. Es posible que Marcelo, a la larga, resulte tan cabrito como mi marido, igual de egoísta, pero de momento, estamos en la fase de enamoramiento y todo es magnífico. ¿Que esta etapa feliz se acabará? Claro, no soy tan tonta ni tan simple como para pensar que a estas alturas de mi vida voy a tropezar con el hombre perfecto, pero el tiempo que pasemos juntos pienso exprimirlo y gozarlo plenamente, quiero disfrutar. No he vivido hasta ahora, podría decirse que ni siquiera sé divertirme, pero aprenderé, porque las cosas buenas se aprenden rápido y gozaré del sexo, y tanto que sí. Marcelo no es nada del otro "sabadete" en la cama, pero comparado con mi marido, le da cien vueltas, te lo aseguro. Mi marido nunca se entretenía, él no perdía el tiempo, y ya sabes que las mujeres somos como una avioneta, necesitamos que nos calienten el motor para alzar el vuelo.

—Te comprendo, Mila, y me parece bien que desees disfrutar del tiempo de buena salud que te quede, pero no cierres la peluquería, es que me dejas en el puto paro.

—Estoy harta de madrugar, de aguantar a las clientas y de esta bronquitis que me ha causado tanto potingue apestoso como tenemos aquí, no quiero acabar mis días ahogándome en una UCI. Con el dinero que tengo ahorrado, viviré hasta la jubilación, alquilaremos un apartamento frente al mar en algún pueblo de la costa e intentaré ser feliz el tiempo que me quede de vida. Marcelo está de acuerdo, ya sabes que a él le jubilaron anticipadamente y compartiendo gastos podemos resistir bastante tiempo. ¿Te he contado que se ha comprado un coche deportivo, muy rápido? Bueno, es de segunda mano, pero tira de fábula.

—Sabes que si tú dejas esta tienda, yo no puedo hacerme cargo de ella, el propietario aumentará tanto el alquiler si hace un nuevo contrato, que me sería imposible cubrir los gastos.

—Tienes razón, hasta ahora esto ha funcionado bastante bien porque la renta era baja, un contrato muy antiguo, pero yo quiero librarme de todo, preocuparme sólo de mí misma, no me importa ser egoísta y vociferarlo a los cuatro vientos. Me siento libre por primera vez y es la sensación más agradable que he sentido nunca y no pienso privarme de ella, no, bonita, se han acabado las obligaciones, las sumas y las restas, estar siempre controlando los gastos y procurar que las clientes paguen, porque hay unas cuantas morosas a perpetuidad, te pagan parte de lo que deben, pero siempre les estoy fiando.

—Pues olvídate de cobrarles si cierras puertas.

—¿Piensas que unas pequeñas deudas frenarán mis proyectos? No, bonita, la verdad es que nadie me debe nada porque he cobrado en exceso los productos que he aplicado. Si yo les untaba un poco de crema en el pelo, cobraba el valor de ese tubo de crema entero. Los tintes... bien, ya sabes el precio que nos ponen a nosotras los proveedores, y yo escurría bien todos los tubos y no me importaba mezclar colores para sacar un servicio nuevo. El resultado, a veces, no era el esperado, pero yo siempre convencía a mis clientas de que debían renovarse y dar nuevos destellos de color a su pelo.

—Cierto, tienes un morro que te lo pisas, pero también un gran poder de convicción, lástima que la iglesia católica impida a las mujeres ser sacerdotes, tú habrías conducido bien a tus ovejas.

Mila detuvo en el aire la mano de Lisa que sostenía la esponjita con la cual le aplicaba el colorete para realzar los pómulos. No estaba en absoluto enojada por las palabras de la muchacha, ambas eran viejas amigas y Mila tenía ya esa edad, esa madurez, en la que una mujer pasa de todo y le cuesta mucho enfadarse.

—Tienes razón, las mujeres hacemos más caso a nuestra peluquera que a un confesor o a un psicólogo, quizás porque las peluqueras, como somos mujeres, sabemos exactamente qué nos afecta, que nos anima o nos duele, y como queramos fastidiar a una clienta, lo tenemos fácil: le señalamos una arruga que hemos descubierto en el rabillo de sus ojos o le preguntamos si se encuentra enferma porque tiene muy mala cara. Esto último es infalible, y si queremos dejarla hecha polvo del todo, añadimos que ha engordado, que ha perdido la cintura, que menudo flotador lleva enganchado.

—Sí, somos de naturaleza malvada —Lisa asintió con la cabeza—. Si tu mejor amiga te dice que ese vestido te sienta de fábula, corre a cambiártelo, y si te dice que no te favorece nada, es posible que ese día ligues más.

—Ya paso de semejantes tonterías, esa competencia desleal la dejo para las más jóvenes que vais locas detrás de un tío de buen ver y, como tenga un descapotable, sois capaces de poneros la zancadilla sin vergüenza alguna. Si os soportáis es porque no queréis ir solas a la discoteca o a los lavabos, porque en cuanto un maromo se mete en medio, sacáis las garras para defender vuestra parcela.

—No generalices, te pasas de sabida, yo tengo excelentes amigas.

—Serán amigas excelentes mientras no aparezca un tío con un buen culo, porque entonces os arañaréis los ojos, te lo digo yo.

—Mira, no continúes divagando tanto sobre problemas que ahora no me afectan, lo importante es que no cierres la peluquería, tienes una buena clientela, ganas tus buenos euros.

—No insistas, mi decisión es "irre-vo-ca-ble", ¿te ha quedado claro? Y no te preocupes tanto, eres una excelente maquilladora, seguro encuentras trabajo con otra estilista. Además, ¿no me has repetido hasta el hartazgo que lo que tú quieres es ser escritora? Pues anda, guapa, escribe una novela y gana un premio de esos con muchos millones.

—Explicado por ti, ganar premios literarios parece pan comido. Tú sabes que sólo es un hobby, que yo me gano las lentejas maquillando.

—Ajá, y admito que eres capaz de poner cara de buena salud a una muerta por ictericia... y hablando de muertos, Paco, el del "Frankfurt", me comentó que un amigo suyo, el de la funeraria Inmemori, anda loco buscando alguien para dar los últimos retoques a los difuntos antes de un funeral, ya sabes, para que los parientes puedan decir con cara de pena: "Parece que está dormido". Un muerto guapo da más lástima.

—¿Estás loca? ¿Acaso pretendes que me dedique a maquillar cadáveres? Es la última cosa que esperaba de ti, aunque no sé por qué me sorprendes, nunca has destacado como una persona sensible.

—Creo que lo llaman algo así como "tanatopráctico". Qué raro suena, ¿verdad? Lo que es seguro es que tus clientes no van a morderte la mano ni quejarse porque te pases con el colorete. Míratelo de otra manera, mujer. Tú, con tu trabajo, puedes conseguir que la última imagen que nos quede de un ser querido sea más bonita, que su recuerdo sea más dulce, porque seguro que sabrás dibujarle incluso una sonrisa de felicidad para emprender ligero el último viaje.

Mila parecía muy segura de lo que estaba proponiendo, posiblemente tenía ciertos remordimientos por dejar a su empleada en la calle, porque la indemnización en "negro" que pensaba darle era tan escasa que apenas podría comer un par de meses. Lisa nunca había estado dada de alta en la seguridad social ni nada que se le pareciera, el barrio dormitorio parecía gobernado con leyes o estatutos especiales. Allí, los talleres procuraban no hacer facturas, como todos se conocían, pues eso, había confianza. Si en una casa se colocaban cuatro ventanas, se facturaban dos, "así pagas menos IVA, no te preocupes", y todos aceptaban de buen grado aquella especie de paraíso fiscal a las afueras de la gran ciudad. Lo más problemático eran las reparaciones del coche, pero el mecánico se comportaba, era un tipo serio, y si una pieza que él montaba salía defectuosa, la cambiaba sin quejarse, era parte del pacto verbal del barrio, a nadie le interesaban las habladurías en contra, a la clientela había que mantenerla y cuidarla.

Mila removió dentro de un cajón de uno de los tocadores donde se amontonaban papeles de todo tipo, al final encontró lo que buscaba, una tarjeta de visita con los datos de Inmemori.

—Aquí tienes, en este número encontrarás a Manolo.

—¿Y quién es ese Manolo?

—Hija, ¿es que hace falta explicártelo todo? Manolo es el amo de la funeraria, bien, tú dile don Manuel, que vas de parte mía y que eres una maquilladora de cine, teatro y efectos especiales.

—¿De cine? Anda ya, si yo sólo he maquillado a tus clientas.

—A ver si aprendes a venderte de una puñetera vez. Con esa humildad que te gastas, no llegarás a ninguna parte. Anda, dame la tarjeta, voy a llamarlo yo, tú misma dices que soy muy convincente.

Mila le arrancó materialmente la tarjeta de las manos y con el teléfono inalámbrico se apartó a la trastienda donde se almacenaban los tubos de tinte, las botellas de amoníaco y champú y un montón de productos propios de su profesión. Prefería hablar a solas sin que Lisa la oyera, la joven era capaz de estropearle la charla con sus objeciones y sus pueriles escrúpulos.

O Mila era muy convincente o Manolo realmente andaba loco buscando un maquillador para su negocio, porque cuando Mila colgó el teléfono, se encaró triunfal con Lisa para decirle:

—Te esperan mañana a las 9 de la mañana. Si os ponéis de acuerdo, empiezas a trabajar en seguida y esta gente es seria, te darán de alta en la seguridad social, si te despidieran, acabarás cobrando el paro.

—Sí, porque contigo, no veré un maldito euro.

—No paras de quejarte, te has ahorrado una fortuna en impuestos y las propinas que te daban, te les metías directamente en el bolsillo. A ver, dime, ¿cuánto has recaudado en propinas? Eso siempre ha sido un secreto para mí, te has callado como una de esas muertas a quienes habrás de decorar si todo sale bien.

—Tú ya contabas con esas propinas, por eso me pagabas menos por mi trabajo, los empresarios contáis las posibles propinas como si fueran parte de un salario que os ahorráis.

—Bonita, ésta siempre ha sido una peluquería de barrio obrero, aquí nunca ha venido a peinarse una de esas señoronas acompañadas de guardaespaldas y con tres coches oficiales como si fuera la alcaldesa de Madrid. Te he pagado con mucha generosidad y ahora, mira como me lo agradeces, cuando estoy dando la cara por ti, sí, sí, me estoy comprometiendo con tal de que encuentres un trabajo incluso mejor.

Mila alzó la barbilla con actitud falsamente ofendida. En el fondo era una buena mujer y deseaba que Lisa no pasara penurias económicas, ella sabía bien qué era eso, había pasado demasiados años de la su vida manteniendo a un marido holgazán y ahora, necesitaba resarcirse de tantos sacrificios, de tantas amarguras acumuladas, su compañera debía entenderlo así y dejar de poner palos a las ruedas, debía recibir como un maná aquella nueva oportunidad de trabajo. ¿Qué le producía cierto yuyu? En poco tiempo se habría acostumbrado, los muertos eran todos inofensivos, no le harían ningún daño, de los que había que protegerse era de esos vivos de manos largas que quieren bajarte las bragas.

Al día siguiente, venciendo sus escrúpulos, Lisa se presentó puntualmente en la funeraria. Estaba ubicada a las afueras de la población-dormitorio, disponía de un amplio aparcamiento gratuito para facilitar el acceso a familiares y amigos del difunto. Una zona ajardinada en plan zen, gravilla blanca y negra formando armónicos dibujos geométricos alrededor de rocas enhiestas o tumbadas, con ocultos simbolismos, rodeaba el edificio de dos plantas, con grandes cristaleras y un aspecto moderno, aséptico y funcional, era el edificio menos tétrico que nadie pudiera imaginar. La primera impresión que la muchacha recibió, la tranquilizó bastante.

Dio su nombre en recepción y una azafata vestida con severo traje de chaqueta azul oscuro y blusa blanca la condujo ante una puerta de roble que golpeó con los nudillos, la abrió después y le franqueó el paso. Lisa se encontró frente a don Manuel, un hombre de unos sesenta años, elegantemente vestido, cabello ralo y gris y una expresión bondadosa y amable en su rostro redondo. Era lo más parecido a ese tío que todos tenemos, sencillo y afectuoso, que se pondría a llorar contigo para brindarte apoyo en la desgracia y sus lágrimas parecerían sinceras mientras te abraza afectuosamente compartiendo tu dolor.

La recibió en un despacho tan funcional y aséptico como el resto del edificio. Lisa dedujo que don Manuel realmente tenía urgente necesidad de contar con los servicios de alguien que maquillara a los difuntos, pues no puso objeciones a todo lo que ella le explicó; con comentarios añadidos, incluso parecía querer agrandar y potenciar el currículum de Lisa, como si tratara de convencerse a sí mismo de que aquella muchacha era la persona idónea para semejante cometido, cosa que la propia Lisa dudaba. Después le presentó a Samuel, el tanatopráctico, y éste la condujo a la sub-planta segunda donde se procedía al embalsamamiento y acondicionamiento general de los fallecidos, ¿o sería más adecuado llamarlos clientes?

El subterráneo mantenía el esquema y la tónica general del edificio: Mesas de acero inoxidable, muchos tubos, distintos aspiradores, mangueras de limpieza, una vitrina de cristal guardando objetos la utilidad de los cuales escapaba a los conocimientos de la joven, una pared llena de portezuelas que parecían esconder compartimientos nevera, extractores... Lisa dio un paso atrás, flotaba un extraño olor que no pudo calificar de desagradable, allí hacía más frío que en el resto del edificio y no logró descubrir nada que pudiera agredir la sensibilidad que ella trataba de controlar para no echar a correr. Necesitaba trabajar, ganar un sueldo y mientras no encontrara otra ocupación menos morbosa, trataría por todos los medios de ser simplemente una buena profesional que ejerce con eficacia su labor.

—Comprendo que puedas sentirte incómoda los primeros días en este trabajo, pero te acostumbrarás, seguro, e incluso aprenderás tanto que estos conocimientos podrás emplearlos después, cuando vueltas a maquillar a gente viva. Piensa que has de retornar a estas personas muertas la expresión más parecida a cuando estaban vivos, yo suelo pedir a los familiares alguna foto de las últimas tomadas a esa persona, a veces no las tienen, pero entre lágrimas, son muchos los que buscan entre sus recuerdos y nos las traen. No se trata de enmascarar, si no de devolver su imagen habitual a esa persona, intentar disimular la laxitud de la muerte, dar a su piel el color que tenía cuando la sangre circulaba por sus venas.

–Lo intentaré. ¿En ocasiones, vienen muy estropeados? –preguntó tragando saliva, pensando en alguna víctima de accidente de tránsito.

–No voy a mentirte, hemos tenido casos difíciles, pero no es frecuente. La inmensa mayoría de personas que necesitan nuestros servicios son ancianos, padres, abuelos a quienes habrás de devolver su mejor cara para tranquilizar a sus parientes. Todos prefieren pensar que sus seres estimados han accedido a un mundo de paz y tú has de intentar que su aspecto potencie esta sensación para tranquilidad de todos. Trae tu maletín de maquillajes, es mejor que utilices los productos con los que estés más familiarizada, ya sabes, que no pueda sorprenderte una textura, un cambio de color. Aquí tenemos productos muy específicos, pero en general, los maquillajes de calidad, esos que permanecen inalterables durante horas, serán suficientes.

Samuel siguió dándole instrucciones, asesorándola con su voz profunda y tranquilizadora al mismo tiempo. Parecía como si don Manuel eligiera a su personal basándose más en criterios de actitud y comportamiento que por la experiencia acumulada, quizás él partía de la base que con buena disposición, todo se puede aprender y mejorar, lo que nunca cambia es el carácter y él no deseaba que existiera tensión alguna entre sus empleados. Allí debía imperar el máximo de armonía, era un negocio muy delicado.

Pasaron los días con aceptable tranquilidad, no hubo demasiado trabajo. Lisa se aplicó peinando, maquillando y dando los últimos retoques a la ropa de los fallecidos que no tardarían en ser mostrados a sus familiares y amigos en el último adiós, fue capaz de impregnar de afecto y respeto su trabajo, pintó labios que ya no besarían, disimuló ojeras, dio tenues pinceladas de rímmel a pestañas inmóviles y disimuló estrías del tiempo en mejillas marchitas.

–Nos ha llegado una clienta que nos dará más faena –le advirtió Samuel, un poco sombrío–. Mejor sales a dar una vuela, ya te avisaré al móvil cuando puedas regresar. Ha sido un accidente de tránsito y tú aún no has visto ninguno, no estás preparada. Trabajaremos nosotros primero y después ya intervendrás tú para los retoques finales.

Lisa tragó saliva e hizo caso a su compañero que en todo momento se había mostrado comprensivo con ella. Transcurrió bastante tiempo, llegó la hora de la comida y Lisa se fue a la cafetería del recinto donde se servían bocadillos y menús frugales, ella tenía suficiente y le hacían un precio especial al igual que al resto de empleados. Estaba atenta a la posible llamada a su teléfono, pero la vibración no dejó de sorprenderla. Samuel le enviaba un conciso mensaje: "Puedes volver, todo está a punto".

Se incorporó, sacudió algunas migas de pan de su falda y con un caminar más lento, más pesado que de costumbre, como intuyendo alguna cosa desagradable, anduvo hacia el subterráneo.

Tendida sobre la mesa de acero inoxidable yacía el cuerpo de una mujer, cubierta con un sudario blanco. La brillante cabellera pelirroja brillaba intensamente bajo los potentes focos.

Lisa se tapó la boca, horrorizada, hubo de contener un sollozo y dominar sus emociones, la angustia, una súbita pérdida de fuerza en todos sus músculos. Aquella era una auténtica prueba de fuego.

Lentamente, casi como un ritual religioso, comenzó a sacar sus esponjas y pinceles, las brochas, los tubos de maquillaje, los polvos que matizaban brillos indeseables. Su amiga Mila, su antigua jefa, ya no habría de sufrir temiendo morirse de bronquitis en una UCI. Conteniendo las lágrimas, Lisa se aplicó, se esmeró dedicando a su amiga su mejor trabajo, era el mayor acto de amor que podía ofrecerle.

Presumida hasta la médula, seguro que a Mila le habría molestado muchísimo emprender su último viaje despeinada, con las mejillas grisáceas, sin maquillar. Lisa supo dibujarle una dulce sonrisa carmesí, o quizás esa sonrisa la esbozó la propia Mila, agradecida y coqueta hasta el final.

DELMIRA
Marianela Alegre (Argentina, 1967)

(Los pobres muertos)

Delmira intentó acomodarse la cabellera. Sus dedos de niña se enredaron en los rizos apretujados que caían hasta rozarle los hombros. Se conformó con quitarse un mechón que le cubría los ojos. Levantó la almohada para comprobar que el revólver seguía allí. Al encontrarlo aquella mañana, el contacto con el metal la sobrecogió pero no sintió temor. Se limitó a fingir que no lo había visto para, poco después, absorta en la contemplación del rostro, del orgasmo en el rostro de Enrique, olvidarse del arma.

Echada de espaldas, Delmira se rió, recordó cada gesto absurdo, cada contractura que el éxtasis produjo en la cara de Enrique, y se rió hasta quedar dormida. Como le ocurría habitualmente, soñó:

–¡Delmira! –la voz de la madre, clara y perentoria resonaba en su mente produciendo un eco sostenido y lento, fangoso.

"Porque tu cuerpo es raíz, el lazo...esencial de los troncos discordantes... del placer y el dolor, plantas gi...

–¡Delmira!

...plantas gigantes. Porque emerge en tu mano, tu mano, sí, tu mano bella y fuerte... carne sombría..."

–¡Delmita! Tu padre.

–Ya voy mamá..."Como alma fúlgida y carne sombría."

Delmira despertó y lo primero que vieron sus ojos saltones fue la cara de Enrique que, inclinado sobre su rostro, la miraba sin expresión alguna. Enrique sonreía levemente. Tenía el codo apoyado en la almohada y la cabeza descansaba sobre el puño cerrado. Su cara se deformaba justo allí donde la mejilla era aplastada por los nudillos apretados.

–Estabas soñando. Yo nunca sueño –Enrique le besó los ojos y le apartó de la frente un mechón despeinado, una mata áspera y opaca.

Después de limpiarse el beso de los párpados hinchados, Delmira contó a Enrique su sueño, repitiendo, para poder memorizarlos, aquellos versos oníricos y según ella: libres.

–¿Libres de qué? –Enrique le acariciaba el cabello, introduciendo los dedos en las hebras y haciéndolos girar, enredando aún más la copiosa cabellera– Se te está oscureciendo el pelo. Hoy tenés los ojos verdes.

—Libres de la luz —Delmira le dio la espalda, tomó de la mesa de luz una agenda y sin cambiar de postura, garabateó los versos con una caligrafía prácticamente ilegible. Miró la hoja donde las letras, las palabras, formaban líneas y círculos de grafito apretados, superpuestos, enredados. Igualito que mi pelo, pensó.

—¿Te vas a entender? —Enrique se había apoyado con suavidad en el hombro de ella y pasándose la mano por el bigote grueso, había esperado en silencio a que terminara que escribir.

—Con que papá los entienda para pasarlos, alcanza y sobra.

—¿Todavía los pasa en limpio tu viejo?

—A veces.

—Ese sueño es pan comido: extrañás tu infancia, extrañás ser la nena de papá —Enrique esbozó una sonrisa amplísima de satisfacción. Se acarició el bigote, se entretuvo peinándolo con los dedos, ocultando con el gesto una mueca de burla en sus labios finos y descoloridos, que sin embargo podía adivinársele en la mirada. Se llevó dos cigarrillos a la boca. Primero los encendió, luego le entregó uno a Delmira que lo sostuvo un instante entre los dientecitos filosos y blancos, antes de inhalar la primera bocanada de humo, justo en el momento en que Enrique apoyó la mano en la blanda redondez de sus muslos.

—Hace frío. —Delmira cubrió con una manta su desnudez traslúcida, resbaladiza— Ahora interpretás sueños. ¡Mirate vos!, señor pitoniso.

Al hablar exhaló un chorro grueso de humo hacia el techo de la habitación de alquiler. Este lugar me deprime, pensó.

—Nada de eso, si el sueño está clarito como el agua, a ver seguí contándome —le contestó él, alzando la manta y besándola en los senos prominentes, desmayados.

—¿Te dije que desde que nos divorciamos, besás mejor? —ella lo miraba, miraba la cabeza de él, inclinada sobre sus senos, el cabello corto y prolijo.

—Me dijiste, putita.

Lentamente dejó escapar el humo azulado. Lo expulsó formando una fina línea evanescente. Movía la cabeza para que el humo creara una película, una niebla que se posaba sobre el cabello de él antes de desaparecer.

—Prefiero amante, no tengo nada contra putita pero amante es más de puta.

—Mentira, lo que a vos te gusta no es ser puta sino encarnar tu poesía: ese remoto ideal sentimental, exótico, sensual.

Enrique impostó la voz al pronunciar la última frase. Delmira se preguntó si él estaba jugando o se burlaba. Enrique la besaba. Mientras hablaba, sus labios apretaban la carne tensa de los senos de ella.

—Me gustabas, sí que me gustabas; pero ahora... no sé, estos kilos extra me tienen loco.

—Perverso. Me raspa el bigote.

Él se detuvo, la miró. Los ojos redondos, saltones, como asombrados de ella, descubrieron cierta tensión inquietante en la mirada de él. Recordó el arma.

—Encarnar tus palabras exquisitas, calientabraguetas; eso te gusta.

—Ordinario.

—Refinada.

—Buitre.

—Niña obediente.

—Vampiro.

—Fuego verde. Sonámbula.

—Carnicero.

—Canalla.

—No sé por qué sigo con vos.

—Porque te gusta cagarme porque sos morbosa.

—Vulgar.

Poeta excelsa, fue lo último que escuchó. Él balbuceaba su deseo sobre los pliegues del vientre de ella. Mi cabello se desfloja, sufro vértigos ardientes, pensó envuelta en el abrazo de él o tal vez no, tal vez el abrazo que la envolvía provenía de otro lugar, de su propio deseo espeso, un deseo mascullado en sus noches estáticas de escritura afiebrada, en su cuarto de soltera, al que había regresado, del que escapaba cada semana para encontrarse a escondidas con Enrique después de divorciarse de él, después de gritarle que lo odiaba, que lo detestaba, que no era de su clase, que no lo vería más. Que le producía asco. Que esa mujer que se acostaba con él no era ella, era la otra Delmira, la trivial, la insignificante, la que moriría, la que ella no quería ser.

La boca la boca hundida en la boca esa otra boca de otro blanco blando tan cercano tan lejano. La boca, la boca intrépida en la boca del otro mordiente la saliva, la carne, la lengua arrugada, buscadora, mordedora la lengua y la boca los labios abrazándose, abrasándose; disputando el poder del beso abierto a la luz a la noche a las entrañas a las palabras.

Ahora los de él, los labios de él ocultando los de ella que luchan que ceden se desmayan se mueren de amor suspirando su nombre. No lo nombra, lo piensa, Enrique, lo piensa y no lo nombra, no le muestra no se permite la entrega, todavía no, todavía no. La entrega, esa impúdica cercanía con la muerte, ese aterrador, abrumador contacto con la vida. Ahora otra vez los de ella, los labios de ella, que le ganan a los de él, le cubren la boca le cubren la cara, la cara de sal.

La oscuridad de los ojos cerrados, esa burbuja llena de puntos luminosos que fugan, a dónde van los puntos luminosos, la oscuridad plagada de puntos incandescentes y mudos es un túnel que llama que jala.

Las bocas cerradas los ojos abiertos. La primera batalla ha dado paso al paréntesis donde los cuerpos se refugian, alejados uno del otro, atrapados en la penumbra, en la distancia del rechazo que sobreviene al éxtasis. El tiempo se detiene, es pesado y mudo y está cargado de olores delatores.

Delmira, escucha: Delmira, Enrique la nombra, la nombra Delmira y se acerca, rompe el paréntesis dentro del que ha estado desabrochándose el pijama. Delmira ve el vello del pecho, ondulado y negro. El camisón enroscado en la cintura, los senos prominentes, los pezones oscuros, encogidos por el frío, el beso claro y seco y el roce de la lengua tibia, dura, espléndida.

La sombra de la habitación cubriéndolos, espiándolos, el suelo limpio y frío. La alfombra opaca esperando los cuerpos. Ruedan. Ahora él cae sobre ella que mira, ve la cara de él, donde asoma una barba trágica y verdosa, cae sobre su cara. La toca, toca la cara, primero con suavidad como para curarla de la barba que la hiere que le perfora la piel, después se enfurece, usa las uñas, quiere arrancarle la piel. Enrique detiene su mano la sujeta la mira, su mirada le arranca la piel.

Lo aparta, él se acerca suplicante, lo aparta, ríe. Coloca un pie en su pecho y lo aparta. Él espera paciente; tenso. El pie de ella se desliza hasta el vientre. Él espera paciente; erecto. Puente: el pie de ella es un puente que la mano de él asalta y cruza reptando hacia él hacia los pechos hacia el cuello la cara vaga en la oscuridad de los ojos cerrados de las bocas otra vez abiertas, suspirantes. Anhelantes. Él exhala un suspiro osco con olor a limón, un suspiro caliente que a ella le eriza la piel.

Lo hombros sujetando los cuerpos, los hombros de ella sujetando el cuerpo de él, los hombros de él apretados, sosteniendo el peso del cuerpo, el peso del deseo de ella, el deseo de ella que se hamaca oscila serpentea sobre bajo junto al de él que latiga, vacila, latiga.

El maleficio del amor colándose desde lo desconocido, calando los músculos, buscando los huesos la médula de los huesos, el amor exhalado en la respiración excitada de las bocas agitadas. Temblorosas las bocas los labios mojados, encarnados, confusos.

–Te amo.

–No.

–Te amo.

–No.

–¿A dónde vas?

–No.

–¿No qué? Vení. ¿A dónde vas?

–No me ames, no me ames Enrique

–Entonces no te amo, vení.

La vuelta, la mano invitando, los pasos vacilantes, la habitación la sombra de la habitación tragándolos: el brazo de él extendido, asido al de ella. La silueta desnuda, ese algo que ella percibe o tal vez imagina: una claridad que lo cubre lo roza que se escapa de su piel bordeándolo, ensombreciéndolo, ocultándole la cara.

Ahora Enrique es una sombra que se acerca que alcanza la cama la trepa como un gato como un tigre negro negrísimo sigiloso presto a alcanzar de un salto la presa. Ella se ríe, le acaricia la cabeza, se ríe, se echa, se abre, lo enlaza, se ríe, se cierra, lo empuja, lo jala, lo envuelve, lo sujeta, lo empuja, se ríe, le sostiene la cara, le penetra los ojos, lo inmoviliza, con sus piernas, con sus ojos claros; lo asfixia, lo besa y los asfixia tragándose la saliva los balbuceos, los gemidos. Lo suelta y lo empuja, lo mira. Sos mío, le dice, sos mío y hago lo que quiero, lo que se me da la gana, si se me da la gana te mato.

Las sábanas limpias crujientes bajo la espalda cóncava de ella. Las sábanas temblando entre las piernas. Viejo hermoso el amor: ladino, ocultador. Los cuerpos, los cuerpos-madeja, enroscados, viboreados, inútiles. La reserva disfrazada de entrega en los ojos. La luz que entra desde el pasillo, desde la luna en la puerta, la luz que se apoya sobre la almohada, que les descubre las caras partidas. La luz les canta les susurra les confiesa las caras.

Los dientes de él apretados, la mirada vuelta hacia adentro escindida del cuerpo, todo vuelto hacia afuera, hacia ella hacia dentro de ella de su boca de su carne tensa alerta primitiva; caníbal.

La respiración de él advirtiendo el fin de la faena. El corazón de él delatado en la garganta y las sienes. Las manos de él apretadas, sujetando. Te amo, dice o tal vez no tal vez no lo ha dicho él, tal vez Delmira lo ha pensado ¿Lo ha pensado con la voz de él o con la de ella?

—Ya no puedo esperar —ella susurra, muerde.

La voz templada, la frase contenida entre dos bramidos, ajustada entre dos bramidos destemplados que brotan imprecisos, descontrolados, desgajados entre los dientes oprimidos, sorteando la lengua paralizada. El ascenso. Hay en cada amante un guerrero, un ciego, un exterminador. La doble soledad del éxtasis. Te amo. Yo también te amo, yo también.

Los muslos de ella mojados resbaladizos; su boca resbalante oscura. Delmira mira el túnel por el que huyen las luces que nacen que se encienden que arden, se incendian, bajo sus párpados cerrados. Piensa: manos enjoyadas del rubí de mi deseo, la perla de mi tristeza y el diamante de mi beso. Llevad a la fosa misma un pétalo de mi cuerpo, y en mis sueños de odio soy serpiente. Me vuelvo peor que loca. En llamas me despedazo. Perenne mi deseo, en el tronco de piedra ha quedado prendido.

Mi alma desnuda temblará en tus manos, sobre tus hombros pesará mi cruz. Hiedra sangrienta, piensa y se duerme.

Se despertó sedienta. Anduvo por el cuarto

—¿Qué lees?

—La carta de Rubén.

—¿Qué Rubén?

—No te hagás Enrique, de Rubén Darío, de qué Rubén va a ser.

—¿Me lees?

—Sí ,¿ por qué no? Mirá que sos pavote Enrique:

"…es la primera vez que en lengua castellana aparece un alma femenina en la verdad de su inocencia y de su amor, a no ser Santa Teresa en su exaltación mística(...) Si usted, niña bella continúa la lírica revelación de su espíritu como hasta ahora, va a asombrar a nuestro mundo de habla española…"

—Niña bella, te dice, mirá vos el poeta, mirá vos el hijo de puta.

—No lo insultes. No soy bella.

—A veces sí.

—Celoso.

—¿Por qué me ocultás?

—¿Qué decís?

—Me escondés en esta ratonera. Me negás. Te avergüenzo. Me hacés hervir la sangre, te mataría.

—Estuvimos de acuerdo, los dos, Enrique, los dos.

—No llorés. No me hagás la Lili Damita. El expresionismo alemán no te sienta.

—Malvado, cretino.

—Me torturás, te complacés torturándome. Algún día de estos te mato, te juro Delmira, te juro que te mato.

—Enrique mío: quiéreme siempre, siempre, así como me dices. ¡Es tan divino quererse mucho, mucho y por toda la vida! Me parece que es toda la felicidad de la tierra. Puede ser.

—Toda la felicidad de la tierra —Enrique pareció no terminar la frase. Se quedó con la boca abierta, mirándola.

—Sí Enrique, toda la tierra.

—Yo no veo toda la tierra, veo esta pieza asquerosa, esta puerta. Detrás de esta puerta yo no existo, detrás de esta vos no existís.

—¡Qué decís!

—Detrás de esta puerta sos las otras, la niña bella, la sucesora de Sor Juan Inés, la nena de papá, la señorita con modales de princesa. Mi víctima.

—Qué decís Enrique, tu víctima ¿Qué decís?

—No soy sordo Delmira, ni ciego.

—Yo te quiero Enrique.

—Vos estás loca Delmira.

Delmira se arrojó en los brazos de Enrique. Él la rechazó. Ella se fue doblando hasta quedar encogida sobre la alfombra con los brazos, la cabeza, abatidos, colgando.

Lo que ocurrió después, los dos balazos en la cabeza o el pecho de ella, la bala en la sien de él, pudo ser el final de una pelea atroz, pudo ser un arrebato, un relámpago de locura, un acuerdo quizás, ¿por qué no? Nadie nunca lo sabrá; se lo llevaron los pobres muertos.

Para los diarios quedará una foto y el escándalo. Delmira sobre la alfombra y el escándalo, su cabello ensortijado cubriéndole la cara y el escándalo, el cuerpo apenas cubierto por el camisón blanco y el escándalo. El charco de sangre junto a su cabeza y el escándalo.

EL EFECTO MARIPOSA
Alaina Machado (Cuba, 1990)

El ruido de la cafetera la trajo de vuelta a la realidad. El gato entre las piernas le recordó que debía moverse y alimentarlo. Era la única forma de calmar los maullidos.

Miró por la ventana, pero la pared del edificio le impedía observar lo que tal vez era una hermosa vista. ¿Quién sabe?

Salió al balcón y una brisa helada le erizó la piel. Llevaba siglos viviendo en aquel lugar, ¿cuándo llegaría el verano?

Prendió un cigarro y dejó que el primer sorbo de café le llenara la boca. Después de tantos años adicta a aquel líquido ya debía haberse acostumbrado a su amargura, pero no lo hacía. ¿Por qué seguía tomando algo tan terriblemente amargo?

La calle estaba repleta de personas.

Seguramente se celebraba algo. ¿Navidad? ¿San Valentín? ¡Qué importaba!

El gato la miraba del otro lado del cristal. Qué quería ahora? Ya le había dado de comer. Tal vez quería que le pusiera un nombre y dejara de llamarlo Gato, pero es que eso era: un gato. Había tenido otros gatos con nombre, pero este le exigía demasiado. De haberlo sospechado hubiese elegido un pez por mascota.

"El efecto mariposa es un concepto que hace referencia en la noción del tiempo a las condiciones iniciales dentro del marco de la teoría del caos. La idea es que, dadas unas condiciones iniciales de un determinado sistema caótico, la más mínima variación en ellas puede provocar que el sistema evolucione en ciertas formas completamente diferentes."

Llevando esto a la vida real necesitaríamos encontrar el punto, ese momento donde una decisión puede alterar los resultados. Toda historia tiene varios finales, pero solo se nos permite vivir uno.

—Quédate esta noche —dijo él y le brillaron los ojos, pero ella no lo vio. Miraba fijamente al suelo. Tenía un nudo de dudas en la garganta.

—Me quedo.

Y pasó esa noche y otras seis de aquella semana, e inventaron nuevas formas de acariciarse, de besarse, de hacer el amor.

Durmieron poco y se amaron mucho. Sólo el sol y el hambre les recordaban que había un mundo fuera de aquel cuarto rojo.

Y así vivieron semanas, que se convirtieron en meses, en años, en una casa azul, en dos niños, en Paco el perro, en la gata Malú, en una familia.

El ruido de la cafetera la trajo de vuelta a la realidad, seguido de las risas de los niños y un beso en el cuello del hombre que la abrazaba por la espalda. El mismo hombre de cada día, su compañero en la vida, su mejor amigo, su gran amor.

Miró por la ventana el lindo paisaje calentado por el sol de abril.

Se llevó la taza de café a la boca y dejó que el líquido entrara en su cuerpo. El café sabía diferente con leche, la vida era mejor con la persona correcta.

"El efecto mariposa ocurre cuando una pequeña perturbación inicial, mediante un proceso de amplificación, podrá generar un efecto considerablemente grande."

"El simple aleteo de una mariposa puede cambiar el mundo."

—Quédate —le dijo y le brillaron los ojos, pero ella no lo vio...

Y se fue. Manejó por horas, que se convirtieron en días, semanas, meses, años, un edificio frío, una taza de café amargo, un balcón, y un gato sin nombre.

LA CAJA VERDE DE MARIETA CHAMORRO

Isabel María Rubio Aparicio (España, 1972)

Cogió su bolso y lo colocó sobre la mesa. Sacó una pequeña caja verde, de piel, como de una pulsera, que llevaba guardada en su interior. Recordaba ese estuche de haberlo visto en el último comprartimento de su cómoda, entre sus camisones. Una vez estuve a punto de abrirlo. Pero ella me lo quitó bruscamente de las manos y me pegó un azote. Debía de tener unos ocho años. Fue la única vez que mi madre me puso la mano encima.

Quedamos en la cafetería de un centro comercial. Acababa de ser su cumpleaños y me apetecía comprarle un regalo. Mamá es de ese tipo de mujeres que han nacido elegantes. Es y lo será siempre, una mujer con clase, con independencia del dinero que lleve en su cartera. Posee cierto halo natural de grandeza que si bien en más de una ocasión ha sido confundida con soberbia, en otras tantas, junto con su belleza tranquila y su voz calmada, ha hecho desvanecer esa primera impresión, muy alejada de la realidad.

Aunque sin duda lo mejor que tiene no es lo que se ve a simple vista, un rostro anguloso y una piel fina, los ojos grandes como profundas son sus ojeras, que forman parte de su fisionomía desde que tengo uso de razón. Lo extraordinario de mi madre es su integridad. Me atrevo a decir que es de las pocas personas que conozco que de verdad hace lo que dice y dice lo que piensa, sin interferencia alguna en el proceso, sin dejarse influir pero sin pretender alienar a nadie.

Es por eso que a día de hoy me cuesta admitir que haya podido sobrellevar con tanta dignidad su penitencia particular, sin que nadie, tan siquiera papá, que la ama con locura, se hubiera percatado de ello. Todo sucedió de la manera más espontánea.

—¿Y qué tal va todo? —le pregunté una vez estuvimos sentadas y pedimos dos cafés y una porción de tarta para compartir.

—Como siempre, mi niña. Esta semana he estado muy ocupada. Sabrás que el tío Hilario ha muerto, pobrecito.

El tío Hilario, el simpático y dicharachero tío Hilario, era el marido de Lola, la hermana pequeña de mi abuelo. Ambos se encargaron de Josefina, la benjamina de la familia. Cosas que ocurrían en los años de la posguerra. Mi abuelo apenas podía alimentar a sus cinco hijos por más horas que echara el hombre, y Lola era, casualidades del destino, estéril. Y aunque mi hermana Josefina —me contaba otro día— jamás se lo perdonó, lo cierto es que es la única que pudo estudiar.

—Sí, es una pena, aunque ya era muy mayor, supongo… pues pobre tío Hilario, con lo majo que era, ¿verdad?

Me miró sin contestar. Advertí que me examinaba, como lo hacía otras veces. Seguramente me habría vuelto a pasar con el maquillaje. Pero los ojos le brillaban.

—¡Lo siento, apenas lo acabamos de enterrar! Pero me fue imposible salir antes del trabajo.

—¡Ni te preocupes hija!

—¿Cómo se encuentra? —le pregunté mientras partía la tarta en trocitos, tal y como hacía ella.

—Es muy anciana. Desde que se rompió la cadera ha estado aletargada por culpa de los medicamentos y no se ha enterado de nada.

Estaba alterada. Hablaba de ellos como si fueran extraños. Visualicé de nuevo a aquel hombre gordo. Tenía los ojos pequeños pero con chispa. Su nariz era grande y redondeada, como una berenjena, y su boca parecía una gran raja de sandía. Siempre estaba de buen humor y cuando entraba en casa solía armar un escándalo considerable: nos tocaba las cabezas, nos tiraba de las orejas y pellizcaba con fuerza nuestros mofletes.

—Mejor, sufrirá poco entonces.

—Te advierto que mi tía fue una ignorante. Me refiero a que en todos estos años ha estado más pendiente de mi hermana que de su propio marido. Pero ya sabes, hija —se detuvo para tomar un sorbo de café—, que ojos que no ven…

Me asombró aquel comentario porque en su boca resultaba ofensivo. No estaba acostumbrada a que hablara con rencor de nadie. Me daba la impresión de que en aquel momento se refería a sus tíos con cierta dureza, incluso con aborrecimiento.

—¡Ah, o sea que el simpático tío Hilario era de esos que aparentan ser maridos perfectos, pero en realidad le gustan más las faldas que a tu nieto un videojuego! ¡Vamos, que la pobre debe de tener más cuernos que el toro de Osborne!

Mi comentario parecía salido de tono.

—¡Puf, lo siento, si es que soy una bruta, lo sé, perdóname! Prácticamente lo tenemos de cuerpo presente. Tampoco hace falta que lo despellejemos así.

—¡En fin! —exclamó de repente con la voz quebrada— Si Alguien de ahí arriba —dijo señalando al cielo— le recibe, que le ponga de patitas en la calle.

—¿Cómo? A ver, que algo se me escapa, mamá. Era un buen hombre, infiel pero... siempre he pensado que ha querido a tu hermana como a una hija. Y tía Lola, a pesar de todo, parecía feliz a su lado.

—Si...claro, eso sí... mi vida, pero...

—¡Me estás asustando, te lo aseguro! —la contesté ojiplática.

—Lo cierto es que tu tía nunca lo supo y si se enteró jamás lo delató, más que por amor propio, por vergüenza. ¿Y los niños? Estarán muy mayores. Tengo ganas de verlos.

Dijo, tratando de aplazar la conversación para cualquier otro momento, día, mes o año de un calendario remoto e inexistente. Sin embargo, llegadas a ese punto, no había retorno. Estaba perdida. "Pero vergüenza, ¿de qué?", pensaba.

—Jorge está entusiasmado con el fútbol. Se ha apuntado al equipo del colegio.

—¡Ay, qué bien, a papá le va a hacer mucha ilusión!

—Y Mara está como una cabra. Me vuelve loca.

—Hija, solo es una niña...

—Sí, pero es muy desobediente y demasiado desordenada también. En fin, que es un trasto. Pero está preciosa, cada vez se parece más a ti, mamá. —dije cogiéndola de la mano— El otro día me encontré en casa con una foto tuya. Debías de tener la edad de Mara en estos momentos, unos doce años.

—¡Cómo pasa el tiempo! Y parece que fue ayer cuando estabas embarazada. ¡Cuídales bien, cariño!

—Pues claro, ¡Qué cosas dices, mamá!

—¡Pero no te enfades, cariño...! Hay mucha gente mala por ahí. Ya me entiendes. Vigílales de cerca, eso es todo. Tan solo espero que el tío Hilario descanse en paz, o que se pudra enterito allá donde demonios haya ido a parar —dijo sin pararse a pensar que la seguía escuchando.

—¡Tranquila, desahógate!

—Era un guarro, hija. —confesó en un tímido susurro, para evitar que los de la mesa de al lado se enterasen— Sí, mi amor, nunca te lo he contado, pero lo cierto es que era asqueroso.

—¿Cómo, pero qué dices, mamá? —le pregunté con un hilo de voz.

Ella agachó la cabeza.

—Lo siento mi vida, estoy aturdida. Quiero que sepas que si nunca te lo mencioné ha sido porque lo último que deseaba es hacer de ti o de tus hermanos unos infelices. He preferido manteneros al margen. No quería que crecierais con una idea equivocada sobre el amor, el cariño, sobre la vida en general. Porque —hablaba y lloraba al mismo tiempo—, a pesar de ello he sido todo lo feliz que una mujer puede llegar a ser. Tu padre es un hombre maravilloso. Juntos hemos conocido el amor verdadero, y por si no lo sabes, estamos tan enamorados o más que el primer día. Luego, cuando nacisteis, comprendimos que a partir de entonces lo más importante era cuidar de vosotros y tenernos siempre cerca. Pero a veces me siento tan culpable...

–Por lo que más quieras, no digas eso. –le contesté– ¿Pero cuándo ocurrió? ¿Conocías a papá?

–No, claro que no... De vez en cuando íbamos a ver a mi hermana. La primera vez me sorprendió en la cocina. Entonces las niñas lavábamos los platos mientras que los chicos jugaban a las chapas en el cuarto de estar y los mayores hacían la sobremesa en el salón. Unas veces recogía yo, otras lo hacía tu tía, a veces mi hermana pequeña. Aquel día me tocó a mí.

Comencé a sudar. Temblaba de miedo.

–Cerró la puerta. No sé si te acuerdas de aquella casa. Tenían un cuartito pequeño, una especie de *office* al lado, donde la tía planchaba. También había un sofá de *skay* rojo.

Recordé aquel cuartucho lleno de tebeos viejos y muñecas antiguas. Mis tías charlaban y bordaban bonitos vestidos con nido de abeja. Sentí nauseas. En aquel sofá jugué a las mamás muchísimas veces.

–Me cogió de la mano. Dijo: Anda, deja los platos y ven. Comenzó a tocarme.

–¡Pero qué cabrón!

–Nunca me penetraba. Pero sí, era un guarro, hija... me bajaba las braguitas blancas de algodón hasta las rodillas. Luego se masturbaba.

Me levanté de la silla y me senté encima de ella. Nos abrazamos.

–Te quiero mucho, cariño. –me dijo– Hasta ahora no me he atrevido a hablar de ello con nadie porque... verás... porque nunca he tenido el valor suficiente para hacerlo.

–Entonces el abuelo se murió sin saberlo –afirmé cuando regresé a mi silla.

–¡Ni pensarlo! Yo era su ojito derecho. De enterarse hubiéramos tenido una desgracia. Le hubiera matado.

Comenzaba a completar el *puzzle*. Cuántas veces me había dicho que el sexo no lo era todo en la vida, que no tenía tanta importancia. Me preguntaba si alguna vez sentiría pasión, sin recordar aquel episodio. Pareció leerme el pensamiento.

–Sí, mi vida, claro. Tu padre es un amante maravilloso. De no ser por él yo...

—¿Pero lo hizo más veces?

—Abusó de mí en más ocasiones. Hasta que me hice mujer. Entonces su interés cambió y comenzó a acosar a tu tía Josefina. Pero una noche me fui yo sola a buscarle y pasó lo que tenía que pasar. No podía consentir que hiciera lo mismo con ella.

—¡Cuánto has debido de sufrir! —exclamé sin poder dejar de llorar.

Aquel hombre que nos cogía en brazos y nos alzaba para volar por encima de los sofás, soñando que viajábamos a países exóticos y desconocidos, fue para ella un monstruo con corbata, un bastardo sin sentimientos, un animal.

—¿Y qué hiciste para evitar que abusara de ella?

—Una noche que sabía que iba a estar en su casa me acerqué. Estaba viendo un partido en la tele. Abrió la puerta. Ni me senté. Me fui derecha a la cocina y cogí un cuchillo. Antes de que pudiera reaccionar se lo puse en la entrepierna. Le dije: ¡Cómo le vuelvas a poner las manos encima te juro que vengo a por ti y te mato!

—¿Y qué hizo?

—Para mi sorpresa, echarse a reír y sentarme en sus rodillas. Apestaba a coñac. Te has convertido en una zorrita muy guapa. ¿A qué has venido entonces? Anda, no te hagas la estrecha. Se buena y… Agarré el cuchillo con más fuerza que nunca y, sin saber cómo, se lo clavé en el pene. A continuación presioné.

—¡Pero qué has hecho… vete de aquí, dónde está mi… ay, ay, puta, niña malcriada, lárgate! —gritaba como un loco— Me asusté mucho. Tiré el cuchillo y me fui corriendo. Cuando el médico llegó, tenía los pantalones encharcados de sangre. Logró convencer a todos de que él mismo se lo había cortado partiendo jamón en la cocina. Nadie lo dudó porque aquella tarde se tomó más de media botella de coñac. Todo quedó en un extraño incidente.

—¿Y nunca lo encontraron?

—A mi tía la pareció raro, pero él dijo que lo tiró por el retrete, porque al verse de aquella manera se asustó y perdió los estribos. Luego comenzó a engordar. Sin embargo…

Dirigió su mirada hacia la caja verde.

—Quería depositarlo en su tumba pero me faltó valor. ¿Qué te parece, hija? —me preguntó a la vez que la abría.

No sabía qué pensar. Respiré hondo. Después de tanto tiempo por fin vi su contenido, y pude comprobar que no tenía nada que ver con lo que en más de una ocasión me había imaginado.

Aquella historia cambió inexorablemente el sentido de mi vida; pero a pesar del dolor inmenso que me causó, a día de hoy he de agradecer a mi madre habérmelo contado, ser capaz de confiarme su gran secreto. Fue entonces cuando dejé de creer para siempre en la pureza del ser humano, porque la sensación de desamparo, la frustración ingente, la pena oprimida en el fondo de mi alma y la rabia contenida en forma de lágrimas me acompañaran, lo sé, seguro, hasta el final de mi existencia. Sin embargo, a raíz de ese preciso momento comencé a entenderla, a comprender sus inexplicables cambios de humor, a vislumbrar la fuerza y el amor con el que me crió a mí y al resto de mis hermanos, durante todos estos años y sin dejar de repetir día tras día que nos quería más que a nada en el mundo.

Lo cogí con asco. A continuación agarré la taza del capuchino y la aplasté sobre él. Se hizo polvo en unos instantes. Luego soplé y las partículas de polvo y algo parecido al papel de fumar se desvanecieron por el aire, llevándose consigo años enteros de dolor y de silencio. A continuación alcé la mano derecha y llamé al camarero:

–¡Dos gin-tonic, por favor, y cargaditos! –le dije mientras la guiñaba el ojo– ¡Hay que celebrarlo!

Mi madre me besó las manos y las acercó a su pecho con ternura. Se quedó un momento en aquella posición y luego volvió a romper a llorar.

Pero esta vez sintió un gran alivio.

LA GUITARRA AZUL
Cheryl Coello (Venezuela, 1980)

Recorro el taller con la mirada, buscando alguna pista del rincón de Eduardo. Cuando ya estoy a punto de darme por vencida, veo asomándose entre vísceras de instrumentos y herramientas oxidadas la guitarra azul. Al verla, me invade una sensación de vacío, la misma que se apoderó de mí durante meses cuando me fui de casa de Eduardo.

Sólo queda el cadáver de la guitarra. La madera, aunque aún tiene restos de pintura azul, parece podrirse ante mis ojos. Tal vez este es el destino de todo lo que toca Eduardo. Tanto amaba esa guitarra que la llevaba con él a todas partes, con un forro de tela inevitablemente roto que le cosí miles de veces para que no pareciera un hippy. En las fiestas y reuniones con amigos, sacaba la guitarra y deslumbraba a todos con sus versiones de los clásicos de los años 60, que nadie escuchaba nunca pero que todo el mundo se sabía. Lo acompañaban cantando en el idioma de la borrachera y todos eran felices. Todos menos yo, que conocía ese lado de Eduardo que él no le mostraba a nadie.

Al ver la guitarra hecha trizas puedo imaginar como en medio de un ataque de ira, de esos tan comunes en él, la debe haber estrellado contra el piso. Imagino cada golpe que debe haberle dado, cada patada, cuando después de intentar hasta el cansancio hallar esa melodía perfecta, no pudo. La culpa, por supuesto, era de la guitarra. Se merecía todo eso y más.

Su informal público sólo veía sonrisas, brillo mágico en los ojos, escuchaban una voz melodiosa y eran presas de su inmenso carisma. Una telaraña de energía en la que uno quedaba atrapado sin darse cuenta. Y aunque el raciocinio le gritaba a uno que debía escapar con toda rapidez, pues uno terminaba alegremente resignado con su destino fatal, siempre que fuera a manos de Eduardo.

Levanto lo que queda de la guitarra del suelo del taller, dispuesta a llevármela. Le sacudo el polvo y veo que debajo del sucio, el azul brillante sigue intacto en muchos sitios. Sigue siendo la misma guitarra, tal vez sigue viva. Comienzo a reunir todos los trozos, el mástil, el puente, algunas clavijas, tres cuerdas...

Un escalofrío repentino me hace caer en cuenta de que es jueves, que ya termina la hora de almuerzo y que los lutieres deben estar por regresar. Apuro mis movimientos y mis manos comienzan a temblar, el corazón se me acelera con pesimismo. Un recuerdo me atraviesa las sienes en un instante, el puño de Eduardo, la sangre, el estupor, el llanto, las escaleras, la calle a medianoche. La guitarra azul.

Presurosa y ya con lágrimas de miedo en los ojos, meto todo en una bolsa de basura. Estoy decidida a rescatar la guitarra, pero mis piernas casi no responden al tratar de levantarme. Comienzo a caminar hacia la puerta del taller, pero se abre con estrépito antes de llegar a ella. Los lutieres comienzan a entrar en fila y yo quedo paralizada, de pie, con la bolsa en la mano.

El quinto en entrar es Eduardo.

MARRÓN
Maia Losch (Israel, 1971)

Lo que alguna vez fuiste se ha ido.
Cinema Paradiso

En ocasiones resulta sumamente difícil identificar el instante preciso en que aparece un recuerdo, señalar el estímulo específico que le dio lugar. Simplemente llega, como una bruma, da vueltas por el cerebro y se aleja, sin llegar a ser definido y dejándonos con esa peculiar sensación de inquietud y anhelo –ese retrogusto–, que puede acompañarnos por el resto del día. Pero no siempre es así. Hay veces que resultan tan nítidos, tan inexplicablemente vívidos, que, mientras duran, me siento acorralado en un no-ahora que absorbe por completo mi energía y voluntad. Es como ir al cine, pero mucho más íntimo e inefable. Me transportan a los sitios de mi juventud, donde fui feliz sin saberlo. Tal vez un reflejo inconsciente de auto-defensa me ahorra el viaje a tiempos menos dichosos.

"A mí la vida me tiene sin cuidado", me dijo aquella noche –que fue también la última vez que lo vi–, mientras se acercaba a la pared con la mano extendida para no caerse. "Pero si no te cuidas, ¿cómo pretendes que la vida lo haga?", dije. No fue una pregunta, no; fue un comentario retórico, esa clase de aseveraciones cuya intención es hacer que el receptor se quede mudo o pensativo, reflexionando sobre lo dicho si es que no lo pensó antes y decidió simplemente pasarlo por alto, haciéndose el desentendido ante ciertas obviedades que uno prefiere ignorar. Recibí como respuesta su sonrisa irónica que confirmaba así la veracidad de lo dicho.

Teníamos veinte años y aunque sus veinte años y los míos eran bastante distintos, el cariño que nos profesábamos era de la misma naturaleza. Nos unía una especie de pacto tácito, nunca pronunciado. Decirlo hubiese sido arruinarlo. Porque hay cosas que se dicen de otra forma, sobre todo entre hombres.

Rodrigo vivía lejos. O yo vivía lejos, depende de cómo se mire, si tomamos en cuenta que la casa de mis viejos –que era la mía–, quedaba en un barrio residencial y que la mayor parte de mis amigos vivía en zonas menos pudientes, por lo que tal vez sería más justo decir que el que se encontraba alejado de la realidad ciudadana general era, por fuerza, yo. Nuestro punto de encuentro era la facultad de Ciencias Económicas donde estudiábamos lo que nos habían recomendado los que sabían mejor que nosotros, según ellos, qué nos convenía hacer con nuestras vidas. Es cierto que nosotros, Rodrigo, yo y otros tantos que rondaban los veinte años, no teníamos ni la más pálida idea. De allí nos desplazábamos por el centro de la capital, hacia bares o a la cinemateca, con la esperanza de que si veíamos gran cantidad de películas de directores independientes nos convertiríamos en librepensadores de la modernidad, como si la independencia fuera algo contagioso.

La mayor parte de las veces íbamos solos, nosotros dos. Pero otras, nos acompañaban dos compañeros de la facu, amigos también entre ellos, con los que teníamos cosas en común aun cuando no existiera la misma complicidad. Con Rodrigo compartía hasta la ropa interior e incluso llegamos a compartir alguna que otra muchacha con la que nos unió en algún momento un deseo ocasional. Nunca juntos, eso sí: cada cual a su turno. No hay que exagerar en el asunto. Y no sé si por respeto o por pudor pero así fue; aunque puede que ambas cosas estén relacionadas. Lo de las prendas íntimas ocurrió en solo una oportunidad: un día que Rodrigo se quedó a dormir en casa y le bajó la presión, se levantó en mitad de la noche para ir al baño —mis viejos estaban de viaje, no recuerdo dónde porque viajaban bastante—, y no llegó. Se cagó encima. Le tuve que prestar un par de calzoncillos que nunca me devolvió y que jamás, obviamente, reclamé. No por asco sino porque tenía suficientes.

Volviendo a donde estaba; esa fue la última vez que lo vi y, aquélla, una frase que decía seguido, siempre que estaba ebrio, que era también cuando teníamos nuestros diálogos más significativos, un poco absurdos o idiotas para quien no conocía nuestros códigos. Cuando me salía con eso de que la vida le tenía sin cuidado no solía decirle nada. No sabía qué decir. Me reía nomás pues me resultaba un tanto cómico esa especie de cábala en que había convertido una oración cualquiera, como si al repetirla infinidad de veces pudiera auto convencerse —y convencerme— de que realmente nada le importaba demasiado. Pero esa noche hice aquél comentario y tal vez allí radicó la diferencia. Quizá se quedó pensando en que debía realmente cuidarse más y por eso resolvió irse. O en que debía cuidarse menos y por eso tomó la misma decisión. Vaya uno a saber. También en esa oportunidad estábamos bebidos. Solíamos volver tan borrachos de nuestras salidas nocturnas luego de la facultad que, a pesar de que no conducíamos —él no tenía auto y mi viejo no me lo prestaba porque, según decía, temía que tuviera un accidente—, habíamos acordado que alguno de los dos se mantendría siempre medianamente sobrio. Lo suficiente como para no terminar metiéndonos en alguna casa errada como nos había pasado una vez con tanta mala suerte que el morador creyó que éramos ladrones y empezó a tirar balazos a lo loco, en camiseta y paños menores. Nuestra fortuna fue que éste estaba más ebrio que nosotros y no dio con ninguno de los dos. Si hubiese llamado a la policía nos habrían encontrado enseguida por el tufo inconfundible, mezcla de ron y miel, que dejaba Rodrigo tras de sí por las calles montevideanas. Es probable que yo dejase asimismo mis propias huellas pero, por algún motivo que desconozco, nuestra propia fetidez nos resulta menos llamativa que la ajena. Como los gases: uno odia los ajenos pero adora los propios. Chiste viejo. Mi actual vecina del cuarto piso es un claro ejemplo de este fenómeno: imposible entrar al ascensor y no percibir en el aire los restos de su perfume, dulzón hasta el empalago, pegajoso. Dudo que este hecho se deba a que sufra de algún tipo de dificultades olfativas puesto que, cada vez que se cruza con mi perro, frunce la nariz con ahínco. Aunque es posible que esta molestia que ella sufre se deba a mí más que a mi perro. Luego de los disparos, unas veinte cuadras más allá, nos echamos a reír y nos metimos en otro bar. Tuvimos la lucidez suficiente como para ordenar dos cafés negros bien cargados, con tres de azúcar para él y sin azúcar para mí. Aún se servían los terroncitos blancos, cuadrados, en un plato pequeño separado. Cuando la capacidad de discernimiento volvió a nosotros ocurrió lo que tantas otras veces: Rodrigo hizo una seña con la mano y me pidió un minuto de silencio. Sacó una libretita de espirales de su pequeña cartera de cuero gastado, comprada probablemente en el Mercado de los Artesanos diez años antes, y escribió una idea que quizá sería utilizada más tarde en algún cuento o poema. Aquellos eran momentos sagrados. Yo esperé, mirando por la ventana el despertar del día. La calle estaba aún aletargada pero ya se escuchaba el paso de los caballos de los cartoneros que empezaban su jornada más temprano que el resto de los mortales en esta ciudad tan paradójicamente gris y hermosa. Los faroles seguían encendidos aunque ya no hacían falta. Fue un minuto, pero me quedó grabado en la memoria. Tal vez porque en ese preciso instante fui consciente de que nos habíamos salvado de milagro de una muerte errónea por causa de un malentendido. Algo en particular me produjo un efecto muy extraño. El hecho, el reconocimiento, de que el mismo alcohol que nos había conducido hasta esa casa fue el que nos rescató, dirigiendo la puntería —la mala puntería— de ese hombre en dirección contraria. No es que no supiera que la vida tuviera ese carácter insondable, pero entonces lo comprendí de otra manera, con una fuerza definitiva e ineludible, como si fuese la revelación de la fragilidad humana por antonomasia, del poco control que tenemos en realidad sobre cómo se desarrollan muchas veces los acontecimientos que definirán nuestro pasar por este mundo, y que puede ser cuestión de un segundo, algo en apariencia insignificante, lo que nos voltee la existencia por completo, sin que entendamos hasta mucho más tarde el real valor de lo ocurrido.

Mientras yo pensaba en esto, Rodrigo seguía escribiendo. Luego dijo "Ya está", guardó su libreta y su *bic* en el bolso en señal de que podíamos continuar desde donde habíamos quedado. Solo que entonces ninguno de los dos recordaba de qué veníamos hablando. Levanté mi pocillo de café y brindé. "Salud." Rodrigo sonrió e imitó el gesto.

Si era a mí a quien pasaba lo de la musa repentina era él quien esperaba. Con la misma paciencia. Se encargaba de que nada distrajera mi atención. Yo anotaba mis ideas en servilletas o papeles improvisados y las guardaba en el bolsillo trasero de mi pantalón vaquero, que muchas, muchas veces, terminaba en el lavarropas sin vaciar. Salían de allí hechos un bollo deforme de genialidades perdidas (¿quién podía discutir que eran genialidades si ya nadie podría leerlos?) Rodrigo, que era mucho más inteligente que yo, decía que era una mala señal que ése fuese el final de mis escritos: "Así no vas a llegar a nada, hermano", decía.

Le decíamos "Marrón" porque el padre le pegaba unas trompadas de novela que le producían unos extraños moretones parduzcos. No sé cómo se las arreglaba para zurrarlo pues el viejo tenía una pierna amputada a causa de la diabetes. Rodrigo decía que esos ataques de violencia le venían por culpa del fantasma de la pierna. Así y todo, Rodrigo no era un tipo amargo. Si estaba taciturno se le pasaba rápido. Estaba tan convencido de que la vida es perra que ya de antemano no esperaba demasiado. A veces se ponía serio y se quedaba colgado en un punto, inmóvil. Si le hablabas te miraba fijo sin pestañear durante tanto tiempo que daba miedo. Para traerlo de vuelta, de donde fuese que se encontrara, aplaudíamos cerca de su cara, y regresaba sin sobresaltos, como agradeciendo la atención, y se desperezaba.

Ese fue el gesto que hizo que ayer a mitad del día me acordara de él: en determinado momento me perdí en un espacio en blanco sobre la pantalla del computador. Yo estaba en el laburo. Alguien me habló y no reaccioné. Lo escuché, pero no capté qué decía. Sabía que debía hacer algo, decir algo, pero no pude. Hasta que aplaudieron. Era mi jefe, el chupasangre con sonrisa engominada al que sonrío todas las mañanas; que no deja tufo cuando camina porque de tan abúlico ni olor tiene. Yo no soy mejor que él pero tengo mi coartada: el día que explicaron de qué se trataba eso de ser alguien, yo estaba de bares con Rodrigo. "¿Qué le pasa, Villas? ¿Está enfermo?", comprendí por fin qué me decía. "No, es que no pasé buena noche. "Espabílese, hombre. Y tráigame el reporte de finanzas que le pedí ayer". Dio media vuelta y se fue.

Gustavo, mi compañero de oficina, quiso saber si me pasaba algo. Me hubiese gustado decirle que no dormí bien porque me había pasado toda la noche reventando la cama con mi mujer, o que me había ido al estadio a ver algún partido de fútbol con mis amigos y después nos fuimos por ahí. Pero, la verdad sea dicha, no pegué un ojo en toda la noche porque a Camila, la menor de mis hijas, le están saliendo los dientes y desde hace dos días que está con fiebre, vómitos y diarrea. "Espera a que crezcan", me dijo, "los problemas crecen con ellos". Si su intención fue hacerme sentir mejor minimizando la situación, no lo consiguió. Nunca comprendí esa manía que tienen ciertas personas de hacerle sentir a uno que sus problemas son insignificantes en comparación con los suyos, obligando a repetirte como un pelotudo que tienes que dar gracias porque no tienes a nadie de tu familia muriéndose de cáncer, generándote un sentimiento de culpa por quejarte. La culpa está muy bien vista en nuestra sociedad, sobre todo si viene acompañada del arrepentimiento, como si éste pudiese remediar la situación, reparar los daños. Incluso a los asesinos se les alivia la pena si confiesan arrepentimiento, aun cuando no sea sincero. Pero el arrepentimiento no sirve para nada. Como la experiencia. En mi caso lo único que consigo sentir es impotencia y rabia; rabia conmigo mismo por no haber sido valiente como Rodrigo y haberme ido a la mierda cuando todavía estaba a tiempo, como se fue él sin darle explicaciones a nadie. Mientras yo, en cambio, me paso la vida dando explicaciones también a quienes no las piden. Cuestión de carácter.

Imprimí el reporte y me dirigí al escritorio de mi jefe. No levantó la vista cuando entré. "Aquí lo tiene", murmuré, y puse las hojas sobre la mesa. Di media vuelta y me dispuse a salir pero me detuvo para informarme que la próxima vez que acudiera a su oficina debía hacerme anunciar por su secretaria, aunque se tratara de algo que él hubiera solicitado. "Mi secretaria", dijo, como si aquella no tuviese un nombre, o tal vez porque le resultaba imposible memorizar todos los meses un nombre distinto. Un mes es lo que duran en la empresa esas muchachas que se alegran tanto cuando consiguen el puesto y a la semana se las ve llorando por los rincones, maldiciendo el día en que traspasaron la puerta de entrada como si se tratara del mismísimo infierno dantesco. ¡Oh vosotros, los que entráis, abandonad toda esperanza!

Luego volví a pensar en Rodrigo. Me pregunté qué habría hecho él en mi lugar. Por algún motivo, siempre que pensaba en él, lo imaginaba en México. De todos los lugares posibles, era el que me parecía más adecuado. Pensaba que sería un escritor reconocido, de esos que firman sus libros con seudónimo por sugerencia de su agente literario. Tal vez viviera con alguna mujer alta y de risa fácil, hermosa e inteligente. Yo no me habría enterado. La vorágine diaria me quitó hace años de órbita. Mis actividades sociales y culturales se han visto reducidas a la familia y casi no conservo amigos de aquella época. Cuando se fue quedé bastante solo y a los dos meses empecé a trabajar en este mismo sitio. Conocí a mi mujer. Las cosas se fueron dando. Su partida me dolió pero no me sorprendió. Él era así, imprevisible. Le envidiaba esa capacidad. Quizá las películas que veíamos en la cinemateca le dieran más resultados que a mí. No debe haberlo sospechado, que yo lo envidiara, porque entonces ni yo era consciente de ello, de querer tener aquella fuerza de voluntad de vivir según sus propias normas, desatento a lo que los demás esperaban de él, en una difícil mezcla de libertad y egoísmo. Supuse que escapó del fantasma de la pierna de su padre.

Anoche, cuando volví seguía pensando en Marrón, en lo que ocurrió en la oficina, el aplauso de mi jefe, los recuerdos. En lo que pudo haber sido y nunca fue. En lo que pude haber sido y no me animé. Rodrigo se llevó una parte de mí, lo que sólo fui con él. Hubiese querido que mi mujer lo conociera, porque así ella sabría mejor quién soy.

La cama se volvió más amplia y comencé a dar vueltas, inquieto, sin encontrar posición. Mi mujer despertó apenas, puso su mano sobre mí y con los ojos cerrados, feliz en su mitad inapelable de la cama, dijo "Dormí, amor. Ya es tarde." Me dormí al rato, resignado como un niño obediente, convencido de que tenía razón, ya es tarde para mí. La amo. Ella me hace bien pero no es suficiente; la felicidad no es algo que se construya de a dos sino que cada cual lleva esa carga solo.

Hoy por la mañana, en la oficina, recibí un mail de mi jefe solicitándome información sobre una empresa norteamericana con la que estaba a punto de firmar contrato. El dueño se llama Ramiro Lupo Azaregui, dijo, tirándome la punta de una madeja que yo debía desentrañar. Ingresé a la página de la compañía. En la sección donde figuraba la historia de la misma estaba la foto del dueño. Era Rodrigo: mí Rodrigo. Marrón. Imposible, pensé. Busqué más fotos en Internet de ese tal Rodrigo Lupo Azaregui. Los apellidos que le conocía a Marrón eran López Amateo. Me recosté en mi silla y me eché a reír. Qué hijo de puta, pensé incrédulo, de todos aquellos años, solo conservó las siglas.

EN LA RENDIJA

Anabel Enriquez Piñeiro (Cuba, 1973)

Para el que sabe ver la sombra es solo tránsito de luz a luz
Dulce María Loynaz
Finas redes

1

Por las rendijas de la puerta se filtraba la claridad lunar. Desde la cuna, con los ojos fijos en los haces plateados, jugaba a iluminar las sombras del miedo. Despierta permanecía hasta que su madre regresaba a la casa con la mañana; cuerpo y alma extenuados por la faena nocturna en el hospital de urgencias. Un chirrido de goznes y cada rendija crecía y crecía, abriendo sus fauces de luz: por la puerta abierta el sol hería con sus excesos los ojos desgastados por la vigilia, los pulmones comprimidos por el respirar mínimo, los músculos engarrotados... Cuando a través de los barrotes de la cuna la madre le cubría la pequeña cabeza con el pañal, el mundo, con sus estruendosos matices, se volvía entonces tolerable. Y ella entrecerraba los párpados para ver a la madre ir y venir bañada de un halo sedoso de claridad diurna, desvaneciéndose en el sueño.

El retraimiento, y la palidez de su piel, marcaban su distinción entre los niños de la barriada, daban razón para el cotilleo a las vecinas y preocupación a la abuela que visitaba los fines de mes el apartamento. Pero su madre acallaba los reclamos con elogios para su docilidad, tan agradecida por una madre soltera, e imprescindible para que ambas pudieran sobrevivir en la gran ciudad. Ella las observaba discutir y reconciliarse a través de la hendija de la ventana, entre las puertas entrejuntas, por los resquicios de las persianas. Porque el mundo, si se miraba a través de las hendiduras, parecía distante y seguro. A veces también agitado y pegajoso, como cuando lo escrutaba por entre las persianas rígidas de la puerta del closet, a donde se iba a dormir aquellas noches en que su madre llevaba compañía al cuarto. Las oquedades donde las luces y las sombras penetran con sutilezas fueron un juego y un hábito, un punto de vista sobre la existencia y una forma de estar en el mundo.

Hasta que entró al colegio su madre no reparó en ello. La maestra alarmada le reclamó que la niña se escondía detrás de las puertas y permanecía allí toda la clase; si se le prohibía esconderse entonces miraba la pizarra a través de los gavetines de las mesitas escolares o detrás de los libros que apilaba en un peculiar entramado. Ante las continuas quejas la madre la llevó con un psicopedagogo, quien examinó su cociente intelectual y rendimiento académico. Las pruebas arrojaron resultados muy superiores a lo esperado y la conclusión fue un trastorno emocional que debería desaparecer con la socialización. Pero no sucedió. Fobia social, autismo, esquizofrenia… los diagnósticos se sucedieron uno tras otro, hasta que la madre, harta del tiempo perdido en hospitales, con una hija en el umbral de la adolescencia, decidió gestionarle un profesor particular.

2

El profesor exponía teoremas, trazaba ecuaciones en una pared divisoria de cartón revestido, y aleccionaba a una alumna inexistente con el ardor de una vocación pedagógica truncada. La alumna real, meticulosa y atenta, observaba desde la puerta entornada del baño. Era un hombre de unos treinta y pico, taciturno y de aspecto enfermizo, pero su calidez franqueaba la rendija como un rayo de luz. Antes de iniciar la clase él revisaba las tareas que el día anterior había dejado sobre la mesa del comedor. Mientras, ella aguardaba contraída, la respiración retenida, hasta verlo asentir con aprobación. Entonces se llenaban sus pulmones, los músculos tensos se aflojaban, y podía sonreír, aunque él no la viera.

Una vez el profesor leyó en clases la historia de un pintor chino que había escapado a través del paisaje dibujado en un lienzo. Ella soñó por la noche que hablaba con el artista de la leyenda; él le confiaba un secreto esencial. Al despertar, por más que intentaba aferrarse al mensaje, la escena se diluía con el paso de las horas. Todo lo que logró recordar fue la obligación de "mirar con ojos entornados, entre las sutiles hendijas de los párpados…" Pero le fue imposible recordar qué.

El instructor advirtió que al margen de las hojas de tareas o bajo el último renglón de las páginas del cuadernillo, ella había comenzado a dejar preguntas, breves anotaciones, incluso frases, copiadas de algún libro o escuchadas a otros. Todas intentaban asir la realidad con una mirada oblicua, tangencial. El interés persistente en aquellas notas estimuló un inusual intercambio epistolar. Iniciaron un viaje de sorpresas y cuestionamientos desde la caverna de Platón, por la purificación de la percepción de Berkeley, hasta el existencialismo de Kierkegaard, favorito del profesor, y a medio camino entre la resignación y la fe. Ella, no obstante, prefería y reclamaba las historias: cuentos en los que la realidad se desdibuja en un umbral inasible, como el de la muchacha que trenza su existencia entre las fibras de un gobelino, e insistía en saber cuál era la inclinación exacta para que la puerta que siempre daba al zaguán, la llevara al prado donde pastaba un unicornio. Aunque las respuestas no siempre la complacían, compartir sus impresiones con el maestro le hacía sentir algo cercano a la felicidad.

No fue repentino aunque la sorprendiese. El profesor enfermó, y faltó por tres semanas. Ella experimentó su ausencia como una amputación. Hasta que una tarde acumuló suficiente ansiedad para decirse a visitarlo. Así se acercaba a la ventana del cuarto del joven maestro y a través de las persianas entornadas lo veía batallar con las fiebres. Le dejó cartas no firmadas en el buzón y compró sobres de té medicinal que le hacía llegar por la hendedura de la puerta.

Ella lo esperaba, contenta de retornar a clases, aquella tarde de octubre en que él vino, tan pálido como ella misma, pero con ese tono cetrino que anunciaba despedidas definitivas. Habló de poesía y trajo un ejemplar ajado de un libro del que extrajo melancolía, y del que leyó con voz grave y triste... "Tus ojos tienen la deslumbradora fijeza de los ojos que han mirado a la muerte". Después cerró el libro y lo dejó a los pies de la puerta. Ella vio, a través de la cerradura, como se acercó su pelo ralo, sus ojos grises oscurecidos por ojeras irremediables, sus labios temblorosos que recitaron: "Nunca me he arrepentido de las cosas que he hecho. Quizás de las que no he hecho"; y entonces acarició la cerradura con un dedo, besó el haz de luz que caía sobre sus labios y se estremeció con el primer impulso consciente de placer. Él se volvió sobre sus pasos y se alejó. Un golpe de aire proveniente de la puerta de la calle al cerrarse tras sus pisadas vencidas hizo que las páginas del libro se abrieran con azar sospechoso. Ella, con entrenada vista, leyó a través de la hendidura una sentencia: "Acariciaré el aire y sonreiré a la sombra por si en la sombra me miras y en el aire me besas".

No volvió a verlo y por su madre supo que había muerto. La madre fue comprensiva y desistió de buscar nuevos maestros: ya ella sabía lo suficiente para su edad y para lo que podría hacer con lo que sabía.

3

Una semana después la madre sugirió que se mudase por un tiempo a casa de la abuela, la casa de campo que había visitado de niña cuando la abuela vivía y que tenía tantas puertas y rendijas por las que explorar la luz. Aceptó. Después de todo se lo debía a su madre: se había esforzado por cuidarla, entenderla y tolerarla durante dieciséis años.

Todo su equipaje consistió en el libro de poemas y una cámara de fotos instantáneas. Esas fotos que parecen sacadas a través de una ventana cuadrada y blanca. Antes de partir, por entre la rendija de la puerta de la calle, enfocó a su madre recogiendo la vajilla de la mesa y tomó su primera foto. Escogió hacer el trayecto en bicicleta para evitar encuentros y preguntas incómodas. Por el camino retrató el mundo: familias cenando, parejas enamorando en los aparcamientos, ancianos dormitando delante del televisor, niños jugando en las consolas de videojuego, mendigos repartiendo el botín diario... siempre desde las rendijas de una ventana, una puerta, una cortina, una cerradura...

La casa de la abuela era silenciosa y cálida. Los haces de luz se filtraban por el techo de tejas, por las claraboyas, por las junturas de las puertas desencajadas de los marcos, por las ventanas horadadas por el comején. Un mundo de rendijas y espacios enmarcados. Consideró que no precisaba más luz que la de los astros y cortó la entrada de los cables eléctricos. Allí pasó días retratando a través de sus tupidas telas a las arañas que señoreaban por las vigas y los dinteles, nidos de gorriones, cuevas de murciélagos y húmedos refugios de escolopendras, también a campesinos que pasaban azuzando sus yuntas de bueyes, niños que marchaban cantando hacia la escuela rural. El médico de la comunidad venía cada dos o tres días a golpear la puerta de la casa o dejaba una citación para que acudiera al consultorio. Entonces lo retrataba desde las persianas entornadas de la cocina. El médico era joven, trigueño y fornido, más que un doctor parecía un arriero. Observó las fotos por un rato. Decidió que le abriría la puerta la próxima vez.

4

El médico encontró sobre la mesa de la sala una taza de café humeando y unas hojas manuscritas con los datos necesarios para llenar la historia clínica, calzadas por un jarroncillo de porcelana: las flores de violetas perfumaban tímidamente la habitación, vencidas por el aroma de la infusión. Llamó varias veces, miró por los rincones de la sala, pero tuvo la discreción de no inspeccionar más allá. Bebió el café, tomó los papeles y dejó una rápida nota hecha con la abigarrada caligrafía de sus dedos fuertes. Ella espió todo el tiempo por entre las ventanillas del closet del comedor. No hizo ninguna foto. Pero en la noche soñó que los dedos del médico se introducían por las tablillas de la puerta y alcanzaban a rozar su sombra. El contacto era abrumadoramente cálido.

El médico regresó al día siguiente, como advertía la nota. La puerta estaba entrejunta, sobre la mesa del comedor había un vaso con jugo de mango que rezumaba gotitas heladas y una taza humeante de café recién colado. El florero de la mesa tenía un ramo de nardos frescos, el olor obligaba a reparar en ellos. El hombre sacó del bolsillo de la bata unos papeles y los calzó con el jarrón. Paseó un rato por la habitación y terminó por sentarse. Bebió el jugo despacio, meditando y saboreando cada trago. Mientras lo espiaba, ella sintió que la temperatura dentro del closet crecía. Sus dedos acariciaron el borde de luz que se filtraba entre las tablillas y sintió que tocaba la sombra de él. El hombre apuró el café, ella oprimió en sus labios el gusto de la boca masculina, mojada y amarga. Cuando el doctor se marchó, cerrando la puerta con una suavidad casi amorosa, ella abandonó el refugio empapada en sudor y deseo. Entre las hojas de indicaciones de análisis había otra nota: "Hágase estas pruebas Mientras esté viviendo acá, usted es mi responsabilidad". Tomó las indicaciones de análisis, pruebas de sangre, orina, heces. Colocó nuevamente los papeles bajo el florero y se puso a trabajar.

Pasó la tarde y la noche acopiando maderas en el patio, retirando partes de muebles viejos, fondos de vitrinas, tablillas de ventanas. Lo hizo con gusto, con un especial sentido del equilibrio y la armonía, con una feroz tenacidad desconocida por ella misma. Luego se ocupó de los análisis. Estaba todo listo cuando el médico tocó la puerta aquella mañana. Lo había visto venir hacia la casa a través de la ventana de la cocina. En la mesita de la sala había servido un tazón de coctel de frutas y el café humeante, en el aire flotaba el perfume de lirios blancos. Junto al florero, una nota, otra frase extraída del libro de poemas: "Al pasar junto al pantano heme escondido bajo el chal mi gran ramo de lirios. Como el fango es oscuro y triste no quiero que sepa que hay cosas blancas en el mundo".

Junto a la nota, dos frascos ambarinos y un tubo de ensayo plástico. Todos llenos: heces, orina y sangre. El médico apenas tuvo ojos para nada de lo que aguardaba sobre la mesa. Permaneció inmóvil contemplando el extraño mueble que circundaba la sala y separaba definitivamente esta habitación del resto de la casa. Una especie de repisa sin adornos, una pared sin ventanas, un entramado de piezas de madera que aquí o allá dejaban orificios mínimos, rendijas discretas, pequeñas junturas por las que la luz, a veces, podría traspasar. Ella desde el otro lado lo miraba a su antojo, desde una altura de dos metros o a ras del suelo. A través de su empalizada podía contemplarlo, completamente suyo desde cualquier ángulo. Ahora él era un punto fijo y ella se movía por detrás de las maderas aprehendiendo su figura; oliendo, casi palpando el sudor de hombre, sin tener que esperar que él diera un paso o girara, porque ahora ella se movía a su capricho, saltando de un orificio a otro, de una rendija a otra.

Él volvió otras mañanas. Se sentaba a la mesa, paladeaba lentamente los bocadillos que ella dejaba sobre la bandeja, aspiraba el perfume de las flores o de algún incienso, y se dejaba espiar por un rato, arrellanado en el butacón, la cabeza hacia atrás, inmóvil y laxo. Luego se marchaba dejando alguna indicación médica, un frasco con vitaminas, algún remedio según la enfermedad estacional en boga. Ella dejaba también notas: "El que yo amo es blanco como lirios de las montañas…" Cuando él las leía, sonreía y las dejaba otra vez bajo el florero. Tal vez por ese gesto que le parecía desdén, el deseo de ella crecía, doloroso, como una lasca de madera clavada bajo las uñas, como polvo de aserrín en los ojos, como un clavo rasgando los límites del vientre. Hizo una foto de sí misma, la última del cartucho de instantáneas, la luz del sol le daba sobre un lado del rostro, el otro en sombras, parecía envuelto en humo, pero aun así se distinguían sus facciones victorianas, casi feéricas. "Ven con la noche", escribió en la nota junto a su foto y él al leerla no sonrió, pero tomó la foto y la guardó en su bolsillo.

Franjas de luna redonda y limpia atravesaban las rajaduras. Ella, ansiosa de luz, buscaba los lugares por donde la claridad filtraba, atenta a los sonidos de la noche, intentando descubrir los pasos. La puerta de la calle se abrió. Desde la empalizada lo vio acercarse a la mesa, esta vez cubierta con mantel de encaje de Bruselas, alumbrada por rojas velas, engalanada con copas de bacará y una botella de tinto de Burdeos, todo lo que la abuela debió atesorar por muchos años. Había comida en las fuentes, flores de azahar en el búcaro de porcelana; un lamento de violín llegaba atenuado desde el tocadiscos de un cuarto. Él vestía con ropa de domingo y olía a perfume barato. Se sentó a la mesa, sacó la instantánea de ella y la puso frente a sí.

—No es justo. —dijo— Esto es todo lo que tengo de ti. Tú, en cambio, me tienes completo.

Ella se estremeció tras el entramado de madera. La iluminación de la sala era escasa y él se desdibujaba cuando lo miraba desde algunos puntos. Lo vio tomar del vino, paladearlo con éxtasis, y luego zafarse los botones de la camisa mientras caminaba alrededor de la empalizada, la copa en la mano y el pecho descubierto.

—¿Ni siquiera en la noche saldrás? —insistió.

El pegó su oído a la madera y ella retrocedió, nerviosa.

—Casi puedo sentirte ahí detrás, olerte y saborearte como este vino

Mientras hablaba él miraba con afán por el orificio que había dejado la cerradura de una puerta de closet. La oscuridad era espesa al otro lado. Ella se movió lentamente y con un dedo tapó el orificio por el que él intentaba mirar.

–No es justo. Quiero jugar tu juego –exclamó con desaliento.

Él se alejó hacia la mesa servida y se dejó caer en el viejo butacón. La luz de las velas lo hacía lucir vulnerable y cansado. No probó la comida pero el vino descendió copa tras copa por su garganta y enturbió su sangre. Así intentó un argumento tras otro para conseguirla. Gimoteó, golpeo la empalizada, suplicó, finalmente se quitó la ropa y se expuso desnudo en medio de la habitación.

–¿Es esto lo que quieres, mirar? ¡Entonces mira!

Las velas se apagaron con el sonido de una aspiración estertórea. Él quedó en medio de la oscuridad y lanzó un improperio. Tanteó la ropa por el suelo, frustrado y avergonzado. Desde algún sitio un rayo de luna atravesó un resquicio del parapeto de madera y alcanzó su hombro. Lentamente se incorporó y se acercó a la rendija de donde provenía la claridad. Acercó un ojo con cautela, comprendiendo que ahora la luz estaba del otro lado: luz que la alumbraba a ella, desnuda, apoyada contra una ventana, con los dedos entrecruzados sobre la cara, mirándolo a través de las hendeduras que dejaban las manos entrelazadas. Él alcanzó a encontrar otra brecha en el parapeto por la que cupo su índice derecho, lo giró intentando alcanzarla sin éxito. Ella caminó alejándose de la luz y él la perdió de vista. Apenas a tiempo para tragar un aullido de frustración sintió el roce de un pezón pequeño y enhiesto contra el dedo que mantenía dentro de la fisura, frotándose contra él, agitándose, agrandándose. Desesperadamente buscó otra hendidura. Ella le indicó soplando por un pequeño resquicio justo sobre la oreja de él. El hombre pego la boca ansiosa, la lengua lamió el entrecejo de ella, y luego cada pequeño pedazo de piel de la cara que ella acercó al agujero. Así, buscando resquicios, tocando, lamiendo, mordiendo entre grietas, junturas abiertas, ranuras de antiguas ventanas mal clausuradas, él jadeó hasta la agonía y suplicó una vez más que saliera afuera, que se entregara completa, que el juego era excitante pero doloroso, que moriría si no la podría tocar más. Frotó el pene a desbordarse contra las esquinas de la madera, buscando la grieta imposible, aumentando con cada rasponazo su excitación, finalmente encontró un camino, y el camino desembocó en otra hendedura blanda, jugosa y trepidante. Al amanecer se despertó desnudo, sobre un charco de vino, sudor y semen, cubierto de moretones y magulladuras. Le llevó unos segundos reconocer el lugar, evocar los sucesos, y como un animal apaleado y enfermo salió, cerrando la puerta con un portazo, sin mirar atrás.

Esperó que volviera la mañana siguiente, la otra, y por una semana no supo nada de él. Mientras tanto olisqueaba las rendijas por donde se habían tocado, lamía la oquedad impregnada del semen mezclado con el amargor de la resina de pino, y esperaba su retorno haciendo notas copiadas del libro de poemas, o de otros libros, o de su propia ilusión.

A la semana él regresó. No miró la mesa, ni las flores, ni la nota. Su mirada era febril, su voz desafiante y con un tinte de miedo que la hacía terrible. "Derribaré ese muro, te mandaré a un manicomio, te sacaré por una de esas ranuras aunque tenga que hacerlo a pedacitos, incendiaré la casa…" Maldijo por un rato largo y luego se acercó a la pared falsa llena de trampas de luz. Introduciendo por el resquicio su inhiesta masculinidad, con voz arrodillada, suplicó que lo masturbara.

Cuando anocheció él se había marchado hacía varias horas y los rayos de la luna cayeron sobre el rostro de rasgos victorianos sumergido en las sombras, rociado de las lágrimas. Comprendió que para ella no habría satisfacción posible a un lado o al otro de las rendijas. Solo en ellas había luz, cualquier traspaso del umbral hacia el otro lado, cualquier invasión, la destruiría. Colocó las fotos polaroids en un sobre manila, puso en el remitente la dirección de su madre y lo deslizó por la ranura del buzón del correo local. Se marchó esa misma noche, camino a la playa, antes de que él regresara al día siguiente con el hacha prometida para hacer astillas su armadura de madera. Se fue en busca de una cabaña abandonada o una cueva que la alejara lo suficiente del mundo para crear su propio cosmos de oquedades luminosas. En una caverna cerca de la costa pasó los días, recolectando piedritas y caracolas para erigir muros fisurados, hasta que la encontró la policía. Una ambulancia la transportó, restringida con una camisa de fuerza, hacia el hospital psiquiátrico de la ciudad.

5

Le dieron un cuarto vacío, mugriento, con altas ventanas de cristal que dejaban entrar la luz en groseros torrentes. Habían limitado sus movimientos con correas por lo que solo quedó para ella mantener los ojos entreabiertos, creando su propia rendija de párpados. A los tres días le soltaron las correas y le dejaron deambular por el patio y los pasillos. Cuando la veían ocultarse tras una puerta o entornar una ventana, los paramédicos y enfermeras la regañaban con violencia. Hubo en cambio uno de ellos que, compadecido, le regaló un pasamontañas. Cuando la autorizaron a usarlo pudo cubrir su rostro por completo, dejando un mínimo resquicio donde los ojos. Lo aceptó con una inclinación de agradecimiento, e interiormente con compasión hacia ellos. No comprendían que el mundo que quería habitar estaba justo en ese punto, entre ella y el universo, en la misma rendija. Allí donde todo era sombraluz.

Meses más tarde, el enfermero que le dio el pasamontañas le mostró un reportaje sobre una exposición fotográfica que se exhibía con éxito en una galería de la ciudad. Los rasgos del rostro de la artista del lente, una antigua paramédica ya entrada en los cuarenta, se le pare-cían significativamente a los de aquella paciente. Pero sobre todo las fo-tos, tomadas a través de estrechas aberturas, capturando imágenes frag-mentadas, mosaicos de realidad. El enfermero estaba interesado en es-tablecer un vínculo entre ella y la fotógrafa, ¿su madre, quizá? Varios se acercaron preguntando si era posible. Ella sonrió, restándole impor-tancia.

La última tarde en el hospital estuvo sentada todo el tiempo en su habitación, observando como la luz iba filtrándose entre las hojas del naranjo del patio interior, creando rombos luminosos sobre el piso de granito. Unas horas antes le habían informado que estaba de alta, pues se había comprobado su falta de peligrosidad y una generosa suma ha-bía sido depositada en su cuenta corriente. Saldría del manicomio aque-lla tarde. Alcanzaría la libertad. Mientras contemplaba los naranjos con ojos entornados, las flores de azahar se tornaban flores de oro sobre su cabeza. Pensaba en el pintor Li, el que había huido a un cuadro para escapar de las exigencias del emperador, pensaba en aquel niño que escapó de su madrastra encerrándola como una sombra en la pared del cuarto. Ella también lo lograría. Entrecerró más los ojos, cruzó los de-dos de las manos haciendo un entramado para mirar por las hendidu-ras, y a través de la puerta entornada del cuarto, vio por fin el prado en que pastaba un unicornio.

Cuando la enfermera llegó la habitación, acompañada de un mé-dico trigueño de rostro curtido, el lugar estaba vacío. Luego, junto a los paramédicos, registraron todos los closets, rincones, lugares de penum-bras. Cuando el sol se deslizó por la hendidura del horizonte desis-tieron e hicieron un reporte de fuga. Antes de marcharse, el médico regresó a la habitación donde había estado ella. Entornó la puerta y miró por la hendedura. Justo para verla alejarse sobre el prado, bañada de luz.

CARTERA DE MUJER
Diana Irene María Blanco Ciriza (Argentina, 1951)

1

Doña Julia Olivera frisa los sesenta años generosamente superados. Su condición económica, "al día"; su almuerzo habitual, una olla con más papas y arroz que cordero. Su pasatiempo favorito, los designios inescrutables del zodíaco. Y como rutina vitalicia poco tiempo para la casa, donde es menester decir que la mujer permanece estrictamente lo necesario. Su gimnasia natural es la de trota calles, veredas, plazas, comercios, iglesias menos puentes porque por aquí no los hay. Prueba de ello son sus zapatos reforzados a prueba de clavos y en especial su cartera de cuero sufriente que acredita agitada residencia al aire libre. Este accesorio es su prolongación, su tercera mano. Su invisible ala de gallina vieja replegada bajo el brazo. Algunos vecinos se atreven a afirmar que su amiga más cercana, Cloti, ha visto a doña Julia, sobradas veces, dormir en ancho camisón y arropada como un esquimal con la cartera bien apretada entre las manos.

También es oportuno expresar que la mujer a la vista de todo el barrio en contadísimas ocasiones barre la vereda. Sacude con bríos una larga escoba mientras en el mismo brazo oscila como un péndulo sin rumbo su bolsa de mano. Ante esta escena ciertos curiosos del vecindario suelen comentar que su vecina ya carga suficientes años como para tener la memoria enredada en la madeja truculenta de sus neuronas apelmazadas. Otros van muy lejos, hasta llegar a la exageración con las suposiciones. Afirman que doña Julia en esa cartera guarda con seguridad algo muy valioso y por esta razón jamás la suelta y menos olvida en cualquier silla, mostrador de tienda o almacén. Cascarita, el único hombre sin edad en el pueblo, al que todos llaman el pata de perro, vive espiándola. Él afirma, desde su aguda visión detrás de los yuyales, que la mujer acude al baño de chapa de su patio, con macetas floridas a su alrededor, a los saltitos y corridas con la cartera rebotando contra sus anchas caderas de matrona.

A esta altura, sobre la extraña conducta de doña Julia, a quien nadie se atrevió a llamar "la vieja de la bolsa", se lanzan múltiples especulaciones. Juntando comentarios de lejanísimos tiempos, se comenta que porta en aquel receptáculo con intriga de fondo y larga historia nada más que baratijas de mujer "mayor". Buena parte de los curiosos conocen de sobra, y por eso tanto aburrimiento popular, que en la amplitud oscura y pelusienta del accesorio, bailotea, entre otras menudencias, un monedero marchito y redondo. Allí guarda "las piedras", como dice doña Julia con indisimulado orgullo. Esas pequeñas protuberancias rocosas que preserva con tanto afán habían sido desalojadas de su hígado en una epopeya quirúrgica hacía veinticinco años atrás sin calendario a prueba. Como un soldado que exhibe sus antiguas condecoraciones, la mujer, a poco de iniciar los pormenores de cualquier conversación, acostumbra a extraer del monederito, en un rápido ademán, aquellos cálculos biliares cónicos y negruzcos. Los hace rodar en la palma de la mano, arqueada como un cuenco, mientras rememora ante el atónito interlocutor la crónica de aquella lejana cirugía. Luego los guarda de a uno con la sutileza que requieren aquellas piezas que se van achicando despacio, como con vergüenza dado su íntimo origen, sólo por el gusto exhibicionista de su dueña.

Según meta la mano en su bolsa de paseo doña Julia descubre, en otras ocasiones, su primera dentadura postiza envuelta en un pañuelito algo húmedo y de dudoso color. Acto seguido pasa a narrar con detalles minuciosos las adversidades por las que ha atravesado su ruidosa e histórica boca merced a un inescrupuloso dentista, seguramente sin título ni honores bien ganados. Los dientes presentes y ausentes ríen en una carcajada silenciosa en su intento de morder el vacío al que los ha condenado sin reclamos la atribulada mujerona. Siguiendo con el linaje dental, otras veces doña Julia introduce la mano en la hondura misteriosa de la cartera y escarba como una gallina despistada por unos minutos. Por fin extrae y sacude con mano temblorosa un sobrecito de papel transparente y amarillento donde flota un diente de bebé, pequeño y huérfano, al mismo tiempo que suelta unas cuantas lágrimas por su hijito perdido a temprana edad. Y así la pobre socializa sus avatares y se saca unas cuantas penas de encima, aunque el peso de estas penurias todavía la hostigan en su gastada cartera de mujer.

De no ser porque doña Julia atraviesa calles trajinadas y plazas concurridas, misas solemnes y esquinas conversadas, con su cartera siempre adherida a su portentosa figura, aquel bolso de mano nunca hubiera originado un párrafo, una línea, un silabeo en cualquier conversación. El objeto causal de obsesiva consideración colectiva presenta un tamaño de regular a grande. Su forma más bien rectangular, de color azul desteñido con largas correas desgastadas en sus bordes y arqueadas por el hombro que las sostiene. Una solapa con un aro forrado del mismo cuero disimula la abertura y constituye el único detalle visible. Pero el objeto da para mucho más. Los más osados cuentan, sin margen de dudas, que cierta vez descubrieron dos o tres moscas revoloteando alrededor de la cartera con insistente vuelo circular. Y aseguran que diferentes sonidos se desprendían del accesorio a medida que doña Julia cierta tarde, taconeaba esquivando baldosas flojas en la vereda del Club Social y Deportivo Los Laureles Conseguidos. Dicen que fue en una siesta prolongada que reventaba de calor las calles de asfalto, sin transeúntes ni vehículos. Dos o tres desocupados del barrio, sentados bajo los árboles en unas sillas de latón, atropellaban sin respiro unas cervezas rubias bien heladas. Como entre sueños la vieron pasar a doña Julia meciendo sus caderas bajo el algodón de una pollera color durazno maduro.

Detrás, aseguraron, iban las moscas que ya eran cuatro y el tintineo de algún objeto extraño, inconsistente.

2

—¿Qué tenés en la cartera, tía Julia? —pregunta Romi, quien en realidad se llama Romilda y que como Julia, bautizada con el nombre de Juliana, ha eliminado también la últimas letras del nombre por ser más bonito y distinguido. Es una muchachita de pelo crespo y rubio que le cae en gruesos rulos tapándole los ojos grises y brillantes.

En un ángulo de la salita, reclinada sobre la mesa de madera junto a la ventana que da a la calle, Vera, la madre de Romi, cubre con laca roja sus uñas de plástico. La luz amarilla de un viejo velador ilumina el líquido que emerge cremoso y brillante en un pincelito de cerdas que se abren en forma de abanico sobre el extremo ovalado y perfecto de las cutículas hasta llegar al borde. Para Vera, el aspecto de sus uñas es lo más importante de su existencia. Dedica varias horas del día a pulirlas y recortarlas. Luego las observa una por una al trasluz con las manos extendidas hacia adelante, las compara guiñando un ojo, después las junta, las separa y arregla cualquier imperfección. Romi, en cambio, fabrica pajaritas de papel. Ya posee una colección de trescientas sesenta y cinco y piensa llegar a las mil para que se le cumpla un deseo. Pliega los trozos de diarios o papel blanco con sus dedos de uñas mordidas mientras observa a su tía quien hace casi una hora mira por el vidrio de la ventana que da a los patios traseros.

—¿Qué llevás en la cartera, tía Julia?

Vera, sin desviar la mirada sobre sus manos, supervisa de reojo la pollera negra, bien estrecha, que planchó muy temprano y el balanceo de la percha que cuelga de un clavo de la pared donde se suspende una blusa verde con lentejuelas y generoso escote. Ni bien el esmalte de sus uñas esté seco se dará un baño con jabón de violetas. A las once de la noche en punto con el cabello ondeado impregnado de laca perfumada partirá hacia el Club de La Sirena Dorada. Cuando Romi era muy niña, Julia la entretenía con canciones y adivinanzas hasta que dejaba de llorar de a poquito cuando Vera se iba todas las noches a trabajar de copera para ganarse el pucherito de su hija. Romi creyó por largo tiempo que su madre lavaba copas en el Club y en varias oportunidades entre hipos y mocos la pequeña se ofreció a acompañarla con un repasador apretado en un puño, para secar todas las copas y vasos que Vera lavaría en gran cantidad. Y sin parar, porque los hombres beben mucho en esos lugares mientras conversan y se ponen tristes y llorosos como ella. Desde aquella época en que su madre cerraba la puerta dejando caer un beso desganado y salía como si algo poderoso la succionara, Romi odia la noche. Sobre todo cuando conoció en qué consistía el oficio de Vera. Y entendió con el llanto suspendido, porqué a su madre durante sus prolongadas ausencias, no se le quebraban las uñas ni se arruinaba el esmalte rojo, impecable.

Ahora, mientras afuera y en la casa también oscurece, Romi sigue sentada en la cama con las piernas cruzadas, sus ojos grises y el pelo en cascada. De reojo mira la blusa estruendosa en la percha mientras pliega con rabia las pajaritas de papel y las coloca sobre el cubrecama de algodón. Se ha propuesto fabricar mil grullas para que se le cumpla el deseo de que su madre abandone el Club y por fin le peine los rulos con sus largas uñas de reina.

3

Fue detrás de las plantas de acacias donde el desgraciado recibió su escarmiento. Me acuerdo de que apareció en la mercería de Hortensia, cinco años atrás, sosteniendo varias cajas con botones y abultados rollos de hilos de seda justo cuando mi amiga y yo terminábamos un té con bizcochitos de grasa.

Lo primero que vi fue su diente de oro que me sonreía burlonamente. O me pareció a mí, puede ser. Reconozco que soy bastante quisquillosa pero en realidad la sonrisa no se descolgaba nunca de la boca de Pedro Incasa. Reía siempre. Reía porque sí. Aquella tarde me quedé en el negocio de Hortensia para mirar qué novedades traía el viajante, mientras avanzaba sin disimulo sobre los últimos tres bizcochos que quedaban en el plato.

Al cabo de una hora, finalizada su venta, el hombre declaró con visible cansancio que necesitaba un hospedaje decente y terminó como inquilino en nuestra casa. Nos sobraba una pieza y nos faltaba dinero.

Y sí, seguimos casi igual. Las lentejuelas, los esmaltes y los tacos de Vera siempre se tragan sus pesos como la polilla devoró el último abrigo de Romi. Por más que reviso el ropero o sus cajas de cosméticos hasta el día de hoy nunca aparece ni una moneda. Al principio no se notaba la presencia de Pedro Incasa en la habitación. Siempre ordenada y limpia la pieza permanecía oscura y cerrada. El huésped visitaba comercios en localidades vecinas y llegaba al anochecer después de guardar su coche rentado en el taller de don Mario Salvatierra. Se bañaba, vestía su traje gris, anudaba en su cuello una corbata con lunares negros y cenaba en el Club de La Sirena Dorada adonde llegaba envuelto en un baño de colonia *Old Spice*. Allí fue donde empezó a enredarse con Vera quien en la casa aparentaba ignorarlo y no cruzaba palabra con él. Me lo dijo la muchacha que limpia las habitaciones del tugurio. Y me agregó que ni bien la orquesta empezaba su actuación, la música enhebraba los cuerpos de Vera y Pedro en una trenza apretada a unos tangos interminables. Por ese entonces los domingos, que era su día franco, Pedro se sentaba en la galería de nuestra casa a controlar las facturas de sus ventas y aceptó compartir la merienda.

Recuerdo que sorbía sin apuro el mate, estiraba su risa con los ojos entornados, vidriosos. Y me rozaba los dedos sin disimulo al alcanzarme la cebadura. Al comienzo supuse que eran ilusiones mías. Para disimular mis temblores le daba la espalda y cortaba las hojas mustias de los geranios que crecían pegados al cerco de la galería. Juro que en esos momentos sentía en medio de la espalda la quemadura de su diente de oro titilante. En ese tiempo no me faltaban atributos y extrañaba las manos de un hombre desde que Lorenzo, mi difunto marido, se había ido de este mundo por una neumonía endemoniada que le sopló la vida en cinco días. Así Pedro Incasa conoció los pliegues de mis sábanas y las urgencias que me había dejado la viudez prematura. Confieso que odié a Vera y a su cintura de avispa. Sus años cortos y sus uñas de fuego. Y la música de unos tangos lejanos empezó a envenenarme el alma. Una madrugada la dejé afuera. La helada de junio congelaba su aliento de trasnochada pero no le abrí la puerta. Cuando la dejé entrar a la casa, el sol de la mañana lamía el azul violáceo de su boca cerrada. Pronto mi hermana consiguió una llave nueva. Cambié la cerradura tantas veces Vera llamaba al cerrajero. Ya no nos mirábamos, nos clavábamos los ojos. Nos flechábamos las palabras y la luz de la ira oscureció nuestros días hasta lo que ocurrió aquella tarde. Romi no estaba en la casa. Había partido por una semana hacia la casa de campo de las monjas de Santa María Antigua. Yo estaba sumergida en la lectura somnolienta del horóscopo de la semana. Voces que se demoraban en gritos me cayeron en plena cara y bajaron hasta mis pies entumecidos. Vera y Pedro peleaban en el fondo del patio. Confieso que un refucilo de júbilo latigueó entre mis pechos. Me levanté de la silla como quien sale con la sangre quemada a buscar una presa. Ya afuera, avancé raudamente en dirección hacia las acacias. Recuerdo la espalda y la nuca de Pedro y entre sus piernas separadas la cara roja de Vera, su cuerpo hermoso y sus rodillas clavadas en el suelo. En eso un rayo de sol, que entró por las ramas de los árboles, flameó en el filo del hacha clavada en un tronco de leña. No demoramos demasiado arrasadas por ese viento ajeno. Sólo se escuchó un crujido igual al de la madera vieja cuando se parte un poste seco. Muy cerca, el sumidero de la antigua fábrica de embutidos, abandonada por sus dueños, hervía repleto de agua podrida y oscura, plagado de ratas muertas. Vera y yo arrojamos el cuerpo de Pedro. Se hundió como lo que era, una basura maloliente. Antes de que el zanjón lo tragara le arranqué la dentadura para que su diente de oro no me encegueciera nunca más. Para algo serviría. Y vaya que fue así. Desde aquella época tenemos chapas nuevas en todo el techo de la casa, una estufa enorme de leña que brama en el invierno. Y yo, esta cartera de cuero.

Ninguno en el pueblo preguntó por Pedro Incasa. Nadie se fija demasiado tiempo en la ausencia de un forastero que vende hilos de seda.

EL ESPÍRITU DE LOS FRAILES

Carmen Hernández Montalbán (España, 1967)

La urraca nunca pudo imaginar, entre otras razones porque la imaginación no era cosa que le incumbiera, que cortar el racimo de uvas aquel día de forma accidental, llegara a traer tan buenas consecuencias a la abadía. Y es que los prodigios del señor son innumerables, más cuando se trata de remediar las miserias de su rebaño. Es conocida nuestra abadía por sus vinos, pues el cultivo y cuida de las viñas es la labor que nos ocupa la mayor parte del día. Diez años atrás llegaba a la Abadía el hermano Millán, fraile de la orden cisterciense, nacido en las tierra del poeta de Berceo, donde abundan las bodegas y hasta algunos se atreven a afirmar que allí nació el vino, desde que Dios nuestro Señor crió el mundo. Por tanto, el hermano Millán conocía bien estos trabajos. Se trajo con él algunas cepas y plantolas en el huerto del convento, en un lugar bien regalado de sol de laudes a vísperas. Cuanto más sol, mayor dulzor..., no se cansaba de repetir. Así que a los pocos años tuvimos una cosecha de uvas tan generosa, que el padre Abad le dio permiso para que nos instruyera en el oficio y elaboración del vino.

Cuando Fray Millán llegó para incorporarse a nuestra comunidad, no corrían tiempos de bonanza. Don Pero de Guevara era el señor de las tierras donde se asentaba la abadía, fundada bajo el beneficio de su amabilísimo abuelo, el Señor Conde del Fresno, Don Raimundo de Guevara. Disponíamos de un huerto, con el que obteníamos el sustento, y además trabajábamos un terreno aledaño con el que pagábamos la renta al Señor Don Pero. Mientras que Don Raimundo era recordado como hombre piadoso y benevolente, Don Pero manifestaba una naturaleza avariciosa y hostil. Desde que heredara el título de Conde y todas las posesiones de su abuelo, había incrementado las rentas y diezmos a todos los que vivían en su señorío, incluyendo a la abadía. Insensible a los años malos de cosecha, debido al cultivo incansable de la tierra, pues no respetaba los períodos de barbecho, cuando no de las sequías que azotaban los campos los últimos años. La gente empobrecida y hambrienta acudía a la abadía suplicando una limosna con la que alimentar a sus familias.

El vino que resultó de la primera cosecha fue una delicia. Todos felicitamos al Fray Millán, dimos gracias a Dios por el éxito obtenido y por traernos al hermano a nuestra abadía. Acordamos viajar a la ciudad para vender un par de barriles, así lo daríamos a conocer y probaríamos suerte en el mercado que tenía lugar cada viernes, a donde acudía gente de los alrededores. Así que cargamos una carreta con los barriles, algunos taburetes y una mesa que normalmente utilizábamos en las cocinas e instalamos una pequeña taberna.

El día era espléndido, aunque aún era muy temprano, ya el mercado estaba muy concurrido. La variedad de productos que se vendían, formaban un pintoresco tapiz de infinitos colores que alegraban la aldea. Los aromas iban llegando a nuestro olfato, por encima de los puestos de fruta, pescado, especias, pan recién cocido además de otros productos no comestibles.

Establecimos nuestro puesto junto al del queso y el del pan, dos manjares que hacen buen maridaje con el vino. A todo aquel que se acercaba le dábamos a probar, así es que no pasó mucho tiempo hasta que nos vimos rodeados de un buen grupo de personas atraídas por la concurrencia. Muchos de ellos volvían más tarde con jarras y pequeños odres para comprar. Entonces sucedió que de pronto la gente que se agolpaba junto al puesto, comenzó a dejar paso a un señor que en ese momento se apeaba del caballo acompañado de un escudero y algunos criados. Parecían ir de paso, pero movidos por la curiosidad al ver el hormiguero de gente se aproximó a nosotros y nos pidió unas jarras.

—Muy bueno ha de ser este vino, ya que tanta gente lo reclama —dijo el señor, que parecía muy distinguido y bien ataviado.

—Muy bueno, en verdad, más que bueno, divino... —respondió el panadero, que aun con las manos llenas de harina también se había acercado a probar.

—Divino debe ser si viene de unos frailes —exclamó el caballero llevándose el vaso a los labios.

El comentario provocó la risa entre el populacho y comenzaron a brindar con ánimo festivo. El vino le pareció extraordinario y en seguida quiso comprar un barril, pero habíamos vendido ya los dos que habíamos cargado, por lo que el caballero insistió en acompañarnos hasta la abadía, donde pudimos atender su demanda que pagó muy generosamente.

Más tarde supimos que aquel hidalgo no era otro que Simón de Alvarado, el Señor de la comarca vecina, con el que Don Pero tenía muy malas relaciones. Sin embargo, aun sabiendo que la abadía pertenecía al Condado del Fresno, esto no impidió que nos acompañara para comprar el vino, prometiendo hacer nuevos pedidos en cosechas venideras, si el éste era del agrado de sus invitados.

Así pues, del vino apenas quedó un barril con que abastecer a la abadía unos meses, más con el dinero obtenido con las ventas, pudimos pagar el diezmo a Don Pero que quedó sorprendido al ver que lo hacíamos en un solo pago. Si antes transcurrían largos períodos de tiempo sin que asomara la nariz por nuestros contornos, ahora comenzaba a frecuentarnos todas las semanas, observando de lejos cómo transcurrían los trabajos en los viñedos, que ahora también habíamos plantado en el terreno externo que teníamos arrendado.

Llegó el tiempo de la vendimia y acordamos dar trabajo a los campesinos, nuestros brazos en el tiempo de cosecha, eran insuficientes, además, remediaríamos en lo posible la pobreza que los oprimía. Don Simón de Alvarado, satisfecho con la calidad de nuestros caldos, cuya fama se había extendido ya entre sus convidados, se hizo nuestro cliente principal, encargándonos esta vez el vino de la mitad de la cosecha.

Hacía tanto tiempo que las gentes de la aldea no encontraban motivo de celebración, que aquel año, tras la vendimia en la abadía, quisieron festejar su suerte por la abundancia que el trabajo de la viña había traído a sus hogares. Cada familia hizo su aportación al banquete; una sacrificaba un corderillo, la otra un pavo, otros amasaron pan…, de manera que la mesa se vio colmada de manjares suculentos y variados, donde no faltó la fruta, el queso ni el jamón. La abadía añadió un barril de vino de la cosecha pasada; un rico caldo afrutado y aromático, tan tintado de rojo como la misma sangre. Después del almuerzo sonaron bandurrias, castañuelas y laudes, la gente animada se arrancaba a bailar, pero los frailes nos retiramos con discreción al iniciarse la algazara, obedeciendo el recato de la Orden.

En el camino de regreso, antes de oscurecer el día, escuchamos los relinchos de un caballo y nos cruzamos con dos jinetes que iban en dirección a la aldea. No supimos distinguir sus rostros, pues iban encapuzados y no se detuvieron al pasar sino que aligeraron el trote. Pasados dos días, ocurrió algo que agitó los ánimos de la comunidad, nos fue comunicada la inminente visita de tres miembros del Santo Oficio. El prior nos convocó a todos, pues los padres inquisidores no anunciaban una visita de paso, sino la celebración de un auto en el que estaba encausada la abadía y dos mujeres de la aldea. La denuncia venía de parte de personas de confianza del Conde.

¿Qué había sucedido? Nos preguntamos unos a otros sin hallar respuesta. Sin otras razones que las que la intuición nos aportaba, comenzamos a conjeturar que aquellos jinetes con los que nos habíamos topado al regresar de la aldea, tenían algo que ver en todo esto. El prior nos encomendó la tarea de acercarnos hasta allí para ver qué podíamos averiguar.

Encontramos el lugar muy poco transitado, un viento seco y molesto nos azotaba y la gente, saludaba cabizbaja y retraída. El temor se reflejaba en los rostros de cuantos nos cruzábamos, que fueron pocos, pues la aldea parecía haber sido visitada por el mismísimo diablo y sus habitante se encerraban en sus moradas por temor a que en cualquier momento el maligno se los llevase. La viuda María de Santisteban nos invitó con un gesto a que pasáramos a su casa. Cuando hubimos pasado cerró la puerta y echose a llorar muy alterada. Nos contó entre sollozos que en su casa había ocurrido una desgracia, su única hija, Micaela, se encontraba presa en las mazmorras del Conde, junto a Catalina de Guindos, otra muchacha de la aldea. En la noche de la fiesta de la vendimia, ella se había retirado temprano, aquejada de una fuerte jaqueca, Micaela se había quedado con otros jóvenes de la aldea bailando, no sin antes haberle prometido volver a casa pronto. Así lo hizo, pues la escuchó llegar al caer la tarde, al menos eso creyó, pues horas después unos fuertes golpes a la puerta la sacaron violentamente del sueño. Eran los padres de Catalina que le contaron como sus hijas habían sido apresadas por unos hombres al servicio de Don Pero. María estupefacta les aseguraba que su hija había regresado a su casa, tal como le había prometido, ella le había escuchado llegar. Corrió hasta su cuarto pero encontró el lecho intacto, sin seña de haber dormido nadie allí. Sobrecogida por la sorpresa y el miedo, salió de su casa corriendo sin atender a los que trataban de sosegarla inútilmente, camino del palacio del Conde, seguida por la familia Guindos.

Hallaron la entrada de la hacienda flanqueada por un grupo de hombres armados y una jauría de perros. Las familias solicitaron hablar con el Conde y ver a sus hijas, pero los hombres negaron el permiso arguyendo que las muchachas habían sido acusadas de brujería y estaban bajo la custodia del tribunal del Santo Oficio de la Inquisición, quienes habrían de dar su consentimiento para que pudieran recibir visitas.

Todo esto que nos contaba la desconsolada mujer, más parecía una pesadilla de la que deseábamos despertar de inmediato, así lo comentamos en el camino de regreso, después de tranquilizarla en lo posible, asegurándole que trataríamos de visitar a las reclusas al día siguiente y que enviaríamos una misiva sin falta, comunicándoles el estado de las muchachas. Ni el hermano Millán, ni quien os relata lo acontecido, podíamos salir del estupor que nos causaba cuando ocurría. Tan sólo teníamos una certeza que confirmaba nuestra sospecha inicial; los jinetes con los que nos habíamos cruzado el día anterior, no eran otros que los allegados al Conde. Conociendo la naturaleza hostil de Don Pero, no era difícil dilucidar sus oscuras intenciones. Tras conocer el Prior las últimas primicias decidió encaminarse aquella misma tarde hacia el castillo, pidiendo que le acompañáramos en la visita. Estábamos resueltos a ver a las muchachas y aliviar en cuanto pudiéramos las desesperación de sus familias. Imploramos a Dios que iluminase nuestro camino e hiciera brillar la verdad victoriosa en tan confusos sucesos. Por primera vez sentí que aquel Dios a quien dirigíamos nuestras plegarias, nos mostraba su rostro más piadoso y benevolente. El marqués nos recibió a su pesar, pues bastó con que el Padre Gumersindo, el Prior, les asegurara que tenía el permiso de Roma para asistir a las condenadas, mentira piadosa que surtió efecto, al mostrarles un documento, cuyo contenido nada tenía que ver con el asunto que nos ocupaba, pero que logró servirnos de salvoconducto, pues ni la servidumbre, ni el mismo Conde eran personas instruidas en letras y desconocían los entresijos del latín.

—Mis queridos y piadosos vecinos, arriesgáis demasiado por dos lugareñas impías.

Nos advertía Don Pero con irónica intención, mientras nos conducía por los húmedos corredores que conducían a las mazmorras.

—Le rogamos que frene sus acusaciones, todavía no han sido ajusticiadas las jóvenes, ni probadas las faltas por las que se las inculpa.

Dijo el Padre prior sin poder disimular su indignación, pues conocía bien la mente maquiavélica del conde. Cuando finalmente llegamos a las celdas, hallamos a las muchachas sentadas en el suelo. Una de ellas sollozaba, mientras la otra, reclinada sobre el hombro de su compañera, parecía haberse quedado dormida, agotada seguramente por la ansiedad y el cansancio. No tardaron en incorporarse, asustadas al percibir la luz de las antorchas, aunque las expresiones de sus rostros se relajaron al advertir nuestra presencia. El olor a salitre de las mazmorras, era el indicador de la gran humedad que allí había. Temerosas y en notorio estado de abandono, hizo difícil reconocerlas al principio, pero más tarde distinguimos a Micaela, debido al gran parecido con su madre, la viuda María de Santisteban.

—No temáis, hemos venido a visitaros por si alguna de vosotras solicita confesión —dijo el Prior, tratando de calmarlas.

—¿Vamos a morir? —preguntó Catalina casi en un susurro con el rostro desencajado.

—Nada más lejos de nuestro deseo, aun no habéis sido juzgadas y desconocemos los motivos por los que habéis sido denunciadas

—repuso Gumersindo de Sanjuan, el Prior, enfatizando lo último y mirando a Don Pero.

—Tampoco nosotros conocemos tales motivos, y todavía no sabemos si es o no pesadilla esto que nos ocurre, pues ayer despertamos en este sótano sin saber quién nos ha traído aquí, ni de qué manera —respondió Micaela.

—Me sorprende que dudéis en esto último, pues me han llegado noticias de vuestra destreza en vuelos nocturnos —intervino el conde con un malintencionado tono de ironía.

La sorpresa y el desconcierto que se reflejaba en los ojos de las jóvenes eran tan sinceros que terminó con cualquier atisbo de duda que pudiéramos albergar sobre su inocencia. Ahora más que nunca sospechamos que todo este lío no era otra cosa sino el resultado de las maquinaciones de Don Pero. Las oscuras motivaciones que lo habían llevado a urdir toda esta trama, no podían ser otras que la soberbia y la envidia por el éxito obtenido con el cultivo de las viñas, además de habernos convertido en proveedores de su rival más porfiado. Ambas muchachas pidieron confesión; una ocasión favorable según nos había explicado el Prior para conocer de primera mano lo ocurrido en la noche de los festejos de la vendimia, ya que no teníamos permiso para averiguar quiénes habían sido los denunciantes, sus nombres no nos serían revelados hasta la visita al día siguiente del Santo Tribunal.

Catalina y Micaela coincidieron en los hechos durante la confesión, aun cuando se hizo de forma individual. Supimos por el prior que la noche anterior las jóvenes habían participado en la fiesta hasta que Micaela decidió regresar a casa, su madre se había indispuesto y había prometido retirarse pronto. Dos jóvenes forasteros con los que habían entablado conversación, se ofrecieron a acompañarlas. En el camino de vuelta continuaron bebiendo, ya que los mancebos habían acordado aprovisionarse de un par de jarras para seguir festejando en la aldea. Micaela confesó con gran pudor que habían sido cortejadas por ellos y que habían respondido imprudentemente a sus galanteos. Para cuando llegaron a la aldea estaban tan afectadas por los humores del vino ingerido que decidieron continuar tras asegurarse de que su madre dormía profundamente.

Esto fue lo relatado por las muchachas, a las que pedimos paciencia y sosiego. Regresamos al convento ya oscurecido el día, las tardes comenzaban a menguar así como nuestras fuerzas por tan ajetreada jornada. A poco menos de la media noche enviamos un recadero a la aldea, encomendándole que hiciera saber a las familias de las muchachas que se encontraban bien y no debían temer por su salud. Les habíamos aprovisionado de alimento y abrigo, sólo cabía esperar al día siguiente la visita de los padres inquisidores.

Fray Servando de Mondoñedo era el comisionado elegido para presidir el Santo Tribunal; un dominico de rostro macilento y triste, cuya apariencia apocada no casaba con su áspero carácter de inquisidor acostumbrado a lidiar con parientes del maligno, en una tierra donde hasta los árboles debían tener trato con el Trasgo. Venía acompañado de dos hermanos de la Orden de San Benito: Segundino de Laredo y Diodoro de Ponferrada, algo afeminado el primero, de aspecto asustadizo el otro, ambos feos como el pecado. Es por esto que al aparecer la carreta donde venían aquella mañana, escoltados de otros frailes subidos en las mulas envueltos en la espesa niebla con la que había amanecido el día, nos parecieron las almas del Purgatorio apostando a las puertas de la abadía.

Tras ofrecer algo de alimento a nuestros huéspedes y mostrarles sus celdas, el prior se encerró con los miembros del Santo Oficio en la sala capitular, allí fue informado de los pormenores referentes al juicio que se habría de celebrar en el plazo de dos días. Nuestro prior salió consternado tras la entrevista, debido a las graves acusaciones que se habían vertido sobre nosotros. Como bien se nos había comunicado en un principio, la abadía debía ser inspeccionada. Habíamos sido culpados por participar en misas negras y comerciar con herejes. Los denunciantes, además del maquiavélico Don Pero, de quien seguro había partido toda esta farsa, eran sus dos sobrinos políticos, Sancho y Juan de Berzosa, sujetos muy afamados, no precisamente por sus virtudes.

No obstante, el prior nos conminó a mantener la calma, dio las instrucciones precisas en las cocinas para que la sobriedad y la mesura fueran aplicadas en la mesa. Ahora con más razón habríamos de mostrar a nuestros huéspedes que en nuestra comunidad no se ataban los perros con longaniza.

La posibilidad de trasladar a las presas a la abadía de inmediato se vino abajo, aunque por fortuna podría visitarlas un confesor de nuestra orden hasta el día en que se celebrara el auto. Las dos jornadas que siguieron a la visita de los inquisidores trastornaron sobremanera nuestra apacible rutina, sin embargo, a pesar de la impronta reservada y áspera de Servando, dio sobradas muestras de hombre prudente y juicioso. Durante las entrevistas que mantuvo con varios de nosotros, estuvo siempre atento a cuantas alegaciones quisimos hacer, ocasión que aprovechamos para ponerle al tanto de la situación de pobreza extrema en que se habían visto los habitantes de la aldea del Fresno y la bendición que había sido para todos el cultivo de la vid, debido a la gentileza del hermano Millán.

La víspera de la celebración del auto obtuvimos el permiso del Santo Oficio para trasladar a las mujeres a nuestra casa. Al hermano Millán y a quien os relata lo acontecido se nos encargó tal cometido, el hermano Segundino nos acompañó. Esa misma tarde, las familias de las muchachas vinieron a la abadía para visitarlas e infundirles el valor que a ellos les faltaba.

Llegó el esperado día, amaneció radiante, haciendo burla a la oscuridad de nuestro ánimo. Muy de mañana los inquisidores interrogaron a Micaela y a Catalina en privado. Dos horas interminables duró el interrogatorio, mientras tanto nosotros, reunidos en la capilla, orábamos a Dios para que se apiadara de todos y nos iluminara en tan difícil prueba.

Al atardecer, en un patio contiguo al huerto se dispusieron unos asientos destinados a los miembros del Santo Oficio, llamaron pues a los que habían vertido tan aberrantes acusaciones. Los primeros en testificar fueron los parientes del Conde. Juraron sobre las Santas Escrituras que aquella noche, se dirigían a la ciudad vecina para reunirse con otros caballeros con los que tenían negocio, y que llegando a las puertas de la aldea, se cruzaron con los frailes del Cister que salían de allí, casi de oscurecidas. Más tarde vieron brillar una hoguera como a dos leguas de la aldea. Movidos por la curiosidad se acercaron hasta allí, donde un grupo de gente joven bailaba y se entregaban unos a otros con actitudes impúdicas, abandonándose al desenfreno. Decidieron retrasar unas horas su viaje a la ciudad y emprendieron la vuelta al castillo para poner al corriente al conde de cuanto habían visto. Por el camino, se toparon con las doncellas visiblemente alteradas por alguna droga y con los labios manchados de sangre. Acordaron conducirlas hasta la aldea, pero de camino, estas los sedujeron sin ningún recato, convidándolos a beber de una jarra un líquido sanguinolento al que llamaban el "espíritu de los frailes" a lo que ellos reusaron por el aspecto repugnante del brevaje. Ambas mujeres reían con estridentes carcajadas y daban vueltas sobre sí asegurando que volaban. Ellos mismos las vieron levitar en dos ocasiones y caer después sin sentido al suelo.

Las muchachas, visiblemente afectadas, comenzaron a llorar presas de la impotencia, sus rostros reflejaban al mismo tiempo miedo y sorpresa por tamañas acusaciones. Desde donde me encontraba, traté de tranquilizarlas con un gesto. El segundo en declarar fue el Conde.

Acusó a la abadía de fabricar un vino del diablo al que se aficionaban quienes lo probaban, cuyo cliente principal había sido Simón de Alvarado, nieto de un judío hacendado de la comarca vecina. Servando, sin dejar de fruncir el entrecejo, llamó a declarar a las mujeres. Micaela contó hasta donde podía recordar de aquella noche. Admitió que el vino les había aturdido, tal vez habían bebido sin control, pero negaron rotundamente que sus labios estuvieran manchados de sangre. Después Catalina, de ánimo más fuerte que su compañera, declaró con sarcasmo que era incierto que supieran volar, ya que si así fuera, hubieran levantado las alas para escapar de la mazmorra en la que las habían encerrado sin motivo alguno. Esto último provocó la risa de cuantos allí estábamos, especialmente la de Segundino, al que tuvieron que llamar al orden.

Tras esto fue interrogado el Padre Prior, a quien preguntaron qué hacíamos los frailes aquella tarde en la aldea. Éste les explicó que se había celebrado un almuerzo para celebrar la buena cosecha, bendecida primero con una misa en la iglesia de la abadía para dar gracias a Dios. Todo había trascurrido en paz, los comensales habían observado en todo momento un comportamiento ejemplar, sin que allí tuviera lugar escándalo alguno y que nos habíamos retirado antes de ponerse el sol. Además les hizo saber cómo en efecto, nos habíamos cruzado en el camino con dos jinetes a quien no pudimos ver la cara por ir encapuzados y a juzgar por la velocidad a la que galopaban, habrían de tener bastante prisa.

Tras las declaraciones, los inquisidores estuvieron departiendo, después dieron paso al interrogatorio. Diodoro se dirigió a las mujeres sin mirarlas a los ojos, como si temiera que en cualquier momento pudieran utilizar contra él sus supuestos poderes malignos. Mientras hablaba asía una cruz de madera que llevaba colgada al cuello.

—Los caballeros han declarado que bebisteis de ese vino y que os vieron volar la pasada noche ¿Qué tenéis que decir al respecto?

—No recordamos tal —dijo Catalina—, a decir verdad sólo íbamos camino de la aldea cuando nos topamos con esos hombres, tampoco sabemos con certeza si éramos nosotras las que portábamos el vino o eran ellos quienes lo llevaban.

—Luego entonces, tal vez era posible que volarais, aun si no lo recordáis, las artimañas de las que se sirve el maligno son la mayoría de las veces traicioneras. ¿Qué me decís de la sangre en los labios?

Al escuchar esto último Micaela comenzó a temblar, le castañeaban tanto los dientes que fue incapaz de responder. Fue entonces el padre Millán quien salió en su ayuda.

—Queridos hermanos, si me lo permitís, quisiera justificar estas circunstancias que a mi parecer guardan relación entre sí, sin que necesariamente haya que asociarlas con asuntos de brujería.

—Hable hermano Millán, diga lo que tenga que decir —respondió Servando algo impaciente.

—Vengo de una tierra donde se cultiva la vid desde tiempos remotos, por tanto conozco las propiedades del vino muy bien. Nuestras uvas son tintadas, de su hollejo, se desprende una sustancia de un intenso color rojizo que mancha la piel. Estas mujeres no tienen costumbre de beber vino, han ingerido demasiado, por eso los efluvios del alcohol han debido trastornarlas en exceso.

—Sin embargo las vimos cómo se alzaban del suelo, las seguimos con la mirada, en ocasiones desaparecían de un lugar para volver a aparecer en otro —afirmó Sancho, el mayor de los sobrinos del Conde.

Entonces el Padre Servando los miró severamente y dijo:

—Habéis jurado sobre las Santas Escrituras que no bebisteis vino, ¿es cierto? Porque de no ser como decís, es muy posible que también a vosotros os hubiera afectado, hasta ver lo que no era.

—Podemos jurar de nuevo sobre la biblia que...

—¡Más vale que no lo hagáis!

Tronó una voz tras la puerta trasera del huerto. Los hermanos se apresuraron a abrir. Entonces Simón de Alvarado seguido de su escudero y de dos jóvenes aldeanos entraron por ella.

—¿Quién sois vos? ¿Y cómo osáis interrumpir de este modo? —preguntó Servando de Mondoñedo.

—Reverendo Padre, soy Simón de Alvarado, cliente de esta abadía y señor de la comarca vecina quisiera, con su permiso decir unas palabras en defensa de estas mujeres.

—¡El hereje! —exclamó don Pero con sorna.

Servando asintió con un gesto y dio la palabra a Alvarado.

—Vengo a demostrar la inocencia de estas pobres muchachas, que por ser tan jóvenes y humildes, se han convertido en víctimas de gente sin escrúpulos que prefiere ver a sus siervos hundirse en la miseria, antes de admitir su avaricia o tolerar que unos frailes les hagan sombra. Aquella noche yo vi a estos hombres unirse a la celebración de la vendimia y beber tanto o más que el resto de los jóvenes. Lo sé porque yo también fui invitado, mas no pude asistir por tener que atender obligaciones que me tuvieron ocupado la mayor parte del día. Pero al anochecer me encaminé a la aldea para obsequiar con unas piezas de caza, eran mi aportación a la fiesta. Por el camino escuché risas, me mantuve a una distancia prudente, más tarde oí las voces de estos caballeros animando a las doncellas a beber de las jarras que ellos llevaban. No quise importunarlos y seguí mi camino ignorante de las intenciones que los movían.

Los dos enrojecieron de ira y vergüenza al ser descubiertos de una forma tan inesperada, pero el conde replicó casi al instante:

—Yo no daría demasiado crédito a las palabras de un hereje. ¿Cómo saber si eran ellos y no otros, si como dice fue al anochecer?

—Porque esa noche la luna estaba crecida. Además guardo algo que pertenece a estos señores, algo que con las prisas tal vez debieron descuidar.

Sancho se puso en pie sobresaltado cuando Simón de Alvarado dejaba sobre la mesa un cinturón y una daga con las armas de la casa de Berzosa.

—Estos mozos de la aldea pueden testificar que fueron ellos y no las muchachas los que pidieron vino antes de marcharse.

Ambos mozos asistieron en silencio, mientras tanto, el Padre Servando, visiblemente irritado se dirigió a los denunciantes.

—Habéis jurado sobre los Evangelios que cuanto decíais era verdad ¿Sois conscientes de la gravedad que esto entraña?

Los dos hermanos Berzosa y el Conde se miraron inquietos durante unos segundos.

—¡Esas mujeres son brujas! —afirmó Juan nervioso— ¡Las vimos levitar!

En ese mismo momento, el hermano Diodoro, con cara de espanto, señaló hacia la torre de la iglesia donde apareció una sombra gigantesca.

—¡Mirad hacia allí Padre Servando! —gritó— Alguna bruja sobrevuela la torre, ha debido venir en busca de sus compañeras.

Fue entonces cuando la urraca picoteó el tallo de la vid y el racimo cayó al suelo, echándose después a volar, hasta que su sombra se perdió en un hueco del campanario. Los que fuimos testigos de tan sencillo acontecimiento de la naturaleza, siempre tuvimos presente cuán retorcida puede llegar a ser la imaginación humana, máximo cuando el miedo o los intereses ocultos la ponen en movimiento.

LADRÓN DE MIRADAS

Patricia Yohai (Argentina, 1951)

Discretamente –como toda ella–, tocó el timbre. Ante el silencio, dio uno algo más fuerte. Hizo falta que diese un tercer toque largo e impaciente para que le abrieran la puerta.

Ella esperaba la rutina del consultorio médico con salita de espera, revistas, secretaria que confirmaba su turno, cobraba y quizá algún otro paciente en espera; sin embargo había sido el mismo Profesor, con apenas un guardapolvo algo descuidado, quien la hizo pasar directamente al consultorio. Le cayó muy mal la falta de una sala de espera, dejar a la gente parada en el pasillo era de pésimo gusto. ¡Y ese guardapolvo!, se escandalizó.

¿Qué la trae por acá?, preguntó Sorlouk mordiendo cada una de sus palabras al tiempo que la miraba como sólo lo hacen aquellos que ven más allá de las apariencias. Su mano izquierda acariciaba la cabeza de un gato petrificado que la miraba igual que su dueño; idea ésta, la de mirar como el dueño, que coincidía con ciertas teorías en boga referidas a la semejanza de las bestias domesticadas con sus amos.

Ese hombre de rasgos centroeuropeos, algo puntiagudos, la examinaba detrás de unos gruesos lentes marrones, del otro lado del escritorio de madera cubierto de papeles. Ella, desde el otro lado de la mesa, alcanzaba a ver un volumen de tapas amaderadas cuyo lomo decía *Traité des affections vaporeuses*; a un costado, entre lápices de colores y hojas manuscritas, una lámina mostraba figuras humanas abiertas como naranjas, dejando a la vista el mapa de la fisiología humana. Un poco más a la izquierda un trozo de la *Carta de los Secretos Cósmicos*, un compás, un par de pinzas dudosamente higiénicas, algún que otro instrumento que no se sabía si era de ginecología, cirugía o qué. Se ve que este hombre ha dedicado su vida a la ciencia, dedujo Elena más satisfecha.

Entre que le costaba largarse a hablar de sus males y que era algo lenta con las palabras, le costaba responderle. Pero con ese estilo resuelto de los galenos –y más si son europeos– y cierta premura por realizarle el examen ocular, el Profesor le lanzó un permítame que no pedía permiso, con lupa de carey en mano y un poderoso reflector que la apuntaba.

Iris, pigmentos bastante escasos para dar un color tan oscuro, la esclerótica tiene demasiados filamentos; pupilas muy dilatadas, más parecidas a las de un can que a las de los humanos. No recuerdo haber visto algo así. Esto lo quiero en mi archivo, pensó el Profesor con la codicia de los que están por apropiarse de lo ajeno. Qué parpadeos, pura tara neurológica, maravilloso, descubría satisfecho Sorlouk.

–En principio, veo un movimiento desordenado del fluido nervioso –sentenció con el tono más neutro que pudo, escondiendo la excitación que le produjo el examen ocular. Volvió a su escritorio, hizo una pausa y repitió la pregunta inicial:– ¿Qué la trae por acá?

A María Elena, pobrecita, se le contrajo el corazón; yo sabía que tenía que ver con los nervios, se dijo secándose las lágrimas. Temía que eso del movimiento desordenado del fluido nervioso pudiera dejarla paralítica o tarada para siempre.

Sorlouk insistió, con su acentito germano o ruso –porque francés no era, a pesar del apellido–, con que le cuente lo que le pasaba.

–No sé cómo empezar... es un malestar general, me resulta muy difícil conciliar el sueño, creo que es agripnia, doctor –contestó sin animarse a preguntar sobre lo del fluido. Paseó su mirada infeliz por la habitación hasta cruzarse con la del felino momificado que, lo hubiera jurado, la miraba con impudicia, lúbricamente.

El Profesor pidió que le explicara un poco más. Una opresión en el pecho le hacía difícil la respiración, levantó los ojos llorosos hacia un costado, y vio un par de acantos azulinos que sostenían unos libros todos iguales y recordó que eran idénticos a los que había visto en casa (yo los había comprado en un negocio de antigüedades) el día que vino a buscar el número de *Tejido Fácil* (tengo toda la colección). Me dijo que venía por un segundo porque el banco pagaba las pensiones hasta la una y me contó que se sentía muy mal, que hacía tres noches que no dormía. Entonces me acordé del cuñado de mi marido y le recomendé que vea al Profesor Sorlouk. Al cuñado de mi marido, luego de una discusión con el contador le había atacado un espasmo diafragmático que no se le iba ni con agua, ni con limón, ni con sustos, ni con pastillas; hasta había llegado a autorizar (un hombre como él, que toda su vida había despreciado a las sirvientas) los salivazos de Resignación en la cara, que dicho sea de paso no se entendía muy bien si la tucumana aprovechaba para saldar viejas cuentas o verdaderamente creía que esa cochina costumbre podía servir para algo. La cuestión es que el cuñado de mi marido ya llevaba tres días y medio a hipo continuo y los médicos apenas si podían controlar que no le reventase el corazón o que la presión no se le fuera por las nubes. Así estaba hasta que su hermana lo llevó, hinchado como un sapo, violeta y todo, a lo del hipnotista que lo salvó. Un milagro.

Ya con la cartera en la mano me pidió su teléfono y salió volando. Se fue tan rápido que no me dio tiempo a terminar de contarle la historia, que nunca más el hipo se le había repetido –ya habían pasado casi tres años–; sin embargo algo raro le había quedado en los ojos: medio estáticos como si fueran postizos, pero como era una cuestión de apariencia, nunca se preocupó.

Pero volviendo al consultorio, le contó que se levantaba a media mañana ya cansada, con jaqueca y esa sensación de no haber dormido nada. Después de almorzar hacía una siesta cada vez más corta, seguía todo el día mal y cuando a la noche apagaba la luz se ponía a pensar en cualquier cosa.

–¿En qué clase de cosas? –preguntó el Profesor con suavidad.

–En cosas... –se atajó ella, pero como el otro indagaba sólo con la mirada, avanzó–, lo que hablo con Herminia, algún programa de tele...

Y se puso a contarle una película y, a medida que avanzaba en la historia, hablaba cada vez más rápido, casi sin tiempo para respirar; sus frases parecían una sola palabra que no terminaba más. Y la madeja de nervios fluidos le cortaba la voz y echaba otra vez a llorar. Sorlouk la escuchaba con cierto desprecio, convenciéndose una vez más de que las mujeres eran todas iguales: primero dicen necedades, y apenas uno escarba un poquito llenan palanganas de lágrimas; por eso siempre tenía un rollo de papel higiénico guardado en un cajón del escritorio.

–¿Algo más? –cortó el hipnotista, bien ario otra vez.

Mecánicamente, comenzó a arrancarse el esmalte de las uñas, y entre una cosa y otra le confesó que cada dos por tres se levantaba para comer algo de la heladera y que ya había subido como cinco kilos.

–Hablando de comer, ¿le cuesta mucho ir de cuerpo, señora? –interrumpió él, conteniendo más aún su voz, como queriendo ir suavecito al quid del asunto, tanta cháchara novelesca le fastidiaba.

El decoro le prohibía contarle las vueltas que daba cada vez que le venían ganas, que había probado con revistas, con los tapices y hasta había intentado con la luz apagada, por algún recoveco no dañado aún de su cerebro se le filtró la imagen de ella de chica y la mano de su madre por detrás para ayudarla, decía.

–La verdad que sí, últimamente ando un poquito constreñida –concedió, sin sacar la cara de la uña del dedo meñique. Y agregó para restarle importancia:– es todo un malestar general, como ya le expliqué.

Hubo un silencio que la incomodó. Esperaba encontrar en él algún gesto que la reconfortase, o una palabra de apoyo; pero Sorlouk, nada.

Es la típica idiosincrasia nórdica: helada como la nieve, pensó ella en un arranque de despecho.

—Madame —hizo una pausa y sólo continuó cuando ella lo miró con los ojos abiertos, suplicantes—, usted padece una patología algo especial basada en la excitación endo-cerebral...

—¿Lo del fluido nervioso, doctor? —preguntó trémula, más preocupada por su mal que por ese aire de animal hambriento que creyó percibir en el Profesor.

—Vayamos por partes —continuó sin despegarse de su sonrisa—, le hablaba de cierta excitación endo-cerebral. Le explico: el nervio sensible motor es como una cuerda, o mejor, como un tubo... imagínese unos espíritus animales —ella se imaginó roedores dentro de sus nervios— que se deslizan a lo largo de los nervios motores que son como tubos huecos... entonces los espíritus animales alteran el flujo y reflujo desordenando, excitando todo el sistema. Una de las consecuencias es la alteración del sueño y el metabolismo anal retrasado... como el suyo.

—¿Cómo se sacan esos animales? Los espíritus de los animales, quiero decir... ¿es quirúrgico doctor?

Sorlouk negó con la cabeza y añadió:

—¿Ha probado enemas, purgas?

Ella paró un poco con las uñas. Con qué cara explicarle cómo se le ponía... (y voy a llamar a las cosas por su nombre) cómo se le ponía el culo, quiero decir. Pero esa imagen de las ratas corriendo por los nervios...

—Me dijeron que son efectivas, pero no me las puedo hacer muy seguido... —su voz se le quebró— Claro que si tengo que arrojarlas por ahí no importa —el culo le titilaba.

—Tiene unos bultitos fuera del ano y le sangran ¿verdad? —ayudó pacientemente el Profesor.

Arremetió nuevamente con el esmalte del dedo meñique derecho y su cara era una brasa; con la cabeza baja, asintió.

El Profesor la miró fijo, satisfecho por el diagnóstico y con un brillo de codicia en los ojos, al tiempo que con su mano derecha —la que tenía un anillo de zafiros de un resplandor jamás visto— con la mano derecha, decía, sobaba al gato petrificado. María Elena reojeó al bicho que le devolvió una mirada caliente, entonces corrió rápidamente su mirada.

Como si hubiera estado conteniéndose desde el principio y hubiera encontrado el momento preciso, Sorlouk se levantó desordenadamente y corrió unos gruesos cortinados escarlatas, dejando sólo encendida la luz del escritorio –usar luz artificial cuando podía usarse la natural, la deprimía–, acercó el bergére y le ordenó que tomase asiento. El ambiente estaba listo para la sesión. La presa estaba preparada, era ahora o nunca.

Trémula y sumisa como un carnero, ella se sentó, miró para un costado, se chocó otra vez con la mirada lubricada y pertinaz del animal embalsamado, y en voz bajita, porque más fuerte le parecía de mala educación, le dijo a Sorlouk que tenía palpitaciones. Pero el Profesor estaba demasiado ocupado ejercitando sus manos pequeñas. Vaya a saber para qué, desconfiaba ella. Él se arremangó y con gestos ampulosos, como si hablara al público de un teatro, le dio su palabra de que si ella cooperaba dejándose llevar y obedeciéndole, lograría modificar tanto el metabolismo nervioso como el anal retrasado que pesaba sobre su culo, hubiese querido decir, pero le pareció poco apropiado y apenas le salió un "sus nalgas", algo fláccido.

–Usted tiene que ayudarme: quedarse tranquilita y hacerme caso en todo lo que le diga.

–¿Le parece, doctor? –exclamó ella con los ojos esperanzados, parpadeantes a más no poder, mientras sus senos, bajo el ritmo exaltado de sístoles y diástoles, se inflaban y desinflaban como dos globos. Una vena protuberante atravesó verticalmente la frente del Profesor que contestó que sí, haciendo más contundente su afirmación con el movimiento de la cabeza. Ella creyó ver cierto gesto de goce, como si hubiera visto un par de deliciosos bombones.

Al sentarse y al verse en manos de ese hombre poderoso pero un extraño al fin, no pudo evitar aciagas sospechas, ¿y si no podía volver en sí? ¿Y si se propasaba? Es cierto que tenía referencias, que le habían dicho que hacía milagros pero, ¿y si no podía con ella y quedaba ida para siempre con las ratas carcomiéndola? Se persignó y se preparó para compenetrarse.

–Apoye bien la cabecita, querida, póngase cómoda y relájese –la orden retumbó desde el insondable hueco que era esa habitación negra.

Sorlouk es un científico, se dijo, y obedeció.

Mire esta piedra preciosa, no saque la vista de ella, concéntrese en el corazón de la gema, madame...

Unos zigzagueos fosforescentes –deben ser del anillo de diamantes, pensó tratando de encontrar alguna familiaridad en medio de esa escena desconocida, le habrán costado una fortuna– se movían pendularmente rajando la masa de negrura.

—No se está concentrando, madame, deje de pensar tonterías...

(¿Adivina lo que siento? ¿Por eso se pone tan nervioso?)

—...su cabeza pesa, no puede separarla del respaldo... ¡No corra la mirada! Clávela en el magma del zafiro...

El Profesor irritadísimo. El miedo la obligó a ceder.

—Así, eso me gusta más...

(Si hubiera sabido que éste se pone no sé si hubiera venido, se dijo.)

—No se distraiga más —ordenó áspero, y agregó un madame, más controlado.

(¿Leerá los pensamientos?)

—...vamos, no piense en otra cosa que no sea la incandescencia del brillante, vamos... aaasí.. .más, un poquito más. Ahora déjese llevar, flojita, al corazón del zafiro.

Se le aterciopelaba la voz. El resplandor se ondulaba, se le acercaba, la envolvía, la embelesaba y se apropiaba de su voluntad instalándose en el embrión de su alma.

—Ahora vamos a dormir, los párpados se pegan, vamos a soñar...

Soñaba que caminaba con Lucio por la playa. Había viento y apenas rozaban la arena, se movían con la cadencia de un papel arrastrado por el viento. Tenían esa blanda placidez que casi roza el cretinismo. Pero eran felices. De pronto vio que su cara era como el mar agitado y que le decía a él que tenía ratas carcomiéndole los nervios. Mientras ella hablaba, del fondo del mar, envueltos en las olas, unos ecos iban acercándose. Eran los ecos de las palabras del Profesor, cuando las olas llegaban a la orilla se hacían más nítidos.

—Abra los ojos, María Elena —primera vez que el falso la llamaba por su nombre, tratando de crear un tono de intimidad —y sálvese, sólo con la mirada abierta y franca se salvará. Crea en mí.

(Ay, es el doctor, descubrió mansa, viene a ayudarme.)

Toda la playa recibía la calidez del sol, menos el espacio que ellos ocupaban, llevaban la tempestad a cuestas. Dudas aciagas desdibujaban su cara algo tonta, ¿serán esos ecos los que arruinan mis sueños? ¿Qué quiere este hombre de mí? ¿Y si al abrir los ojos veo que las ratas sólo dejaron de mí la cáscara?

Sorlouk percibió el peligro. Si no hacía algo todo se echaría a perder y él no estaba acostumbrado a eso. Tanto poder descargaba en el zafiro que su cuerpo se tensaba, la cara brillosa de transpiración se le embrutecía. Se quedó por unos instantes duro como una estatua de piedra negra deformada de sudor. Con reflejos ágiles trocó el anillo por la cabeza del gato. Movió la cabeza embalsamada muy cerca de ella y la obligó a abrir los ojos y a mirar fijamente a los del gato. María Elena sintió la violencia del cambio. Sintió cómo de un par de ojos de brillo sobrenatural que levitaba en la negrura, unas tenazas le arrancaban los ojos, al tiempo que algún cuerpo de densidad extraña intentaba absorbérselos.

—Más, María Elena, ¡ábralos más! —le exigían desde afuera—, así querida, así... eeeso.

No podía hacer otra cosa que obedecer, pero desde algún recóndito pliegue cerebral se convencía de que le estaban arrancando los ojos, que quedaría ciega para siempre.

—Ahora despiértese, madame —dijo la voz tranquila y cansada del que ha ganado. Se despertó agobiada, descompuesta.

Saciado como si la hubiese violado cien veces, él intentaba reponerla. Le dijo que no se moviera hasta sentirse restablecida. Todavía mareada, pasó fugazmente la mirada por los ojos del gato que, como los de su amo, estaban empachados de brillo, satisfechos como si la hubiesen poseído cien veces. Ella sintió asco y prefirió irse.

Cuando me contó esto estaba bien, aquellos síntomas habían desaparecido; sin embargo había quedado con la misma mirada muerta que el cuñado de mi marido.

LA FAMILIA INVENTADA
Souleen Dell`Amico Ciruta (Cuba, 1974)

Natalia vive todavía en el caserón blanco de la esquina, el de los ventanales azules. Vive allí sola con su mamá. De pequeña Natalia nunca tuvo que inventarse los juguetes como el resto de nosotros. Por eso mucha gente la cree afortunada, nosotros también. A veces, nos prestaba todo lo que tenía, a veces no, según como estuviera de humor.

Pero era buena Natalia, y casi siempre nos dejaba jugar, y nos brindaba de sus dulces y refrescos. Y hasta compartía sus chocolates.

Tenía muchísimos peluches, el que más me gustaba era un perro enorme que se llamaba Cuco. Cuco era del largo de toda la cama y tan gordo como mi abuelo. Cuco Dormía junto a ella para que no se fuera a caer de la cama. La mamá se lo ponía pegado al borde porque era una cama de gente grande donde ella dormía, era la del cuarto de su tía Marlene, antes de que esta se fuera para ese país donde vive ahora, llena de nieve y con osos pardos y ardillas correteando en el patio de la casa.

Todos los peluches de Natalia tenían nombre, y ella se los sabía, y no se equivocaba ni confundía con eso. Nosotros nunca pudimos aprendernos tantos nombres juntos, ella era la única. Eran su gran familia decía y los abrazaba.

Nadie había visto nunca un peluche tan enorme como Cuco. Cuando su tía lo trajo no se habló de otra cosa en el barrio por más de una semana. La gente se saludaba en la calle y lo primero que se preguntaban era:

—¿Ya viste el peluche de Natalia?

—¡Qué de cosas se fabrican hoy en día!

La hermana de la madre de Natalia vivía fuera de Cuba hacía muchos años, incluso antes de que Natalia naciera, por eso Natalia la había visto una sola vez en su vida. Fue durante aquella semana cuando vino a traer a Cuco. Era un peluche tan grande que se llevaba una maleta para él solo. Marlene, la tía de Natalia, había leído en una de esas revistas de mujeres lindas y ropas caras, que los niños quieren más a los que les hacen el regalo más grande.

Se lo dijo a su hermana la noche en que llegó, mientras sacaba a Cuco de la maleta, y se lo daba a Natalia.

—Y yo solo tengo una semana para que me quieras.

La tía era la que menos venía porque no tenía mucho dinero, ni mucho tiempo, porque tenía dos trabajos para poder pagar la casa del patio grande donde correteaban ardillas y osos.

Aunque vino solo una vez, y por una semana, se encargó de que esta fuera inolvidable para Natalia y todos nosotros. No sólo por Cuco, sino que también nos invitó a los niños del barrio a comer a Macdonald

—¿Cómo a Macdonal? —dijo papá, si aquí en Cuba no hay de eso, es por el bloqueo.

Ella, Marlene, hizo uno en el patio para nosotros y comimos *cheeseburger* con papas fritas y cocacola, y había ketchup y mayonesa para que untaras a tu antojo, y ella se disfrazó de Ronald Macdonal que es un payaso rojiamarillo, que según ella también trabaja en Macdonal, y nos repartió unos juguetes de Bob Esponja que vienen para los niños con el *Happy Meal*.

Además, aunque ella no venga, nunca ha dejado de mandarle bultos todos los meses, también le mandaba culeros desechables, paquetes y paquetes, que eran la envidia de las madres del barrio. Aunque ellas, (en el caserón blanco) no les decían culeros, ellas los llamaban *Pampers*. Natalia los usó para dormir hasta los cuatro años, en que su mamá decidió parar con aquello.

—Es que son una renta —decía ella por teléfono a la tía Marlene.

Y la tía que no, que era normal, que los pediatras en el primer mundo decían que se podían usar hasta los cinco años.

De todas formas la mamá no hizo caso y paró de golpe, y por esa razón Cuco olía un poco a orine, un poco a perfumes caros. Porque no se podía lavar todos los días un peluche tan grande y gordo.

El papá de Natalia tampoco estaba en Cuba. Él se había ido a Ecuador. Yo había oído a mi madre diciendo varias veces que él pensaba de ahí saltar a los Estados Unidos, para de allá reclamar a Natalia y a su mamá. Aquí él pintaba carros para vivir, y allá encontró trabajo enseguida haciendo lo mismo. Se había ido cuando Natalia era una bebecita pelona, por eso ella casi no se acordaba de él.

Se ocupaba de ella, le mandaba cartas, se veía que la quería mucho porque le había mandado una bicicleta rosada y blanca con muchas *Hello Kitti* pintadas, la más grande de todas en el asiento rosado. Era una bicicleta como no se ha visto otra en todo el país. Y también le mandó aquella carriola con ruedas transparentes que formaban luces de colores en la oscuridad, y hasta toda la colección de Shrek, que eran unos muñecos que hablaban y se movían.

Los abuelos paternos de Natalia habían muerto ya, y los maternos vivían en España. La abuela venía a verla todos los años. Esa si no faltaba nunca y siempre era puntual. El abuelo no podía venir. Él había estado preso algún tiempo antes de irse, y ahora no lo dejaban regresar.

Yo pienso que algo muy malo tiene que haber hecho aquí para que le prohibieran la entrada así, de esa forma, pero nunca se lo dije a Natalia para no entristecerla. Mamá decía que el viejo no era un criminal de verdad, que él lo único que había hecho era hablar, y a veces escribir.

La abuela venía sola, siempre en el mes de Diciembre, venía cargada de regalos para Natalia, y traía muchas fotos del abuelo, y hasta videos, para que Natalia no fuera a olvidarlo, pero siempre se iba antes de las fiestas porque el abuelo esperaba allá del otro lado, por eso lloraban mucho el día que ella tenía que irse. Todas lloraban, Natalia, la abuela, la mamá, y lo hacían en el portal, en el aeropuerto, en el viaje de regreso a casa. Delante de nosotros.

—¿Y por qué no se queda? —le preguntaba cuando la veía llorando.

—No puede.

—¿Y ustedes cuando se van?

—No lo sé, nadie lo sabe. Yo creo que es por el abuelo, por eso no nos dejan salir, para ponerlo triste, para que no escriba.

—Eso no puede ser así, Natalia, tiene que haber otra explicación.

Ella se encogía de hombros y no decía nada. Estaba muchos días sin decir nada. Ya lo sabíamos, ocurría siempre igual. Cada vez que la abuela se iba, ella se quedaba mal, estaba así por muchos días, si ibas de visita entonces no quería jugar con uno, ni prestaba los juguetes nuevos, ni los viejos.

Cuando al fin se le pasaba, entonces empezaba jugando su juego favorito. Sentaba a todos sus peluches en círculo, e iba diciendo sus nombres en voz alta, como la maestra que pasa la lista.

—¿Estamos todos? —preguntaba al final cuando había nombrado todos los nombres que nosotros no podíamos aprendernos.

— ¿Toda la familia está reunida? —volvía a preguntar.

— ¡Sí! —se respondía a sí misma.

— ¡Pues que empiece la fiesta! ¡Hoy es el cumpleaños de Natalia!

Natalia todavía vive allí, en el caserón blanco de la esquina, y a diferencia nuestra, nunca pasó hambre de helado y galletitas, ni tuvo libros baratos, de esos en moneda nacional, durante la feria del libro, ni usó zapatos remendados para ir a la escuela, ni mucho menos tuvo que inventarse los juguetes como el resto de nosotros, que la envidiábamos por eso.

AL FIN, SOLA
Catalina Kühne Peimbert (México, 1971)

Ahora que por fin estaba sola, se dio cuenta de que esa no era la idea. Su cuerpo amplificaba el sonido de la respiración como una gran caja de resonancia. Era como escuchar una fuerte corriente de aire entrar y salir por un ventanal.

Adentro y afuera, constante, acompasado, eterno. Sin testigos.

Todas las lágrimas que resbalaron por sus mejillas también podrían compararse con microscópicas cascadas, flujo inagotable, senderos de tristeza, pero qué más daba. Igual que el árbol que cae en el bosque sin que nadie pueda escucharlo. Aunque hasta el momento no se había visto un árbol que cayera por voluntad propia. Supuestamente.

Se acostó en el piso en posición fetal abrazando fuerte sus rodillas, tal vez se comiera a sí misma. Seguramente era el siguiente paso, solo esperaba que fuera rápido. Poco a poco el acompasado ritmo de su respiración/fuelle/corazón hizo que dejara de preocuparse, acto seguido dejó de pensar, su mente estaba en blanco como la pantalla de un cine antes de que nada se proyecte sobre ella y después total oscuridad o sueño.

Despertó toda entumida debido a la incómoda postura, pero ya no estaba sola. Estaba claramente acostada al lado de Andrés. Los ronquidos eran inconfundibles. Miró por encima del bulto. Eran las 3:50. Todo parecía igual que siempre: la camiseta sudada, el hombre roncando, la calle ruidosa.

Se levantó y se asomó a la ventana para convencerse. Sí, todo parecía normal. El alivio se transformó en desilusión y le quitó el sueño.

Entró a la sala, prendió la luz y un cigarro casi al mismo tiempo y empezó a recorrerla haciendo un inventario. Sillón favorito con el brazo destrozado por los arañazos del gato; mesita de centro repleta de ceniceros de diversas partes del mundo: "la colección"; tapete de Temoaya sucio, pero percudido; posters de exposiciones enmarcados, haciendo alarde de mucha cultura, pero no tanto presupuesto; mancha de humedad justo en la esquina con forma de dragón chino, o perro salvaje, o… la discusión no estaba zanjada.

Pero el ventanal si estaba roto, del piso al techo, había fragmentos de vidrio en la alfombra, sirenas de ambulancia y curiosos mirando hacia arriba. Sintió el impulso de agitar la mano, como los que se van en un barco, como los que se quedan en el muelle.

¡Adiós! ¡Adiós!

Pero nadie le respondía el gesto. La miraban fijamente con cara de preocupación, como si estuviera loca, o como si no estuviera. ¿Y si no estaba? A lo mejor todo esto lo veía todo desde una nubecita a la que la habían mandado después de aventarse por el balcón. Recordaba nítidamente la carrera hacia el vacío, así como el acopio de fuerzas, igual que cuando uno toma valor para lanzarse a una alberca helada. ¡Una, dos y tres!

El golpe contra el vidrio dolió un poco, pero cuando finalmente se astilló y empezó a marcarle los hombros y las piernas con rasguños, sintió un gran alivio, casi una liberación.

Pero abajo no había rastro de ella. No había sangre, ni una tétrica sábana hipócrita. Tal vez ya se la habían llevado. Tal vez ahí tampoco estaba, sino en la nube, la nubecilla de los inocentes.

Cuando se preguntaba quiénes o cuáles fuerzas la habían llevado a la nube, sintió una caricia peluda en las pantorrillas. El gato. Sintió al gato restregarse contra ella, la vibración de su ronroneo en las piernas. Eso no podía pasarte si estabas en una nube.

La sobresaltó el ruido de la puerta del baño. Era Andrés que salía a mear. Pelo revuelto, ojos a media asta y panza de fuera. Le gruñó como siempre.

—¿Alicia qué haces levantada? ¿Qué no entiendes que es mejor soñar dormida?

Trató de contestarle, pero no pudo emitir sonido. Pequeños hilos de sangre le resbalaban por brazos y piernas. Se tocó la cabeza, también sangraba.

Si Andrés no se daba cuenta de eso, es que efectivamente estaba alucinando o que era un gran hijo de puta. Las dos opciones plausibles.

—Vuelve a la cama, pero báñate primero que estás hecha un desastre. Mañana platicamos.

O sea que sí se daba cuenta y también era un desgraciado. ¿Cómo iba a esperar hasta el día siguiente para saber lo que pasaba? ¿Por qué no corría a ayudarla? ¿A qué venían la indiferencia y el fastidio?

Pero no la dejó reclamar. Se volvió al cuarto sin darle una segunda mirada.

Alicia decidió hacerle caso y limpiarse. Cuando se miró a través del espejo vio una cara verdosa, descompuesta con círculos azules alrededor de los ojos y los vasos sanguíneos totalmente reventados. Recordó cómo se había sentado en el escusado, había abierto con trabajos la tapa pensada para impedir ataques de niños y se había tomado una a una todas las pastillas tragándolas con el agua que salía directamente de la llave del lavabo. Casi volvió a sentir el vómito espumoso y químico luchando por salir de su boca, el sabor amargo en la lengua que se extendía a todo el cuerpo, el retortijón que derivó en convulsiones, las cremas y perfumes esparcidos por el suelo y de nuevo nada.

El desorden estaba ahí, el frasco de somníferos vacío y tendido junto con los demás potingues en las baldosas de mosaico, pero de ella nada. Ni su cuerpo desguanzado, ni rastro de vómito o fluidos. Y sin embargo...

Abrió la cortina de la tina/regadera y recordó el roce de la navaja en sus muñecas, el agua volviéndose roja, la mente desfalleciendo. ¿Otra vez?

El sabor a metal de la pistola en el paladar.

Las ruedas del metro sobre la cabeza.

La soga al cuello.

Adentro y afuera, constante, acompasado, eterno.

Sin testigos.

Otra vez la soledad y las lágrimas.

Andrés asomó por la puerta.

—Llevas mucho tiempo ahí. ¿Estás bien?

—Mañana hablamos.

RECOGERSE EL PELO NO SIEMPRE SIENTA
Eva Barberá del Rosal (España, 1967)

Yo solía llevar un moño recogido con el pelo oscuro tirando a
negro
Era un moño bajito caído
Pero solamente para bailar luego me soltaba el pelo limpio recién
lavado
La verdad confieso que nunca me gustó llevar este moño
Aunque diese aspecto de limpieza y no dejadez
Pero era tan ñoño a mi gusto
Al gusto de mi madre también
Además no me quedaba nada bien
Era para bailar ballet clásico obligado llevarlo en las clases
No era feliz mirándome
Sin flequillo tampoco
Estaba prohibido
Era un castigo para mí una castración pero todas las bailarinas íba-
mos igual
Así mismo
No había elección
Y luego el examen el abuso de laca para que cada pelo quedase en
su sitio
Si había algún desorden en el peinado suspendías
Pero no con motivos
Porque yo no me veía lo suficientemente favorecida y me suspen-
dieron en varias ocasiones por sentirme el patito feo de verdad
Una patosa
Yo era muy moderna
Y me gustaba el pelo corto no teñido por entonces aún
Pero con gracia
No así
Pero tenía que fingir que era una más
O algo así
Si no lo hacía se corría el riesgo de algo
De verse afectaba tu doble personalidad
Una de bailarina y otra de chica joven normal moderna
No era para esto
No me iba esta sistematización del ballet clásico con toda la indu-
mentaria

Y demás
Pero debía fingir
Debía seguir hasta terminar la carrera
Yo quería lo deseaba más que ser una estrella
Lo de ser una estrella vino luego
Pero todo era arremeter contra lo mismo algo que no te iba
No me iba tener que luchar
Sí esto era así
Debías comerte al contrario si querías ser alguien
A mí esto no me iba
No había nacido para llevar este moño primero
Me gustaba la coleta alta
Me gustaban las trenzitas a los dos lados
Me gustaban las botas altas negras
No las zapatillas de ballet
No entendía de empeine ni de arco
Pero seguía bailando como una marioneta
Alguien me lo dijo
Lo del moño era lo peor
Yo no pensaba dar clase de ballet así desde luego que no
No estaba dispuesta a ello
Porque las disciplinas hay tantas maneras de interpretarlas
No sólo despreciarlas
La creatividad está en contra de ello
No tengo nada en contra del clasicismo
Pero sí del mal gusto
Porque a todo el mundo no le quedaba igual el mismo peinado
No era justo
Pero el hecho de que todas servíamos para lo mismo era evidente
No más
Pero la funcionalidad no es la excusa a veces
Ni el tipo de trabajo
Pero en esto del autoritarismo feroz de la voz cantante
De los tacones de la profesora
No lo se
Pero a la profesora nunca se le veía vestida de ballet
No sé por qué
Ni con el famoso moño

UN DÍA CUALQUIERA

Isabel Gamarra García (España, 1972)

...siempre hay algún deseo que arrastra,
pero alguna conveniencia social que retiene.

Gustave Flaubert
Madame Bovary

Cojo despacio la copa de vino tinto que me acompaña en esta sobremesa y como si de una ceremonia se tratara la acerco a mi nariz, la huelo y después la llevo hasta mis labios donde paladeo su sabor que mezclado con mi saliva me parece divino. Es un vino malo, barato, que realmente sabe a rayos y que me va quemando según atraviesa mi esófago hasta llegar al estómago donde desemboca echando fuego, pero en mi imaginación se asemeja a un buen Rioja del 72. No pienso quitar la mesa todavía, voy a encenderme un cigarrillo para relajarme y que no me importe en absoluto ver la mesa puesta, los vasos medio vacíos, los platos amontonados en el centro como un pequeño favor que él me ha hecho antes de irse para ahorrarme trabajo y los restos de comida expandidos por el mantel como huella inequívoca del paso de los niños en este almuerzo tan típicamente familiar.

La mancha de salsa de tomate en esa esquina del mantel se asemeja a un elefante con su trompa y no puedo apartar mi mirada de esa y otras manchas que se esparcen a sus anchas por mi mantel mientras no dejo de formar figuras en mi mente con todas ellas, es gracioso, el sopor que me está empezando a invadir me recuerda que todavía me queda mucho por hacer y que no debiera permitirme el lujo de echarme una siesta, algo que me está apeteciendo terriblemente. Todos se han ido a sus respectivos obligaciones, han dejado la casa sin el eco de sus voces y sin el olor inevitable e inconfundible que cada uno de ellos desprende y que hace que los reconozca a metros de distancia, incluso sin oírles hablar, sin que hagan ruido, y del que tanto dependo.

Mientras tanto me queda estar aquí, para siempre, como si el destino no hubiera podido inventar nada mejor para mí, un destierro en este encierro voluntario, sujeta a la misma rutina que me destroza los nervios, unida a esta casa que se me cae encima, atada a mi única y gran obligación; ellos, sólo ellos.

Voy a llenarme otra vez la copa y mezclar este sabor amargo con el que tiene mi boca más amarga aún si cabe, y como no tengo cenicero apago el cigarrillo en un trozo de migajón grande de pan y deformado por los sigilosos dedos del niño que le encanta hacer bolas con el pan y después tirárselas a la niña aún a riesgo de hacerme enfadar por el asco que me produce esta absurda manía suya. Apago el cigarro y enciendo otro automáticamente, segura así de prolongar un poco más mi tiempo ocioso, para no sentirme obligada a levantarme ya y seguir con mis exclusivas tareas, esas que todos tienen el placer de concederme y que valoran tan poco.

Tengo sed de agua pero vuelvo a llenar mi copa de vino justificando que al ser líquido apagará mi sed de todas formas, pues sé además que si me levanto se romperá todo el encanto, la magia de este momento no volverá a repetirse hasta mañana a la misma hora en que volverá a acompañarme la soledad y la copa, disfrutando juntas de ese delicioso sentimiento de la seguridad de que no van a importunarme con sus exigencias, con sus prepotentes derechos de personas de primer orden frente a mí, la de segunda categoría, o tercera, o cuarta... pero para eso quedan veinticuatro exhaustas horas, así que no estoy dispuesta a ceder ni un minuto de mi rato de libertad.

Quizás nunca imaginé esta vida, o peor todavía quizás hubo un tiempo en que la deseé.

Soy feliz, claro que soy feliz, sería injusto afirmar lo contrario, sobre todo por él que me ha dado y me da todo, que me permite esta vida ociosa a su entender, sería imperdonable soñar con otras cosas ahora, es injusto por mis niños, ajenos, confiados, entregados a mí y yo a ellos, dejando pasar aquello que anhelé, me debo a sus pequeñas vidas, tan tiernas que no crecerán si no las riego con mi absoluta presencia diaria y nocturna, cuando ellos me necesiten, por y para ellos. Cómo puedo ser tan ruin de transportar siquiera un segundo mi pensamiento fuera ellos, mis pequeños, hijos de una madre egoísta que no se conforma con lo que tiene, que suspira por alzarse lejos, por ver un poco más allá de estas malditas paredes que me consumen, que pena de mis niños.

Cada vez que alguno me llama mamá encuentro de nuevo mi verdadera vocación, olvidos mis anhelos, el motivo de mis suspiros, aparto mis recuerdos, soporto los días y me resulta más fácil vivir; ya no tengo nombre, me sobra otra identificación, no hallo otra forma más ideal de catalogarme, me entrego a mi papel y desarrollo mi propia profesión, la de madre. En otros momentos los veo independientes, capaces, alejados y me revuelvo celosa de lo que es mío, no espero que puedan valerse fuera de mí, no quiero jubilarme de madre, no hay edad para dejar de serlo, no quiero que crezcan.

Qué bien sabe este vino en la crueldad de la monotonía, me parece delicioso, incluso lo paladeo gustosa con la influencia que ejerce en mi cabeza, ese trastorno agradable que hace que le dé menos importancia a las cosas, que distinto puede llegar a ser todo cuando solo te apetece reír y dormir. Creo que me pondré otra copa.

Debería aprovechar este rato sin hacer nada para hacer la lista de la compra y así al menos justificaría el remordimiento que me produce estar sentada bebiendo y fumando sin hacer nada más, con el montón de faenas que me esperan, me da mucha rabia llegar al supermercado y después de venir cargada de bolsas como una mula, siempre me doy cuenta al colocar todo de que me falta lo esencial para la cena. Debería tener por costumbre anotar las cosas que necesito durante la semana y que son imprescindibles para no olvidarlas después, o mejor, debería comprarme un coche. Creo que he tenido una idea genial, de esas que sólo se le ocurren a uno cuando está totalmente desinhibido, por qué no comprarme un coche, yo también lo necesito y lo merezco, de esta forma no tendría que depender de nadie para solucionar mis asuntos, aunque estos sean llevar a los niños al colegio o ir al super cuando haya olvidado algo. Pero qué ilusa soy, como si fuera tan sencillo comprarse un coche en los tiempos que corren, antes tenemos un montón de prioridades en nuestra vida cotidiana como la calefacción, el ordenador para los niños y para él que le es imprescindible en su trabajo, para seguir progresando, o un apartamento en la playa que nos vendría muy bien para las vacaciones donde yo no cambiaría de rutina, solo trasladaría el lugar donde ejerzo mi trabajo, pero claro todo esto es por mí y por los niños, por nuestro bienestar y para que no nos falte nada, para eso es que trabaja tantas horas, a veces hasta me convence con su discurso.

Pues no voy a levantarme todavía, bien mirado voy a descansar un ratito más, los jefes no vuelven hasta dentro de tres horas y no tengo que dar explicaciones a nadie más que a mí misma que tendré para mañana lo que no he querido hacer hoy. Pero total, qué más da, haga lo que haga, planche lo que planche, friegue lo que friegue, cocine lo que cocine nadie lo va a notar porque forma parte del entorno natural de la casa. En lo de cocinar menos, todos dan una importancia extrema al tema comida cuando vienen muertos de hambre esperando "algo bueno", yo quisiera saber que significa exactamente esa expresión, además siempre hay alguien que le encuentra alguna pega a lo que con relativo esfuerzo he estado preparando toda la mañana. Nunca falta un "¡vaya eso!", o un "¡otra vez eso!", o mejor aún "¡oh no, eso no!", cualquiera diría que "eso" se trata de alguna venganza por mi parte contra mi marido e hijos y no un artículo demostrativo neutro. En fin, ya estoy acostumbrada a este tipo de comentarios que particularmente han dejado de afectarme, hago mi trabajo y punto, total para lo que me pagan.

Entre el sueño que me envuelve y todos estos pensamientos que se aglutinan en mi mente luchando por salir en cada sobremesa puede que no sea capaz de darme cuenta de que me he tomado por lo menos cuatro copas de vino que aunque sea del malo está haciendo su efecto en mí y no sé si echarme a llorar o revolcarme a carcajadas, sé que algo que se encuentra en mi interior está golpeando en la puerta de mi conciencia advirtiéndome de la línea que estoy cruzando arriesgándome a salir mal parada, de todo soy consciente pero no puedo dejar de hacerlo. Siento que doy pena.

Este lujo no vuelvo a permitírmelo, me avergüenza pensar que alguno de ellos pudiera verme en este estado, tapada hasta la cabeza mientras soy contemplada por restos de comida en platos sucios y vasos medio vacíos que amenazantes me señalan por ser incapaz de luchar contra mí misma. En cuanto pueda me levanto y recojo todo, no quiero que alguien pueda llegar y advierta que a estas horas no he terminado la cocina, pero antes voy a encender un cigarro y a tomarme dos aspirinas que me den algunas fuerzas para seguir con tan alienante deber y voy a fumar sin prisas para no dar lugar a que el estrés haga su aparición, detrás de un día viene otro.

Mis días no siempre transcurrieron así, hubo un tiempo en que todo era diferente, en realidad todos nosotros éramos diferentes, yo me sentía realizada entregándome por completo a los míos y me sentía necesaria, a veces imprescindible, renunciar al resto no me supuso más complicación que dar la espalda al mundo exterior y mirar solo en una dirección, la suya. Él por su parte le daba mucho valor a mi trabajo en casa, hacía que mi labor fuera importante, pero toda costumbre termina por afianzarse en ley y el hecho de preparar la comida, lavar la ropa, tener la casa limpia y estar dispuesta para todos a todas horas no fue más que el resultado de algo normal, la vida misma.

Voy a preparar inmediatamente una cafetera que sea capaz de resucitar a un muerto, siento que necesito una dosis de cafeína inyectada en vena para poder poner un poco en orden no sólo mi casa sino mi cuerpo y mi mente. Ahora me entra la prisa y el cargo de conciencia por no haberme puesto a recoger justo cuando se han ido todos, así hubiera terminado antes y no me agobiaría viendo cómo se me acumula el trabajo hasta la noche, porque este oficio además de no tener sueldo tampoco tiene horario. El café me sabe a gloria creo que me está despejando completamente amén de ponerme como una moto, este subidón que me acontece lo riego con un poquito de coñac que es lo que pega. Me tiemblan las manos y si no fuera porque me considero una persona normal y corriente que dispone de estudios superiores, una vida sin problemas y un control total de la situación, diría que estoy borracha. No quiero plantearme nada pero sinceramente si no me fallan las cuentas llevo casi un mes haciendo lo mismo cada día.

No es que quiera dar más importancia a este hecho de la que tiene, de todos modos lo único que hago es evadirme un poco de tanta opresión que me corroe el alma, todas las personas necesitamos escapar de la rutina de alguna forma, hay quien se apunta a yoga, a otras les da por aprender idiomas o llevar a los niños a todo tipo de clases extraescolares, ya sé que esta tarea filosófica que yo misma me he encomendado la comparto con una botella de vino, barato para más inri, y un paquete de tabaco rubio, pero es cuestión de preferencias, no soy una borracha ni una frustrada, de todos modos mejor lo pienso mañana, se acerca la hora del regreso de todos los componentes de mi familia y no tengo excusa que dar ante este espectáculo. Voy a terminar rápido y a preparar una nutritiva merienda a mis niños, sus baños, sus pijamas calentitos y una bonita expresión de felicidad en mi cara para mi sufrido marido. Qué más puedo pedir.

Voy aligerando todos mis quehaceres y todavía sumida en una mezcla de aceleramiento por el café y aturdimiento por el vino abro todas las ventanas consciente del pestazo que se ha armado aquí por el humo de tanto cigarro, dejo ventilar y pongo de camino la radio tarareando entre tanto cada canción que sale de su vientre, me las sé todas, cada tarde son las mismas y viéndome cantar parezco satisfecha.

Espero ansiosa la llegada de todos, de ellos, mi familia, la razón de mi existir, olvido instantáneamente todos y cada uno de mis pensamientos anteriores cuando veo aparecer sus caras cortadas por el frío, sus mochilas a la espalda y sus carreras para ver quién es el primero en darme un beso, detrás viene él que los recoge, cansado sin ganas ni de mirarse y le sonrío, todo lo demás sobra.

Al darnos un beso recuerdo de repente que he olvidado lavarme los dientes y enjuagarme con oraldine para ocultar mi aliento beodo y de fumadora empedernida, en su defecto me meto un chicle de menta en la boca. Me voy hasta la cocina y desde la cristalera que la separa del comedor los observo y soy medianamente feliz. Mañana, quizás, cuando los vea partir como cada tarde volverán a mí las quimeras de la soledad, de la insatisfacción, los nuevos deseos de superación, las ambiciones de cambio, otra vez como cada sobremesa llenaré mi copa de vino tinto que es el que hasta hace poco compraba para él y ahora degusto yo, beberé y fumaré mientras me visita el fantasma del pasado compinchado con el del futuro e ignorando al del presente para hacerme ver de nuevo lo que he perdido y no tendré. Cojo las tazas de cola cao para todos y me preparo otra para mí que es lo que hacen las madres y esposas normales que no esperan a quedarse solas para lamentarse y ahogarse en bebida pero que disfrutan de su momento de gloria sin ser escuchadas ni juzgadas. Retiro las tazas y platos y me dispongo a fregarlos, como siempre sus voces y olores impregnan todo y siento complacida que nada ha cambiado, estoy aliviada al sentirles cerca y no sé a quién agradecer tanta dicha.

Pero mañana a pesar de mis remordimientos y de los innumerables toques a la puerta de mi conciencia, volveré a hacer lo mismo, deseosa de que llegue la sobremesa y me reencuentre con mi otro yo, ansío que pasen las horas apresuradas para que ellos vuelvan a irse y me dejen rememorar sola lo que es en mi vida un día cualquiera.

MÁS ALLÁ DEL ACANTILADO

María Carme Alerm Viloca (España, 1964)

Recibió el mensaje durante el trayecto, pero no lo leyó hasta que llegaron al hotel. Había preferido seguir reclinada en el asiento con los ojos cerrados, meciéndose una y otra vez en la extraña sensación que la embargó en el Mirador de Vixía Herbeira. No, no era la belleza de aquel paraje la causa de tanto ensimismamiento, sino lo que creyó percibir entre sus acantilados. Por unos segundos, esas rocas colosales imantaron su voluntad con un magnetismo liberador, como si se brindaran a despedazar la congoja que le oprimía el pecho. "Será el vértigo. O la famosa atracción del abismo" –pensó, tratando así de ahuyentar aquel impulso vagamente suicida que a duras penas había logrado resistir. Ya se disponía a burlarse de sus delirios, un signo más de ese sentimentalismo autocompasivo contra el que llevaba meses luchando en vano, cuando de repente, allá abajo, entre las olas batientes del mar, le pareció vislumbrar una silueta blanquecina que la contemplaba, expectante. Y mientras las punzadas de un escalofrío le asaeteaban el cuerpo se le figuró que "aquello" se sumergía en la oquedad de las aguas dejando tras de sí una estela de rojizos tornasoles. En aquel instante, un magnífico crepúsculo irisaba con mil reflejos la superficie del mar. Permaneció largo rato absorta, con la vista clavada en el oleaje, hasta que él la sacó bruscamente del hechizo para emprender el camino de vuelta.

No podía pensar en otra cosa. Bien sabía que aquella visión, surgida de entre las brumas de una tierra mágica y misteriosa, no era más que una triquiñuela urdida por su imaginación para conjurar los rigores del desamor y de la pena. Era una alucinación, un engaño de los sentidos, pero...

La música de la radio mediaba en el silencio que se erguía entre los dos mientras el vehículo se deslizaba, entre la niebla, por la carretera que les conducía a la villa de Cedeira. Aquel viaje a las rías altas de Galicia era el último peldaño de una relación que se despeñaba minuto a minuto en una pendiente erizada de humillaciones y desencuentros. Él había accedido a duras penas, como una forzada concesión a aquella mujer que se resistía a aceptar que ya no la amaba. Tal vez no la había amado nunca, quién sabe. Pero, ¿qué importancia tenía eso ahora? De nada servía ya hurgar en los repliegues del pasado. Simplemente se había hartado de convivir con la rutina, el yugo del compromiso y el declive de la pasión, irremisiblemente carcomida por el tedio. Lo que más ansiaba era recobrar la libertad, sentir que a los cuarenta años aún podía volver a vivir a su antojo, sin ataduras, encarando la erosión del tiempo con su reconquistada independencia. Nada más. Pero ella se empeñaba en retenerlo a toda costa, esgrimiendo lágrimas y reproches sin cesar hasta que él acabó por aborrecerla.

El silencio, apenas interrumpido por esa gélida cortesía de los amores con fecha de caducidad, se prolongó durante la cena. Ya en la habitación del hotel, mientras su marido, tras aquel paréntesis inútil, se disponía a preparar las maletas con una avidez que a ella le pareció francamente insidiosa, recordó aquel aviso de mensaje cuya lectura había postergado durante varias horas para que nada perturbara sus ensoñaciones. Tal vez alguna amiga a quien había confiado sus desdichas le transmitía unas palabras de aliento, lo que la obligaría inexcusablemente a responder, y ahora mismo estaba demasiado aturdida para hacerlo. Con suerte podría ser uno de esos mensajes publicitarios con que las compañías telefónicas suelen incordiar a sus clientes, con lo cual le bastaría con borrarlo, sin esfuerzo alguno. Por fin, sobreponiéndose a la laxitud que la dominaba, sacó el móvil del bolso y abrió la tapa con aire distraído, que pronto se transformó en un gesto de sorpresa. Intrigada por el nombre que veía en la pantalla, pulsó enérgicamente la tecla y al momento la asaltaron dos frases de lo más intempestivas: «Esa mujer ha vuelto. Ayúdame».

A decir verdad, la procedencia del mensaje la consternó tanto como su misterioso contenido. Reacia a los endiablados resortes del sms, su madre jamás los enviaba; sólo usaba el móvil para las llamadas, y eso, muy de tarde en tarde. ¿Entonces? Se encerró en el baño y la llamó al fijo:

—¡Marina! Estaba a punto de acostarme. Regular, hija, regular. Es que tu padre... No, no es eso; por el momento la medicación parece aliviarle el dolor y apenas tiene síntomas, pero... yo creo que sospecha algo. Lo leo en sus gestos, en sus ojos. Es muy perspicaz, bien lo sabes. No, no te preocupes, que estoy bien; de hecho, no debería haberte comentado nada. Discúlpame, por favor. Estos días debes procurar pensar en ti, en vosotros. Las últimas semanas, con tu padre en el hospital, han sido muy duras para todos y, claro, en estos casos las parejas se resienten. Seguro que el viaje os sentará bien. ¿El móvil, dices? Lo tengo guardado en el cajón de la mesilla. Hace días que no lo uso. ¿Ocurre algo? Te noto extraña. ¿Qué dices? ¿Tan pronto? No, si ardo en deseos de verte, pero... Bueno, bueno, tú verás, hija. Hasta mañana, pues.

Desde luego aquel era un día de misterios y emociones fuertes. ¿Qué significaban aquellas palabras? Y, sobre todo, ¿quién las había escrito? ¿Con qué fin? Se propuso dar un descanso a su mente trastornada, ocupándose en ordenar los enseres del baño con la atención fija en la tarea. Y por unos minutos creyó haberlo conseguido, hasta que el frasco de perfume se le deslizó de entre las manos precipitándose fatalmente en el suelo, desmenuzado en infinidad de diminutos cristales que centelleaban por doquier. Fue entonces cuando, por una peregrina asociación de imágenes, cayó en la cuenta. No había duda: el mensaje era de su padre.

—¡Menudo estropicio! Podrías tener más cuidado, ¿no? Habrá que llamar para que limpien todo esto. Pero el olor a perfume no lo quita nadie. ¡Detesto ese olor! ¡La de veces que te lo he dicho! Y tú te obstinas en seguir usándolo. Sin hacerme caso, como siempre.

Apenas le hubo lanzado la filípica, Rodrigo sintió un leve remordimiento. El semblante dolorido de la que aún era su esposa le despertaba cierta compasión.

—Has hablado con tu madre, ¿verdad? ¿Qué pasa? ¿Tu padre ha empeorado?

Ella lo negó con los ojos sin proferir una sola sílaba. De ahora en adelante su única obsesión era acudir cuanto antes a aquella llamada de auxilio.

No la había vuelto a mencionar desde hacía varios años. Exactamente desde su convalecencia en el hospital tras una delicada intervención quirúrgica que lo dejó muy debilitado. Tardó muchas horas en recuperar la conciencia, y cuando lo hizo, sus confusas palabras traslucían los delirios que sacudían su mente, enajenada aún por las secuelas de la anestesia. Aunque pronto pudo reconocer a sus seres queridos y pronunciar sus nombres entre miradas llenas de ternura, de vez en cuando volvía el rostro a un extremo de la cama con una expresión de inquietud e incluso de terror, como si hubiera algo ahí que le intimidara. Poco a poco, sin embargo, con el paso de los días fue recobrando el dominio de sus facultades y la lucidez que siempre le había caracterizado, hasta que en sus ojos ya sólo se pintaba el jubiloso reencuentro con la vida. Precisamente por eso, a Marina le sorprendió tanto la naturalidad con que un día, a punto de salir del hospital, su padre le habló de una mujer vestida de blanco que durante varios días vio sentada al borde de la cama, atrayéndolo hacia ella con una mezcla de dulzura y perversidad justo antes de esfumarse por la ventana. Y lo peor fue que todos sus intentos para convencerle de que sólo se trataba de una alucinación, de una imagen fabricada por el inconsciente durante el letargo postoperatorio, fueron vanos. Para él esa mujer había sido tan real como su propia hija.

Aunque se resistía a creer en la veracidad de semejante fantasmagoría, la rotundidad con que el padre se aferraba a ella logró confundirla. Sabía que circulaban leyendas sobre misteriosas apariciones en hospitales; concretamente, recordó haber leído algo sobre un sanatorio de Terrassa, en la provincia de Barcelona, donde incluso se habían registrado supuestas psicofonías. Excitada por la curiosidad y sin decir nada a nadie, decidió acudir a un centro de esoterismo, cuya dirección encontró entre los anuncios de una revista local. Allí, envuelta por un fuerte olor a incienso y a la luz de una vela que mitigaba su azoramiento, la presunta vidente le contó que "el espectro" correspondía a una mujer que, tras sufrir un accidente de tráfico que había arrojado su vehículo por un terraplén, falleció en aquel mismo hospital y que su alma vagaba por el lugar tratando de arrastrar consigo a los enfermos más vulnerables. De todos modos, no debía preocuparse porque su padre había logrado desasirse de ella. Marina no dio crédito a una sola palabra aunque, eso sí, consiguió templar los ánimos y olvidarse del asunto. Al fin y al cabo, si en algún momento la muerte anduvo cerca de su padre, la cirugía ya se había encargado de conjurarla, pues el corazón le latía a un ritmo prácticamente normal.

Transcurrieron más de dos años, durante los cuales la alegría de recobrar la salud se vio cada vez más enturbiada por la pesadumbre que leía en el semblante de Marina. A pesar de los esfuerzos de su hija por fingir, era evidente que Rodrigo la trataba con desdén y que ella, en lugar de afrontar la situación con dignidad y entereza, se dejara llevar por el abatimiento le llenaba de zozobra.

Empezó a sentirse indispuesto. Primero fueron unas molestias en el abdomen y después un progresivo debilitamiento de sus fuerzas que acabó por determinar el ingreso inmediato en el hospital. Volvieron los días de angustia, de sueño quebrantado por el continuo ir y venir de las enfermeras y el temor al diagnóstico definitivo, que llegó tras un interminable calvario de pruebas: le habían detectado un tumor hepático irreversible. La operación sólo podía proporcionarle unos meses más de vida, y eso suponiendo que fuera capaz de resistirla. De no intervenir era imposible saber exactamente cuánto tiempo le quedaba, pues a la edad de su padre los tumores solían avanzar con cierta lentitud... O no... Madre e hija acordaron no atormentarlo más, dejar que la enfermedad siguiera su curso evitándole sufrimientos inútiles. También resolvieron ocultarle la verdad, al menos durante un tiempo, hasta que los síntomas se hicieran más intensos.

Al conocer la gravedad de la situación, Rodrigo acabó por rendirse a su propia conciencia posponiendo los trámites del divorcio e incluso aceptando acompañar a su mujer en aquel viaje en el que ella tanto había insistido. Esto último no le fue nada fácil. Era lógico que necesitara un respiro para afrontar los días amargos que tenía por delante; pero que quisiera hacerlo en su compañía sólo para guardar las apariencias y evitar más dolor a la familia era francamente absurdo. Sólo un poco de respiración artificial para una relación que había entrado ya en fase de agonía, por más que Marina se obstinara en apurarla hasta el último aliento.

Nada más entrar en la casa se las ingenió para hablar a solas con su hija. Era su única esperanza y no podía perder más tiempo. Naturalmente, era él quien le había enviado el mensaje. Nunca hubiera pensado que a sus años tuviera que vérselas con semejante artilugio; incluso le sorprendió la facilidad con que había aprendido a manejarlo...

No, no había vuelto a ver a la mujer del hospital, pero esta vez sería él quien iría a su encuentro. Y es que por más que se negaran a revelárselo era perfectamente consciente de que sufría una enfermedad terminal y no estaba dispuesto a consentir que su familia presenciara el humillante espectáculo de su deterioro, ni tampoco a perder en ningún instante el control de sí mismo. Quería morir con dignidad. Tenía derecho a ello.

Así que, sin más dilación y con una serenidad sobrecogedora, le contó que había leído una noticia en el periódico referente a una clínica extranjera donde se practicaba la eutanasia. Se instalaba al enfermo en una habitación, con música ambiental incluida, y se le administraba un barbitúrico letal que le sumía en un profundo sueño. Mientras tanto, una enfermera ataviada con uniforme blanco permanecía junto a él, sentada al borde de la cama, acompañándolo hasta que llegaba el fin, dulcemente... Ya se había puesto en contacto con el centro y sólo faltaba ultimar los trámites. Esposa e hija deberían viajar con él.

Estaba convencido de que le esperaba una infinita tanda de sollozos y una negativa pertinaz que le exigiría poner en juego todos los recursos de persuasión a su alcance. Calculó rápidamente la cantidad de energía que iba a necesitar, temeroso de que ya no le quedaran suficientes reservas, mientras martilleaba su cerebro aquella vieja sentencia del sabio, que ahora sentía más próxima y aterradora que nunca: "Vivir es un ir muriendo cada día". No, no quería "ir muriendo"; sólo morir. A secas. Dada la avanzada edad de su mujer, modificar aquel pequeño matiz gramatical que le libraría de una agonía lenta y penosa dependía enteramente de su única hija cuyo temperamento, demasiado impresionable y un tanto medroso, iba a representarle un serio obstáculo que no estaba seguro de poder vencer. Ni siquiera había reunido el valor necesario para librarse de un matrimonio que la estaba consumiendo.

Pero sorprendentemente Marina no hizo aspaviento alguno. Al contrario. A medida que las palabras del padre le llegaban a los oídos, las lágrimas, que al principio pugnaban por brotarle a raudales, detenían su curso y se le quedaban petrificadas, como si se transformasen en carámbanos de hielo. Su rostro se bañó de una intensa lividez al tiempo que un rictus amargo contraía sus labios. Delirios, quimeras, sensaciones extrañas se agolpaban en su mente conjuradas por una lógica inverosímil pero extraordinariamente precisa para dibujar en ella una imagen inquietante y cautivadora a la vez: la silueta blanquecina de una mujer vagando en torno a un abismo, en espera de arrojar en él la desesperación de quienes sucumbían a su sortilegio. Un abismo liberador, como el que Marina había vislumbrado en el Mirador de Vixía Herbeira, que engulliría para siempre los padecimientos de su padre y... sus propias amarguras.

Vencida por aquella certeza, esbozó un resignado gesto de asentimiento. Sí, llevaría a aquel ser tan querido, cercado por el avance inexorable de la muerte, hacia un país lejano donde le esperaba una mujer de uniforme blanco dispuesta a precipitarlo, suavemente, sin apenas sentirlo, en el abismo de la nada. Y después..., después iría en busca de su propio destino, el que había creído leer entre las brumas del acantilado.

Conmovido, pero sin poder aplacar la inquietud que le atenazaba, el padre le tomó el rostro con las manos, sacudidas por un ligero temblor. Sin andarse con rodeos, a bocajarro, acababa de pedir, casi de exigir a su propia hija que hiciera acopio de todo el amor que sentía por él para convertirlo, de súbito, en un atajo de la muerte; una penosa metamorfosis, un sacrificio enorme al fin, que sólo podría llevar a cabo alentada por el poder de la convicción y por una vigorosa fortaleza interna que, sin embargo, apenas asomaban en aquel vago ademán afirmativo. Temeroso de que no fuera más que un ardid para ganar tiempo o quizás un mero espejismo, la indujo a sostenerle la mirada, largamente, como si tratara de exorcizar el terror y la amargura que ella en vano se esforzaba en ocultarle. Fue entonces cuando en esos ojos, de un azul diamantino, a Marina le pareció distinguir una silueta blanquecina que la contemplaba, expectante.

Algo se revolvió en lo más hondo de su alma. La fragilidad, el miedo, la incertidumbre que durante tanto tiempo le habían maniatado la voluntad se fueron desvaneciendo, como por ensalmo, al impulso de una fuerza arrolladora que la invadió por completo, arrasando cuantos obstáculos encontraba al paso. De pronto, sin rastro ya del estremecimiento que había petrificado sus miembros hacía apenas unos instantes, se dirigió hacia la repisa de la chimenea atraída por uno de los retratos que había sobre ella. Era la fotografía de su boda con Rodrigo, apresada en un reluciente marco de plata. La tarde languidecía y los últimos estertores del crepúsculo se reflejaban en el cristal dotando a la imagen de un aire fantasmagórico. Bajo la luz mortecina, aquel vestigio de un amor corroído por el tiempo y la derrota la escarnecía con una mueca burlona que la hizo sonrojar, abrasando sus mejillas con el ardor de la furia. Incapaz de contenerse por más tiempo, lo agarró con inusitada violencia y lo estampó contra el suelo dejándolo sepultado en un montón de cristales que apartó bruscamente con el pie ante la consternación de su padre, quien se le acercó, alarmado.

Cuando levantó la mirada hacia él prodigándole una emocionada sonrisa de complicidad, se le figuró que aquella silueta blanquecina se sumergía en la inmensidad azul de sus ojos, dejando tras de sí una estela de rojizos tornasoles.

UNA MUJER CON REDAÑOS

María del Carmen Guzmán Ortega (España, 1944)

No fue nunca una mujer de su tiempo; se adelantó a él. Allá por los años cincuenta, las ideas rebeldes, los desplantes a lo establecido y su manera de afrontar los muros que una vida de pueblo le imponía, la marcaron para siempre. Su juventud transcurrió en un pueblo del norte de España, un pueblo donde los pocos hombres que no emigraron conservaban un machismo, un poder y unas normas que se cumplían a rajatabla por los miembros de la familia.

Su padre, uno de estos hombres, trabajador incansable, pero primitivo en sus actos y creencias, no permitía "que en esta casa una mujer sepa más que yo", no la dejó ir más allá de la escuela primaria ni salir con las amigas. A su mujer, sin embargo, sí le permitió su trabajo como maestra, puesto que con ello contribuía a la economía de la casa.

Paula fue testigo del trabajo agotador de la madre, pues cuando volvía de la escuela, aunque estuviera cansada, debía realizar todas las tareas de un ama de casa, sin ayuda del marido ni de los hijos mayores, tan sólo de las hijas, como era la costumbre; en cambio, los varones disfrutaban de una libertad muy amplia: jugar en la calle, bañarse desnudos en el río y divertirse en los pueblos cercanos. Todo esto le encendía a la niña una rabia sorda, porque no podía comprender tanta injusticia, y cuando alguna vez protestaba se ganaba la furia del padre, castigos, amenazas y hasta alguna bofetada.

Paula pertenece a ese tipo de mujeres que allanó el camino a las jóvenes de hoy. Ella vivió en una sociedad donde las mujeres eran igual de machistas que los hombres, donde tuvo que luchar con mentalidades obtusas que aún persisten en algunos lugares del mundo.

Contra la prohibición de su padre estudiaba por las noches, escondida debajo de la cama, de bruces sobre una manta para no quedarse helada y alumbrada por una linterna. Así consiguió una carrera, examinándose por libre en la capital, con muchos sacrificios, con la complicidad de la madre y bajo el peligro de que el patriarca de la casa la descubriera algún día y su furia desatada hiciera temblar los cristales de la vieja casona.

Tenía casi decidido marcharse a Madrid en cuanto acabara la carrera y aprobara las oposiciones, pero algo la decidió a huir de su hogar y del pueblo antes de lo previsto, a los dieciocho años. Su padre la miraba de forma extraña. Descubrió esa mirada más de una vez, aunque no se atrevió nunca a contarlo a nadie. Pero una noche, cuando se disponía a acostarse, él irrumpió en la habitación, el hombre grande, como un oso atravesado en el hueco de la puerta, los ojos relampagueantes y una expresión claramente lujuriosa en la mirada.

Ella sintió cómo un terror viscoso la invadía, pero, dueña de sí, miró al padre, mientras hacía un gran esfuerzo para mostrar serenidad, fuerza y decisión. No necesitó decir una sola palabra. La mirada que le lanzó fue tan dura, tan segura de sí misma, tan llena de fuerza y decisión, que éste se dio la vuelta, se clavó las uñas en las callosas manos y cerró la puerta dando un portazo que hizo retintinear los cristales.

Al día siguiente, Paula se fue de casa sin decir el motivo a nadie de la familia. Todos, menos el padre, fueron a despedirla a la estación, la madre llorando y los hermanos extrañados de tan repentina marcha, mientras el padre gritaba "que se fuera, que había perdido una hija y que ya no quiero verte más, so desgraciada".

Vendrían años difíciles, de trabajo duro para ganarse la vida, sin tiempo casi para estudiar, pero su fuerza de voluntad la ayudó a sortear dificultades, sacarle partido al tiempo y sortear los peligros de un Madrid dispuesto a tragarse a una joven de pueblo hermosa e inteligente. Tuvo algunos novios, no muchos, pero bastantes pretendientes, aunque no se casó. Nunca pudo encontrar un hombre que llenara sus expectativas, que la comprendiera, la amara y supiera tratarla de igual a igual, cosa muy difícil en aquellos tiempos.

Cuando terminó la carrera dejó la casa donde trabajaba de sirvienta. Desde entonces ocupó su puesto de maestra en los diferentes pueblos y puebluchos donde la destinaban. En todos ellos dejó su impronta de buena enseñante, pues tenía la rara virtud de expresar cariño y firmeza. Después de pasar años deambulando por los pueblos, volvió a Madrid, donde aún reside. A su pueblo volvió tres veces: a la muerte de su padre, a la de su madre, y en una tercera ocasión, invitada por unos amigos propietarios de una hermosa finca en las afueras.

Paula llegó una mañana a la estación de su pueblo, alta, rubia y atractiva, joven aún y bien vestida. Cuando bajó del tren no había nadie esperándola: más tarde supo que su carta se perdió por una extraña jugarreta del destino. Así que se dispuso a llamar por el único teléfono que había en la estación. En ese momento, una mano cuidada de hombre se posó en su hombro, volvió la cabeza y pudo contemplar a un joven vestido con esa descuidada elegancia propia de familia de caciques rurales.

—Hola, ¿eres de aquí? —preguntó él con una sonrisa encantadora.

—Pues sí, nací en este pueblo pero ahora vivo en Madrid. Estoy esperando que vengan a recogerme.

—¿Puedo saber quién, si no es indiscreción?

—La familia Riveiro; me invitaron a pasar unos días con ellos, en su finca "Los eucaliptos".

—¡Hombre! Los Riveiro, amiguísimos amigos. Sus hijos, Manolo y Pedro son de mi edad.

—¡No me digas! Ah, claro, en el pueblo se conoce todo el mundo. Sin embargo, yo no te recuerdo a ti.

—No me recuerdas porque de niño yo estudiaba en un colegio interno. Es natural.

Él entonces, le propuso llevarla en su coche. Paula, después de unos segundos de duda accedió a su oferta, pues no pensó que pudiera existir mal alguno en subir al deportivo de aquel chico elegante que conocía a sus amigos. Además, la finca no se encontraba demasiado lejos de la estación.

El lujoso automóvil enfiló rápidamente la carretera después de arrancar con un chirriar de llantas sobre el asfalto. Por el camino, al principio la charla fue distendida, agradable, pero al poco el joven entró en un extraño mutismo. Paula lo observaba con disimulo, porque le parecía ver cómo cambiaba el perfil del conductor, una arruga se marcaba en su frente y sus labios se transformaban en una línea dura.

El vehículo giró bruscamente a la derecha, entró en un camino polvoriento y en unos minutos se internó en uno de esos oscuros y misteriosos bosques abundantes en el norte de España, una de esas fragas donde abundan leyendas de brujas, lobos enormes y almas en pena que se aparecen a todo el que tiene el valor de internarse en sus tinieblas. Sin embargo, Paula, a pesar de que desde un buen rato se iba dando cuenta de que el itinerario no conducía a "Los Eucaliptos", no dijo una palabra. Sólo pensaba: "tranquila, tranquila, piensa y no te pongas nerviosa".

El coche se detuvo bruscamente en un claro del bosque. El joven abrió la puerta y agarrándola por los cabellos la arrojó al suelo, mientras un pie enfundado en una lustrosa bota de piel se posaba en su pecho. Por un instante, Paula sintió un terror que la paralizaba. Él, convertido ya en una fiera sin control, la insultaba con las palabras más duras y soeces que le salían a tropel por la boca. Pero ella, haciendo un esfuerzo, y con la mejor sonrisa que pudo componer, exclamó coqueta:

—¡Pero qué tonto eres! ¿Se puede saber a qué viene tanta violencia? ¿Es que no te has dado cuenta de lo que me gustas? ¿No ves que aquí no podemos estar tranquilos, que alguien puede vernos? Vámonos a un hotel, y ya verás que bien lo pasamos.

–¡Escúchame, zorra, putilla de capital! Si te has creído que puedes engañarme, te equivocas de medio a medio –le contestó el joven mientras aflojaba un poco el peso de la bota sobre su pecho.

–Vamos, hombre, ¿cómo puedes pensar eso? –le contestó melosa–, si no quisiera acostarme contigo no habría subido a tu coche.

El joven, ya convencido, la agarró del brazo y la ayudó a subir al coche. Durante el camino, y cada vez que le preguntaba: "¿De verdad que no me engañas?", ella le respondía con un beso en la mejilla, apretaba su mano, le pasaba el brazo por el cuello y le decía alguna palabra amorosa.

Por fin llegaron al pueblo, que se había convertido con los años en un enclave turístico. Se detuvieron a la puerta del mejor hotel. Era temporada alta y los forasteros entraban y salían del vestíbulo repleto de maletas cuyos dueños ansiaban disfrutar del sol y la arena, de la paz de sus profundas rías y del encanto de una tierra llena de historias, leyendas y monumentos. Después de aparcar el automóvil, entraron en el hotel, se acercaron al mostrador de Recepción, y a la pregunta del recepcionista, "¿Qué desean los señores?", y antes de que su acompañante respondiera, Paula exclamó en voz lo suficientemente alta como para que todo el mundo la oyera:

–¡Sí! ¡Deseo que se lleven a la cárcel a este hijo de puta que ha intentado violarme! –contestó al tiempo que propinaba al aludido un soberano puntapié en su entrepierna.

El susodicho ni siquiera tuvo tiempo de reaccionar, lo que le dio un tiempo precioso a ella para salir a la calle, tomar un taxi y presentarse en "Los Eucaliptos". La familia se llevó una agradable sorpresa al verla, aunque la notaron algo pálida. Ella lo achacó al cansancio del viaje, pero algo sospecharon los hijos, Pedro y Manuel Riveiro.

No dijeron nada, pero una noche, sin decir a nadie adónde iban, salieron en silencio de la casa y no había transcurrido una hora cuando ya estaban de vuelta.

A la mañana siguiente la Guardia Civil llevó al agresor agredido a la capital donde tuvo que ser ingresado a causa de una soberana paliza. Nunca se supo quién o quiénes fueron los culpables, pero todo el mundo sabía bajo cuerda que aquello fue una muestra fehaciente de la justicia popular. Lo cierto es que nadie volvió a molestar a Paula, porque a partir de ese día, tuvo a su lado a dos caballeros andantes que no se apartaron de ella.

Una vez estuvo a punto de casarse. Todo estaba listo para la boda. La casa, el ajuar, las invitaciones, la iglesia y hasta el lujoso hotel donde se celebraría el convite. Días antes de la boda, los enamorados, ante dos tazas de café y unas tostadas, discutían los últimos pormenores, que si el viaje, que si los invitados, etc.

—Quiero decirte una cosa muy importante para mí.

—¡Vaya! Qué seria te has puesto de pronto —respondió él medio en broma medio en serio.

—Es que es importante, Andrés. Yo te quiero mucho y pretendo ser una buena esposa, pero quiero que entre nosotros no haya ningún malentendido, que todo sea diáfano.

—¡Habla, mujer, que me tienes en ascuas!

—Tú sabes que yo soy una mujer independiente, y que quiero mi espacio, mi tiempo…

—A ver, a ver… no te entiendo. —dijo él algo escamado— Vas a tener una gran casa con todos los lujos y comodidades, ¡y mi amor!

—Ya lo sé, cariño, ya lo sé, pero déjame que te lo explique. Lo que pretendo decirte es que necesito que un día, sólo un día al mes, me lo dejes para mí sola, para encontrarme conmigo misma, para dedicarme a mi persona, para meditar, leer o escribir…

—¡Pero, qué estás diciendo? ¡Un día sola! ¿Dónde se ha visto eso en una mujer casada! Es muy, pero que muy sospechoso que me pidas eso.

—¿Por qué? ¿No te vas tú al fútbol los domingos? ¿No sales con los amigos? ¿No hemos quedado en que lo seguirás haciendo de casado?

—¡Porque el hombre puede hacerlo, porque lo ha hecho siempre y no pasa nada! ¡Por eso! ¡Y si una mujer lo hace es que le quiere poner los cuernos al marido!

En ese momento y sin perder la compostura, pero con la muerte en el alma, Paula se puso de pie, y muy dignamente, sin levantar un ápice la voz, le contestó al novio mientras la gente los miraba de reojo:

—Adiós, Andrés. Te quiero mucho, pero nunca me casaré con un hombre que no comprenda mis intenciones y tergiverse mis palabras.

Paula sigue soltera. Ya es una señora madura, pero su belleza no se ha marchitado del todo. Ahora que ya está jubilada, reparte su tiempo y su energía en ayudar a mujeres maltratadas, niños abandonados y ancianos solitarios, y aún le queda tiempo para leer, escribir y recorrer el mundo, pintar, hacer fotografías artísticas y hasta creo que está escribiendo una novela. Es feliz, y aunque su libertad tiene un precio, su soledad, ella paga con creces el tributo porque así lo eligió libremente.

EL CLUB DE LAS RECOMPENSAS
Marián Barrera Lapi (España, 1978)

"Desde hace un año pertenezco al Club de las Recompensas y, justo en este momento, me dispongo a iniciar mi último recorrido. En esta ocasión soy Buscador, al Escondido que tengo que encontrar es un nivel Alfa... y tiene algo que me pertenece".

Cenando sola en el Real Marqués, una pareja que estaba sentada a mis espaldas oyó cómo contaba, a través de mi teléfono móvil, lo que me sucedía.

Mi hija, de cuatro años de edad, necesitaba un trasplante de riñón. Nadie de la familia era compatible, por lo que ese mismo día había entrado a formar parte de la lista de espera del Hospital Universitario, quedándole muy posiblemente meses de larga espera. El problema es que su corta vida no disponía de tanto tiempo.

Tras terminar mi desconsolada conversación, el hombre de la pareja, un señor alto, con barba, algo canoso y bastante apuesto, se me acercó. Después de pedirme permiso, ambos se sentaron a mi mesa para contarme la existencia de un club, el Club de las Recompensas.

Ya bien entrados en los cuarenta, resultaron ser personas agradables, con esmerada educación, creíbles y con estilo. Ella, más baja que él, de pelo rizado color cobrizo y grandes pestañas, apenas mencionó palabra alguna y, sin quitarme los ojos de encima, parecía que intentaba transmitirme una confianza casi maternal. Él, en cambio, lideró toda la conversación y tengo que reconocer que me gustó que nos mirase a las dos como si nos quisiera tratar a ambas por igual.

Se trataba de una organización fundada en mil novecientos quince, al norte del país, por un grupo de hombres adinerados y con ganas de nuevas experiencias. Actualmente estaba expandido por todo el territorio nacional, siendo el número de miembros casi imposible de calcular con exactitud. No obstante, se podía afirmar que el 1,9 por ciento de la población estaba entre sus filas. Entrabas por invitación y te podías salir, tras dos meses de obligada permanencia, cuando quisieras, lo curioso es que desde hacía veinte años no se había producido ninguna baja, únicamente dos expulsiones.

Entre los participantes del Club de las Recompensas se hallaba todo tipo de personas, con cualquier clase social, condición o religión, pero el Club las agrupaba en tres niveles diferentes: los Alfa, los Beta y los Omega, siendo el criterio para pertenecer a un grupo u a otro lo que estabas dispuesto o podías ofrecer.

La base del recorrido era bien sencilla, había un Escondido que tenía una hora para esconderse por toda la ciudad, partiendo de un punto en concreto fijado de antemano y un Buscador que tenía que encontrarlo en un plazo de dos horas. Si éste tenía éxito, el Buscador elegía para sí algo de todo lo que poseía el Escondido, fuese lo que fuese y si fracasaba en su búsqueda, el Escondido era quien elegía. Al ingreso en el Club te imponían el adversario, no obstante, a medida que se iba adquiriendo veteranía, se podía elegir con quien querías enfrentarte.

Al final de la explicación no llegaba a entender por qué esa pareja de extraños me contaba a mí todo eso. Sin embargo, la recompensa por encontrar a tu Escondido o por no ser encontrado por tu Buscador, podía ser cualquier cosa que quisieras de esa persona, cualquier cosa y, después de escuchar la situación que había relatado minutos antes por mi teléfono, estaba claro que yo necesitaba algo de manera urgente y desesperada. Algo que sólo el Club de las Recompensas me podía ofrecer en esos momentos.

Acepté, no me quedaba otra opción. Era la vida de mi hija lo que estaba en juego, así que no veía otra forma mejor de ganarla, que jugando.

Al día siguiente recibiría una llamada en la que analizarían mi vida por completo: casa, familia, trabajo y decidirían si me aceptaban en el Club y, si así era, en qué nivel me agruparían. Luego, recibiría un mensaje con los datos para mi primer recorrido: papel a desempeñar, contrincante, lugar y hora. Con un poco de suerte en un mes podía enfrentarme al Escondido que me interesase, yo ya tenía uno en mente, y si ganaba salvaría la vida de mi hija. Ese día acabaría mi pertenencia al Club de las Recompensas, lo tenía decidido.

Efectivamente recibí, tal y como me dijeron, una exhaustiva llamada en la que, de manera pormenorizada, desgranaron cada una de las parcelas de mi vida. El nivel que me dieron fue Omega, lo que dejaba entrever la magnitud de las posesiones que se jugaban en este Club, pues mi vida de clase media pertenecía al nivel más bajo.

Mi primer recorrido fue a los cuatro días de entrar a formar parte del Club, empecé como Escondida y perdí mi televisor nuevo de cuarenta y dos pulgadas. Me llegó el mensaje con los datos, mi Buscador era Beta y le gustaba enfrentarse a novatos aunque la recompensa fuese del nivel más bajo.

Se inició el recorrido en la parada principal del autobús número tres de la Avenida El Riachuelo. Poniendo el cronómetro en marcha, me dirigí a la sección de infantil de la Biblioteca Municipal y, treinta y cinco minutos después, fui hallada tras recibir un mensaje que decía: Descubierta. TV 42´. Fue todo muy extraño, impersonal, arriesgado y en algún momento me pareció hasta absurdo, sin embargo ya había entrado en el Club de las Recompensas y tenía un claro objetivo.

Tras tres recorridos más como Escondida, había perdido mi coche durante un fin de semana, mi portátil y un colgante de oro, recuerdo de mi abuela de valor incalculable para mi familia.

Por fin me tocó desempeñar el rol de Buscador y, faltando cinco minutos para que se consumiesen las dos horas de búsqueda, encontré a mi Escondido en el segundo vagón del metro de las nueve cero cinco, destino Villa Olmo. Mi premio: un fin de semana gratis en la sierra.

Parecía que iba a resultar más complicado de lo que había imaginado alcanzar mi objetivo y como tenía la sensación de que algo se me estaba escapando, me acerqué al Real Marqués y le pregunté al camarero por la pareja que se sentó a mi lado semanas atrás. Al yo ser cliente habitual, Roberto recordaba que se extrañó de aquella situación y me comentó que los había vuelto a ver algún que otro lunes por la noche a la hora de cenar.

Qué bien se había portado siempre conmigo este camarero. Roberto, un muchacho corpulento, de piel tostada, grandes manos y sin haber alcanzado los treinta, había dejado su país y su Licenciatura en Filosofía hacía dos años, para servir mesas a kilómetros de su familia y así poder mantenerlos aunque fuese en la distancia. Siempre con una sonrisa en la boca, siempre tan atento, siempre tan servicial, pero con una cruda y punzante realidad en su interior que me arriesgaría a decir que ni él mismo alcanzaba a comprender del todo.

Llegado el lunes, esperé impacientemente la entrada de la pareja en el restaurante y, nada más acomodarse en las sillas, me uní a ellos. Ahí los tenía de nuevo frente a mí, con su aire cosmopolita y sus interesantes miradas. Con la nueva conversación, indagando también un poco por mi cuenta y con algo ya de experiencia, descubrí que los Buscadores tienen sus propias artimañas para dar con su presa, poseen fuentes y también cómplices a la hora de elegir y buscar a sus Escondidos. Poco a poco fui aprendiendo a golpe de fracasos y pérdidas materiales.

Investigué posibles Escondidos que me pudiesen interesar, me hice con algún que otro confidente sobre sus vidas, sus trabajos, ocupaciones, ratos de ocio y pasado mes y medio desde mi iniciación como miembro del secreto Club, pude elegir al Escondido que quería.

Me citaron un martes a las cinco en punto de la tarde en la entrada del Multicines Ibensa. Mi nuevo rival pertenecía al nivel de los Beta pero yo tenía que ganar esa partida fuese como fuese. Sabía que una de sus pasiones ocultas era el surrealismo y, pasados tan sólo cuarenta minutos, di con él frente a un retrato de Salvador Dalí en el Museo de Arte Surrealista de la ciudad. Mi petición fue clara. Era empleado del Hospital Universitario de la capital y tenía acceso a la base de datos de la lista de espera de trasplantes, únicamente tenía que poner a mi hija la primera.

Con el paso del tiempo entendí por qué nadie se había dado de baja como miembro del ya no tan secreto Club de las Recompensas. Con un poco de astucia y suficiente perspicacia, se conseguían muchas cosas y se perdían no tantas.

Transcurrido un tiempo, mi hija estaba completamente sana, hacía su vida con normalidad y yo me disponía a realizar mi último recorrido. Esta vez tenía que estar en el parque del muelle a las siete en punto y un Omega, como yo, era mi Buscador. Con este recorrido pondría fin a una aventura que me había dado lo más valioso que tengo, la vida de mi hija y me había ofrecido un sinfín de nuevas posibilidades a mi alrededor. A la hora y cuarto fui, lamentablemente, hallada por un Buscador nada desconocido para mí. No era otro que mi ex marido y en ese instante me quise morir, me pidió a cambio lo único que me importaba en el mundo, mi hija.

Angustia, desesperanza, también miedo, mucha rabia y, por supuesto, ganas de venganza, fue lo que gobernó mi vida durante las siguientes semanas. Sin embargo, pasado el periodo de duelo, dejé que esos sentimientos tan viscerales pasaran a un segundo plano y una estrategia, no tan bien orquestada como yo creía, fuese lo que moviese mi vida a partir de entonces.

Volví al ruedo, pero esta vez tocada y hundida, perdí mi casa entera, me obligaron a abusar de las influencias en el trabajo y me hicieron pedir favores a amigos y familiares que se vieron gravemente afectados por mis fracasados recorridos. Aún no estaba recuperada para volver a jugar. Los recorridos eran cada vez más exigentes y los jugadores más preparados y yo no me encontraba al cien por cien de mis fuerzas.

Pero una vez que estaba en el suelo, sola, pisoteada, mal herida y perdida, sólo había una cosa que podía conseguir que me levantase, sólo una y esa era volver a estar con mi hija. De nuevo recurrí a la pareja del Real Marqués, me ayudaron a ponerme en pie, me curaron las heridas y me enderezaron la autoestima. De nuevo ellos me pusieron activa en el Club de las Recompensas.

Llevaba tres meses sin ver a mi hija cuando me convertí en una Omega Plus. Se trataba de una coletilla que te agregaban a tu nivel cuando superabas el último record establecido de personas encontradas y pasabas a convertirte en el Plus de tu grupo, teniendo el privilegio de, en una única ocasión, poder elegir a un Alfa o Alfa Plus para competir. Con tiempo y sin descanso, recuperé a mi familia, obtuve una casa y no necesitaba trabajar, puesto que la posición en la que me encontraba, después de varios meses como Omega Plus, me había ofrecido infinidad de privilegios y recompensas inimaginables.

Al fin me llegó el mensaje que deseaba: "Elija un miembro Alfa para su próximo recorrido". Llevaba mucho tiempo estudiando a mi siguiente presa. Sabía dónde se encontraba en cada minuto del día, con quién se veía, qué comía, qué odiaba y hasta en qué gastaba el dinero que le ocultaba a su familia.

Comenzó el recorrido en la calle Ronda de Esteros número veinticinco, hora quince cuarenta y cinco. Se trataba de una Alfa miembro del Club desde diez años atrás, con el Plus desde hacía dos años, prácticamente un veterano invencible que podía acercarme un poco más a mi objetivo. Tenía varios sitios en mente pero dos eran mis preferidos. No me encontraba especialmente nerviosa, me sentía segura de lo que estaba haciendo y confiaba en lo mucho que me había preparado este recorrido. Miré el cronómetro y, cuando marcaba treinta y seis minutos, hallé a mi Escondido Alfa Plus en el Baluarte Sagrado de la entrada de la ciudad, entre la puerta principal y la segunda farola. Mi deseo estaba claro, quería formar parte del Consejo Rector del Club. Muy pocos sabíamos que además de ser Alfa Plus, era el Rector de toda la organización del Club de las Recompensas.

A los pocos días y sin saber muy bien de qué se trataba, ya que no especificaba ni rol ni adversario, fui a la nueva cita que la tarde anterior había recibido. Un pasillo estrecho con no demasiada claridad y un techo de vigas vistas muy alto, me condujeron hasta un patio rodeado de grandes maceteros blancos provistos de hermosas palmeras. Sobre una acogedora alfombra roja descansaban tres sillones negros ocupados dos de ellos por la pareja del Real Marqués. De nuevo me encontraba con ellos, aunque en esta ocasión tanto el decorado como yo ya no éramos los mismos. Como Comisarios del Rector, me propusieron oficialmente formar parte del Consejo Organizador del Club de las Recompensas, adquiriendo automáticamente el nivel Alfa. Elegir nuevos miembros, recorridos y parejas de Escondidos y Buscadores, iban a ser mis nuevas funciones. Me atrajo mucho la idea de ver de cerca los entresijos del Club al que pertenecía desde hacía ya nueve meses y, después de mucho sufrimiento y esfuerzo, me encontraba justo donde quería. Lo que estaba claro es que mi principal meta era otra.

A pesar de mi nuevo puesto en el Club de las Recompensas, nunca dejé de hacer recorridos, puesto que era mi manera de vivir de los últimos meses. Hasta que me llegó el momento de organizar por completo mi próxima jugada. Elegí día, hora, lugar, Escondido, que también se había convertido ya en un Alfa y yo como Buscador.

"Desde hace un año pertenezco al Club de las Recompensas y, justo en este momento, me dispongo a iniciar mi último recorrido. En esta ocasión soy Buscador, al Escondido que tengo que encontrar es un nivel Alfa… y tiene algo que me pertenece".

Era viernes de carnaval, las doce en punto de la noche marcaba el reloj de la pared central del Rincón de María, una pequeña taberna en el centro de la ciudad. Exactamente fecha, hora y lugar donde nos conocimos mi ex marido y yo veintidós años atrás. Con esos datos estaba segura que él supondría quien iba a ser su Buscador, pero no me importaba, le daba más emoción al recorrido.

Gran bullicio en las calles, confeti cayendo del cielo, serpentinas enredando nuestros cuerpos, jolgorio en las plazas y tanta algarabía que no descansaba ni en las pequeñas esquinas. Él iba disfrazado de capo de la mafia, muy previsible, yo con gabardina, gafas de sol y sombrero, como los detectives privados de las películas antiguas que tanto le gustaban.

Hacía una hora que habíamos empezado y todavía no me había movido porque sabía perfectamente donde estaría. Sentada en la última mesa del bar donde habíamos quedado, me levanté con seguridad y optimismo, pagué la cuenta en la barra y me dirigí tranquila y sosegada hasta la parada de taxi más cercana. Le di la dirección al taxista y empecé a imaginar cómo sería el reencuentro con mi hija, mientras llegábamos hasta el destino: mi casa. Abrí la puerta y encendí la luz. Él estaba sentado en el sofá, lo miré a los ojos y no hizo falta decir mucho más. Recuperé a mi hija y eso era todo lo que podía desear.

Tras más de un año de intensa vida, esta noche me han hecho Rectora del Club de las Recompensas y en mi discurso de investidura he declarado que… quedaba clausurado para siempre.

TIEMPO DE CEREZAS

Esmeralda Vizcaíno (España, 1970)

La llegada de la primavera traía consigo un brillo misterioso, ausente en la mirada de Isabel. Sus ojos podían permanecer contemplando el horizonte desde la ventana del desván durante horas entretanto sus dedos tras abandonar la labor y descansaban entre hilvanes, conteniendo las agujas, las bobinas y el dedal. Las colchas, los visillos dejaban paso a la fuerza hipnótica que se apoderaba de su atención y los tonos verdes brotaban con ímpetu sobre el camino que conducía al río y a los campos. Su mirada vagaba lejos ante aquel verdor que eclosionaba a finales de marzo en un blanco impoluto, salpicado de tonos rosados.

Se iniciaba entonces el tiempo de recoger las inquietudes ajenas y comenzaba a recibir visitas a la caída de la noche. Acudían con ramitos de romero, lavanda, espliego y se sentaban frente a la lumbre de la cocina para tomar un vino, mientras Isa anotaba el motivo de su ansiedad condensado en una pregunta a la que ella daría respuesta más tarde, durante las lunas del otoño.

En un sobre lacrado llegaría la carta con la clave por sorpresa, en el alfeizar de la ventana, sobre la vara de hierba, en el embozo de las sábanas, entre los tarros de miel, en los troncos de leña, o las macetas de geranios. Así los habitantes del pueblo irían retomando la serenidad necesaria para perdonar ofensas, disculpar actitudes imprevistas, rondar a la moza que observaba el tímido labriego, y pedir perdón.

La noche de luna llena de julio fue una noche alocada, los perros aullaron como lobos hambrientos y una tormenta se desató en las cumbres de la montaña, el cielo se iluminó con rayos. Los truenos se sucedían en una infinita sinfonía. Se incendiaron las varas de hierba. Se desbordó el río y se anegaron los campos. Este fenómeno fue el tema de conversación durante semanas.

Nadie se atrevió a preguntarle a Isabel la causa por la que cerró la puerta de su casa con llave al caer la tarde y no volvió a recibir visitas nocturnas. Durante el día clavaba la mirada en los ojos de aquellos con quienes se encontraba y apagaba el valor para increparla. Solo en la memoria de los más ancianos quedó el recuerdo de aquella correspondencia que aliviaba a todos y en el fondo de algún arcón permanecieron los sobres atados con cintas de colores, entre las sábanas de lino.

Al cabo de unos años vino a pasar el verano la nieta de Isabel. Tenía doce años y no había vuelto al pueblo desde los cinco años. Se fueron a pasear hasta el río y al llegar al puente la niña comenzó a llorar. No había consuelo. Lloraba desesperada, sin poder controlarse. Isabel la abrazó y la meció con ternura dejando que las lágrimas manaran hasta que entre sollozos la niña le preguntó a la abuela: "¿Cómo dejaste que cortasen el cerezo?" Isabel secó sus lágrimas. Se levantaron y volvieron a casa del brazo, en silencio. Se acostaron juntas y cuando la niña estaba entrando en el sueño comenzó a susurrar: "No podremos volver a subirnos al cerezo, trepar por sus ramas hasta su copa, sentarnos a horcajadas y apoyadas en su tronco llenar el delantal de sabrosas cerezas, rojas, mientras nuestros pies se mecen con el viento y se elevan los secretos mejor guardados desde el suelo. Ya no podré subir contigo allí y mover en la boca las pepitas al ritmo de los susurros amorosos y las intrigas de las vecinas... ¿a quién van a consultar qué hacer? ¿Quién les devolverá la fe en la inocencia?"

A la mañana siguiente la abuela y la nieta trasplantaron a la vera del camino que conducía al río un cerezo que, había nacido a la distancia que alcanzaban sus gargajos entremezclados con las semillas de las cerezas que saboreaban en aquellas calurosas tardes veraniegas. Isabel al verlo brotar lo había trasplantado a una maceta y lo mimaba. A la hora de la siesta desaparecía y se iba en busca de los tejos a los que trepaba, liviana para abrazarse a sus troncos.

Cuando la nieta cumplió los veinte años se trasladó a vivir al pueblo y todos acudían buscando su ayuda, se decía en el antiguo lavadero que las dotes adivinatorias de su abuela las había heredado y que por eso había vuelto. Durante el día preparaba mermeladas de cereza que vendía en el mercado. Iba ampliando su clientela a lo largo del valle, y en el pueblo decidieron colaborar entre todos para instalar un pararrayos que colocaron en la torre de la iglesia.

LA SUERTE DE LAS BOTERO
Silvia Pailhé (Argentina, 1969)

A los que saben de Conjuros, o entienden
de las Ciencias. O viven en la Tierra.

Cuando algo terrible se devela ante los ojos, hay dos caminos a tomar: ignorar o actuar. Los que ignoran lo hacen sin reparos. Quienes no logran soportarlo suelen tomar atajos que dan con la locura. Yo elegí contar.

Aquí, en Miami, todos han visto al muchacho que pasa la gorra en el anfiteatro del *Bayside*. Él encontró una única forma de reaccionar. Repite la misma frase día y noche. A veces lo hace a gritos, al juntar las monedas de los turistas junto al ficus, y otras en voz baja, mientras tocan los músicos, para que nunca se le olvide. Así ha sido desde los días en que el imprevisto huracán dio su coletazo en la bahía.

—Aquí me gustaría tocar —había dicho él una vez, mientras permanecíamos sentados en el borde de la fuente frente al escenario, con el suave vaivén de las embarcaciones amarradas como telón de fondo.

— ¡Claro, Juan! ¡Y que nos descubra Gloria Estephan! —jugué con la posibilidad del estrellato.

Juan tenía otra motivación. Había indagado en la historia de *Biscayne Bay* y ya sentía una predilección por ese sitio. Tenía el dato de que allí, hacía unos tres mil años, había existido un asentamiento primitivo con pobladores que dieron nombre a la zona y al río.

—Ellos la llamaron Miami —me dijo señalando en círculo la bahía—, Agua dulce.

En esos tiempos estábamos trabajando en Miami Beach. Se nos había ocurrido tomar un año sabático para despuntar la bohemia, inmediatamente después de graduarnos en la carrera de medicina. Nos habían contratado en el Avalon Hotel, primeramente como camareros, pero ni bien tuvimos oportunidad de mostrar nuestra habilidad con los instrumentos, pasamos a ser los músicos más escuchados en *Ocean Drive*. Al anochecer, tocábamos sobre el lado derecho de la escalinata de ingreso al hotel, entre las románticas mesas con manteles blancos y velas encendidas. Fueron momentos únicos en nuestras vidas, perfumados por la mezcla de olor a coco y sal que cruzaba la costanera desde el mar y quedaba flotando en el murmullo y la risa cálida de la gente.

En medio de ese paraíso, el principio del fin llegó un buen día junto con un contingente de Sudamérica que venía a participar de un congreso de nutrición.

Las primeras en arribar al hotel fueron dos indígenas. Llevaban un equipaje austero. Un hombre entrecano las guiaba y oficiaba de interlocutor. Estábamos con Juan, dando charla al conserje, en el lobby del hotel, cuando ingresaron. De inmediato percibí una mirada intensa como un rayo.

—¿Te gustó la india? —me burlé al oído, tratando de minimizar la percepción.

—¿Qué? —Juan me empujó desde el hombro con el talón de la mano— Te pido que no hables así, por favor.

Sentí un silbido intermitente de fondo que fue apagándose lentamente.

—Me di cuenta de cómo se miraron —bromeé perturbado. Pero no insistí. Sabía cuándo se ponía molesto. Él siempre tuvo respeto por los pueblos originarios. Lo mío, en cambio, era aprensión. Pura ignorancia. Hoy comprendo que lo que me gusta de Juan, es lo que trae de ellos, en la sangre.

Ambos teníamos en común la flamante profesión y la veta artística, pero él era distinto, lo atraían profundamente la naturaleza, y sus raíces. Alcancé a dimensionarlo en el viaje desde Buenos Aires en el que siguió atentamente la ruta de vuelo, dando la impresión de sentirse imantado por el Amazonas. De cada punto tenía algo para decir, que por supuesto yo ignoraba. Habló de Madre de Dios, de Loreto e Iquitos. De los parientes peruanos y sus míticos relatos de la selva: las leyendas del Ayaymamá, del tunche maligno, de la sirena de aguas dulces. Se le iluminaba el rostro al recordar esos mágicos relatos.

Era yo quien lo había arrastrado a Miami. Juan poco tenía que ver con la mezcla irreverente de canales, playas, art decó, mansiones y homeless que tanto me atraía.

—¿Qué harán por acá? —se preguntó, mientras las seguía con la vista hasta que se perdieron por el pasillo.

—Pasear, como todos —contesté casi sin pensar.

—¿Te parece que pueden estar en un tour de compras? —se enojó— ¿Vos no entendés que a esta gente se les niegan hasta los derechos más básicos en su propia tierra?

No pude contestar. La conversación se cortó. Algo extraordinario nos dejó ya sin aliento. Estábamos asistiendo a la obra viviente de Fernando Botero. De los baúles de unos vehículos con vidrios polarizados y especiales dimensiones, bajaron valijas del tamaño de un refrigerador. Cuando las puertas de los coches se abrieron, descendieron mujeres de un volumen inmensurable y tono verde vejiga en la piel. Llevaban sombreros de alas enormes y apagaban el resplandor verdoso que emitía su cuerpo con ocres en las vestimentas. Una de ellas, además, tenía unas hilachas que caían de sus brazos.

—¿Qué es esto, Juan? —dije, sin salir del estupor.

Por supuesto, las dimensiones de pasillos y habitaciones no eran adecuadas para estas pasajeras, así que, les asignaron unas suites señoriales en el emblemático Coral Gable. Allí pasamos nuestro día de franco, siguiendo los pasos de las mujeres gordas que atraían miradas curiosas. Habíamos jugado apuestas sobre la cantidad de alimento que podrían consumir. Las espiamos en sus paseos por Ponce de León y *Miracle Mile*. Las esperamos cerca de las joyerías donde se detuvieron a comprar y en cada local que visitaron.

Llegado el atardecer no llevaban probado un bocado, hasta que por fin hicieron un alto en *Ortanique on the Mile*.

—¿Tampoco acá van a comer? —dije a Juan, harto de la persecución inútil.

—¡Basta por hoy! —respondió, cansado— A esta altura, ya pienso que viven del aire.

Las botero posaron para la foto con el exótico pajarraco que caracteriza al lugar y a pesar de encontrarse rodeadas de platos tentadores, sólo pidieron agua. Sacaron de sus carteras una especie de fruto que trituraron, echaron al agua y bebieron. Supimos que en los días siguientes, su dieta fue idéntica: la poción, agua, agua, y más agua.

Una de esas noches, terminado el show en el hall del Avalon, tuvimos oportunidad de conversar con el hombre esbelto que acompañaba al contingente. Era médico.

—Es un caso extrañísimo. Llevo un año estudiándolo —dijo, refiriéndose a las mujeres gordas.

—¿Y el de las indígenas? ¿Qué patología tienen? —aprovechó a preguntar Juan.

—No, no. Ninguna. —las localizó con la mirada, mientras respondía— Las traje invitadas para compartir su sabiduría sobre plantas curativas. He optado por este tratamiento alternativo ante la falta de resultados con fármacos tradicionales.

—¿Y qué reciben a cambio? —dijo Juan, defensor de pobres y ausentes.

—Pasaje, estadía y un tour por la ciudad —respondió, satisfecho.

Yo acompañé al hombre con unos tragos en el bar contiguo. Juan no quiso escuchar más. Se apartó y comenzó a tocar mis bongós como música de fondo. Desde la mesa del bar pude ver cómo su sonido atraía a las indígenas que conversaron por un rato con él. Así supimos que habían aceptado la invitación al congreso pensando en que sería una buena posibilidad para dar a conocer su situación. La más vieja habló y Juan escuchó atentamente, tanto que fue capaz de recitármelo, más tarde, de corrido: "Venimos de un país que aplaude al forastero que es capaz de oler el oro, e ignora al lugareño que tiene el don de ver rastros de mercurio en el agua. Nadie nos escucha. Sin embargo, se nos pide compartir nuestra sabiduría sobre plantas curativas. Plantas que mueren cuando cortan los árboles que las cobijan o se ensucian las aguas que las riegan. Todos saben de la importancia de la Amazonía, pero no les interesa. Hablan de la ecología. Nosotros no. Apenas la hemos oído nombrar, sin embargo respetamos la tierra. La naturaleza es generosa, pero no tienen piedad con ella, entonces, no tendrá compasión con quienes la dañen. Ni la tendremos nosotros."

Esas palabras conmocionaron a Juan con una intensidad que sólo hoy logro dimensionar.

La conversación con el médico, en el bar, había comenzado siendo formal, de colega a colega, pero pronto derivó en confidencias. No sólo practicaba la medicina tradicional, sino que además decía ser chamán.

—Comencé por analizar qué sustancia segregan estas mujeres para que su piel se vea de ese color, ¿qué crees que encontré? —me desafió.

— ¿Biliverdina? —aventuré.

— Clorofila —dijo de inmediato, sin poder sostener el suspenso.

— ¿Clorofila? —pregunté, desencajado.

—Sí, sí. ¡Clorofila! —exclamó, señalando el color verde intenso del trago— ¿Qué me cuenta, colega?

—Si no lo estuviera mirando a los ojos, no le creería —dije— No, doctor. ¿Y en la convención… qué reacción hubo cuando tiró esta bomba?

—No se reparó en este tópico —me aclaró—, se trata de prestigiosos nutricionistas ¿crees que les interesa perder su tiempo con un tema que no les compete?

—Pero… hubiera sido conveniente tratarlo.

—Claramente se estaría invadiendo el terreno de la dermatología. La especificidad es uno de los pilares de la medicina moderna, ¿no? —lanzó una risotada.

— ¡Ya lo creo, doctor!

Aproveché el silencio que se hizo luego de que ordenara otros dos tragos, para indagar sobre la vida de las mujeres gordas.

Me contó que algunas pertenecían a familias que habían amasado fortunas a costa de la quema y el desmonte, otras ocupaban puestos gubernamentales y estaban permitiendo la explotación minera y la tala ilegal. Todas provenían de algún punto de la floresta, o guardaban relación con ella, como aquella a la que le pendían hilachas, que era originaria de la India, pero había llegado a América por la industria maderera.

– ¡Qué tema éste, el del Amazonas! –dije la frase hecha– Si insisten con destruir al pulmón de este planeta, ¿quién va a cumplir con la función de ventilarlo?

Se recostó en el respaldo de la silla, retiró las manos de la mesa y las entrelazó detrás de la cabeza.

–Ellas lo harán –contestó, mirándome, serio.

Se hizo un silencio profundo poblado de preguntas, mientras se acercaba la camarera.

Saboreé un nuevo mojito y me atreví a decir:

–Tengo que confesarle que seguimos a las "mujeres verdosas" para ver qué comían… ¡y cuánto comían!

–¿Y? ¿Qué comieron? –me preguntó el doctor levantando el entrecejo.

– Nada. –afirmé, y también dudé– ¿Nada?

–Nada. Hace meses que dejaron de ingerir alimentos.

–¡¿Meses?! –pregunté– ¿Cómo sobreviven?

El hombre entrecano se había acodado en la mesa y se refregaba el pelo y la barba, incipiente.

–En la microscopía electrónica de sus células epiteliales encontré cloroplastos.

–¡No! –exclamé, ya al borde del precipicio de mi marco teórico.

–Estas mujeres son una muestra de la codicia. No es de extrañar, que al comer unas hojas de lechuga se fueran quedando con sus cloroplastos.

–¿Algo parecido a la teoría endosimbiótica? –revolví saberes y estrené la analogía en mi flamante profesión– El origen de los vegetales a partir de la esclavitud de células procariotas fotosintéticas que quedaron encarceladas dentro de otras, voraces, que se aprovecharon y las engulleron.

–¡Claro, hombre! ¡Por fin alguien lo entiende! –chocó su vaso con el mío y prosiguió– Básicamente, las células de estas mujeres son capaces de captar la luz del sol y transformar el dióxido de carbono del aire en azúcar.

—Sólo necesitan agua y luz para vivir. —resumí— Por eso han dejado de comer.

—Por eso han dejado de comer. Y, pese a eso, su masa corporal aumenta de manera proporcional al ritmo del desmonte.

—¿Y las plantas medicinales?

—Son un placebo. Ningún efecto causarán. Los frutos del baniano, se usan para curar dolencias humanas y, biológicamente, estas mujeres ya no lo son.

—¡Ya pertenecen al reino vegetal!

Asintió con la cabeza.

—En los brazos de una de ellas, como lluvia, y en las plantas de los pies de todas, aparecen unas verrugas similares a las plantares que parecen estar preparándolas, mi amigo, para enraizar —dijo sonriendo, siniestro— En fin…

Apoyó los puños en la mesa para ponerse de pie, pagó los tragos y se despidió.

No hicieron falta más palabras para comprender qué suerte correrían las botero. Estaba claro que no había retorno para ellas. De seguro las abandonarían en la selva, donde pudieran echar raíces sin que nadie lo supiera. No serían capaces de hacer otra cosa. ¿Qué miembro de la comunidad científica daría real crédito a un médico que osaba practicar el chamanismo? ¿A quién le convendría echar luz sobre este caso? ¿Alguien estaría dispuesto a detener esta vorágine de consumo a toda costa de la que nos hemos hecho cómplices sólo por vivir en estos tiempos? ¿Matarlas? ¿Privarlas de la luz? No. No. Sería, claramente, un genocidio. Plantarlas en el Amazonas podría ser considerado hasta una obra de bien. Y después, alguna topadora haría lo suyo. Más funcionarios vendrían dispuestos a no ver y otros empresarios del oro y la madera ocuparían, gustosos, los sillones vacantes. El doctor seguiría la parodia. Las noticias pasarían. La alocada Miami olvidaría. ¿Y el mundo? ¿El mismo que no ve los millones de hectáreas de selva que se vuelven desierto cada año? No repararía en la desaparición de unas mujeres por demás extrañas. Ese mundo seguiría sin más ni más.

Sospecho que, aunque nadie lo advirtiera, ellas marcaron el inicio de una viciosa espiral, que quién sabe cuándo habrá de terminar.

El día del sorpresivo huracán, se brindaba el banquete de despedida en el hall central del Avalon. Allí estaban las botero, decepcionadas, contrastando con las escuálidas figuras femeninas de los cuadros. La cura inmediata a sus males parecía no ser posible. Las indígenas también lo estaban. El apoyo esperado para resolver sus problemas también había resultado un imposible frente a un auditorio sordo para estos temas. En cambio, las botero seguían reclamándoles milagros.

–¡Son tan desvergonzadas que piden el fruto de las plantas que destruyen! ¡Ustedes serán los árboles y darán los frutos! No subestimen a la Amazonía… ¿Realmente piensan que están enfermas? –increpó la más vieja– ¿Creen que el mediquito las va a salvar de esta condena?

–¿De qué condena nos habla? –preguntó, seria, la de las hilachas.

–Ha mandado al tunche. La floresta ha mandado al tunche.

Algunas esbozaron risitas burlonas.

Juan sabía que burlarse del tunche no era cosa buena, que podría enfurecerlo al punto de arrastrarlas a la muerte o la locura.

Con la mirada amenazante, la anciana caminó directo hacia Juan.

–La Amazonía es una mujer guerrera y defiende lo suyo. Su furia puede ser la de un huracán. –sin quitarle los ojos negros de encima, prosiguió– Lo que has visto en estas mujeres se multiplicará en tantas personas como heridas sigan causando a la floresta. ¿Escuchaste al tunche? Te lo digo a ti que me comprendes. Nada sabe de conjuros esta gente.

Vi palidecer, y persignarse, a Juan.

Es creencia peruana que el silbido insistente del tunche anuncia malos presagios. Algunos dicen que es un brujo, otros, un espíritu del mal que aterroriza a la gente. Lo cierto es que a partir de ese momento Juan cambió por completo. Su música sonaba a despedida en Ocean Drive.

Más tarde, nos dirigimos al Bayside, donde nunca llegamos a tocar. Esta vez, el silbido penetrante marcó el comienzo de la tempestad. Entre las ráfagas de viento, atiné a buscar a Juan y lo encontré transfigurado. Su propio cuerpo parecía generar el huracán. Tal vez se cargó en los hombros el embrujo y no pudo controlar el vórtice de la furia, demasiada para un alma tan pura como la suya.

En medio de la confusión creí ver a las botero. De hecho, los rescatistas encontraron a Juan repitiendo, como un mantra, las palabras del conjuro, y tendido al lado de una de ellas. Era la de las verrugas en forma de hilachas, que ya había arraigado como enorme ficus en la entrada del *Bayside*. *The Banyan tree*. De las otras, nada supe. Nada se supo. Cuando algo tan terrible sucede, sólo hay dos caminos a tomar: ignorar o actuar. Yo elegí contar.

UNA CIUDAD

Yahima Leyva Collazo (Cuba, 1980)

Hoy, tras un sucio cristal, vi una ciudad ya no tan desconocida, a la que aún le siguen faltando muchas cosas y mi vida se sigue entregando a ella, así con la misma carencia y facilidad que las montañas crecen. Hoy volví a sentir que nuestra alma llega a convertirse en eso que siempre tenemos a cuesta, tal como los árboles a las hojas y, sin embargo, esta noche debo obedecer y renunciar al tiempo, sí, al tiempo de hoy, debo despedir esa estación de abandono y educar todos los pedidos, los que sean, los que calan mis apetitos, o los que sin darme cuenta, rescinden mis historias fáciles. Hoy no debo quedarme con el viejo aliento, ni sin ánima, ni esencia. Debo provocar de nuevo a la angustia, a la hilaridad y deshonrar esos meses de multitud. Pretendería incluso revolcarme en un deseo no consecuente, tal vez nada fanático, sí, de esos que te sacan a la calle y te tiran en cualquier lado y de pronto encuentras al amigo de la primaria, al vecino que dejaste de ver, o al tío del primo del abuelo de Pedro, y con ellos viene luego una pregunta inoportuna, y así te olvidas de todos esos antojos. Pero creo que sería pedir mucho en una sola noche, ¿quién sabe?, es que hoy amaneció lloviendo y aun no cesa.

En la mañana hablé de brujerías y de temas predilectos, hice varias pruebas de inglés en las que en todas salí mal. También sentí cosas muy raras segundo, pero el vecino me recordó algo que había olvidado, una llamada telefónica que sería el giro del día, sin embargo la lluvia seguía arrasando con todo, hasta con las ideas que soñaron ser de otra caída. Las ideas esas que ya ni se ordenan, las que llevan consigo la serenidad de mi espíritu, las que se percatan al instante que vuelvo a recordarte. Ilusa yo al pensar que el agua de hoy puede limpiar esos recuerdos y dejarlos vulnerables para rehacer una época distinta, y luego ver que en tardes como estas acabo comprendiendo la coraza que me he inventado para no apreciar este vulnerable recuerdo, haciéndome minuto a minuto un desastre de mis deseos, compartiendo con ellos absurdas decisiones, y al fin, me tratan con irrespeto, se me ocultan, no me esperan y por cierto: ¿qué malo es no saber de música clásica? Oír esta composición y sentir todo esto y no saber absolutamente nada del tema, ni quién, ni cómo, ni cuándo se hizo, imparcial y justiciera como los complementos verbales, aquí dice: J. S. Bach, *melodie ausder suid*, ¿Qué será? De igual manera no es música de lo que quiero hoy escribir.

En estos días la vida se me demora demasiado, pero para nada pretendo tirarle la culpa a nadie, y aunque sé que esto no será para siempre, es bueno darme cuenta, creo yo, o será que la veo desde afuera, con ojos cansados, y noto una diferencia rara, hay cosas que para la gente son muy pequeñas y otras son muy grandes, o viceversa. Casi siempre veo todo al revés, pero no sé bien en qué se define este contraste, si en verso sin rima, en poesía armada, en absurdo, en tendencias equivocadas o ciertas, o en un límite extraviado entre lo que se percibe y lo que se siente, que se parece pero no es lo mismo. En fin, que es necesario separar la pasión del discurso, pero eso ahora no puedo explicarlo muy bien porque llueve demasiado.

Hoy en el subte vi dos mujeres muy raras, no sé si llevaban alma de rocas o perfumes de hojas como diría el poeta, allá abajo todo es distinto, aquello es otra ciudad completamente diferente, obscura y en tinieblas, con un polvo distinto al de arriba, y sin embargo, todo me gusta más, claro, debe ser que me gusta viajar, que me desquicia la idea de estar dentro de un tren en esta ciudad debajo de Buenos Aires, para escaparme de la realidad de las avenidas, donde la vida es aún más rápida y más acelerada y sin embargo, como él dice: es la misma cosa, y también para escaparme de la miseria humana en la que yo también estoy sumergida. Pero ellas hablaban entre sí, demasiado inmersas una con la otra, como si estuvieran solas en el tren, como si alrededor de ellas hubiera una atmosfera diferente, más bien cálida. Y el tren corría, volaba y pasaba una y dos y tres paradas, pero ellas seguían allí, inertes ante todo, incluso ante las paradas, como si no les importara nada más que la conversación. Vestían también raro, fuera de época y de temporada, no gesticulaban y tampoco hablaban en voz alta, no era un diálogo común, ni un cuento prudente, ni poesía, ni fábula, pero definía una coherencia lingüística demasiado clara sin intenciones ni estados de ánimo, pero eso sí, exigía un gran esfuerzo de creación y eso me obligó a pensar en ellas, y a observarlas durante mi estancia allí.

Al bajarme del tren las señoras me miraron y se despidieron, yo las miré y con un gesto casi desconocido les respondí su saludo casi ya convertido en despedida. Al llegar a casa, sentí deseos de abrir las puertas de ese inmenso apartamento desconocido y gritar bien alto, gritar cualquier cosa, aunque nadie me entendiera, sobre todo porque a veces siento que hay una fuerza que se ausenta y ahí arranco a llorar sin saber el porqué, debe ser por eso que dicen que es saludable gritar o llorar, dicen que llorar desahoga el cansancio de los enfurecimientos atrapados en la mente, pero la verdad, yo todavía no sé de esas cosas, estoy aún en pañales, cada vez que lloro, me pongo más triste y más ahogada en el sentimiento absurdo del desconsuelo mismo. Entonces me acuerdo de mi gran amigo Leo diciéndome que llore y que me tire al suelo, al aire, al infinito y más allá, ja, sería bueno tirarme por el balcón y caer en el techo del subte, en el mismísimo techo arriba y ver el mundo veloz, uy, me encantaría la idea de saltar en el techo de un tren subterráneo y atravesar toda esta ciudad, y luego caer justo encima de esas señoras, seguro allí no habría falta de amor, por supuesto. Por eso cada mañana no quiero despertarme. Era tan absurdo despertarme en esta ciudad y día tras día me repetía una y mil veces mi tercer sentido, me exigía como nunca abrir los ojos y sentir el crudo invierno acariciándome la puta piel, después salir a la calle y verla a ella, a la ciudad, que estaba ahí como si nada, ahogándose en el mismísimo tráfico, sin habla, sin acariciar luces, sin arte, gris incluso con Sol, gris de alma, de suspiros egoístas y desalentadores que no adivinan nada de mí, es que no la puedo oler, no la siento, no puedo ni si quiera decir que color tiene, porque no veo ninguno. Entonces volví a recordar la llamada pendiente, y la hice, quedé con un amigo en visitarlo, en caerle por su casa y allá fuimos, Fabio y yo, estuve en una Isla fuera y dentro de esta ciudad, a veces creo que las ciudades llegan a ser de uno cuando tienen cosas que uno identifica, lo mismo con algo del alma, del cuerpo, o del sentimiento, es ahí donde comenzamos a creernos partes de ella. Pero en fin, sin lata, estuve anoche en una Isla pequeña, no se precisamente si la llamaría así porque no la vi nunca como tal, la caminé en no menos de 15 minutos y a paso de batallón, nada más parecido a una tarea del partido de esas a las que mi madre solía ir muchas veces al mes. A Fabio le gustó, a mí no tanto, fuimos a visitar un amigo de esos que aparecen y llegan de pronto. Al llegar al parqueo me dijo Fabio: —¿Mamá, por qué él se demora tanto en bajar?—, a lo que respondí: —es un lugar lujoso, complicado—. Alex fue muy buen anfitrión, agarramos dos copas perdidas y un vino frio del refrigerador y nos lanzamos a caminar aquella Isla que no estaba muy lejos de ser también Malecón Habanero, sentí el muro muy igual pero no me pasó lo mismo con el olor, el olor del Malecón Habanero tiene peste, moho y un salitre tan fuerte que a veces llegaba yo a La Víbora, después de haber agarrado un camello de 45 minutos de viaje y aun así tenía encima mi salitre de mi Malecón Habanero, pero me gustaba, y lo mejor, es que aún conservo el olor, el mundo de los olores es así, tan retorcido como las ciudades, ah, también tenía el olor de esa mezcla de negro, jabao y mulato desquiciantemente inconfundible, lo tenía conmigo porque decidí guardármelo un día de mucho sol en La Habana. Comprendí de nuevo que el mar es sustento para que me sucedan buenos sucesos, de esos que para siempre quedan en la memoria como algo vivido, entonces, huí de la tristeza, reventé el egoísmo, alterné mis huellas, y me sobrepuse al tiempo, a la tarde, a la mañana y por supuesto, a la lluvia. De pronto la ciudad se convirtió en magia, en una magia infinita, como esa que suelen tener los niños cuando están ajenos a todo lo que remueve el horno del recuerdo. No excluí el arte, ese que nos salva del desvelo, del presente, del día que viene y de la música que reventaba esa mañana, mi día fue historia fresca, intrépida y aturdida, pero ahora borrada y tal vez olvidada, que no encuentra árboles ni libros, que no se duerme tampoco como yo, pero escapa del mundo frente a este mar. Hoy es cualquier día, de esos en los que no pasa nada trascendental, de esos en que los choferes no miran a las mujeres con clase, ni a las jovenzuelas que deambulan por los muros de sus sueños eróticos. Hoy fue un día normal, ya lo dije, sin color, o mejor, un día negro, porque dicen que el negro es la ausencia de color, un día feo, por eso me voy a dormir, aunque por suerte tengo de nuevo el mar, entonces será mejor mirarte con ese deseo inmóvil, desde otros mundos incapaces de existir, sin decisiones ni antojos, será mejor estar atentos y quedarnos en esta fiesta a la que nombramos cada mes, cada día y cada minuto, una sorpresa de este nuevo espacio. Esta vez será mejor nombrarte a ciegas, para que no se entere la luz de ti, para que ni si quiera, pueda sentirte el recuerdo.

Bien lo decía mi madre: —Oye, todos los días no son iguales.

MORIRÉ EN CHÍA CON AGUACERO

María Antonia García de la Torre (USA, 1981)

A los dos años se metió por primera vez en una piscina de aguas termales. Fue en esos días que Helena conoció a una pareja de hermanos de su misma generación. Los niños llegaron a la piscina con su padre y, como suelen actuar las crías de seres humanos en estas circunstancias, se miraron y empezaron a balbucear mientras los respectivos progenitores intercambiaban información sobre sus respectivas casas y lugares de trabajo.

Después de ese día que pasaron juntos hasta que sus dedos parecían uvas pasas, salieron del recinto acuático de humeante olor a azufre y emprendieron el regreso al pueblo, situado a tres kilómetros de allí. Varios años pasaron y el ritual se repitió decenas de veces, siendo esa agua caliente proveniente de lo más hondo de la Tierra un espacio natural para ella.

Solían levantarse muy temprano para llegar a la piscina hacia las siete de la mañana, en medio de la quietud de esos bosques circundantes preñados de chicharras.

El verde de las plantas era distinto a esa hora de la mañana. Tal vez eran los ojos humedecidos por el vapor que emanaba del agua, lo que creaban en la mente la ilusión de que los buganvilias y la maleza parecieran empañados.

Helena era nadadora y demostraba su experticia ante cada nuevo niño que llegaba a la piscina.

Su padre, Guillermo, solía pasar las horas de ocio acuático enseñándole a nadar a cuanto crío pasara al lado suyo. O tal vez sería más correcto decir que estaba empeñado en enseñarles a nadar. –¡Nariz tapada con el dedo gordo y el índice, se toma aire por la boca y se zambulle buscándose el ombligo!–, le decía a la víctima de turno que lo miraba con una mezcla de curiosidad y terror.

El niño lo obedecía y, acto seguido, soltaba todo el aire debajo del agua, se tragaba una buena bocanada de agua y volvía a sacar la cabeza tosiendo como un condenado.

–Esta técnica es infalible, la usan en el ejército cuando los solda-ditos no saben nadar, les dicen "venga le enseño, tápese la nariz, métase al agua y búsquese el ombligo" y en quince minutos los tenían nadando como sirenas –le decía al niño, sin intuir que ese dato le producía todo menos tranquilidad. La primera vez que la metieron a la piscina, Helena empezó a nadar como un renacuajo. Y ya nunca paró.

A los siete años daba botes, se paraba de manos bajo el agua, cruzaba de un extremo al otro del recinto conteniendo la respiración. Pero lo único que le queda ahora, a sus 31 años, de ese mundo de azufre, es un recuerdo empolvado, sepultado bajo capas y capas de asuntos importantes y de asuntos urgentes. No quedaba sino una hebra roja que por casualidad vio un día en la maraña de recuerdos de su mente y decidió halar a ver a qué otras fotos viejas y a qué otros recuerdos estaba atada.

Era una hebra roja que había quedado por fuera de esa montaña de imágenes, palabras y músicas que armaban su pasado. Los recuerdos afloraban en esa mañana bogotana de sol.

Brotó también esa instantánea mental del amanecer visto desde la piscina. Cerró los ojos, estaba sentada en un sillón de su casa y un radio gritaba las noticias en la cocina.

De pronto abrió los ojos otra vez —los ojos del pasado— y vio las montañas gigantes y verdes que enclavaban la piscina en el único valle de los alrededores. El círculo de fuego traía consigo una temperatura casi insoportable para los que nadaban en la piscina. Solo las botellas de agua manantial heladas los salvaban de una deshidratación segura. El mediodía de esas jornadas acuática llegaba con los olores de la carne asada.

Su madre salía siempre del agua con su vestido de baño negro, se ponía una bata y se deslizaba hacia el restaurante para pedir el almuerzo. Siempre escogía la misma mesa, en un ángulo que le permitía seguir los movimientos afuera, los clavados, que la niña no se quedara sola, y que ella, sentada en esa banca de madera, frente a esa mesa de madera no se alejara demasiado del cuadro familiar.

Mientras esperaba allí sentada, con el aire tibio agitando su pelo rubio y delicado como el de un neonato, la madre echaba a rodar en su memoria esos años de trabajo incansable en la revista en Bogotá, las jornadas de cierre que se extendían hasta a la hora del desayuno del día siguiente.

Oía a lo lejos el bullicio de la niña en la piscina y como un reflejo inconsciente se miró las yemas de los dedos arrugadas por estar tanto tiempo en el agua. ¿Dónde estarán Ernesto, Juan, Marina? ¿Seguirán en la revista o ya la habrán convertido oficialmente en un medio al servicio de la lucha armada?

Tantas peleas por sacar a la guerrilla de la ecuación, por abrirle espacio en un medio de comunicación a la izquierda legal, a ideas socialdemócratas, a la búsqueda de los campesinos e indígenas por su voz y por sus creencias.

Pero no, se impusieron por mayoría los socios que veían con buenos ojos empuñar, no solo un bolígrafo o una bandera, sino un fusil para hacer la revolución. –¡Qué desperdicio!..., –pensó, y se echó un mechón de pelo hacia atrás con un gesto de desprecio.

De pronto una mesera se acercó con los churrascos, el chimichurri, las bebidas y la sacó de su monólogo mental en una fracción de segúndo. La madre salió de su ensimismamiento y vio que manaba sangre de su dedo índice: se estaba mordiendo la uña con los dientes y de la rabia haló muy duro. No le dolía. Tal vez era el sopor del mediodía, tal vez sus cuentas inconclusas con ese pasado reciente la perturbaban más que las heridas reales. Volvió a mirar a la piscina pero la niña había desaparecido de su campo visual. Nadaba, por debajo del agua, como un renacuajo adormilado.

La jornada en la piscina solía acabar después del almuerzo. Eran pocos los visitantes habituales, por tratarse de un ritual extraño –y oneroso– para los lugareños. Tal vez la mayoría de ellos jamás había sumergido su cuerpo en una piscina. Contener en un hueco el agua hirviendo proveniente de lo hondo de la tierra y luego sumergirse allí viendo cómo las frentes de los demás se perlan de sudor... y pagar por eso. Escapaba a su lógica y a su costumbre de bajar al río en días de sol con una olla y preparar allí el almuerzo mientras los niños nadan y chapucean en esos pozos naturales que crea la corriente limpia y fresca que baja de la montaña.

Pero Helena y sus padres, acostumbrados desde generaciones a lo contenido, a entornos de naturaleza domesticada, veían con naturalidad el ritual de las aguas termales en un recinto cerrado. Asistían a ese encuentro matutino y solitario con el agua vaporosa al menos una vez por semana.

Tan pronto se sentaron a almorzar, se escuchó el ruido de un carro en el parqueadero. Luego, silencio. Por la puerta del restaurante aparecieron un niño regordete y una mujer. Ella vestía unos leggings rosa y una camiseta blanca ajustada que dejaba el hombro derecho al descubierto y marcaba, al frente, el relieve de sus pezones. Dos candongas azul cielo se tambaleaban desde los lóbulos de las orejas. Hacían juego con el azul de sus párpados. Acto seguido, se asomó por la puerta de entrada un hombre bajo de estatura y de barriga generosa. Bigote y sombrero vaquero. Desde la ventana se veía, afuera, un Renault 4 blanco con los guardabarros y el vidrio de atrás cubiertos de polvo. En un costado se alcanzaban a leer dos palabras escritas con un dedo: "labelo, cochino".

Helena prosiguió con su trozo de carne asada mientras el niño regordete le gritaba a su padre, –¡Papiiii!, es que se me quedó el flotador en el carro! –y se largó a llorar. El hombre le dio un bofetón– Eso le pasa por marica, ahora se aguanta porque yo ya no vuelvo al carro, pa' qué no está pendiente de sus vainas, ¿ah? ¡Vida hijueputa!

El llanto del crío, ahora con la mejilla enrojecida, se volvió berrido. Lo obligaron a ponerse el bañador al frente de la decena de personas que almorzaba en el restaurante. El niño continuaba su berrinche, desnudo, mientras su madre lo preparaba para entrar a la piscina. Luego, la mujer se fue caminando al área de los lockers, empacó la ropa, sacó tres pares de chanclas y se separó de su hijo para ponerse el vestido de baño. Durante varios minutos, el niño se quedó muy quieto, de pie, aterrado de pensar que tendría que sobrevivir allí dentro sin flotador. Y, como ya le había pasado antes, estaría la mitad del tiempo tragando agua, tosiendo y sintiendo el fluir permanente de ese líquido azufrado entrando por su nariz. La madre volvió y los dos entraron al agua.

Helena y su madre se miraron: era hora de partir. El calmado recinto acuático empezaba a recibir visitantes que lo transformarían en una piscina como cualquier otra, llena de gritos, de agua ocupada, pesada. El silencio de la mañana y esa brisa fría que entonaba tan bien con el calor del agua había mutado a un sol tibio que hacía de la piscina un foco de deshidratación asegurada.

El hombre que vendía el agua y las gaseosas vio que la familia de Helena estaría poco tiempo más –una hora, a lo sumo– y supo que ya podía poner música. Metió en el equipo de sonido el mismo cassette de siempre con una selección de merengue y salsa hecha por él. Empezaba con "Me enamoro de ella".

Guillermo pidió una cerveza y remató el artículo sobre el Palacio de Justicia. Leía concentrado, en pantaloneta y con las gafas salpicadas por gotas de agua. El ruido del restaurante no lo molestaba, era como si tuviera audífonos invisibles. Fruncía el ceño. Al lado, en la mesa, un cigarrillo despedía un hilillo de humo que se difuminaba en el aire pocos centímetros después de abandonar la punta ardiente del rollo de tabaco.

Helena fue al locker envuelta en una toalla verde oscuro, sacó su ropa y se metió en uno de los vestidores helados. En realidad no eran fríos, pero sus piernas y brazos seguían húmedos y esto potencializaba cualquier cambio de temperatura. Le incomodaba entrar a ese recinto, sin poderse secar bien los dedos de los pies y teniendo que meterlos así dentro de las medias. Se subió en un banco de ladrillo y se quitó el vestido de baño azul. Goteaba. Sacó sus bragas del ovillo de ropa, con la piel de gallina. Luego una camiseta, un par de pantalones. Al final, los tenis verdes.

Afuera la esperaba Tool, el pointer que su padre había adoptado desde cachorro. Salió pronto de allí. La luz del sol la encandelilló. En la piscina, el niño regordete se agarraba del borde, sudaba. Sus padres paseaban abrazados en la zona panda ocupados sólo el uno en el otro. Las candongas de la mujer brillaban a lo lejos. Al sentarse en las escaleras, su vestido de baño fucsia se movió un poco de lugar en la cadera y quedó a la vista que debajo tenía puestas unas bragas blancas que en esos años se denominaban "matapasión", por cubrir el cuerpo desde el ombligo hasta el final de las nalgas.

En el otro extremo, la madre de Helena la esperaba sentada mientras se untaba en la cara una capa de crema humectante. Era la misma marca —con ese mismo tarro metálico y azul— que seguía usando más de dos décadas después.

Una vez terminado de revisar el artículo, Guillermo salió en chanclas y pantaloneta al parqueadero. Llevó una jarra de agua que le prestaron en el mostrador del restaurante y empezó a rociar el radiador de su Dodge Coronet modelo 81.

Su lema "Paseo sin varada, no es paseo", era una forma cómica de sobrellevar las averías permanentes de ese carro que pasaba la mayor parte de su vida útil en el mecánico. —Se está recalentando mucho —dijo, ante la mirada en forma de interrogante de su esposa Susana y de Helenita.

Los dos se echaron a reír porque, por primera vez, Guillermo intentaba no vararse. La niña se subió al carro, consciente de que esos "paseos" a los que hacían referencia habían terminado antes de que ella naciera. Las carpas inmensas de camping, el kayak, las lámparas Coleman con sus pequeños bombillos de tela, todo se pudría desde hacía años en una habitación del jardín sin puerta y llena de telarañas.

Antes de que Susana, la última de tres hermanos, naciera, la familia todavía vivía en Bogotá y tenían por costumbre salir al campo desde el viernes por la tarde hasta el domingo por la noche. Se iban de camping todos los fines de semana sin falta. Y también, sin falta, fallaba alguna de las piezas que conformaban el destartalado motor de la camioneta Ford modelo 45 que tenían en ese entonces y que habían bautizado Rebeca. En esos paseos era donde el cacharro siempre sacaba la mano: en la sabana de Bogotá, once de la noche: una basurita en el tanque de la gasolina; subiendo hacia el páramo de Cruz Verde: una farola se apagaba de repente y dejaba tuerta a la camioneta. Pero ya los paseos no eran necesarios pues habían decidido abandonar la ciudad y vivir en una casa en las afueras. Su padre cerró el capó y volvieron a su casa en la avenida Arboleda.

Tool, con acceso vetado al carro, los siguió a toda velocidad al lado. La velocidad del carro, que no superaba los 40 kilómetros por hora, lo permitía. Helena, con la mirada fija en el final de la carretera, seguía la carrera acompasada de su noble perro de caza.

Al llegar a casa, los caballos reanimaban su espíritu adormecido de persecución y acecho. No era sino llegar y Tool iba a las pesebreras para echarse al lado de Pisaflores. Le tenía un apego particular a ese rocín más bien poco agraciado y tanto menos floripondio. Pero la mirada briosa parecía mantenerse desde sus años de juventud. Un brío que atemperaba cuando Helenita le daba cuadros de zanahoria y de panela con la palma bien abierta para que pudiera agarrar los trozos sin morderla. Aun cuando la niña lo azuzaba para hacerlo galopar, Pisaflores le obedecía sin desbocarse nunca ni pararse en las patas traseras. Allá fue a echarse Tool, exhausto, esperando su platón de agua fría.

Helena se bajó del carro y fue directo a su alcoba con el pelo mojado y los ojos enrojecidos por el azufre de la piscina. Se echó en su cama y cogió un libro que andaba refundido debajo de las cobijas.

Era grande y naranja, una compilación de las caricaturas de Antonio Caballero. Las leía, una por una, a los ocho años, y a través de la mujer pobre, del político millonario, del militar intransigente, del campesino con los pantalones rotos empezó a enterarse de cómo funcionaba ese país donde había nacido. Se soltó el pelo para que se secara más rápido y siguió leyendo el libro. Pensó en esas mujeres que venían del campo al pueblito todos los sábados, matronas de otro tiempo, campesinas con manos de tierra y ojos sin brillo.

Usaban faldones gruesos rosados, ruana y un sombrero anguloso que les daba un aire masculino. Los hombres, con su ruana marrón apoyada en el hombro derecho, negociaban por unos pesos sus papas recién cultivadas y traídas en camiones; la cebolla cabezona, los rábanos, la guatilla, el tomate chonto, el mango de azúcar, los aguacates que se deslizaban en el ajiaco como mantequilla.

A la casa esquinera de Helenita llegaba un bulto semanal de frutas y verduras de la plaza de mercado que su madre seleccionaba personalmente. Le gustaba ese ritual de domingo de ir a comprar guacales enteros de frutas, racimos de plátano. Luego compraba la carne en la Fama, ese almacén con una bandera roja en la entrada y una cabeza de res. Allí escogía siempre lomo sin gordos y hacía moler una parte. Siempre la acompañaba Tool, quien, por un mecanismo misterioso de repetición, sabía que ese día de la semana le darían una tráquea entera de vaca.

El domingo habría un asado en la casa con amigos de los padres que iban de visita. El sábado llegó el mercado con doble ración de todo para preparar la comilona del día siguiente. Uno de los bultos traía la comida para el asado: mazorcas, papas, cebollas y en otra bolsa, varios trozos de lomo de res listos para ser tajados y asados en la parrilla.

Helena permaneció en su cuarto leyendo durante varias horas. En medio de las caricaturas, recordó una noche en que escuchó a su padre recitar un poema en el patio. Era tarde y estaba con su amigo Graziano. La habitación de la niña daba al jardín así que ella, entre sueños, en duermevela, seguía su conversación y sus brindis. —¡Me moriré en Chía con aguacero, un día del cual ya tengo el recuerdo! —declamaba Guillermo, apropiándose de los versos de Vallejo.

Helena cerró los ojos e intentó no pensar en que no sería su padre sino el amigo italiano, el que moriría diez años después, no en Chía sino en Milán, de un tiro en la sien. El olor del azufre en su pelo largo le recordó la larga jornada y cerró los ojos quedándose dormida.

EL MÁRTIR QUE PINTABA MELANCOLÍAS

Julia Calzadilla Núñez (Cuba, 1943)

En memoria de Vincent Van Gogh.

Sufre El Mártir a puertas cerradas aunque el martirio se celebre a teatro lleno.

Ofrenda, sin embargo, el reducido espacio que le toca. Quiere que alguno crezca y él se encoge. Expía faltas, sabiendo que depura. Traga buches amargos y, por aquello de que alguien podría venir después, reserva para otros los buches deleitosos.

Cocina un plato de lentejas, lo brinda, no pasa la cuenta, aniquila diablillos, miserables diablillos que berrean exigiendo lo suyo y lo ajeno y que al partir y repartir, se quedan con la tajada más jugosa, frotándose las manos, frotándolas sin frío. Él, en cambio, entrega lo que tiene y si él no tiene, él busca, él da lo que buscó, sabio al fin, tan pobre y mísero que sólo se sustenta de las hierbas que coge, que pregunta por la pobreza y, al volver el rostro, halla la respuesta viendo que hay otros sabios recogiendo las hierbas que había arrojado él mismo, muchos, como Pedro Calderón de la Barca, que supo que eran sueños los sueños, como la propia vida.

Habría que reexaminar los martirologios, cesar de llorarlos y ante los corazones en el medio del pecho, ¡el sombrero a quitarse! ¿Quién ha visto llorar a la grandeza? ¡Zapatero a sus zapatos, y las lloronas, si se antojan de llorar, que sea por los victimarios, allá ellos, allá ellas, plañideras a sus plañidos!

La victimaria aquí fue la melancolía que agota, capaz en ocasiones de ajusticiar por error a la grandeza, ajusticiarla por su mano, acomplejada ante el porte de la dicha; reculando cuando ésta la llama, reculando, sintiéndose fregona, cenicienta.

En honor a la verdad, la timidez de este hombre es mayestática. Expiación y sacrificio.

Theo se llama y tiene el pelo, la barba y el bigote punteados con una rojura peculiar. En ellos, las pinceladas bermejas se funden con las amarillas y las grises, pero entre las amarillas y las grises, las pinceladas de grana, la rojez de la grana sobresalen para enmarcar una faz adusta que sirve de escudo al autorretrato que él, en persona, pintó a la manera del espejo, detallando de memoria las líneas rectas, las curvas, el claroscuro imitando los altibajos de las emociones, el lunar irreverente que quién sabe si la corta barba de hematites cubría parsimoniosa.

Éste, a quien seguía martirizando la melancolía, para dejar constancia de ello se dedicó a pintarla. Y sería una verdad de Perogrullo mencionar que, desde niño, pintó. Todos los niños pintan. En la infancia, el dibujo es más fácil que el habla y que la escucha, pues dibujar propicia el aislamiento necesario para construir mundos singulares cuya existencia se verifica en el papel que, si quedó bonito, se guarda o se regala, testimonio fantástico y veraz de los mundos propios. Mundo el suyo melancólico y angustiante por su tozudez, al doblar de la esquina, mundo vecino, del holocausto.

El Mártir anduvo silvestre por los campos mineros. Pasó el dedo por el tizne de los obreros deshollinadores. Fabricó atajos para acortar la vía al soliloquio, pero tan yermo era éste, tan despoblado era, que se iba de rosca los días menos pensados y perdía la chaveta. Es posible, además, que haya congeniado con quimeras, con algún mamífero rumiante de cordura garantizada, esa tal cabra chivo expiatorio de la demencia, esa pobre cabra que apechuga con la culpa y, sin embargo, es honrada, tímida, buenaza como El Mártir, caminante eremita que carga con ella y con su caballete, cuerdos y melancólicos llevando su sambenito.

Él, en persona, había pintado en su garganta el botón de la camisa que constituía una prueba de sigilo. Encima, el chaleco que servía de clausura, de amparo al esternón y a las costillas de los atardeceres desolados, de los cuartos de hotel, de los catres y de los manicomios, ¡Dios mío!, qué clase de pintura del desamparo en que redunda, por encima, la chaqueta zafada, un ovillo, tirada sobre la marcha.

A espaldas del torso, vorágines ocupando la extensión de la tela, espirales, volutas que intentan enlazarse y que, empero, se sueltan, ovillos que se deshacen, eslabones partidos de lo que pudo ser una cadena que amarrase la paleta al retrato, y que lo sujetase.

Recuerdo que en los cafetines, en las librerías, en sus andanzas por los trillos, al aire libre o preso, él sufría a puertas cerradas.

Recuerdo el cafetín, atiborrado de paisanos humildes, las mesas, las cuatro sillas, el mantel con un bordado indefinible, las copas viradas, el jarrón que desgranaba rizos, estornudos de hojuelas sobre el mantel.

En las paredes, cuadros, un paisaje campestre, una ceja, una nube, un bodegón, naturalezas muertas con frutas congeladas, con garrafones quietos dormitando; las moscas, de tenedor en tenedor, desorientadas por las lámparas. Él presente, allí, con los codos atornillados a su mesa, oyendo las voces, ninguna voz, el mmmmmm zumbido de voces que chachareaban la jerga de las moscas, el caldo desairado, él ausente, atornillados los codos a su mesa, escuchando pensar al médico Gachet, atornillado el codo a su mesa simulando apoyar sus ojos diagonales, ¡Dios mío!, qué pintura de la desolación, la mejilla del médico en el piso.

El cuadro de la iglesia, por su parte, me recordaba a Cuasimodo, el jorobado esbelto de la corte de las campanas, el mártir caballero del verde esmeraldino que si viese esta torre y sus ojivas, bendiciones pediría para ambos, campanario y pintor, para ambos, pintor y contrahecho, paladines amables de castillos de naipes.

Mirándolos bien, entre los ventanales de la iglesia hay tanta empatía que, de volar, lo harían juntos. El techo es cordillera, una línea ondulada que se tira de las greñas con las líneas estrictas. La hierba, un burujón de rayas y puntos, dibujada en clave de Morse. Pero el cielo, ¡santo cielo!, el cielo está ahí, corpudo, atormentado, se palpa su textura y es corpudo, relleno de habitantes que quisieron ser tocadores de arpas, tener zapatillas de espuma, redactar antologías de buenos consejos, buenos planes, mapas buenos que señalasen los buenos recorridos.

"Buenos" –recalco—, las licencias poéticas permiten recalcar sin redundancia el buen, bueno, buena, bondadosa la antología que habrían redactado los moradores de esos cielos, martirizados antes por la hambruna de bondad, vocablo ensalmador que al pronunciarse lento pone, bon..., la boca en beso, después la abre para soltarlo y al final deja la lengua allí, colocada en un diente..., dad, di, doy, demos, dispuesta a dar, Théo, dulce, dádiva, dehesa, Théo que diste y te dieron girasoles, talla erguida, derecha, que se inclina como un gajo para dar, brindar frutos; el prójimo es un fruto, los prójimos nosotros, la ley sin excepción porque el excepto es comidilla de las reglas y las leyes no entienden de comidillas de reglas ni de descargos ni de excusas ni de salvedades porque la ley es ley, señora y ama de las causas que crean los efectos y los traen a colación, las arboledas, los frutales, los cuadros del pintor cayéndose en la cama, buscando calidez y compañía, recibirlas y darlas, diseños bondadosos, inclinados con el justo peso que tiene la bondad.

Y hay más. La escalera y el hombre bajando la escalera que son también visiones tangibles y corpudas de lo que puede revelar un trazo, un color, modestos y elocuentes como la angustia del dibujo en la habitación del pintor, de los cuadros inclinados hacia la cama, cayéndose sobre la cama, deseando caer, amodorrarse, arrebujarse cálidos debajo de la colcha, anhelo justo de las cosas, ¡Dios mío!, pendientes de un clavo para ganarse la supervivencia y su razón de ser, combatir desmemorias, el extravío de aquello poco o nada mirado que al igual que acontece con las láminas, se cuelga y se olvida.

Un día aciago —¡cuántos hay!— recuerdo que el pintor, con los codos atornillados a la mesa del cafetín que frecuentaba, se enamoró de una mosca parecida a las otras moscas, estropicio y despilfarro de alas, oportunidad que el artista pintó calva y que la mosca petimetre de mosca dejó seguir de largo el día funesto —¡cuántos hay!—, revoloteando insolente por el jarrón del moño colorido.

Mientras tanto, las cartas, epístolas narrando que si el molino ya no estaba, que si el viento seguía todavía, que morir de vejez era marchar a pie, que era tan bueno amar, y que fulano tiene fuego en su alma pero jamás jamás va a ella nadie nadie a calentarse, ¿hasta cuándo?, la náusea.

Mientras tanto, en los cuadros las tolvaneras campeaban por su respeto y el pintor deambulaba martirizado, sin saber qué hacer con las tolvaneras.

De mañana, digamos, cogía un pincel para pintar cipreses y en los cipreses se colaba el delirio de las tolvaneras. De tarde, al pintar el cuarto amarillo, en el dormitorio se colaba el vértigo de las tolvaneras. De noche, en las paredes pintadas de violeta; en las jofainas, de azul; en las puertas, de lila, se colaba el vórtice de las tolvaneras.

¡Qué decir de los cielos! El pincel insistiendo, el remolino hurgando, persistiendo, en pos del maná, de ahí las tolvaneras, el empaste, ¿verdad?, ¿las tolvaneras?... ¡Púmbata!, hacia allí fue él, mudado del trigal con lo puesto, ya, decidido a investigar qué había detrás de las tolvaneras...

Al dorso, su retrato, ¡Dios mío!, nadie puede negar que él tuvo orejas hermosas... perdón, rectifico...una sola, una única y fecunda oreja hermosa.

SONATA PARA PIANO Y CONCIENCIA
Paloma Hidalgo Díez (España)

1. – ALLEGRO ma non troppo

Mi padre decía que en este mundo solo hay dos clases de personas, las que hacen lo que deben y las que no, y ambos sabíamos que él no siempre estuvo en el primer grupo. Me inculcó que yo debía conseguirlo a cualquier precio, tenía que ser capaz de cerrar los ojos cada noche en el convencimiento de estar entre ellos, los honrados.

Yo seguía sus consejos y hacía lo que debía. Sabía que mi deber era recoger a aquellos niños; a veces uno, otras dos; yo los arrebataba de las únicas manos legítimas que podían sujetarlos para ponerlos en brazos de quienes compraban hasta el aire que los demás respirábamos. Día tras día, mi vida discurría por la misma senda, sin preguntas, sin remordimientos. Era mi deber, mi trabajo.

Llegar hasta ellos fue circunstancial, ni los busqué premeditadamente ni ellos a mí; fue la necesidad de encontrar un trabajo la que me condujo hasta una de las múltiples organizaciones aparecidas tras el terremoto, destinadas de cara a la galería a solucionar los muchos problemas de los afectados. El destino para algunos, la fatalidad para otros, la mera necesidad para mí.

Nunca supe por qué me escogieron, imagino que verían en mis ojos el mismo vacío que yo encontraba en el espejo cada mañana; además era dúctil y maleable como el estaño, a la menor presión reacomodaba mi conciencia y la teñía de ese gris bituminoso que me hacía invisible en la miseria. Pusilánime por naturaleza, nada contestataria y poco o nada impresionable, era perfecta para sus fines.

Me adiestraron. Como los perros que husmean el aire en busca de sus presas yo sabía reconocer a las mías, sólo tenía que elegir a los más vulnerables, a aquellos a los que la vida había desahuciado para llevar a cabo mi trabajo. Con el objetivo bien claro entre las circunvoluciones de mi raquítico cerebro empecé mi tarea y ante el asombro de ellos mismos, los resultados fueron buenos. No me costaba dejar cada mañana mis sentimientos en la habitación en la que me habían alojado porque carecía de ellos, aun así, hacía un simulacro de liberar mi conciencia de todo peso. Confesaré que nunca conseguí sacar ni un miligramo, no me fue dado ese disfrute, mi ética estaba hueca.

El sol se convirtió en mi mejor amigo, juntos recorríamos las calles hasta llegar al campo en el que se hacinaban como sacos terreros la desdicha, la desgracia, el infortunio contra la piel oscura de los hombres y mujeres que habían perdido todo. Deambulaba entre ellos observando detalles, al principio anotaba todo cuidadosamente en un cuadernillo que la organización me entregó, después descubrí que no servía de nada hacerlo, todos disfrutaban de la misma miserable e indigna vida.

Al acabar mi jornada reportaba ante mis superiores y regresaba a mi cuarto, a esperar un nuevo atardecer en que morir un poco más.

2. – ANDANTE

Después de cierto tiempo acumulando informes sobre las familias que tenían mayor número de hijos, la organización dispuso de un registro fiable de pequeños susceptibles de ser enviados un escalón más arriba, en palabras de mis jefes, alejados de la sordidez de un mundo en el que a lo único que podían aspirar era a un encuentro temprano con Átropos. Y yo sería ese ángel encargado de quitarlos de su camino, dándoles el empujón necesario.

Mi misión consistiría en conseguir que las madres me los confiaran, una vez a mi cargo sólo debería acercarlos al punto de control en el que un vehículo los haría desaparecer rápidamente.

No recuerdo miedo ni tensión en aquellos primeros encargos. *Veni vidi vincit*, lo que aún sigue encerrado en mi mente es el llanto amargo de los niños al ser arrancados de los brazos maternales, ese desconsuelo me abrió la puerta de un mundo ya conocido y olvidado. La tierra polvorienta y yerna de mi corazón se mojaba con sus lágrimas, pero sin una simiente a la que hacer germinar, su esfuerzo por mantenerse a salvo de mis manos entre las de sus madres resultaba baldío. Imperturbable, ajena a nada que no fuera la misión encomendada, entregaba el sobre que debía hacer callar a la madre y me retiraba con el hijo, unas veces en brazos, otras de la mano.

Sin preguntas incómodas olvidaba al instante del olor de su miedo y buscaba el siguiente. La mecánica era sencilla, si la resistencia de la familia era demasiado grande, podía elegir otra, pero hasta entonces todas habían creído en las promesas de mis superiores, no sé si cerrando los ojos ante la incertidumbre de su futuro o con la aquiescencia de su mirada, todos parecían persuadidos de que la única forma de escapar a su miseria era salir de allí. El cómo y el dónde les parecía innecesario.

Nunca tuve necesidad de saber en cuánto se valoraba cada una de sus vidas, es tan justo decir que la liviandad del peso de los sobres me confundía, cómo confesar sin rubor que en el fondo me daba lo mismo, esos pobres desdichados iban a encontrar la felicidad de la mano de unos padres de piel nívea en un mundo que ellos sólo podrían, en el mejor de los casos, imaginar y eso debía compensar a los padres biológicos, los de la piel atezada, mucho mejor que su contenido.

3. – MINUET

Mi deber consistía en recoger siempre niños porque de las niñas se encargaba otra mujer, hasta que una gastroenteritis la dejó inoperativa durante más de una semana. A regañadientes accedí a asumir también sus recogidas, a mí las niñas me traían recuerdos desagradables barnizados de olvido, recuerdos con los que nunca pude convivir y a los que desterré a un rincón del alma en el que siempre reina la oscuridad.

Hubo un tiempo en que disfrutaba perdiéndome en la opalescencia azulada de la mirada de mi hija, un ser fruto de la violencia y el engaño de un hombre de mirada azul, líquida y efervescente, del que nunca supe ni su nombre. Una niña que mi padre y su sentido del deber apartaron de mi lado, una niña que se llevó hilvanado en su vestido blanco de algodón todo lo bueno que había en mí.

Una tarde en que esas remembranzas me tendieron una emboscada en la mirada de caramelo de una pequeña, fui incapaz de realizar mi deber. Acudí al cochambroso local en el que se trazaban los planes con la sola intención de justificarme, mientras esperaba sentada en una silla bajo la ventana, centré mis sentidos –a menudo inoperativos– en descifrar la conversación que tras la puerta entreabierta mantenían dos hombres, el que yo conocía como mi jefe, y otro con un fuerte acento francés. La charla mantenía un tono distendido, cercano a la cordialidad en el que se mezclaban silencios y largos intercambios de preguntas y respuestas.

De las palabras de mi jefe entresaqué el compromiso de encontrar donantes menos jóvenes. Como si un rayo me hubiera atravesado, una descarga de energía sacudió mi cuerpo, y sobre todo, mi mente.

Los engranajes oxidados de mi razonamiento empezaron a trabajar impulsados por la sacudida, agucé el oído para engrasarlos con cada nuevo dato, y poco a poco el pentagrama se llenó de notas, corcheas y semicorcheas que aceleraban mi pulso con precisión metronómica. Los niños no iban destinados a ser adoptados por las familias ricas y con pocos escrúpulos que en realidad los compraban, su destino era convertirse en proveedores de piezas de recambio, y yo era una ficha esencial en la cadena de montaje.

Me levanté sigilosa y salí del edificio como una sombra más, y entre ellas me alcanzó un atardecer arrebolado quizás por la vergüenza de mi anuencia, demostrada sin remordimiento alguno hasta hoy.

Sentí el calor que precede a unas lágrimas que no pasaron de la garganta, la atonía que paralizaba mi cuerpo ganaba la partida mientras me aovillaba encima del colchón; si la tierra hubiera podido engullirme me habría hecho un gran favor, pero no lo hizo, dejó que la noche y su terciopelo oscuro y cálido acariciaran mi voluntad, hasta teñirla y cagarla con un esplín que apenas me dejaba respirar.

Imaginaba sus pequeños cuerpos mutilados mientras intentaba recordar un tiempo, no tan lejano, en el que aún era persona y no la escoria en la que me había convertido, pero los recuerdos me demostraban su volatilidad al escapárseme de las manos una y otra vez porque yo no había sido persona nunca. Y ya era hora de intentarlo.

La mañana amaneció nublada, la tormenta amenazante levantó un viento fuerte que se enredó en mi pelo alborotándolo, carente sin embargo de la fuerza necesaria para desordenar mis planes.

Era mi deber, y yo siempre cumplía con mi deber.

Me acerqué hasta la embajada europea más cercana con la intención de convencerles de que me respaldaran, sabía que si me presentaba sola e inerme ante la policía sin otro argumento que mi palabra no iba a ser fácil que me tomaran en serio. Hice lo mismo con la embajada americana, cuántos más conocieran mi historia más impedimentos para dudar de mi honestidad, que como un sarampión se extendía por todo mi cuerpo y me obligaba a cumplir con mi verdadero deber.

La velocidad a la que se desarrollaron los siguientes días debió ser cercana a la de la luz, me quedan destellos, fulgores pasajeros del desmantelamiento de la mayor red de captación de niños para convertirse en donantes involuntarios, centelleos en los que por fin vi una versión de mi misma en la que no me daba tanto miedo reconocerme.

4. – FUGA

Ahora sé que los años que el tiempo empuja no serán nunca los que definan mi edad, esa comienza cuando empecé a vivir, hace a penas el tiempo que tardan los dedos del pianista en completar esta sonata para piano que aún llena el aire de notas cálidas, de acordes en clave bien temperado, de música y luz.

He estado muerta en vida, he sobrevivido a mis miserias con los ojos cerrados, pero acabo de abrirlos. Es mi deber, y yo siempre cumplo con mi deber.

¡POBRE JULIA PASTRANA!
Cecilia Durán Mena (México, 1965)

¡Pobre Julia Pastrana! Mujer de físico extraordinario que se convirtió en una leyenda. Alabada por su inteligencia, modales impecables, por su gracia para el canto y para el baile. Una dama admirable que viajó por todo el mundo, ganó mucho dinero, abarrotó carpas y teatros en Nueva York, Cleveland, Londres, Leipzig, Viena y Moscú, donde finalmente murió. Era tan popular en 1860 que al morir pocos días después de dar a luz, ella y su hijo recién nacido fueron embalsamados y expuestos durante más de un siglo.

Julia dedicó su vida al espectáculo. En sus presentaciones le gustaba mostrar su rareza, se pavoneaba por los escenarios interpretando coplas en inglés y en español, era invitada de honor a los grandes bailes y galas militares. Los soldados hacían largas colas para bailar con ella. Participó en obras de teatro. Recibió y rechazó múltiples propuestas de matrimonio. Repito, fue toda una leyenda.

Y, es que con esa cara la gente no podía evitar verla. Captó todo tipo de miradas. Fueron pocos los que lograron traspasar el umbral de ese físico que anuló casi todos sus demás atributos. Por lo general, la gente acudía a sus espectáculos simplemente a contemplarla. Poco importaba si desafinaba, si olvidaba la letra de las canciones, si reía o lloraba; su cara era más que suficiente. El público la aplaudía con ojos sorprendidos, lujuriosos, morbosos, burlones y, a veces, unos cuantos mostraron lástima.

Así es el mundo de la farándula. Aún muerta siguió siendo la atracción principal de ferias y circos en Europa. ¿Quién podría sustraerse al embrujo de ese pelo negro tan sedoso, de esa frente velluda y esa barba tan larga? En sus amplias quijadas crecieron varias filas de muelas y colmillos desordenados. Las encías eran largas, gruesas y rosadas. Debido al exceso de dientes su boca se proyectaba hacia adelante y su cara tenía apariencia de gorila. Medía un metro con treinta y siete centímetros. Una autentica mujer orangután. ¡El propio Charles Darwin al conocerla pensó que se trataba del eslabón perdido!

Cuentan que esta singular mujer nació en Ocorini, Sinaloa en el año de 1834 en el seno de una tribu de indígenas nómadas. No existe registro de su nacimiento. No hay acta, tampoco fe de bautismo. Siempre se declaró como una mujer comprometida con la fe católica. Sirvió en la casa de Don Pedro Sánchez, gobernador de Sinaloa, donde llegó niña y se fue de veinte años en busca de un mejor porvenir.

Su primera aparición como fenómeno de circo fue en 1854, en el Gothic Hall de Nueva York. ¡Pasen, pasen! ¡Vengan a ver a la mujer simio! ¡La indescriptible! ¡La especie rara! ¡La maravillosa híbrido! ¡Pasen, pasen! ¡No se la pierda! ¡La mujer más fea del mundo! Los boletos se agotaban siempre.

Dicen que Julia Pastrana disfrutó mucho la vida. Fue una mujer feliz, contenta y conforme con su situación. Orgullosa de los efectos que causaba en sus espectadores, consiguió fama y fortuna. Dicen que a esta dulce mujer le gustaba leer, cocinar, coser y viajar. Sobretodo viajar. Viajó muchísimo.

En sus giras conoció a Theodr Lent quien le propuso ser su representante y llevarla a Alemania. La sacó de la vida de los circos y la convirtió en actriz. Escribió especialmente para ella *Der curierte Meyer*, una obra de teatro de enredos en la que un hombre se enamoraba de una dama que siempre llevaba velo, cuando el pretendiente no estaba en escena, Julia se destapaba la cara mostrándola al público que reía a carcajadas. La obra, evidentemente, concluía en el momento en que la dama mostraba la cara al enamorado y este perdía todo interés. Fue un escándalo, causó indignación a los alemanes, tanta que las autoridades cancelaron las funciones y clausuraron el teatro después de tan solo dos representaciones, sobre la base de que era una obra inmoral y obscena.

El escándalo atrajo más contratos y mucho dinero. Julia, la mujer orangután, era rica y famosa. Muchos solicitaron su mano. Ella los rechazó por pobres, ninguno de los aspirantes tenía tanto dinero como ella. Tal vez por eso Lent le pidió matrimonio en 1857. No podía poner en riesgo su mejor fuente de ingresos.

Las giras continuaron por Europa. Llegó a Austria cobijada por el éxito. En Viena se sometió a varios estudios fisiológicos. Era preciso investigar las causas que formaron un ser tan extraordinario. Un cuidadoso Lent le prohibió salir a la calle durante el día, la encerró para no arriesgar su activo más rentable, por las noches la exhibía. Una alegre vida matrimonial. En 1859, Julia Pastrana, quedó embarazada. Su vitalidad se deterioró pero el show debía continuar. Las presentaciones jamás se suspendieron, siguieron viajando por Europa. Al llegar a Moscú dio a luz a una creatura con características físicas muy similares a las de la madre. El bebe murió treinta y cinco horas después.

—Sólo te pido una cosa, Theodr. Es mi único deseo. Es el último. Quiero ser enterrada en México, junto a mi hijo, con una ceremonia católica. Te lo ruego —fueron las palabras de Julia. Cinco días después murió por complicaciones postparto.

¡Qué contrariedad! ¿A quién se le ocurre morirse en el pináculo de la fama? ¡Qué camposantos ni qué nada! El show no podía parar. Lent hizo momificar a Julia y a su hijo. Se casó con otra mujer parecida a su antigua esposa y la presentó al mundo como Zenora Pastrana, hermana y tía de las momias. Con los tres montó otro espectáculo.

¡Pobre Julia Pastrana! Una sola cosa pidió. No ha podido ser. Muerta despertó la fascinación entre los científicos de su época. La maravillosa híbrido, era el mejor ejemplo del buen salvaje, es decir, del ser que combina la animalidad por sus formas pero que cuenta con cualidades humanas: inteligencia y talento artístico. A lo mejor Charles Darwin tenía razón. Tal vez era el eslabón perdido. Los hombres de laboratorio debían analizar a este ser semi bestial para determinar si de verdad tenía consciencia, alma, si realmente era humana.

Los teratólogos, aquellos que se dedican al estudio de los monstruos y que necesitan saciar sus innumerables dudas jamás darán autorización para que esos restos sean sepultados.

¡Pobre de ti, Julia Pastrana! Naciste para ser exhibida. El cuerpo de tu bebé fue parcialmente destruido por un grupo de vándalos, del resto se encargaron los ratones. Tu cuerpo, preso en un féretro, permanece resguardado bajo la vigilancia del Instituto Forense de Oslo. Eso sí, hoy sólo tienen acceso a tu cuerpo científicos que cuenten con un permiso previamente solicitado. Tu deseo, tu último deseo, no se puede realizar por motivos científicos. ¿Cómo ves? Sigues momificada. No has alcanzado llegar al sepulcro. No te permiten descansar en paz. Ya no te exhiben en circos, ferias, teatros ni galas militares. Continúas expuesta. Tu cuerpo grita: ¡Hipertricosis terminal! ¡Síndrome del hombre lobo! ¡Fibromatosis gingival! ¡Encías excesivamente carnosas! Nada que un buen dentista y depilación láser no hubieran podido remediar hoy en día. Pero… comprende, Julia. Te tienen que estudiar. No llores, Julia, no es por morbo, ni por falta de humanidad, es por motivos científicos.

Alégrate. Por lo menos tu cuerpo ya cesó su triste peregrinar. Ya acabaron las giras y los espectáculos. El gobierno noruego prohibió semejante exhibición, lo malo es que cuando te incautaron ya te faltaba un brazo. No te quejes mujer, quien sabe cuál de tus dueños anteriores se quedó con él. Es probable que algún hombre, en nombre de la ciencia te lo haya arrancado.

Mira, tienes que entender, en el siglo XXI, la fe ya es cosa de pocos, casi nadie cree en la resurrección de los muertos, ni existe una mirada religiosa para los restos humanos. Eres, en el mejor de los casos, un símbolo. Un caso histórico de racismo, de machismo, de explotación que hay que mostrar para aprender cómo eran las cosas en ese tiempo. ¿Un funeral católico? Te soy sincera, es complicado. No existen testimonios confiables de tu último y tal vez único deseo. ¿Pedir para ti una mirada de compasión? Poco factible. ¿Tú crees que haya alguien que pueda entender tu deseo? ¿Qué sienta legitima la necesidad de la paz de una tumba? Puede ser.

Lo que sí te prometo es lograr nuevas miradas para ti. ¿Quién sabe, Julia? Tal vez los ojos que recorran estos renglones serán como aquellos que te vieron en escena. Unos sorprendidos, otros morbosos, algunos empáticos. Te imaginarán bailando y cantando. Sonriente. Probablemente alguien pueda traspasar el umbral de tus defectos físicos y aprecien la valentía de una indígena que sobrepasó su condición de pobreza. Tal vez alguno logre cumplirte el deseo. Pero, te soy sincera... es difícil.

¿Entiendes, verdad?

AMIGO DE PAPEL
Alejandra Gutiérrez (USA, 1977)

Domingo 17

Querido amigo de papel:

Odio levantarme temprano los domingos. Ya el truco de hacerme la enferma no funciona. Dolor de cabeza, dolor de estómago y dolor de muela es demasiado para el último mes, me dijo mamá esta mañana mientras me arrancaba la cobija. Y odio ir misa. Cada domingo cuando logro arrastrarme de la cama a la ducha me encuentro a Liliana con su vestidito impecable, sin una arruga, tan amarillito, y más rabia me da. Hoy no me vestí "decente", como dice mamá, sino que me puse los jeans gastados y la camiseta gris que tiene un tremendo girasol en el pecho. Me tarde lo más que pude en el baño y cuando ya mi papá daba bocinazos desaforados salí caminando lentamente hacia el carro. ¿Pero qué facha es esa?, me gritó mamá por encima del último bocinazo. Pero ya era demasiado tarde y no le quedó más remedio que dejarme ir así... jeje. En la misa me quedé dormida un par de veces. Un codazo de mamá me hizo pegar un salto en una de esas. La vieja que tenía al lado me echo una mirada como si fuera el demonio en persona, y yo me la quedé viendo fijamente, con la cara de demente que a veces ensayo en el espejo del baño cuando estoy aburrida, y la vieja se arrellanó en su asiento persignándose. Jeje. Pero como si no fuera suficiente tortura, después de la iglesia vamos a casa de la tía Eulalia para almorzar. La tía se lleva el premio a la mujer más insoportable sobre la faz de la tierra. Su voz tiene un timbre tan agudo que duele escucharla, y lo peor es que no se calla nunca. Y la tonta de mi prima Rosa está todo el rato imitándola, como si estuviera concursando por el premio de hija modelo. Son tal para cual. Apenas pude me escapé al jardín y me mecí en el columpio tan fuerte que Liliana empezó a pegar gritos y mamá vino a gritar que me parara. Gritan y gritan... siempre.

Lunes 18

Amigui:

No sé porque tengo que ir a la escuela, si no quiero estudiar, ni ir a la universidad, ni tener una carrera como Dios manda. No sé cuántas veces les he dicho que lo que quiero es... Bueno, en estos momentos no lo tengo muy claro, pero sí sé que no quiero pasármela encerrada en un salón de clase por los próximos diez años. Además, todos los días tengo que preocuparme por lo que me voy a poner. A veces creo que era mejor cuando iba al cole Santa Inés porque usábamos uniforme. Rogué tanto para que me sacaran de ese convento de monjas locas y crucifijos. Pero no fue hasta que a papá le comenzó a ir mal en el trabajo que decidieron cambiarme a una escuela pública. Entonces, esta mañana: la camiseta blanca de rayas verdes o la roja. Y fue la roja, porque se me marcan mejor los pechos que por cierto no me terminan de crecer nunca. Ya Carola los tiene inmensos y eso que es tres meses menor que yo. Bueno, cuando veo a mamá... no es mucho lo que puedo esperar. Matemáticas, inglés, biología: hipotenusa, jagoaryú, átomos. Ramiro no vino a clases hoy.

Martes 19
Estimado amigo de papel:
Mi vida es aburrida, demasiado aburrida. Geografía, historia, literatura, bla, bla y bla. Ramiro vino a clases, pero ni me habló. La idiota de Angélica lo persiguió todo el receso, si supiera lo ridícula que se ve escondiéndose detrás de los árboles. Si no me quiere hablar, que no me hablé. Idiotas todos. Papá no vino a cenar otra vez y mamá estaba insoportable. Odio el brócoli y la coliflor.

Jueves 20
Amigo:
Ayer se murió la abuela Rosa. Me mandaron a buscar al colegio con la vecina y cuando llegue a casa mi mamá estaba histérica, porque no había podido contactar a mi papá, que andaba en reuniones de trabajo. Cuando finalmente llegó mi papá y se enteró de la noticia, no lloró, sólo se quedó serio por un rato. Después llamó a la tía Elvira que le contó cómo fue todo: murió mientras dormía, así sin más, sin decir nada, como eras ella pues, porque la abuela Rosa no hablaba mucho, ni siquiera con nosotros cuando íbamos de vez en cuando a visitarla. Una vez escuché a mi mamá decir por teléfono que mi abuela es así por el montón de pastillas que se toma, bueno que era así, porque ya está muerta. Era, es... está muerta.
Hoy en la mañana fuimos al funeral. Yo no quería ver a la abuela, pero mi papá nos obligó, a mí y a Liliana, que estaba que temblaba. Yo también temblaba por dentro, pero fui y me paré por unos segundos al lado de la urna y la miré. Parecía otra, más vieja de lo que era y tenía los labios como sellados, como si se los hubieran pegado. Liliana comenzó a llorar, y no de pena, y mi mamá la arrastró fuera de la habitación. Yo me senté en una esquina y me pasé todo el rato viendo a la gente y

odiando el vestido azul oscuro que mamá me obligó a ponerme y que pica como los mil demonios. Al entierro fue poca gente. Cuando ya íbamos saliendo, una mujer alta, vestida toda de negro se acercó a saludar a papá. Mamá me preguntó si sabía quién era esa, pero nunca la había visto en mi vida. Después del entierro compramos comida y fuimos a la casa. Fue raro, en la cena nadie habló, ni siquiera mi mamá.

Viernes 21
Amigo de papel:
Castigada. Pero no me importa. Los odio a todos. No sé cuál es el problema. Sólo salí a dar un paseo. Sólo hice lo que mi papá hace cuando a mi mamá le dan sus ataques y comienza a gritarle y a pelear por cualquier cosa. Simplemente se va y la deja hablando sola. Esta vez fui yo, me harte de escucharlos gritar, porque esta vez mi papá no se quedó callado. Liliana se paró enfrente de la puerta de mi cuarto como dudando si entraba o no. Le hice seña de que entrara y la deje mirar mi colección de comics. Pero no se callaban y creo que discutían por la mujer del cementerio, o al menos eso me pareció. Así que me harte y bajé, pasé por enfrente de ellos y me fui. Ni siquiera se dieron cuenta. Yo sólo fui a dar un paseo por el parque, me senté a mirar el lago y a lanzar piedritas y ver cómo se hundían en medio de círculos, círculos, círculos. Me parece que estuve allí por horas. Se estaba bien, el único ruido era el de los patos y los pájaros. Cuando llegué a casa ya era de noche y los dos estaban en la sala esperándome o esperando algo, no sé. Cuando mi mamá me vio se me vino encima y pensé que iba a pegarme, pero lo que hizo fue darme un abrazo fuerte, que me sacó el aire y me hizo mil preguntas que ni siquiera me dejó responder. Mi papá solo dijo: "a tu cuarto, castigada", sin apenas mirarme. Cuando subí encontré a Liliana dormida sobre mis revistas.

Sábado 22
Amigo:
Mi papá no estaba esta mañana en la casa. Cuando le pregunté a mamá por él, me dijo con los ojos rojos, que se había ido. No sé si se fue para siempre, no quise preguntarle.

Domingo 23
Nadie me levantó hoy para ir a misa

EL FORASTERO
Roxana Heise Venthur (Chile, 1964)

Vaya, si no puedo hablar, sólo pensar, y eso. Estoy perdida en el laberinto de una frase impronunciable, dando vueltas en U alrededor de tu nombre sin conseguir nombrarte, peor aún, sin descubrir la verdadera razón de este suceso.

Me acerco a la ventana; las gotas de lluvia golpean mi conciencia hasta sumergirla, hasta dejarla en apnea total. Fue un error permitir que invadieras esta casa. La huella de tu paso parece multiplicarse, tú no eres de aquellos que se hacen olvidar.

Mi rostro se refleja en las vidrieras, una arruga me jala el pensamiento, luego una gota de lluvia me surca de principio a fin, partiéndome el rostro en dos. Me siento graciosa; soy la nueva princesa del invierno, con los párpados vencidos por la inclemencia del tiempo y por ti.

Abro la boca, pretendo decirle algo a mi madre que me mira desde su mecedora, pero es inútil, no puedo emitir palabra. Es más; llevo varios días sin comer, apenas logro beber algo de agua y respirar. Tu nombre vuelve a sonar en mis oídos, siento rabia al no descifrarlo. Eres un forastero, forastero tal vez sea la mejor forma de llamarte.

Llegaste un día de esos sin esperanza, como no la tiene poblado en el mundo de cuatro personas viviendo entre sí, sabiéndose la vida de un rezo. Fuiste bienvenido inmediatamente. Aún siento tu galope al filo de los cuatro vientos acercarse presuroso. Tenías hambre y frío. Mis padres estaban alegres, suele ocurrir así cuando alguien cruza la frontera y pide alojamiento. Había un gran banquete en tu honor, estabas halagado. Eras todo un señor, con sueños de frontera a lomo de esperanza. Me miraste, ¿tendrías novia?, qué más daba. Importante era que dejaras una gota de vida en este rincón del mundo para empezarlo de nuevo.

Palpo los vidrios con los largos dedos, apenas siento el frío en la punta de mi desilusión; vuelves a estar, sonriente, juegas cartas a orillas del fogón, yo hablo sin parar; es la alegría de tu llegada, la alegría de haberme convertido de pronto en un extraño instrumento de sentir; de sentir hasta acalorarme la vida, hasta querer estallar en mil pedazos.

Mi padre y tú entablaron amistad. Galopaban juntos, mientras ayudaba a mamá a preparar la cena. ¿Te quedarías? Imposible saberlo. En este lugar sólo habita el silencio, cuando no se harta de sí mismo. Pero tú supiste desde niño tolerar las adversidades, eso te daba grandes posibilidades de quedarte. Y si te hubieras marchado sólo por cansancio, habría comprendido, desde el fondo de mí, sin egoísmos.

Mi madre me pide que coma algo, niego con la cabeza. Pronuncio un sonido con dificultad, más bien parece el quejido de un moribundo. Ella está preocupada, jamás me vio en este estado. Durante los días de lluvia no hay médico alguno que pueda devolverme la salud. Coge el rosario, reza en mi nombre, siento ganas de llorar, pero las lágrimas también me abandonaron. Estoy vieja, ¿será eso? Vieja de veras no estoy, pero ya pasó el momento de buscar algún novio galopando la colina. Hoy sólo queda la lluvia y los recuerdos, los recuerdos que pesan en el alma como montañas de roca.

Debiste escapar, huir después de aquella noche en que corriste a mi lado. Me hablaste despacito en medio de la oscuridad, para que mis buenos padres no se enteraran. ¿Por qué no sentí a Dios jalar mis orejas cuando me pregunté si hacía lo correcto?

Llovía copiosamente, como hoy. Cogiste tu manta y me envolviste con tus brazos poderosos. La luna se había replegado bajo las nubes grises, sin embargo para mí, todo resplandecía sobre la paja que tapizaba las caballerizas. Habías llegado al fin, después de esperar una vida que cruzaras la frontera.

Mi madre reza más fuerte cada vez, debe haber notado esta creciente palidez. Ella no entiende que se trata de algo transitorio, vendrá otro día y lograré reponerme.

Pensar que en poco tiempo te volviste uno más de la familia. Eras un buen herrero y sabías de agricultura; seguro viviste en el campo miles de vidas. Aparte de esto, tu pasado era un libro cerrado con broche de hierro y cuando creí haber descubierto algunos secretos, me golpeaste en plena cara con tu actitud. ¡Vaya si me amabas! No quiero pensar cómo habría sido lo contrario.

La idea del matrimonio no fue del todo tuya, debo reconocer mi parte de culpa, pues yo misma pedí nos concedieran mayor libertad, para no ser prejuzgada por escapar contigo de vez en cuando, montada en pelos de un potro salvaje, creyendo haber encontrado el paraíso. Entonces no callaba como hoy, tampoco pasaba horas mirando por la ventana, recordando cuando me besabas en la cocina y sonreías tan niño, ofreciéndome esta vida y la otra.

Mi madre está a punto de terminar su rosario, un rosario que también fue herencia de familia, y lo único que logramos rescatar de aquel pequeño cofre. En pueblos como este, lejos del burocrático mundo de los bancos, toda la gente tiene su pequeña fortuna bajo el colchón.

Una vez más intento pronunciar tu nombre, pese a no lograrlo, noto un avance en mi estado, pues al verte en aquel rincón (sin que estés por supuesto), comienzo a llorar. Llorar es bueno porque nos oxigena la razón, eso decía mi padre después de lo ocurrido, después de haberte confiado todos nuestros secretos.

La lluvia va bifurcándose en hilos cada vez más pequeños y forma en el vidrio un enrejado de historias; quizás sean las historias que dejaste olvidadas antes de marcharte aquella noche: a hurtadillas, sin aviso, como una maldita rata.

Apego mi rostro contra el vidrio, mis manos, mi cuerpo y todo lo demás. Me dejo empapar de agua, me dejo empapar de ti, aun sabiendo que nunca vendrás para saberlo. Ahogo un suspiro; la frustración de traer a la memoria tantos nombres conocidos sin identificar alguno, produce gran cansancio.

Mi madre termina de rezar, besa el rosario, irradia piedad desde el centro de su reflejo. Reparo en la pobreza de sus ropas. Somos pobres ahora, más pobres que de costumbre. Entonces se hace en mi mente la luz de una palabra y logro susurrar finalmente: Ladrón..., y ya no me interesa saber cómo te llamas.

MARIEL
Carmen Estévez-Sherer (España, 1964)

El tío Justo, el de la Sabina, era el rey de los cachivaches y la basura. Siempre andaba por ahí revolviendo en los basureros y metido en toda la porquería para ver si encontraba algo, cualquier cosa, que le sirviera para su colección de guarrerías y trastos que tenía amontonados por toda la casa. El tío Justo gastaba boina y chaqueta negra y la Sabina, su mujer, mandil, zapatillas y moño los 365 días al año. Eran bien conocidos en todo el barrio. Se les respetaba y se les dejaba en paz, por ser parte de esa España cañí de la posguerra.

El tío Justo era un coleccionista nato, pero especialmente coleccionaba muñecas. Tenía una colección tan grande y tan especial que, hoy en día sería un privilegio poder exhibirla en cualquier museo de arte contemporáneo. La predisposición de su mujer era igual a la del tío Justo pero la Sabina era, por decirlo de algún modo, más amontonada que coleccionista, pues no iba por ahí rebuscando y recogiendo porquería ya que ella misma era la reina y señora de la basura de todo el barrio. Sólo bastaba con mirar alrededor una vez para comprender que la casa donde vivían era en realidad una choza llena de periódicos y revistas viejas, latas y botellas vacías, palos de leña sin recoger por todas partes y paredes negras calcinadas del humo de la chimenea.

La colección de muñecas del tío Justo se extendía por toda la casa: las había con un solo brazo o sin los dos; a falta de una mano, sin dedos; sin una pierna o amputadas totalmente; algunas incluso, sin cabeza. Pero exceptuando las pocas muñecas completas, la gran mayoría eran calvas o con el pelo raído –las ratas también comen pelo cuando no hay comida. Desnudas, con la mugre arrollando por la barriga y los muslos, o envueltas en telarañas, allí estaban todas ellas: eran las protagonistas principales del gran teatro nacional, colgadas eternamente de un clavo oxidado de una de las vigas de la sala. Todas estas muñecas tenían una historia, un pasado de porcelana que las hacía únicas. No eran muñecas en serie y ninguna de aquellas piezas que el tío Justo coleccionaba tenía réplica. Cualquier cosa que el tío Justo encontraba en la basura le valía, pues aquel hombre de cuerpo menudo tenía el don especial de ver en la basura, Arte. Las más afortunadas, con el cuerpo, cabeza y cara enterita, descansaban aparte en una estantería en frente de la ventana de la cocina. Estas muñecas estaban destinadas a ser el regalo de alguna niña del barrio cuando hacían la primera comunión.

Mariel, una de las niñas del barrio, tuvo mucha suerte con lo de la comunión porque le dieron dos muñecas. La primera vez que hizo la comunión le regalaron una muñeca con el pelo castaño igualito al suyo. De hecho Mariel siempre pensó que alguien había copiado la muñeca de una de sus fotos. Al año siguiente, cuando el cura pasó preguntando por el barrio quién no había hecho la comunión todavía, Mariel levantó de nuevo la mano y dijo: yo. Mariel no había crecido ni un centímetro desde el año anterior en que comulgó, por el raquitismo de las patatas hervidas y las enfermedades contagiosas que se cebaban con los más débiles. A Mariel las enfermedades le cogieron tanto cariño que la pobre estaba siempre enferma. Así que Mariel volvió a comulgar de nuevo y esta vez le dieron de merendar chocolate con galletas, además de regalarle otra muñeca morena y con los ojos negros, porque las rubias se habían agotado.

Mariel nunca paseaba a las dos muñecas a la vez. Dejaba una en casa y se llevaba a la otra, porque tenía miedo de que si paseaba a las dos a la vez alguien le robaría una. Mariel llevaba de paseo a su muñeca a la casa del tío Justo y la Sabina y observaba con cuidado todas las demás pasando de largo las que estaban tuertas porque a Mariel le daban mucha grima. La Sabina, siempre al tanto de la pequeña Mariel, le recordaba que un solo ojo bastaba para el mirar el mundo.

A veces Mariel les traía a los abueletes alguna cosilla que se encontraba por ahí, como la tapa de un frasco o una chapa, y la Sabina lo guardaba todo con aquel afán de no tirar nada, por si acaso. La Sabina recordaba las guerras por lo que se perdía, con lo que comentaba a menudo para qué una guerra si no se gana nada. Sólo Mariel, la niña que comulgó dos veces, parecía sentirse a gusto en ese ambiente de paredes sucias, con toda la porquería y por supuesto con el tío Justo y la Sabina. La casa era un espejo más de la triste realidad nacional. De ese reflejo recordaba Mariel no sólo las muñecas sino las cacerolas, un paralelismo que Mariel entendió años más tarde, porque tanto unas como otras todas estaban incompletas. A falta de asa, tapadera o peor, descascarilladas o rotas por los bordes, las cazuelas y los cazos andaban, como todo, esparcidas por cualquier lado ya que no había muebles donde ponerlas. En alguna ocasión, cuando una muñeca acababa de morir totalmente a falta de un clavo o pelo que la aguantase, se las descolgaba de la viga y se colgaba una olla en su lugar.

Grandes y pequeñas, de aquellas ollas se había apoderado la herrumbre y eran así, en su conjunto, ollas negras. El hollín que provenía de la chimenea se extendía por la cocina de paredes húmedas y por los pocos muebles de la casa. De día y de noche, en invierno y en verano, aquella cocina estaba siempre a oscuras. La luz que entraba por la ventana de la cocina padecía de los mismos síntomas que el resto de la casa: era escasa y parecía originada en el basurero en vez de en la calle, de tal modo que en invierno o en verano se te hacía eterna la sensación de vivir. La negritud subía hasta el techo enredándose en las vigas que lucían victoriosas las cabezas de muñecas colgadas por un alambre, las ollas sujetas de un asa y las cabezas de ajos, todo dispuesto como en un escaparate de moda.

Mariel disfrutaba como nadie. Cada rato libre que tenía iba por allí para evadirse de sus propias circunstancias. Mariel me contó que en su casa se vivía cien veces peor. Allí eran muchos de familia y aunque las paredes de la casa fuesen blancas no había muñecas, ni nada. En realidad, por haber, no había sino desolación. En cambio en casa de la Sabina… allí le trataban como si fuera hija única y, aunque no hubiese nada que comer, compartían juntas historias y malta y, de vez en cuando, pedazos de pan negro.

Los años pasaron así, sin más, y nada cambió, excepto que Mariel se convirtió en adolescente cuando todas las demás muchachas del barrio eran ya mujeres. El día que Mariel cumplió quince años fue uno de los más tristes de su vida: le ofrecieron un trabajo de empleada doméstica en una de las mejores casas de la ciudad. De repente, se le acabaron a Mariel los juegos y las visitas a casa del tío Justo y la Sabina. Sus padres la acompañaron hasta la casa y la dejaron allí con lo puesto y un par de besos en las mejillas. La madre lloró y el padre se la llevó del brazo sin mirar para atrás. Una boca menos que dar de comer, pensó.

Mariel se esforzó con mucho esmero en hacer todo bien, pero era obvio que ella no servía para la limpieza. Era normal, hasta entonces nunca había visto nada limpio y las telarañas junto al polvo formaban parte de su existencia. En cambio, le gustaba la cocina, porque le recordaba lo que había vivido hasta entonces. Allí, entre fogones y cazuelas, hablaba con la Sabina y seguía viendo a sus muñecas y al tío Justo.

Pasaron dos años para Mariel en aquella casa hasta que uno de los repartidores que iba por allí se enamoró de la muchacha. La primera vez que la vio pensó que era igual que una muñeca de escaparate y no la dejó de contemplar hasta que la consiguió. Hubo de por medio unos meses de noviazgo formal hasta que el repartidor y Mariel se casaron. Al principio, Mariel sólo esperaba con ansiedad a que fuese domingo para pasear del brazo con su marido por la Plaza Mayor. Allí se sentaban a tomar un café y esto era lo que más le satisfacía, porque en el deleite del café con leche es donde Mariel revivía sus días en casa de la Sabina. El matrimonio fue bien por un tiempo, me contó Mariel: "aprendí a preparar buenos platos de comida y postres, cuidaba de mi marido y también de mis muñecas. Yo parecía totalmente ajena al paso del tiempo. De hecho, mi niñez se hacía cada día más visible. Un día, de repente, sentí tan incómodo el moño que llevaba que me lo quité y me peiné con dos coletas. Esto fue sólo el comienzo. De la noche a la mañana, igual que cuando era pequeña, empecé a mecer y a canturrear a mis muñecas durante horas. Compré un cochecito usado de niños y salía por el barrio a pasear a mis muñecas, sintiéndome como si fuese la madre mejor del mundo. Me pasaba así las horas entretenida, lavando y almidonando los vestiditos, peinando a aquellas muñecas, siempre preciosas.

Al principio, el marido se distanció de toda aquella ñoñería, pero pronto se hartó y le daba hasta asco. Maldijo a las muñecas de porcelana y culpó a Mariel por la falta de hijos. Poco a poco se distanció de ella, hablaba lo justo y llegaba tarde a casa. Empezó a frecuentar los bares y después las casas de alterne, hasta dejar de ir totalmente por la casa. Mariel se pasaba todo el día y las noches a solas. Echaba de menos su barrio y la que fue siempre su verdadera familia, el tío Justo y la Sabina. La tristeza se apoderó totalmente de ella, al igual que se apoderaron de su cuerpo las enfermedades cuando era pequeña, sintiéndose más frágil e infeliz que nunca. Lloraba por nada, suspirando en silencio. Simplemente, necesitaba compañía, a los suyos, su mundo.

Una tarde tomó un autobús que la llevaría a su antiguo barrio. En casa del tío Justo y la Sabina nada había cambiado. La Sabina guardaba intactas todas las cosas que Mariel le había traído de la calle. Recordaba como si fuera hoy, todas las muñecas y sus nombres. Repentinamente, se sintió mejor. Tomaron café con leche, y por primera vez en aquella casa, pan tierno que llevó Mariel de su propio horno. Mariel lloró mucho y la Sabina le dijo que no se preocupase porque todo se arreglaría muy pronto. Mariel tomó el autobús de regreso y preparó la cena. Esperó sentada en la banqueta de la cocina, sin saber si su marido regresaría o no aquella noche. Mariel se quedó dormida hasta que la despertó el ruido de la puerta al abrirse. Era su marido, ebrio y malhumorado. Nada más entrar, la insultó y le dijo que no era una mujer como otras: "tú eres como una muñeca y jamás valdrás para darme hijos. La culpa es de todas esas fantasías que tienes en la cabeza y que no te permiten ser una mujer". Sin mirarla siquiera a la cara, ni rozar sus lágrimas, el repartidor recogió las dos muñecas de la sala y se fue.

Mariel lloró toda la noche y toda la mañana del día siguiente y siguió llorando algunas semanas después.

Una mañana, Mariel se levantó vomitando y mareada sin saber realmente lo que le pasaba, sólo para descubrir más tarde que estaba embarazada. Esperó a que su marido viniera por casa para darle la noticia. Llegó de noche y Mariel le notificó su embarazo. Perplejo y sin palabras su marido la abrazó y la besó por horas, pidiéndole una y mil veces disculpas por todo. Al día siguiente y durante el tiempo que duró el embarazo, su marido la colmó de atenciones y de regalos y la trató como si fuera ella misma una muñeca.

El embarazo fue bien. Mariel visitaba rutinariamente a la Sabina y al tío Justo y ambos estaban la mar de contentos. La Sabina empezó a tejer unos vestidos diminutos con puntillas para la futura niña. Mariel no acertaba a averiguar cómo la Sabina sabía que sería niña, porque el doctor aún no sabía nada, pero confiaba en la vieja. De cualquier modo a Mariel la daba igual, ahora era feliz y lo sería mucho más a la llegada del bebé. La Sabina continuaba tejiendo vestiditos y mantillas para el bebé y repitiéndole constantemente lo mismo: no te preocupes que todo saldrá bien. Ya verás lo feliz que vas a ser. Quizá, volvería a amar a su marido aunque nunca le perdonaría que se llevase a sus muñecas.

Llegó el momento decisivo del parto. Mariel no resistía esos dolores angustiosos que parecían no acabar nunca. Las horas pasaban y el médico no acababa de llegar. Mariel cayó sin sentido, antes de que el médico llegase, víctima de la fragilidad y el agotamiento del parto. No recordó nada más hasta el instante que una enfermera la entregó en los brazos, envueltas en mantilla, dos muñecas de porcelana preciosas. La primera, una muñeca con el pelo castaño, igualita a ella y la segunda, una muñeca con los ojos negros y el pelo moreno.

LAS AMIGAS

Magdalena Albero Andrés (España, 1953)

Las gemelas me han mirado con los ojos muy abiertos. Han estado llorando. Cuando llegué, llevaban ya mucho rato sentadas en un banco, vigiladas por la portera del colegio, invadidas por la angustia de no saber por qué su madre no había ido a buscarlas. En el colegio no han podido localizar a Kate en ninguno de sus números de teléfono y las niñas han pedido que me llamaran a mí. Subimos al coche en silencio y las llevo a mi casa.

—¿Dónde está mamá? —preguntan varias veces durante el trayecto.

—No lo sé —tengo que contestarles—, pero llegará pronto, no os preocupéis —me atrevo a decir para calmarlas.

Antes de salir de nuevo a la calle les doy a las niñas un trozo de tarta recién horneada, les pongo la televisión para que se entretengan un poco y le pido a Peter que cuide de ellas mientras yo voy a casa de Kate a ver si averiguo qué ha ocurrido.

Conduzco despacio a través de la bulliciosa zona del Chinatown de Toronto, cruzo las vías del tranvía y me adentro en las calles tranquilas de casas pequeñas, antiguas, y reformadas para resaltar el valor de la época en que fueron construidas. Los árboles viejos y frondosos ya empiezan a sombrear tímidamente las aceras. Observo una vez más como las alarmas se disimulan entre las filigranas de madera pintada que adornan los tejados, los marcos de las puertas, las ventanas. Antes de aparcar delante de la casa de Kate, vuelvo a mirar al móvil buscando algún mensaje del que no hubiera oído su aviso. No hay nada. Salgo del coche y veo que el viejo Volvo azul marino de Kate está aparcado al lado de la casita de las herramientas. La casa principal, alta y cuadrada, cierra la calle con sus paredes de madera pintada de blanco y sus ventanas de azul oscuro. Subo las escaleras del porche y busco la llave que Kate siempre esconde debajo de la primera maceta de la derecha.

—¡Kate! —llamo, mientras entro en la casa.

Nadie contesta. Todo parece ordenado. En la cocina, las largas hileras de armarios blancos guardan utensilios y comida con la misma pulcritud de siempre. Las encimeras están limpias, el tarro de galletas medio lleno, la televisión apagada, las cortinas abiertas, la nevera llena de comida fresca: lechuga, tomate, queso, leche, zumos. El congelador, repleto de bolsas transparentes y sus etiquetas con el nombre del producto, la cantidad y la fecha en que fue congelado. En la puerta de la nevera hay imanes que aguantan fotografías, anotaciones varias, menús escolares. En una fotografía se ve a las dos niñas con su disfraz de Halloween. Laila va vestida de sol, Camille de bruja. Kate las lleva cogidas de la mano y mira complacida a la cámara. Hay otra instantánea con Kate y las niñas en un trineo. Sonrío al ver allí también la foto que nos hicimos todas las amigas el verano pasado, durante nuestro tradicional fin de semana anual juntas en la casa que tiene Cindy a la orilla de un lago, cuyo nombre nunca he conseguido memorizar. Veo una foto de la última Navidad en Florida, con los padres de Kate. Están ya muy mayores pero sonríen a la cámara con la cara bronceada de sus inviernos bajo el sol, el pelo blanquísimo, la sonrisa amplia y el porte elegante de siempre. Otro imán aprisiona un papel con un nombre, Tom, y un número de teléfono. No conozco a ningún Tom que sea amigo de Kate. Veo también un calendario con círculos en distintos días y anotaciones: visita al dentista con Camille, pediatra con Laila, y el anuncio de un curso de fotografía que imparte Kate en el Harbour Front Center. También hay un papel con algo escrito que parece la anotación de un número de vuelo: BA 0729, con la fecha de hoy.

El comedor y la sala están en perfecto orden, con la tapicería de invierno todavía en los sofás. Ese color ocre tan serio que cuando llega el buen tiempo Kate siempre cambia por unas fundas de loneta cruda que iluminan y aligeran la casa. Busco los interruptores camuflados detrás de cuadros y enciendo las luces del salón, siempre un poco oscuro a esa hora de la tarde. No veo nada que no conozca ya; las fotos de familia encima de la chimenea, el tapiz de la colección de la dama y el unicornio que compraron en su viaje a Paris, cuando aún estaba con Ahmed, y las fotos de estudio de Laila y Camille en blanco y negro, hechas por Kate, adornando una de las paredes de la sala. En la mesita de centro hay un bol con pistachos, el periódico de ayer abierto en la página 15, y una noticia resaltada con un círculo de rotulador en rojo: "Se descubre un fármaco que puede frenar el avance de la esclerosis múltiple". Pienso en la hermana de Kate, sentada en su silla de ruedas desde hace tantos años. El armario que esconde la televisión está cerrado y no tiene la llave puesta. Desde el ventanal observo el jardín: en los parterres ya crecen las primeras flores y el césped empieza a verdear, sólo quedan algunos parches con hierbas amarillas, quemadas, recuerdo de la nieve que ha cubierto esta tierra durante tantos meses. Encima de una silla de hierro pintada de blanco descansan los guantes que Kate utiliza cuando arregla el jardín.

Voy hacia la escalera y subo al primer piso. La habitación de Kate está, como todas las habitaciones que la he visto ocupar a lo largo de los años, inundada de luz. El centro lo ocupa una gran cama de hierro con dosel y cortinas de loneta color crudo que cubren sus laterales. Las cortinas están abiertas, la cama hecha con esmero, con muchos almohadones que combinan texturas y colores para crear un conjunto equilibrado y agradable a la vista. En una de las mesillas de noche hay cinco revistas de decoración con post-its amarillos que sobresalen señalando distintas páginas. En la otra mesilla veo dos libros. Uno está a medio leer: *Mil soles espléndidos*. El autor es el afgano Khaled Hosseini, del que a veces hemos hablado. No conozco este nuevo libro y miro la contraportada: "*Mil soles espléndidos* es un retrato inolvidable de un país herido y una emotiva historia de familia y amistad. Una historia dura y conmovedora de unos años que no pueden olvidarse..." El otro libro son los sonetos de Shakespeare. Lo reconozco de nuestra época de universodad; las tapas muy blandas por el uso, muchos poemas subrayados, varias páginas marcadas también con post-its. Del libro cae un papel que parece llevar ya mucho tiempo dentro. Está cuidadosamente doblado y tiene una fecha: 22 de septiembre de 1994. El texto: *¿Nos vemos mañana a la misma hora? Ahmed.*

Dejo el papel y los libros donde estaban y sigo buscando. Abro el cajón de la mesilla de noche y encuentro un bolígrafo, papeles en blanco, un frasco de pastillas para dormir, un paquete de *Kleenex*, un dibujo de un sol muy grande con rayos de todos los colores, firmado por Camille, y un ramo de flores que dibujó Laila el año pasado para el día de la madre. En el fondo del cajón, muy doblado, un recorte de periódico con fecha de 21 de noviembre del 2006, donde leo el titular de una noticia: *Muere el físico afgano Ahmed Faizullah y su esposa Niloufar en un accidente de tráfico.* Conozco bien los detalles del suceso. Dejo el recorte donde estaba y cierro el cajón.

Al abrir los armarios admiro de nuevo ese orden y estilo impecables que yo no he conseguido nunca. Poca ropa, pero buena. Prendas combinables y adecuadas a todos los momentos: trabajo, deporte, reuniones con amigos, juegos con las niñas, fiestas, vacaciones. Ropa para las cuatro estaciones del año. En la parte de abajo del armario, hileras de zapatos muy limpios, usados pero no viejos. En los cajones, ropa interior perfectamente doblada, camisones, camisetas, suéteres. Los bolsos y las bolsas también están en su sitio, las joyas en sus estuches. No parece que falte nada. Miro las paredes; no han cambiado desde que Kate se deshizo de los colores fuertes y los adornos que sobrecargaban la habitación en los años en que la compartió con Ahmed. Un tono vainilla iguala todas las paredes y aporta el contraste mínimo con el blanco de los marcos de madera de las ventanas y de la puerta. Hay un solo cuadro; con un primer plano de flores silvestres, un fondo de hierba amarilla y una casa de porches sombreados que se ve a lo lejos. Conozco el cuadro; lo pintó la madre de Kate cuando todavía estábamos en el colegio. Miro hacia el suelo; la madera está bien encerada, los tablones son antiguos y cuidados. Al lado de la mesilla de noche donde antes vi los libros descubro una papelera. Dentro, varios *Kleenex* arrugados, algunos todavía húmedos. En ese momento me doy cuenta de que Kate tiene un problema importante y que, por algún motivo, ha preferido no confiármelo. Almorzamos juntas ayer y ella no parecía resfriada. Estaba, eso sí, algo rara. La descubrí un par de veces mirándome fijo y bajó los ojos cuando le pregunté qué pasaba. Recuerdo que comió poco.

¿Por qué?, me voy preguntando, mientras observo las habitaciones de las niñas, con su ropa en orden y sus peluches encima de la cama. "¿Qué te ha pasado, Kate?", digo en voz alta mientras entro en los baños, en los que todo está en su sitio. La casa ha sido ordenada a conciencia. Pero el orden parece excesivo. De pronto, algo me hace correr escaleras abajo, hasta la planta sótano, hasta el lugar donde Kate tiene su estudio y el cuarto oscuro, y las niñas su sala de juegos. Allí, el desorden es evidente: los juguetes de Laila y Camilla están todavía esparcidos por el suelo, el armario de la televisión abierto, los cajones de los videos y DVD's también. Conozco los títulos: muchas películas de Disney para las niñas, y algún clásico (*Sonrisas y lágrimas, Mary Poppins, Tú a Boston y yo a California*) que ya se consideraba como tal cuando Kate y yo éramos pequeñas. El resto es una mezcla de estilos, géneros y épocas. Series de televisión como *Retorno a Bridershead*, pero también *Friends*, comedias románticas como *Mi gran boda griega*, o *Cuatro bodas y un funeral*. Títulos como *Excalibur*, o *Titanic*, documentales de *National Geographic*, y poca cosa más. También veo la tarjeta de un video club. En las estanterías de las paredes se amontonan los libros: novelas, poesía, teatro, clásicos contemporáneos; literatura anglosajona en su mayoría, y algún clásico universal: *Madame Bovary, El Quijote*. Libros de fotografía, de cine, de cómo educar a los hijos, una historia de las religiones, una historia del Islam. Libros sobre Irán, Afganistán, Pakistán, guías de grandes ciudades europeas. Un folleto explicativo de las esculturas del museo de la Villa Borguese en Roma. Hay también pequeñas estanterías con música: clásica, country, celta, flamenco, mucha música árabe. También los temas de Elvis Presley y de los Beatles.

En el fondo de la sala está abierto el armario que esconde el ordenador de Kate. En el suelo, una papelera también con *Kleenex* usados.

Conozco bien esta zona de la casa y no creo que falte nada. Más bien parece que Kate no ha tenido tiempo, o ánimos, para ordenarla. Al rozar el teclado se ilumina la pantalla. Hay un texto escrito, parece una carta. Veo, con sorpresa, que está dirigida a mí. Me siento y leo:

Querida Susan,

Te escribo porque creo que eres la única persona que podrá entenderme, y aun así, me parece que te va a costar mucho. Me voy, Susan, lo dejo todo. Abandono incluso a mis hijas que son lo mejor que me ha pasado en la vida. Pero no quiero verlas sufrir. Prefiero que me recuerden así, con fuerzas para jugar con ellas, para leerles un cuento todas las noches, para llevarlas y traerlas del colegio, hacerles sus comidas preferidas, organizar vacaciones, coserles disfraces, planificar su futuro.

En un primer momento pensé que lo más fácil era acabar de una vez, pero no supe cómo hacerlo; me faltó el valor, no quise que mis hijas tuvieran que enfrentarse a algo tan terrible. Esta mañana he abrazado a Laila y a Camilla con todas mis fuerzas. También he intentado llamar a mis padres para despedirme. No he sido capaz. Tampoco me he sentido con fuerzas para hablar contigo. Por eso he escogido este sistema, cobarde y frío, pero útil.

Mis hijas van a necesitar una madre y el corazón me dice que tú siempre las has querido muchísimo. Cuídalas. Dales a ellas todo ese cariño que ibas guardando para los hijos que nunca te llegaron.

Sé que lo que te pido es excesivo, que mi forma de desaparecer de vuestras vidas puede pareceros egoísta e irresponsable, pero no he sabido hacerlo mejor. Dentro de un rato tomaré un avión con destino a una ciudad europea, donde me han dicho que pueden ayudarme. Por favor, no intentéis buscarme. Piensa en alguna historia hermosa para explicarles a mis hijas y que justifique mi desaparición. Asegúrate de que comprendan lo mucho que las quiero. Y también deseo que sepas lo importante que ha sido para mí nuestra amistad durante todos estos años. Perdóname que esta vez haya abusado de tu cariño.

Kate

Es ya noche cerrada cuando mi móvil suena y escucho la voz de Peter que quiere saber cuándo voy a volver. Me dice que Laila y Camille ya se han bañado, han cenado y no dejan de preguntar por su madre. Están todavía despiertas, esperándola.

BOOMERANG

María de La Cuadra (Uruguay, 1957)

Lo conseguí y no fue fácil. Después de mucho tiempo y juntando unos pesos de acá y otros de allá, logré reunir lo suficiente para pasar una noche en el lujoso hotel justo frente a nuestro edificio. Cuando reservé la habitación número trescientos dos, e insistí que si no la tenían libre entonces no me quedaba en otra, el conserje se sorprendió. Sucede que averigüé que ésta es la más enfrentada a nuestro apartamento. Por suerte estaba disponible. Mi marido y yo sólo tenemos tres ventanas, una en la cocina, otra en el dormitorio y la tercera en el comedor, todas dan a la calle. El panorama será perfecto. Lo divisaré nítidamente porque él, como siempre le digo, es un exhibicionista. Si no fuese por mí, estaríamos día y noche con las cortinas abiertas.

Desperté temprano. Federico cree que este fin de semana me voy a la casa de unas amigas frente al mar. Miré el cielo y justo llovía. Preferí cerrar las cortinas del dormitorio. Él, observó cuando yo guardé mi bikini, la comida y un tarro de café instantáneo dentro del bolso tratando de disimular mis otros cargamentos y antes que dijese algo le comenté: "no hay nada más agradable que bañarse en el mar cuando está lloviendo". Incluso recalqué: "sería ridículo llevar todas estas cosas si hiciese frío, pero escuché en la radio que mañana tendremos más de treinta y cinco grados. ¿Te imaginas qué placer?". Me miró como quién ve a un marciano. No puedo imaginar su expresión si supiese que además acarreo el teléfono inalámbrico y su largavista. Lo tengo todo calculado. En el apartamento tenemos dos teléfonos pero él no se va a extrañar cuando no encuentre el inalámbrico. Siempre lo pierde en los lugares más insólitos. Un mes atrás me senté en el lobby del hotel con este maldito teléfono en mi cartera hasta que por fin sonó. Comprobé que el alcance es suficiente. Supongo que funcionará igual tres pisos más arriba. El plantón de dos horas fue insoportable. Nos llaman continuamente y justo ese día el teléfono parecía enmudecido. Yo aparenté que esperaba a alguien aunque todos me miraban de forma extraña. Desconozco por qué, si después de todo ese día hasta me vestí bastante formal, simplemente usaba una pollera naranja tableada y una blusa a rombos negros y amarillos. Quizás me movía demasiado. Sin embargo, valió la pena la espera, porque cuando por fin llamó su mamá, no sospechó que la atendía desde otro lugar. Ni siquiera comentó de interferencias, y eso que su vieja escucha hasta lo que murmuran detrás de las paredes. Por lo tanto, querido Federico, las llamadas que hagas o recibas pasarán por mi astuta investigación. Del celular no me preocupo, lo tenemos cortado desde hace tiempo por no pagar la cuenta.

Acabo de llegar al hotel a las corridas. Él dijo que se quedaría un rato más en la cama, sin embargo me apresuré porque temí que de repente cambiara de idea y podría verme ingresar aquí. Mi actitud de nuevo le pareció rara al portero del hotel porque con el acelerado ingreso dejé la puerta giratoria volteando en forma continua, parecía una calesita, pero qué importa, cada uno hace lo que se le antoja cuando tiene plata para pagar un lugar como éste.

Y ya estoy dentro de una habitación del mismo tamaño que nuestro apartamento, hasta me atrevería a decir que es aún más grande. Lástima que sólo disfrutaré el espacio pegado a la ventana. Acabo de mover un pequeño escritorio hacia allí para tener un lugar cómodo donde apoyar todo lo que necesito. Enciendo mi primer cigarrillo y espero. No entiendo por qué Federico hoy duerme tanto. Ya tendría que correr las cortinas del dormitorio. Me entra la duda si no habrá salido justo en el momento que yo hablaba con el conserje. Si es así, toda mi investigación se iría a la mierda. Mejor tomo un café. Estoy segura que la otra vendrá por la tarde. Miro el cielo. Sigue gris pero ya no llueve. Por fin él corre las cortinas. El corazón me da un brinco. Tapate imbécil, ¿no ves que estás en pelotas? Si en este momento otra pasajera del hotel te mira desde su ventana de seguro que se recalienta contigo. Te observo con el largavista y noto que entrás al baño. Es el momento exacto para probar si aquí funciona el teléfono inalámbrico. Lo prendo y siento el tono de línea libre. Perfecto. El alcance también llega hasta el tercer piso. Cuelgo al tiempo que salís del baño y vas para la cocina. Sigo tus movimientos y no lo puedo creer. Pensar que cuando estoy contigo decís que no sabés hacerte ni un sándwich y ahora hasta te preparás huevos revueltos. Si serás mentiroso. Tragás sentado en la banqueta de la cocina. Tu imagen es deprimente. Parecés un cerdo. ¿Cómo alguien puede devorar todo eso en tan pocos minutos? Dejás los platos sucios y vas al dormitorio. Te tirás sobre la cama y prendés el televisor. Qué te puede interesar ver en la tele un sábado y a ésta hora. Ya sé, estás haciendo tiempo y esperás para ducharte justo antes que venga ella. Pero las horas pasan. Son las tres de la tarde. Me pregunto si será normal que un hombre permanezca tanto rato quieto y tirado en una cama con un control remoto en la mano. Tu único ademán es el del dedo pulgar cambiando canales. No los conté pero diría que hiciste ese gesto unas seiscientas veces. ¿Nunca se te acalambrará la mano? Estoy en estos divagues cuando de pronto te levantás (por supuesto que seguís desnudo), vas a la cocina, abrís la heladera y sacás una botella. La empinás sobre tu boca. Parecés un comercial de la televisión. Recorro con el largavista todos, todos tus músculos, estás para comerte. Tosés y salpicás cerveza. Quizás sos un poco animal para beber la cerveza, pero supongo que nadie es perfecto y suspiro. Volvés a la cama. Comienzo a impacientarme. A las corridas voy al baño. Retorno, te observo, y nada ha cambiado. Lo mejor entonces es almorzar, después de todo vine a vigilarte no a empezar una dieta. Cuando estoy por morder mi primer bocado de un sándwich de pollo quedo con la boca abierta porque veo como con increíble rapidez vas a la cocina y después de buscar por todos lados encontrás el detergente. Lavás los platos. Ahora volvés a la habitación y arreglás la cama. Debe de quedarte poco tiempo para ordenar la escena antes de que venga ella. El estómago se me acalambra. Mi corazón late cada vez más fuerte pero igual termino de darle un mordiscón al sándwich. Mastico en forma histérica. Suena el teléfono inalámbrico entre mis piernas, arrojo el sándwich al suelo. Sostengo con una mano sucia de mayonesa las venas de mi cuello que parecen querer saltar. Lo buscás por todos lados. Sin saber leer los labios sé que estás puteando. Corrés hasta el living donde encontrás el teléfono fijo. Espero a que levantes el auricular y enseguida hago lo mismo. Ruego que no escúches ningún sonido extraño. Sólo oigo que decís: "Número equivocado" y cortás. ¿Será una clave entre ustedes? Trago mi súper machado bocado de pollo y cuelgo. Ya son las cinco de la tarde y el clima no mejora. De nuevo entrás al baño. Por lo que demorás supongo que te estás duchando, por eso yo también corro al mío pero para hacer pis. Al ver la bañera con jacuzzi me dan unas ganas tremendas de usarla. Después de todo, eso también lo tengo pago, pero bueno, otra vez será. Flexiono los brazos agarrotados y masajeo mis codos enrojecidos. Esto de mantener un largavista todo el tiempo sobre los ojos no es cosa fácil. Retorno la posición de observación. Al rato salís del baño. Mi sospecha era cierta porque te cubrís con una toalla ajustada a la cintura. Qué mino, parecés un escocés. Abrís tu closet y te ponés sólo unos calzoncillos. Engullo otro sándwich. Creo que algo no anda bien en mí. Debería perder el hambre en este momento y, por el contrario, a los manotazos abro un paquete donde únicamente queda un pedazo de torta y me lo atraganto. Me sorprendo al darme cuenta que a solas mis modales son peores que los de Federico. Intento calmarme. Uno, dos, tres, soplo. Tres, dos, uno y vuelvo a soplar. Parece que la taquicardia se va pasando. Me sirvo otro café, ya tomé como veinte. Estuvo bien traerme el alargue eléctrico para el hervidor, si no hubiese perdido valiosos minutos yendo y viniendo a llenar mi taza. Empieza a oscurecer y el voile de esta ventana no permite verte claro. Lo corro. Mirás para afuera. ¿Por qué no prendés la luz de una vez? No termino de decir esto cuando lo hacés. ¿Será transmisión de pensamiento? Ahora tu imagen es nuevamente perfecta. Ahí seguís, aunque en este instante lees de pie un suplemento deportivo. Seguramente no querés arrugar la cama. El teléfono sigue mudo y no me atrevo a comprobar si funciona o quedó bloqueado. ¿Qué mierda está pasando? Se supone que algo, algo, tendría que suceder, o será que mis amigas tenían razón y los celos me tienen loca. Las horas corren, y nada cambia, caminás del dormitorio a la cocina, y de la cocina al baño y del baño al sillón y yo sigo con la cola adormecida sobre ésta silla. De nuevo mirás televisión. ¡No podés ser tan aburrido! De pronto te levantas y te acercás a la ventana. Casi caigo de espaldas. Tuve la sensación de que me veías. Abrís la ventana de par en par. Es rara tu mueca. Pareces sorprendido. Te asomás y observás directo hacia donde estoy yo. Qué estúpida, porqué habré dejado las luces encendidas. Trato de cerrar las cortinas pero se enganchan en la ventana. Me mirás, me mirás y me señalás. Y yo también te veo y quiero explicarte pero no puedo. Y con la cabeza parece que decís, no, no, y de pronto con violencia me das la espalda y yo con todas mis fuerzas grito repetidamente tu nombre. El teléfono de la habitación suena. Corro a atenderlo. Me piden explicaciones por mis gritos. Entre llantos respondo: "mi marido descubrió que estoy aquí, y no sé cómo explicárselo". Siento que me cortan en el oído, cuelgo, a los tropezones llego hasta la ventana, veo nuestras cortinas cerradas, y lloro, maldigo, suplico. Desesperación sin sentido, porque con lo celoso que es, sé que las cerró definitivamente para mí.

SABORES DE ESTAMBUL

María Cristina Beovide (Argentina, 1945)

Aquella mañana inolvidable llovía obstinadamente. Me despedí en el Hotel Crystal de mis amigos que regresaban en un vuelo de mediodía en el cual yo no había conseguido pasajes. Nos agradecimos mutuamente el viaje, que fue de maravillas, garantizado por años de compartir las funciones de los martes del Cine Club Núcleo, a lo que se sumó en los últimos tiempos el gusto por la milonga. ¡Habíamos pasado ocho días increíbles!

Para evitar el malestar de mi transitoria soledad, intenté ocuparme de las cosas que debía resolver antes de mi partida. Por eso encaré con decisión el camino hacia el negocio en el que dos días atrás había encargado un CD con las fotos de la estadía en esa ciudad fascinante que es Estambul. Desde afuera vi que estaba colmado de clientes. Bajé con cuidado los escalones pues era un local que como tantos había quedado por debajo del nivel de la vereda debido a la construcción de las autopistas. Apenas entré el comerciante levantó la mano y me señaló pronunciando unas palabras incomprensibles. Cuatro hombres se pararon frente a mí armando un semicírculo, y quedé acorralada. Uno de ellos sostenía unas cuantas fotos en sus manos y parecía indignado. Me largué a llorar. No entendía ni jota de lo que me estaba sucediendo. Pensé: ¿policías turcos? ¿maderos? ¡Mierda! ¿Dónde me metí?

Una o dos horas después me llevaron a un pequeño cuarto sin ventanas y caí abatida en la silla que me ofrecieron. Un traductor de aspecto deshilachado, como salido de un taller de aprendiz de sastre, me decía: "Solo dos trajeron fotos para un disqué. Una eres tú." "¿Y mis fotos?" "No saben nosotros. Esas fotos que tú dices no vemos allí." "Mis fotos ¿dónde están?", pregunté con desesperación. "No fotos están, no fotos." El pobre sabía tanto español como yo inglés. El hombre me mostraba fotos con precaución de no exponerlas a mi furia. No las soltaba, tanto que tuve que esforzarme para verlas. Eran horribles. Una mujer bañada en sangre con un encapuchado/a o en-burkado/a que la sostenía mientras, otro le acercaba al cuello un cuchillo cuyo recorrido podía anticiparse.

Por un instante la cabeza se me fue lejos. Recordé los momentos precedentes a este hecho, buscando causas, motivos, explicaciones. Mis amigos habían regresado a Buenos Aires en el vuelo de las 13. Yo no conseguí pasajes y debía volar rumbo a Londres a las 21, y a Buenos Aires unas horas después. ¿Y ahora qué?

Me sentía tan desprotegida que envidiaba a las mujeres afganas que recorren sufrientes las páginas de *Mil soles espléndidos* pero que siempre están custodiadas por un hombre. Recordé a Ernesto que se mostró preocupado por mi ánimo cuando me despedí de ellos y me quedé sola en el Hotel Crystal. Un ligero temblor recorrió mi cuerpo.

El traductor intentó explicarme que no quedaba claro qué participación había tenido yo en el hecho. Entendí que había una lista de nombres de mujeres que ya habían sido asesinadas y otra con futuras víctimas. Creo que se refería a una de las fotos de una hoja blanca con escritura evidentemente turca.

Esa misma tarde me trasladaron a una habitación de una cama, mesita con velador, toalla y papel higiénico. Un biombo otrora colorido disimulaba un retrete y un lavabo. Me pareció, por la mirada de la mujer que me acompañó, que se disculpaban por la precariedad del lugar.

Un poco más serena, acepté un café turco muy sabroso y tuve ganas de dormir. Soñé con las extrañas fotos que supuestamente había parido mi digital y con el eficaz policía griego Kostas Jaritos que era convocado para resolver el caso. Y lo resolvía. Se trataba de una broma. De una simple broma. Ninguna muerte real. Todos revivían y se echaban a reír.

Al despertar me resultó imposible detener mi mente. Relajáte, me decía a mí misma. Sorpresivamente me asaltó la convicción de que esto que me estaba sucediendo era la consecuencia de un acto injurioso que cometí con los musulmanes. El efecto de mi obstinación por entender una subjetividad desconocida. Resulta que unos días antes habíamos cruzado el Bósforo recalando en la parte asiática de Estambul. Llevada por la curiosidad implacable (tal vez la misma que me condujo a ser psicoterapeuta) me había cubierto la cabeza con un pañuelo verde oscurísimo, y con espíritu de estar haciendo algo furtivo ingresé, zapatos en mano, a la primera mezquita que encontré a la salida del puerto. Mis amigos me esperarían afuera, seguramente revoloteando como niños. Parece que todos nos ponemos un tanto infantiles cuando intentamos entender una cultura tan diferente que nos provoca extrañeza.

En la mezquita los hombres se expandían tanto como los nuestros cuando se sientan en el colectivo, con las piernas semiabiertas y nosotras tenemos que juntar nuestras rodillas y pensar que ellos no pueden apretujarse los genitales. Digo entonces que se expandían en un gran ambiente como la nave de las iglesias católicas pero sin asientos. Escuchaban al orador que hablaba desde un púlpito (o algo parecido cuyo nombre desconozco).

Yo no encontraba el recinto de las mujeres hasta que una figura enfundada en una túnica negra se escabulló por una puerta pequeña y yo me metí detrás de ella. Se trataba de un lugar lleno de mujeres en racimo, como amarradas entre sí. Aun viendo los rostros perplejos, al parecer por mi presencia, no retrocedí. Una mujer me daba indicaciones incomprensibles y parecía muy fastidiada. Me senté sobre un estante con divisiones donde descansaban varios pares de zapatos. Yo sostenía los míos como si se trataran de un amuleto que me acompañaba. El murmullo sancionador crecía. La pared del frente del pequeño recinto era un enrejado de maderas cruzadas que impedía ver al orador, tan solo se lo escuchaba.

Una piadosa me hizo un lugar en el piso a su lado. Me zambullí entre la mujer y su vecina pero temía que se generara un problema entre todas por mi intrusión, ya que continuaban discutiendo. Me levanté entonces en silencio, recuperé mis zapatos haciendo malabares y salí pisando manos y pies. Y con cara de pedir disculpas.

Me produjo alivio encontrar a mis amigos a una cuadra de allí, tomando café turco los unos y té de manzana Ali Babá los otros. Estaban sentados en pequeños banquillos fuera del bar y se divirtieron con mi anécdota. Después de la fallida experiencia, fallida porque reconozco que no me aportó nada sobre la subjetividad musulmana, no me gustó escuchar que un policía turco había interrogado a mis compañeros de viaje acerca de una mujer que sacó fotos sin autorización a un creyente que en la puerta de una mezquita, en el lado europeo de Estambul, celebraba el ritual del lavado de cara y cuerpo antes del rezo diario. ¡La mujer era yo! Claro, era una broma de mis amigos, pero yo venía con la cola entre las patas.

Más me preocupé al recordar lo sucedido con el guía musulmán respecto de la situación de las mujeres en Turquía. Habíamos visitado el Palacio de Topkapi y el guía contó que el harén, que en árabe significa cosa prohibida, reservada, era la parte del palacio a la que no podían acceder hombres salvo los eunucos, cuya sexualidad no era temida porque la desgraciada castración los inutilizaba. En general eran negros traídos de África y hacían todos los trabajos considerados de hombres. El guía contó que algunos varones se empleaban en condición de eunucos y no lo eran. Y disfrutaban de las mujeres del harén. Nos reímos con ganas de la venganza de las mujeres para con aquellos que se creían sus dueños. Y el guía no nos acompañó en el divertimento.

Todo se me venía en contra. Y cada vez sentía más responsabilidad respecto de mi detención. Recordé cuando Julia se decidió por fin a comprar una lámpara en el Gran Bazar. Tres tulipas llenas de vidriecitos ámbar, caramelo, rojos, que impresionaron a mi amiga. Nos imaginábamos de pie en el descanso de la escalera de su dúplex mirando con fascinación la lámpara turca y sus destellos sobre la pared color salmón. Pero para poder pensar y tomar la decisión de la compra fue necesario sacarse de encima al vendedor que atosigaba al grupo. Nos sentamos en uno de los tantos barcitos del lugar a tomar un té de manzana verde. Y es probable que hayan escuchado nuestros comentarios acerca de la habitual e insoportable insistencia de los vendedores. Aunque no descarto que hubiera en nosotros cierto goce al huir de la persecución en medio del laberinto de especias y telas coloridas, en esta ciudad aromática y de interminables ofertas que es el Gran Bazar.

En esa misma conversación criticamos la forma de presentar la mercadería, amontonada y expuesta en el frente de las tiendas. Y nos jactamos de nuestra estética tan similar a la europea.

O sea, que cada vez que avanzaba en mis pensamientos me daba más cuenta de que no había logrado entender nada de esa cultura novedosa y tan diferente.

Sola, en ese cuarto iluminado con un velador de luz tenue, sentía que la cabeza me conducía al horrible encierro de la paranoia. ¿Merecería yo tanto castigo?

Mi equipaje aún estaba en el hotel y la policía se encargó de ponerlo a resguardo.

Tres o cuatro días después se produjo otro homicidio. La víctima estaba marcada con un signo similar a una cruz en la lista siniestra de las fotografías. Me dio miedo. Sentí que yo misma podía estar en riesgo de muerte. La mujer logró cortarle un dedo al homicida aunque no pudo evitar desangrarse y morir. Ese dedo y la sangre serían probablemente la prueba de mi inocencia. El traductor me informó que de todos modos debía esperar el análisis del ADN de unos cuantos pelos y demás que hallaron en el escenario de los anteriores asesinatos.

Diariamente recibía, y a esa altura de los acontecimientos esperaba ese momento con ganas, una única visita: un hombre cubierto por una túnica color manteca que, tras saludo con la vista baja, se ponía de espaldas en la estrecha puerta de la celda y recitaba supongo que El Corán. El primer día me sobresalté pensando que se trataba de la extremaunción musulmana. Me di cuenta que estaba decayendo porque hora tras hora renovaba mi sensación de que no saldría viva de este asunto.

Mi aspecto ya era el de cualquier musulmana tradicional. Vestida con ropas negras y anchas (como el hábito de las monjas católicas) y un pañuelo para la cabeza. Recordé la calle de los pañuelos que estaba colmada de sedas, algodones, lycra con estampados vivaces y variedad de colores. El mío era negro. De todos modos vestía con gusto esas ropas porque me hacían sentir menos extranjera.

Mi tío, el pariente más cercano pues vivía en Barcelona, me mandó una esquela en un inglés precario (luego el tío me explicó que se vio obligado a escribir en inglés ya que no entendían el español y desconfiaban del contenido de la misiva). Me vino bien saber que estaba cerca aunque le prohibían la visita por el momento.

Una noche, que fue la última, ocurrió algo muy extraño. Un turco bellísimo de ojos negros y brillantes entró en la celda, ni sé cómo, puso un dedo suavemente sobre mis labios pidiendo silencio, me abrazó con ternura, y con una inolvidable pasión mutua tuvimos relaciones sexuales. Luego nos dormimos. Cuando desperté estaba sola, ni rastros del pícaro. Entonces pensé que yo estaba decididamente loca y descreí de lo ocurrido. Pero los efectos sobre mi cuerpo tan laxo y tibio, con las fosas nasales impregnadas de los olores fuertes y penetrantes de Estambul, me ofrecían una prueba única pero contundente.

Nunca supe si fue un sueño o si sucedió. Fue tan sabroso como el kebbeh arrollado con el queso adentro, o como un plato de comida especiada. Una noche de pasión en medio de tanto padecimiento.

Yo creo que hubo algo de complicidad en el apuro de la mañana siguiente cuando me llevaron al aeropuerto sin traductor que pudiera explicarme qué pasó con el ADN, con mis fotos, con el amante nocturno. Todos desbordaban de amabilidad y la asistente de burka me despidió con la mirada húmeda. Me encontré con el tío después de pasar todos los controles. Él estaba indignado, por supuesto.

Nos dieron pasajes en bussiness para Barcelona. Me quedé unos días con la familia y fue bueno, porque regresé con la cabeza menos aturdida.

Como muchas cosas en la vida, se trató de una experiencia tan siniestra como sabrosa. Nunca temí que naciera un niño con cara de turco porque estoy menopáusica. Y ese final de viaje, sin fotos, sin amigos, con un erotismo imprevisto y con el tío anciano, deambulando del consulado español al argentino y de allí a la puerta de la cárcel, quedó aprisionado en la oscuridad del interior de una burka.

Y me gusta saborearlo con increíble frecuencia.

NATUK
Ana Quirós del Bosque (España, 1976)

Cuando Fernando sacó la última caja y cerró la puerta, hace más de un año, fue como si me amputaran un dedo del pie. Desde fuera puede parecer exagerada esta afirmación, ya que Fernando y yo no éramos parientes, ni amigos, ni siquiera teníamos una relación cordial entre vecinos. Simplemente era el inquilino que habitaba el piso de abajo, al que saludaba en los pasillos de la corrala cuando nos encontrábamos alguna que otra vez.

Nuestra relación se basaba en el sonido. Las barreras arquitectónicas delimitaban el espacio de cada uno, pero en lo que se refería al ritmo cotidiano, a las notas de la sintonía diaria, no había obstáculos, la pared era como un filtro de papel de fumar que nos despojaba de nuestra intimidad impúdicamente. Por eso, aunque no le conociera, sí le conocía. De hecho le conocía mejor que a muchas de las personas con las que convivo a diario. Durante cinco años mis tímpanos habían estado recibiendo vibraciones de sus quehaceres, de sus costumbres, de sus gustos. Sus conversaciones telefónicas me habían revelado un sinfín de datos acerca de su personalidad: su forma de hablar, su voz, sus opiniones, sus amistades, su familia. Digamos que yo era lo equivalente a un *vouyeur*, pero en lugar de deleitarme con la visión podía llegar al paroxismo del cotilleo a través del oído.

El edificio, una corrala antigua repleta de pasillos y galerías, me había disgustado un poco al principio de mudarme, pero pronto descubrí que para alguien procedente de un pueblo de mil habitantes es como un oasis en medio del desierto. Las casas se disponen en galerías alrededor de un patio abierto, y aunque la media de edad supera los sesenta y cinco años, la vida fluye de puertas para fuera, sobre todo en verano. Con el buen tiempo los pasillos que circundan el patio se llenan de partidas de cartas, nietos y cháncharas.

La soledad es una mala compañera cuando te topas con ella sin buscarla. Fernando era para mí como el compañero de piso con el que sólo compartes espacio pero no te hablas, sin embargo te gusta que esté ahí, que respire, que haga ruido. Nos levantábamos más o menos a la misma hora y los dos escuchábamos el telediario. A mí, mientras desayunaba, me gustaba pensar que él también hacía lo mismo. Me gustaba oír como cantaba en la ducha, le gustaba el rock, como a mí. Aunque era bastante ecléctico; siempre había un disco de fondo rebotando contra la pared. Clásico, rock, pop-rock, heavy, blues, country, el repertorio era increíble; me imaginaba sus estanterías repletas de CDs. Dudo que él se interesara tanto por mí, en realidad no sé si repararía mucho en mi existencia. Creo que no tenía novia, nunca percibí ningún indicio al respecto; no vi a ninguna chica entrar en su casa, no oí ningún ruido que revelara una presencia femenina y tampoco escuché ninguna conversación telefónica en la que se pudiese intuir algún tipo de relación. Cinco años compartiendo paredes y rutinas, cinco años fantaseando con conocerle, maquinando estratagemas para lanzarme al vacío y de repente, de la noche a la mañana, él desaparece sin dejar rastro.

Le gustaban las películas de aventuras y las del oeste; género al cual yo tengo bastante aborrecido. Salía a correr, jugaba al póker con sus amigos casi todos los viernes en casa, y los sábados salía. Era un tipo bastante normal, con gustos y comportamientos normales, muy apto para alguien como yo, muy normal.

Le observaba desde la ventana cuando bajaba a tirar la basura. En bermudas y con zapatillas de estar en casa me resultaba muy atractivo. Creo que no tenía un trabajo estable. Al contrario que yo, él sí se relacionaba con el resto de convecinos, y de vez en cuando, le sorprendía preocupándose por la salud de algunos o por la familia de otros.

En síntesis, desde que me escape del yugo materno, mi vida se resume en: trabajo (programadora informática), casa (horas de lectura) y casa (horas de Fernando). Devoré hordas de libros cuando llegué a Madrid. En el pueblo también leía, pero mucho menos. Como el trabajo y el trasegar de mi existencia por las calles grises de Madrid amenazaban con acabar con mi salud mental, me refugiaba en los libros. Me obsesioné con las novelas de aventureros y exploradores; ascetas que lo abandonaron todo y fueron más allá de lo conocido, de lo seguro, adentrándose en paraísos e infiernos ocultos para el resto de los mortales. Fueron lejos para encontrar algo que tenían muy cerca, pero que les era vetado por motivos sociales, educacionales o religiosos. En aquellas tierras extrañas, llevando al límite sus fuerzas y exponiéndose a peligros inútiles, lograron lo que la mayoría con su seguridad vital no logran nunca: encontrarse consigo mismos. Permanecía días y semanas enteras embaucada con sus historias, la lectura no llenaba mi vacío existencial pero entretenía bastantes horas anodinas que de otro modo hubiesen pasado demasiado despacio.

Son las ocho de la tarde de un viernes gris húmedo de octubre. El plan es quedarme en casa, nada extraordinario en mí. Viene Cristian a verme, un amigo que vive en la otra punta de la ciudad, a una hora y cuarto de camino en metro, esta noche se queda a dormir aquí.

Veremos la tele y comeremos pizza. Los viernes no tengo fuerzas para nada que no sea chándal y vegetar en el sofá. Cuarto de hora tarde pero con botella de vino en mano aparece el susodicho.

Tras la ingesta de grasas e hidratos de carbono, la mesa rebosa de bordes de pizza y servilletas, pero las copas siguen llenas, ahora de otra botella que tenía reservada para la ocasión. La tele encendida nos acompaña en la velada; costumbre heredada de la casa de mis padres.

—¿Hay alguna juguetería Dolly´s por este barrio?

—Ni idea, no me suena. ¿Por?

—Es que me ha dado por coleccionar barbies de diseño.

Me interesa el tema. Cristian es una persona muy peculiar, con intereses poco convencionales y obviamente homosexual. Le conocí cuando hacíamos prácticas en la misma empresa y desde entonces mantenemos una sólida amistad. Es el tipo de persona que alguien sumido en la abulia necesita mantener a su lado.

—¿Barbies de diseño? ¿Y se puede saber qué coño es una barbie de diseño?

—Pues son Barbies especiales, de algún personaje famoso, como por ejemplo una actriz o una cantante, o incluso protagonistas de alguna película. Mira ya tengo a Cher, a la que sale en *Eclipse*, a Olivia Newton en *Grease*, pero disfrazada de animadora. Me molaría tener también a la Olivia del final de la peli, con el pelo rizado y el cuerpo embutido en la camiseta y las mallas negras.

Me río. Ahora es lo único que necesito. Noto el alcohol fermentado de la uva corriendo por mis venas corroyendo poco a poco mis neuronas y estoy cada vez más alegre.

—Tengo unas veinte. Espera que te enseño unas fotos. —las veo borrosas, bañadas por las lágrimas de hilaridad que me produce su nuevo hobbie— Ya ves, como una auténtica vieja marica chiflada. Las tengo en la vitrina del salón. Mi preferida es Rupaul, mi última adquisición, y me ha costado la friolera de cincuenta euros. Sabes quién es, ¿no? —cara de estupor— Un travesti negro que se tira a Elton John. ¿Sabías que hay gente que les borra la cara con disolventes y luego se la pintan? Sí, sí, y ellos mismos les confeccionan los trajes, les hacen casas… Hay concursos.

Bebo como si esta noche se fuera a acabar el mundo, mientras Cristian habla y habla sin parar.

—¿No sales con nadie?

—Me estas vacilando. Llevo sin salir con nadie desde lo de Álvaro. Ya estoy hasta el coño, me he resignado, seré una solterona el resto de mi vida. Tendré toda la casa llena de barbies, perros y gatos, y de vez en cuando me tiraré algún mozo que se encuentre en la plenitud de la vida.

Como yo, no tiene suerte en el amor, aunque por lo menos sí en el sexo.

Ahora están de moda los programas de emigrantes: *Castellano Leoneses por el mundo*, *Españoles por el mundo*, *Extremeños por el mundo*, *Callejeros viajeros*, y así todos. En la tele empieza uno de tantos. No me gusta verlos, me entra la claustrofobia de estar aquí atrapada en Madrid. El de hoy es *Españoles por el mundo: Groenlandia*. La curiosidad me obliga a obnubilarme ante la belleza del ártico y la forma de vida de los Inuits, ancestral y salvaje. Noto el pulso pausado de su existencia y la oscuridad de sus gélidos inviernos. Mientras observo la paz insondable de los Indlandis, voy entrando en un dulce trance provocado por la mezcla de sueño y alcohol. El aletargamiento reptiliano se rompe cuando quedan quince minutos para que finalice el programa. En la pantalla de mi televisor plano de veintiocho pulgadas, aparece alguien tan desconocido como venerado por mí; sin duda alguna es Fernando. Es él, no, no es él, no puede ser. El corazón me late desbocado como un caballo loco. Tiene el pelo largo y una barba espesa oculta el enigmático rostro que durante meses subyugó mi entumecida mente a una ilusión.

Sonríe, parece feliz con su vida en los confines del planeta, vive en un pueblo llamado Narsarsuaq. Cristian ronca, no le despierto, me concentro para escuchar a Fernando, ya se lo contaré todo más tarde. Cuenta que los inviernos son largos y que la temperatura es de menos treinta grados bajo cero. En esa época trabaja en una fábrica donde procesan camarones, una de las principales fuentes de ingresos del país. En verano, trabaja para los turistas y prepara excursiones de aventura con kayaks. Acompaña a la reportera en uno de esos kayaks a navegar entre icebergs que configuran formas imposibles. En la entrevista termina diciendo emocionado que ha encontrado su destino.

En los días siguientes efectúo más de veinticinco llamadas a los estudios de televisión española. Quiero averiguar la dirección o el email de Fernando para escribirle. Cuando vivía en el piso de abajo, apenas le miraba a los ojos cuando nos cruzábamos en el portal, y ahora que está a cuatro mil kilómetros de distancia siento la necesidad imperiosa de comunicarme con él.

Soy víctima de malhumores y malos modales; vapuleada por la rutina de telefonistas y administrativos cabreados. Finalmente en uno de los teléfonos que he conseguido hablando previamente con otras siete personas, tienen la deferencia de darme una dirección de correo electrónico: fernandoadventuregreenland@gmail.com.

El vigor que me impulsó a conseguir la dirección, se esfumó al tratar de escribir una misiva coherente. Comencé a negativizar cada uno de los aspectos de mi vida, y llegué a la conclusión de que a mis treinta y nueve años debería intentar tener de una vez una relación normal.

Pasaron dos meses de tiempo físico, pero de una absoluta permanencia vital. El tiempo psicológico siempre es distinto; a veces transcurren años en un solo mes porque los acontecimientos se precipitan y los cambios nos abruman, y otras, sin embargo, pasan años y todo se mantiene en un estado de estancamiento, los días se suceden como una canción pausada que se repite constantemente.

La semana llega a su cénit y yo no tengo ningún plan. Cristian va a estar todo el fin de semana en "La convención nacional de Barbies". Debería ampliar mi campo de amistades. Me doy cuenta de que las opciones que tengo para cruzar el marco de la puerta de casa, con algo que no sea el chándal se reducen al mínimo. Cristian tiene un grupo de amigos con los que sale a menudo y no puedo contar siempre con él. Tengo otra amiga del pueblo que se vino a vivir a Madrid, pero este fin de semana se va a ver a su familia.

El tedio nubla mi raciocinio y enciendo el ordenador. Mis dedos, al ritmo del hastío teclean:

Hola Fernando,

Te parecerá raro recibir este email, aunque no más raro que a mí escribirlo.

El destino puso nuestros caminos cerca, pero no quiso que se cruzaran. Fui tu vecina de arriba durante cinco años, y aunque respirábamos prácticamente el mismo aire, no sé si en algún momento reparaste en mí.

Sólo quería decirte que te vi en el programa "Españoles por el mundo" y que te envidio por la decisión que tomaste de irte a vivir a Groenlandia.

Un saludo,

Claudia

Dejo el ordenador encendido mientras se descarga una película que quiero ver. Como es viernes, decido preparar algo de cena y abro una botella de vino. Normalmente no bebo sola, pero hoy necesito lubricar el ánimo, debilitado gracias a otra cena de viernes no compartida.

Antes de irme a la cama veo en la bandeja de entrada del correo que tengo un nuevo email.

Estimada Claudia:

Me acuerdo de ti. Ha sido una sorpresa bastante inesperada recibir tu correo. Aquí el invierno es puro frío y oscuridad. No hay dónde ir. El mar está congelado y los barcos no llegan. Cualquier acontecimiento que rompa el orden, por otro lado deseado, de las cosas, es una fiesta.

Te preguntarás qué hago aquí en la isla más grande e inexplorada del planeta.

La vida es extraña, es impermanencia, aunque en estos meses mis días transcurren lentos bajo la oscuridad del cielo. Gracias por escribirme Claudia, si te apetece podemos estar en contacto,

Fernando

Cuando me despierto en la mañana me contemplo en el espejo, y siento, ante mi propia estupefacción, una ola de felicidad. Se acordaba de mí, y no sólo eso, quería que mantuviéramos el contacto. Y mientras el café de la mañana baña mi garganta embriagándome con su suave aroma, fantaseo como hacía tiempo que no lo hacía. Imagino que cojo un avión rumbo al ártico, dejando, tras cinco años de pleno aburrimiento, mi trabajo de programadora informática. Me uno a la empresa de multiaventura de Fernando y trabajo para él como guía. Todo es blanco, hermoso y frío. Sus labios, escondidos tras la espesura de la barba se acercan para besar los míos.

Enciendo el ordenador y busco la predicción del tiempo en Narsarsuaq para hoy. La máxima es de cero grados y la mínima de menos once, y sólo estamos a principios de octubre. Abro el correo sin saber muy bien qué contestar al mensaje del día anterior. En la bandeja de entrada hay otro correo de Fernando, enviado por la noche a las cinco menos cuarto de la mañana. Como una adolescente alocada cliqueo dos veces y leo:

Estimada Claudia.

No puedo dormir. Llevo tiempo perdido en estas tierras salvajes, respirando, viviendo. Quiero que comprendas que nunca fui muy aventurero, en realidad nunca me hubiese lanzado a cruzar el océano si no hubiese sido porque conocí a una mujer. Sí, conocí a una inuit, Natuk, mientras estudiaba en Dinamarca mi tercer año de grado en Historia del Arte. Era muy distinta a las mujeres con las que había estado, con un espíritu libre y fuerte, idiosincrasia del pueblo Inuit. Ella estudiaba para ser dentista en su pueblo, Narsarsuaq. Nos enamoramos locamente y nos fuimos a vivir a un piso de estudiantes con su hermano Alex y su amigo Ujarak.

Ella siempre me hablaba de su país y de su intención de ejercer allí su profesión. Yo insistía en las bondades que ofrecía España, con el fin de convencerla con el tiempo y llevármela allí. Llegaron las vacaciones de verano y me invitó a pasar unos días en su casa. Aquel lugar me conmovió. Era sublime, de una belleza incalculable, como sumergirse en las aguas cristalinas del océano en calma, un espectáculo para los sentidos. Las casas de colores diseminadas en un verde infinito, el silencio empapando cada instante, derramando su candor. Me enamoré de aquel lugar, igual que lo había hecho de Natuk. Regresé a España con la firme convicción de volver a Groenlandia. Natuk me advirtió que el invierno en esas latitudes era duro y que quizá no me acostumbrase al ritmo pausado de esa vida y a la oscuridad. Nos escribíamos todos los días por email, y así mantuvimos la relación. Terminé mis estudios aquel invierno y planeé mi viaje al ártico para el verano.

Bueno Claudia te debo dejar, se me ha hecho la hora de regresar al trabajo.

Un abrazo, Fernando

Estoy deseando que Fernando continúe con su historia, y deseo firmemente que Natuk ya no esté en su vida. Si hay un atisbo de esperanza de un posible acercamiento entre nosotros, sólo será posible si la inuit ha desaparecido de escena.

Llamo a Cristian para informarle de los últimos acontecimientos. Para variar solo habla él. Está entusiasmado tras acudir a la "Convención de Barbies 2013". Allí se ha encontrado con un amigo que había conocido por internet. Después de un largo rato de soliloquio, consigo contarle mi epopeya romántica. Lejos de hacerme caso, me dice que cada día estoy peor, que me busque un tío real con el que echar un polvo y me deje de esquimales, tierras lejanas, osos polares y focas. Le agradezco su sinceridad y me vengo abajo.

Contesto a Fernando por la tarde. Pongo en evidencia mi interés por su historia y le invito a que continúe narrándomela. Pasa una semana. Me impaciento y miro cien veces al día el correo. Por fin el viernes aparece en la bandeja de entrada: tiene un nuevo mensaje.

Estimada Claudia,

Perdona la interrupción de estos días. Como te iba diciendo, preparé mi viaje para el verano. Llegué un cuatro de julio. Un sol espléndido regaba el verdor infinito, y comprendí por qué Erick el Rojo bautizó a aquellas tierras como Greenlands. Los pequeños inuits trotaban por los prados, mientras hombres y mujeres de pieles curtidas por el frío llevaban a cabo sus labores cotidianas.

Cuando llegué a casa de Natuk, sus padres me dijeron que ya no vivía ahí, que se había trasladado a la capital. Perplejo por la noticia les di las gracias y exploré sus rostros afables en busca de respuestas. El hermetismo de sus ojos me sumió en un maremagnun de miedos y dudas. La emoción que sentí al llegar a Narsarsuaq se había disuelto por completo.

Me dirigí al aeropuerto en busca de un vuelo que me llevara lo antes posible a Nuuk. No tardé en conseguir uno, salía a primera hora del día siguiente. El hielo cuarteado por la llegada del periodo estival cubría el océano y yo estaba frío y roto por dentro, como esa masa helada que cambiaba en cada momento. Tardé dos días en encontrar a Natuk y, cuando al fin hallé la casa donde vivía, sus ojos negros rasgados abrieron la puerta, su piel morena y sus dientes níveos abrieron la puerta, su vientre abultado me abrió la puerta. Sentí una brisa helada en la nuca. Su pelo azabache trenzado y una chaqueta de lana larga y multicolor dibujaban su silueta dentro del marco, yo la observaba como el que admira por primera vez una gran obra de arte en un museo. Y me invitó a pasar. Tenemos sopa de gambas y caribú para el almuerzo.

En el salón había un hombre sentado en la mesa, robusto y primitivo. Me miró a través de sus ojos arcaicos y me fue presentado como Malik. Significa "ola", me dijo Natuk mientras servía los platos. Comimos prácticamente en silencio; sólo se rompía de vez en cuando con mi voz o la de Natuk para preguntar por la familia, el tiempo o mi viaje. Malik no habló hasta el final y sólo para decir que regresaría al caer el sol mientras cogía su escopeta. Prácticamente todos los inuits llevan escopetas, puesto que o son cazadores o pescadores.

Cuando la puerta se cerró, Natuk se levantó y se puso de pie detrás de mi silla. Comenzó a acariciarme el pelo y yo cerré los ojos ahogándome bajo sus dedos de luz cálida. Le pregunté si el hijo era mío y no contestó. Nos besamos en silencio mientras acariciaba su vientre; mis ojos se cerraron con fuerza impidiendo que las lágrimas corriesen libres por los párpados, cristalizando en mi interior. Entonces sentí que el niño era mío, no lo puedo describir con palabras, pero lo supe. Tendidos en la cama, extasiados por el amor, puro y agonizante, un amor pétreo y tibio, oscuro como el invierno groenlandés, pregunté de nuevo si el hijo era mío, y de nuevo un silencio que rasgaba mi cuerpo de arriba abajo, inundó la habitación. Entonces se proyectó en mi mente la cara de Malik. Quién es él. Es mi marido, el hijo es suyo.

Volví a Narsasuaq y cogí el primer vuelo a Reikiavik. Como tenía unos ahorros decidí permanecer en Islandia durante unos días. En mi vida no había planes ni perspectivas, así que la aventura de un viaje en soledad era lo mejor que podía hacer. Aquellos días fueron extraños. La belleza de los paisajes se mezclaba con las batallas que libraba en mi interior. Llevaba meses viviendo en el futuro, haciéndome cábalas mentales que guiaban mi rutina. Natuk y un cambio drástico de vida me hacían más soportable el paso del tiempo. Había estado planeando realizar un documental cuando me fuese a vivir allí, se titularía "Hijos del frío", y tenía la idea de vendérselo alguna televisión. Ahora nada de eso tenía la menor importancia.

Te escribo, Fernando

De nuevo la incertidumbre me abrasa. Me convenzo de que no están juntos. Quiero irme al ártico con él, sin embargo pienso que no sé si podré sobrevivir allí mucho tiempo. El frío y la oscuridad me aterran. Me gusta la luz y el calor, siempre he sido más feliz durante la primavera y el verano. Llamo a Cristian y le digo que me voy a ir a vivir a Groenlandia. Me contesta que a ver si quedamos en su casa, que me tiene que enseñar la barbie que le han regalado en la convención, que está maquillada y vestida por un diseñador que además era muy guapo y que casi se le liga. Como la conversación no me está ayudando en absoluto, pienso en cortarla cuanto antes. Diez minutos escuchando las aventuras del fin de semana de Cristian me han dejado más confusa de lo que estaba. Tras pertrecharme con unos pantalones de pana, un jersey gordo, botas de montaña, cazadora, guantes y bufanda, bajo corriendo las escaleras y conduzco rápido en dirección a Guadarrama. Tardo más de media hora en llegar a la montaña y ya está anocheciendo. Pienso que si sobrevivo una noche entera en el monte, seré capaz de vivir en el polo con Fernando. Aparco el coche y empiezo a caminar por una pista. No sé dónde voy y la linterna alumbra muy poco. El miedo corroe la excitación y el vértigo que me produce pensar en lo que estoy a punto de hacer. Si sobrevivo, mañana mismo me compro el billete de avión. Camino durante dos horas seguidas, no siento el frío. La naturaleza me engulle. Una paz insondable recorre mis arterias alimentando cada una de las células de mi cuerpo. Llego a un riachuelo y me siento cada vez mejor, me quito las botas y los calcetines. Meto los pies en el agua helada, soy una inuit, una salvaje. Rendida por los nervios y el esfuerzo, duermo bajo los pinos. Cuando está amaneciendo camino hacia el coche embriagada por la experiencia.

Ya en casa, echo un vistazo al correo. Hay un email de Fernando con unos archivos adjuntos; son fotos. Las abro antes de leer. En ellas aparece un niño de unos siete años que se parece bastante a él.

Estimada Claudia,

Continúo la historia de mi vida donde lo dejé el otro día. Cuando regresé a España, decidí no volver a leer ningún mensaje de Natuk. Ella me iba escribiendo una vez a la semana o cada quince días. Yo no borraba sus emails, y éstos se iban acumulando en el correo. Busqué trabajo por todas partes sin encontrarlo. Sólo me salían ocupaciones esporádicas: impartir algunas clases, guía ocasional de exposiciones en museos... Compraba mucha cerveza y por las noches me las bebía hasta que la ebriedad me anulaba por completo. Un tarde en la que el alcohol circulaba libre por mis venas, abrí un correo de Natuk. Hablaba de Anori, su hijo, de lo mucho que había crecido y que se parecía cada vez más a mí. También contaba que su clínica dental funcionaba muy bien y que vivía feliz con Malik en Nuuk.

Aunque no conseguía olvidarla, me hice a la idea de que jamás volveríamos a estar juntos. Sin embargo, mi inadaptación a la vida en la gran ciudad y a la vida en general, me llevaron a comprar de nuevo un billete de avión hacia tierras lejanas. Y aquí me encuentro ahora, en el invierno austral.

Disfruté mucho con los reporteros del programa de Españoles por el mundo. Poco a poco voy grabando mi documental "Hijos del Frío".

Bueno, esta es mi historia ¿cuál es la tuya Claudia?
Fernando

Le contesté enseguida, sin pensarlo. Enviaría el email y prepararía mi huida.

Estimado Fernando,
Mi historia no es tan interesante como la tuya. La mía es la de una chica de pueblo que viene a la gran ciudad y no se integra. Se instala en un piso de una vieja corrala y permanece aislada del mundo exterior. Con el tiempo se interesa por su vecino del piso de abajo; escucha sus ruidos, le ve salir y entrar, y se enamora de él. Pero un día, éste desaparece antes de que ella se haya decidido ni siquiera a mantener una conversación trivial en el rellano.

El resto ya lo conoces,
Claudia

Anori se acerca y me da un beso. Sus ojos rasgados, herencia de Natuk y la boca de labios carnosos, herencia de Fernando, me sonríen. Cada día se parece más a su padre. Han pasado siete años desde que llegué a estas tierras, paraíso e infierno helado a partes iguales. Siete años desde que Fernando me acogió en su casa y nuestra relación evolucionó únicamente hacia el amor fraternal; Natuk era una presencia constante en nuestras vidas. Una llamada, un hijo en común y un marido celoso. Fernando voló a Nuuk y no regresó. El niño estaba en el colegio. Hubo un enfrentamiento entre Fernando y Malik. La escopeta, un disparo certero que borra para siempre el brillo de los ojos rasgados de Natuk. El siguiente es Fernando, y finalmente, con el arma que fue sustento de vida, termina con su propia vida.

ALTRUISMO EN CRISIS...

Rosa García Calleja (España, 1963)

Me despierto mareada y con ganas de vomitar.

Miro el despertador y compruebo que apenas he dormido dos horas seguidas. Me doy la vuelta y, nada más alargar el brazo, recuerdo con amargura que ese lado de la cama sigue estando vacío. Lleva así casi cinco meses, justo desde el día en que Carlos decidió irse con nuestra secretaria, llevándose consigo todos los ahorros y dejándome sin más opción que engrosar la cola del paro.

Debería estar furiosa, lo sé, pero estoy tan agotada que ni para eso tengo fuerzas. Paso por una mala racha y difícilmente puedo concentrarme en la rutina del día a día.

Busco las zapatillas, incluso bajo la cama, pero no las encuentro. Seguramente en el trasiego de la noche las he dejado olvidadas en algún lugar de la casa.

Descalza me dirijo a la habitación de las niñas. Empujo ligeramente la puerta, y con la poca luz que llega desde el pasillo tengo suficiente para comprobar que están plácidamente dormidas. Me acerco sigilosamente para no despertarlas y le pongo a Marta el termómetro bajo la axila del brazo que tiene libre. Me fijo en su carita y no puedo evitar que unas lágrimas salgan con urgencia y me desdibujen la visión. Desde que su padre se marchó no hay un solo día en que no pregunte por él. No comprende que haya decidió vivir una vida sin nosotros.

Dormida parece mucho más niña. Lleva un par de días con fiebre bastante alta y le han salido unos surcos oscuros bajo los ojos que le confieren un aspecto triste. Esta noche los antitérmicos no le han hecho mucho efecto y he pasado toda la noche visitándola para controlarle la temperatura.

De soslayo noto que algo se mueve a mi derecha. Me vuelvo rápidamente y con sorpresa compruebo que se trata de *Kiss*, nuestro perrito, que ha decidido pasar la noche bajo la cama de Laura, la chiquitina de la casa. Por lo que veo, ha utilizado mis zapatillas como almohada.

Intento quitárselas pero se resiste con un gruñido y, como no deseo que se despierten, opto por seguir descalza.

Agarro el termómetro y verifico que la fiebre le ha bajado un poco.

Las arropo con el edredón y salgo de la habitación sin hacer ruido.

Sigo caminando por el pasillo y abro la puerta del cuarto de Daniel. Parece mentira que tenga veinte años, nunca antes había visto una habitación más desordenada que esta. Miro hacia su cama y veo que está acostado enredado entre la ropa. Me acerco, recogiendo las cosas que voy encontrando por el suelo. Desenchufo el portátil que por enésima vez se ha dejado abierto sobre una pila de libros apoyados en la silla. Una vez junto a él, observo que se ha vuelto a dormir vestido; es buen chico pero un verdadero desastre.

Cuando estoy saliendo de allí casi de puntillas, una voz ronca hace que dé un respingo:

–Mamá... –me llama Daniel.

–¿Qué, cariño? –le contesto en un susurro.

–¿Hoy tienes la entrevista?

–Sí.

–Suerte.

–Gracias, la necesito –digo al salir.

La verdad es que me urge conseguir un trabajo, mi marido... bueno mejor dicho, mi ex marido nos dejó en bancarrota. Tampoco tengo familia a la que acudir en busca de ayuda. Si mis padres vivieran seguro que nos echarían una mano sin dudarlo, aunque fuera acompañado de un "Ya te lo dije", tributo que yo asumiría con resignación. Pero, en fin, esta es mi situación actual, separada, tres hijos, muchas deudas y sin trabajo.

Cuando llego a la cocina, abro los armarios y la nevera para ver qué hay para desayunar. En total: medio litro de leche, un yogurt, unas galletas de coco y una manzana un poco mustia. Me decido por la manzana, el resto se lo dejo a ellos que lo necesitan más que yo. Con un cuchillo le quito los trozos más ajados y me la como sin mucho apetito.

Me fijo en el reloj de la cocina y veo que son más de las ocho de la mañana, así es que me voy cuanto antes a mi habitación a vestirme para la entrevista.

Con el armario ropero abierto, me dispongo a elegir el atuendo. De la agencia de empleo me dejaron un aviso en el contestador. No concretaron el tipo de trabajo, tan sólo indicaron la hora y la dirección a la que debía ir. Muevo las perchas hacia un lado y me pregunto si de entre todos estos trajes chaquetas, camisas de seda y vestidos de fiesta puedo sacar una indumentaria adecuada para la ocasión.

Descuelgo un par faldas y unas cuantas camisas. Pero me parecen demasiado elegantes y las descarto casi al instante. Busco algo que sea más de sport. Desconozco el perfil que necesitan y prefiero ir vestida de manera informal.

En uno de los cajones lo encuentro, junto a la ropa de esquí: unos tejanos y un suéter de cuello alto que me pongo con urgencia. Con tanta búsqueda la hora se me ha echado encima.

Salgo de casa y al pasar por el jardín me doy cuenta de que el cartel está torcido y unas ramas de enredadera tapan alguna que otra letra. Las despejo con cuidado para que puedan leerse sin problemas.

Menuda frase. "Se vende." Dos palabras, tan sólo son dos palabras, pero unidas adquieren un significado especial. Aunque lo único que me invoca son los sentimientos de amargura e imposición. Amargura: porque llevo más de veinte años viviendo en ella; es mi hogar, donde han crecido mis hijos, donde he vivido los mejores momentos de mi vida y quiero quedarme aquí. Imposición: porque yo no me lo he buscado; porque cada día que pasa deseo que todo esto no hubiera ocurrido.

Camino calle abajo con paso firme.

Un poco más adelante hay una parada de bus que me llevará al centro, me doy un poco más de prisa porque veo que hay un autobús detenido y creo que es el mío. Las puertas se están cerrando y, aunque me quedan escasos metros para llegar, echo a correr porque no me va a dar tiempo, seguro que no llego. En un último intento para que se pare, no me queda otra que alzar los brazos y vociferar tan alto como me llega la voz. Todo ha sido en vano. El vehículo ha marchado y lo único que he conseguido ha sido que los viandantes se giren mirándome horrorizados, como si me hubiera vuelto loca o algo parecido. Siento vergüenza, tanta, que quisiera volatilizarme. Nunca antes había chillado en público, ni siquiera la vez que me atracaron en plena calle y les di el bolso sin rechistar con tal de no llamar la atención. Y aquí me encuentro ahora, como un pasmarote en mitad de la calzada, sin saber muy bien qué hacer.

Me acerco al panel informativo y compruebo que hasta dentro de media hora no vendrá el próximo. No puede ser, en veinte minutos he de estar allí y no tengo dinero para coger un taxi. Tan sólo dispongo de la T10 que me dejó mi hija y llegaré tarde si espero al siguiente.

¿Qué hago? Tengo que pensar… seguro que se me ocurre algo.

Mientras le doy vueltas al asunto veo aparecer a Ramón, el tendero, con la furgoneta de reparto. Lo conozco desde hace muchos años y sabe de mi situación. Se lo dije cuando me quedé sin blanca. Ya no podía encargarle los comestibles y tuve que prescindir de sus servicios.

—Ramón, por favor —le digo agitando la mano.

Extrañado se para junto al bordillo bajando el cristal de la ventana:

—Dígame Teresa —me pregunta solícito.

—Sé que te puede parecer descabellado, pero necesito que me hagas un favor. Te aseguro que no te lo pediría si no fuera muy importante.

—No se preocupe y dígame lo que necesita.

—Tengo que estar en el centro en menos de diez minutos. Concretamente, en el edificio Numancia.

—Ningún problema —me contesta, saliendo como una bala del vehículo para abrirme la puerta.

Su reacción ha sido tan pronta y asombrosa que consternada me echo a llorar como una tonta.

—¿Qué le ocurre? —me pregunta asustado.

—Nada, nada… es que acabo de darme cuenta de que aún quedan buenas personas.

—Tampoco es para tanto… —dice, ofreciéndome una caja de *Kleenex*.

—Lo siento, últimamente estoy muy sensible.

Ramón pone en marcha la furgoneta y sortea con maestría los vehículos recorriendo el trayecto que nos separa de mi destino en menos tiempo del previsto.

—Gracias Ramón, no sé cómo pagártelo.

—Ha sido un placer y que tenga suerte en la prueba…

Agradecida como estaba, por ese gesto tan amable y desinteresado, me acerco a él y le doy un beso en la mejilla.

Ramón atónito me sigue con la mirada mientras marcho caminado hacia la entrada del edificio. En cuanto entre buscaré al conserje para que me diga dónde se celebra la prueba, él seguro que lo sabe.

Ya una vez en el interior compruebo que no es necesario. La enorme cola que sube por la escalera hacia el piso superior me indica exactamente dónde debo ir. Me acerco tímidamente y pregunto:

—Perdona, ¿aquí es donde hacen la prueba para el trabajo?

—Sí, han dicho que esperemos que ahora nos llamarán —contesta un joven sentado en uno de los escalones.

Las piernas me flaquean de tanta tensión y me apoyo en la pared. Estoy nerviosa, pero no por examinarme sino por la incertidumbre. Siempre he temido no saber a qué me enfrento.

Doy una ojeada al personal que se ha presentado y lo cierto es que más variado no puede ser. El murmullo que hay de fondo me marea. Se nota en el ambiente que la gente se está impacientando y comienzan a subir el tono de voz.

Al rato la cola avanza sin que pueda detectar el motivo. Al parecer los primeros están entrando. El rumor cesa y como autómatas nos acercamos a una sala diáfana donde numerosos pupitres nos esperan.

Los asientos se van cubriendo secuencialmente comenzando desde el final y a medida que vamos entrando. Como soy de las últimas personas en llegar, me toca en la primera fila, junto a la entrada.

Me siento en la silla y coloco el bolso en el suelo, entre mis pies. Cuando todos estamos ya instalados, un señor de mediana edad se sitúa en el centro del aula y reclama nuestra atención. Nos cuenta que esta prueba forma parte de un proceso de selección para una empresa de primer orden, que no se esperaba tanta acogida y lamenta que seamos tantos porque sólo hay diez plazas de empleo. Nos desea suerte y da la orden de que comiencen a repartir los impresos.

Tras ponernos boca abajo y encima de la mesa las hojas del examen, nos comunican que disponemos de dos horas para realizarlo y que no se nos permite coger absolutamente nada que no sea el bolígrafo y el examen.

En el momento en que nos dan la señal de que podemos empezar, le doy la vuelta al cuestionario con curiosidad.

La primera de las hojas es de datos personales.

Nombre y apellidos: Teresa Pujol i Ferrer

Edad: 43 años

Estudios: Ingeniería industrial, Master en Cálculo y optimización de estructuras espaciales, Master Ingeniería acústica y de vibraciones... Ahora que pienso, será mejor que no los ponga todos, he leído en algún lugar que a veces que no quieren que el empleado tenga demasiados conocimientos. ¡Es tan complicado esto de facilitar datos sin saber a qué se oposita!

Bueno sigamos, aquí pongo la dirección, el teléfono.

Aquí, el último trabajo realizado, ¡uff!, no sé si ponerlo o dejarlo en blanco porque si digo que hasta hace poco tenía mi empresa de ingeniería y *consulting*, dudaran, de forma automática, de mi competencia.

Ante la duda lo dejo en blanco, como si fuera fruto del descuido.

A mitad de la hoja aparece una ristra de series numéricas, hay que poner el valor que sigue en la sucesión. A simple vista veo que son sencillas. Pongo los valores donde el recuadro está vacío y ya está, he finalizado la primera hoja.

Al girarla y descubrir la siguiente, veo que está repleta de series, pero esta vez son figuras geométricas, miro la siguiente y son sinónimos, antónimos...

Mientras las estoy cumpletando noto que el bolso vibra junto a mis pies. Es el móvil. Sobresaltada me viene a la mente la fiebre de Marta. ¿Y si le ha ocurrido algo? Ostras, dijeron que no podíamos coger nada una vez empezado el examen, pero si lo hago mientras no miran, puede que no se den ni cuenta. Si pudiera ver aunque sólo sea el número de teléfono que llama. Si es que la mala suerte me acompaña, encima estoy en la primera fila a la vista de todos. Alargo el brazo para cogerlo al tiempo que inclino mi cuerpo, pero al observar que uno de los que vigilan se vuelve hacia mí, me rasco la rodilla para disimular.

Este trabajo es muy importante, pero mi hija lo es más. A riesgo de que me expulsen agarro el bolso y alzándolo por encima de mi cabeza intento llamar la atención de cualquiera de los responsables.

—Por favor, puedo mirar la pantalla de mi móvil, me están llamando y tengo a mi hija enferma, sólo quiero saber quién llama... —suplico con la cara descompuesta.

Uno de ellos me mira con el ceño fruncido, como si no entendiera lo que estaba pidiendo. El que se encuentra más próximo me dice cordialmente:

—Por supuesto que sí, pero después lo cierra.

Con rapidez busco el móvil dentro del bolso. Quién me mandaría comprarme uno de tipo saco, con todas las cosas mezcladas sin orden ni concierto.

Me lleva un rato localizarlo y cuando lo tengo entre mis manos deja de sonar. Con nerviosismo pulso la tecla de llamadas perdidas y por el número que aparece compruebo que la dichosa llamada era del 1004; el de atención al cliente de telefónica. Aliviada busco con la mirada al que me permitió hacerlo y le digo "gracias" moviendo los labios. Devuelvo el bolso a su lugar y me concentro de nuevo en el examen.

Acabo con las tres primeras páginas y cuento las hojas que me quedan. En total son siete. Les echo un vistazo e impresionada por la cantidad de preguntas que tengo que contestar, me detengo en algunas que leo con detenimiento.

¿Se enoja por cualquier cosa aunque no tenga motivos? ¿Ha pensado que la vida no vale la pena? ¿Se siente vagamente culpable, cuando descansa y no hace nada durante varias horas o varios días? ¿Aprieta con frecuencia las mandíbulas, hasta el punto que le rechinan los dientes? ¿Se siente observado o seguido por alguien? ¿Tiene dolores de barriga frecuentemente?

Madre mía, ahora sí que tengo que tener cuidado, como responda lo que siento en este momento, no me cogerán ni por asomo. Contesto a todas y cada una de las casi cuatrocientas preguntas. Cuando finalizo me encuentro agotada y aturdida.

Repaso por encima las hojas y verifico que no haya fallos. Miro a mí alrededor y advierto que la mayoría ya ha abandonado su puesto. Con los documentos en una mano y el bolso en la otra, me levanto y me incorporo a la fila para entregarlo en una mesa al final del pasillo.

Una vez fuera, respiro con alivio. La suerte está echada, pienso esperanzada. Me marcho a que me dé un poco el aire. Camino en dirección al parque que se encuentra al otro lado de la calle. Allí me encuentro con Sara, una de las compañeras de universidad de mi hijo Daniel, sentada en un banco.

–Hola Sara, tiempo que no te veía... –la saludo dándole dos besos.

–Sí, ahora estoy muy liada con tanto trabajo que nos mandan en la Facultad.

–Tienes razón, Daniel está igual. Y, ¿qué te trae por aquí?

–He venido a una oposición aquí enfrente.

–No me digas, ¿en el edificio Numancia? –pregunto sorprendida.

–Sí, ¿por qué?

–Pues porque yo también me he presentado; ya sabes por lo que estamos pasando y con tantas deudas es vital que encuentre empleo cuanto antes –le confieso sonrojada.

–Creo que medio pueblo está aquí, con tanta crisis. A mí es que me encanta comprarme ropa y claro, me da cosa pedirle tanto dinero a mis padres y así tendré para mis gastillos. A ver si tenemos suerte las dos.

Después de un rato de conversación, mirando el reloj le digo:

–Ya es la hora, vamos a ver si están los resultados.

–¡Sí, vamos, que estoy impaciente!

Subimos los escalones y al llegar a la primera planta, vemos un grupo de personas que se agolpa tratando de mirar un listado colgado a media altura de la pared. Son tantos que es imposible aproximarnos. Me pongo de puntillas, pero con tanta cabeza no veo nada. De pronto, oigo una voz jubilosa que dice:

–Teresa, soy la quinta. ¡Qué bien!

–Pero, chiquilla, ¿desde dónde hablas? –le pregunto al descubrir que se trata de Sara.

Seguro se ha colado por algún hueco, no hay nada como ser joven.

–Estoy aquí, junto al listado.

–Ya que estás ahí, mira en qué posición he quedado... –le pido con inquietud.

Pasado un instante veo aparecer a Sara de entre la gente con el gesto compungido.

–¡Mierda!, estás en la once –maldice con rabia.

—¡Vaya! Casi lo consigo, no pasa nada, seguiré buscando… —digo, intentando auto consolarme.

—Ya, pero tú lo necesitas ahora —se queja Sara.

—En serio, encontraré algo pronto, no te preocupes.

—¿Puedes esperarme un momento Teresa? Voy al lavabo.

Pasan varios minutos y Sara no vuelve. ¿Le habrá pasado algo? Cuando ya preocupada me dirijo a buscarla, oigo una voz grave y solemne que dice:

—Señora Teresa Pujol, pase por el aula por favor.

Me doy la vuelta inmediatamente al escuchar mi nombre. ¿Por qué me llamarán? Será que la chica se ha caído en el lavabo y ha dado mi nombre para que vaya a buscarla. No, si tienen razón cuando dicen que las desgracias nunca vienen solas.

Me acerco donde se me requiere con cierto temor. Cuando ya estoy casi frente a la puerta, veo salir a Sara sin un solo rasguño y la mar de bien, cosa que me alegra, aunque al cruzarse conmigo me guiña el ojo con una sonrisa y el desconcierto me invade.

El señor que nos había dado el discurso en el examen, me hace una seña para que me acerque. Más intrigada que nunca voy a su encuentro.

—¿La señora Teresa Pujol? —me dice.

—Sí, yo misma.

—La llamo porque como ya sabrá ha quedado en la undécima posición y eso quiere decir que está excluida, ya que como informé con anterioridad nada más hay diez plazas. Pero está de suerte porque una renuncia de última hora ha hecho que usted avanzara un puesto, por lo que en este momento está dentro de las diez vacantes.

— ¿Sí? ¿En serio? ¿Tengo el trabajo? —digo pletórica, pensando en lo feliz que me acaba de hacer Sara en este momento.

—Así es, ahora forma parte del grupo de reponedores del Supermercado Díaz.

NIGHT HOUSE

Astrid del Pilar Martínez Fernández (Colombia, 1988)

> *Yo no puedo pedir un aro de Saturno para mi delgado puño*
> *ni una cinta de agua para amarrar tristezas.*
> *En cambio, sí puedo ofrecer la excitante abertura*
> *que centra mis labios.*
> Clemencia Tariffa

La primera vez que la vi, me sentí atraída por ella. Era un día frío y la lluvia golpeaba la ciudad. La casa tomaba un aspecto descolorido, una casa azul, que desprendía olor a menta y sudor, una casa de apariencia normal durante el día, pero conforme a la oscuridad se iba transformando, alzándose con los avisos de neón para los que buscaban consuelo. Un consuelo efímero y placentero.

Aquella casa no superaba las cuatro plantas, era profunda. En la entrada se observaba una barra llena de licores, donde hombres viejos y algunos jóvenes desgraciados gastaban la mísera quincena en compañía de jóvenes voluptuosas. En el centro, una pista de baile, en medio dos tubos de *pole dance* donde danzaban las más expertas, alrededor sillas y mesas para los clientes. En cada planta había extensos corredores, cuadros de desnudos al óleo, los pisos elaborados en un material semejante al mármol y las paredes lucían un color verde manzana, lo que daba una sensación de tranquilidad. Un pequeño hall de espera con muebles forrados de cuero negro y ocho habitaciones enormes, cada una con una confortable cama, adornadas vistosamente por la dueña de la casa. En el último piso, las habitaciones donde se alojaban las jovencitas.

Fui contratada para embellecer a esas pequeñas putas que no superaban los veinticinco años. No podía decir que no, como ellas no pudieron decir no, un no equidistante al vacío y al sufrimiento, como al hombre que no le dan a elegir entre la luz y la oscuridad, y nace para permanecer ciego, de esta manera llegué a habitar esta casa.

Era sábado cuando Salomé llegó de vacaciones. Traía una enorme maleta y un abrigo colgando de su brazo. Estaba mojada, temblando de frío, el cabello desparramado, semejante a una niña que ha jugado por horas debajo de la lluvia, brincando sobre los charcos que iba encontrando a su paso. Su rostro se adornó con una sonrisa algo infantil. Las saludó a todas. Por último, la dueña de la casa me presentó rápidamente como la nueva estilista. Ella sostuvo su sonrisa y me saludó como si nos conociéramos de toda la vida.

Los días trascurrieron y yo arreglaba uñas, cabellos quemados, resquebrajados por el uso y el tiempo. Allí éramos dos las estilistas, así nos repartíamos las labores; entre todas las mujeres Salomé, era poco exigente. Su rostro angelical la eximía de tanto maquillaje burdo y grotesco que solían llevar las más usadas, las más amargas. Era fácil entrar en su mundo, en sus gustos sencillos y aun ingenuos. Fueron pocas las veces que habló de lo que le solicitaban los clientes o de su vida, tal vez buscando la manera de evadir esos instantes que se iban trasformando en recuerdos que parecían mortificarla. No era mucho lo que ganaba, pero era lo suficiente para sobrevivir en una ciudad pesada, envidiosa, pequeña e ignorante, un pueblo con ínfulas de ciudad.

En ocasiones, me miraba con un aire de complicidad y solía desnudarse sin ningún tipo de pudor, la observaba frágil, sensual mientras se acercaba con pasos lentos como un felino acechando a su presa, podía jurar que lo hacía de manera intencional, que disfrutaba verme ruborizada, intentando salir de la habitación apresuradamente. Luego de esos episodios, solía llamarme como si nada hubiera pasado, para que continuara con el ritual de belleza, riendo disimuladamente.

Muchas veces pensé en renunciar. Desde que ella llegó, los días dejaron de ser iguales. Las noches se hicieron largas y un pensamiento no dejo de rondar mi mente. Cómo no recordarla blanca, sensual, apetecida por muchos, más aún por su corta edad, sus ojos claros, delgada, esbelta, tendida en el diván rojo de la enorme habitación, y esa excitante abertura de los labios, sus pequeños senos, blanquísimos como ella. En esos instantes me habría gustado lanzarme entre esos pechos, mordisquear sus labios húmedos, enroscarme en esa cintura tan breve como la noche, noches perdidas cuando vendía su cuerpo al mejor postor. Esas noches alucinantes por el alcohol y la cocaína que solía consumir antes de entregarse a su oficio.

Muchas noches soñé enredándome en ese cabello que desprendía olor a almendras, apretando su cuerpo junto al mío y convenciéndola de que era mejor estar lejos de esta agreste ciudad que nada ofrecía, de esos hombres fofos y gordos llenos de billete y totalmente desgraciados, pero yo que era una cobarde, hija de padres conservadores, educada bajo principios católicos, me remordía la idea de haber descubierto que Salomé taladraba en mis pensamientos.

Un viernes, como era usual, le arreglé el cabello, las uñas y luego la maquillé. Un silencio grave rodeaba la habitación. Esta vez no pronunció palabra. Al cabo de un tiempo un suspiro hondo y triste emergió de ella, me fijé en su rostro. Pensé en su soledad, en su trágica belleza que la condujo a ese lugar. Al terminar recogí los elementos, me aproximé a la puerta para salir de la habitación. De repente, ella rompió ese mismo silencio, se levantó brusca y rápidamente de la silla, dirigiéndose a la puerta, y puso el seguro, se quitó la bata que ocultaba su desnudez, tomó mi rostro con las dos manos y lo acercó al suyo, cerré los ojos queriendo omitir su imagen, para no hundirme en sus ojos llenos de soledad, sentí su aliento fresco respirando en mi rostro, y la humedad de sus labios en los míos. Siguió besándome hasta dirigirme al borde de la cama, hábilmente me quitó cada prenda y en par de segundos estuve desnuda. Se volcó sobre mi cuerpo tembloroso y torpe, sus manos sostuvieron las mías y recorrieron aquel cuerpo impregnado de lluvia y melancolía. Algo en mí estaba cambiando, seguí recorriéndola sin ayuda, sentí su humedad, el sabor a noche, a lágrimas pesadas, a licor barato. Me enrosqué en ella, trasnochada, en ese cuerpo profanado muchas veces, lamí sus pezones blandos y rozados, y su olor, ese olor a almendras salpicó la habitación, ese olor, que por un instante compartimos.

Un sueño pesado me arrastró a lo hondo de la cama, un sueño que no logro recordar. Cuando desperté, ella no estaba. No sé cuánto tiempo pasó, era tarde, recorrí la habitación intentando revivir cada detalle, pero faltaban cosas. Las pertenencias de Salomé no estaban. Me detuve en la ventana. Ella estaba ahí como la primera vez, su maleta y el mismo abrigo con el que la vi llegar también la acompañaban. Minutos después, un hombre corpulento vestido de negro llegó en una camioneta. El mismo hombre subió el equipaje y abrió la puerta. Salomé observó la ventana, vi en sus ojos un adiós sin regreso. La vi partir.

Desde entonces, no he sabido lo que es fundirme en otro cuerpo que no tenga ese mismo sabor a lluvia y a melancolía. Decidí embriagarme de licor barato, de lágrimas pesadas, de sudor, de cuerpos trasnochados, decidí ser odiada, ser excomulgada y venderme cada tarde y cada noche, a quien lleve tacones y minifalda.

SEÑORA, AQUÍ TIENE SU ZAPATO
María Jesús Franco Durán (España, 1964)

Para aquella mujer del callejón

Cuando era niña presencié una pelea en la calle. Era el mes de diciembre y hacía tiempo la penumbra se había apoderado de las fachadas de los edificios, de aquellas personas envueltas en abrigos que salían sólo con un monedero en la mano, a pesar de las temperaturas, para comprar media barra de pan o los tres botones para reponer en algún mandilón de uso obligatorio que sus hijos llevaban a la escuela.

La falta de luz solar tampoco era inconveniente para que cada tarde, cuando terminaba los deberes, me dedicara a hacer los recados que precisaban en mi casa. Yo aún no había cumplido los diez años, pero como era la hermana mayor, mi madre siempre me enviaba a comprar tal o cual cosa: una bobina de hilo que debía lograr el color exacto del diminuto retalito de tela que llevaba con mucho mimo en el bolsillo, un cuarto de kilo de harina para rebozar las pescadillas de enroscar que pensaba servir a la hora de la cena o un rollo o dos de papel higiénico, áspero como la piel de un elefante, que me mandaban comprar en la droguería cuando no nos quedaba otro remedio, pues el dueño y único dependiente de la tienda, que tenía su puesto en el mercado, sólo tenía clientes para las grandes emergencias por ser el más carero del barrio. El encargo más necesario que los otros, el más imprescindible, consistía en recoger a diario el litro y medio de leche que a mi madre le guardaban en la vaquería desde hacía años y que yo iba a buscar cada tarde, a las ocho, recién ordeñada para deleite de mi hermana la pequeña... Regresaba a casa despacito, muy modosa, para no derramar por el camino ni una gota de aquella lechera de aluminio limpia como una patena, y que no me regañaran, pues yo anhelaba que volvieran a confiarme los encargos, siempre por la tarde, claro, que en mi casa nunca me dejaron faltar al colegio ni mi madre se quedó jamás dormida en las obligaciones que se derivaban de sus cuatro hijos tan seguidos.

Digo que hacía bien los recados para tener un pretexto y así darme un garbeo en medio de una tarde gris de aquel invierno en que yo había recibido más tareas que otras veces, con la perfecta y cierta excusa de que ya había cumplido un año más y de que ya podían confiar en mí para más cosas. Eres mis pies y mis manos, me decía mi madre orgullosa cuando yo regresaba de los mandados con el dinero de vuelta dentro de mi diminuto puño que apretaba para que no cayeran las monedas. Le echaba las cuentas minuciosas, tantas pesetas de esto y tantas de lo otro, mientras ella me miraba como con cara de estar pensando: hay que ver mi hija lo que está creciendo, si hace dos días era una criatura que mamaba de la teta. Yo estaba de acuerdo con la afirmación de su fuero interno y asentía, sin darme cuenta, porque era verdad que estaba haciéndome muy mayor y otra vez se me habían quedado cortas las mangas del suéter marrón claro que había heredado de la hija de la señorita, una azafata de vuelo que tenía empleada en la limpieza diaria a una tía de mi madre que vivía en Villaverde Alto. Imaginaba a aquella señora siempre volando y de compras por aquellas ciudades exóticas que no sabía pronunciar (ni la tía tampoco), muy rica en su elegancia y sus dineros, cargada de prendas y de golosinas de colores estridentes que adquiriría para sus dos hijas ya un poco adolescentes, subida en sus tacones perfectos, con la melena rubia teñida en la mejor peluquería de su barrio exquisito, y caminando por la acera con el aplomo y estilo de los que se saben con posibles desde el día que nacieron.

La tía Josefa venía a visitarnos una vez a la semana. Mi madre le ponía comida y se sentaban a charlar, como dos viejas amigas, buscando el apoyo necesario en los exilios del pueblo de la infancia. Llegaba directamente de la casa pudiente de su sueldo a nuestro cuarto piso sin ascensor, cargada con bolsas repletas de prendas preciosas que después repartía con nosotras como si el rey Baltasar, que solía dejarme en casa los regalos cada cinco de enero, tras la esperada cabalgata, hubiera hecho un largo viaje desde Oriente, fuera de la temporada de costumbre.

Cuando regresaba a casa de las tiendas, dejaba en la mesa de la cocina los objetos del recado y mi madre se quedaba contenta por esa eficiencia mía, madura de antemano. Después iba yo a su armario tan oscuro, algo descascarillado por los años (lo había estrenado el día de su boda) y me miraba en el espejo con un deje de erotismo fingido, a lo Garbo o a lo Marujita Díaz, que tampoco me voy a poner fina ahora inventando un glamour de cine en blanco y negro, y hacía como que sostenía una enorme boquilla con cigarro entre los dedos (siempre he sido la mar de teatrera), mientras cantaba *fumando espero al hombre que más quiero*, con un brillo de satisfacción en la mirada y el corazón repleto de alegría. Yo ya sabía asegurada la salida de la tarde siguiente y con ella un buen deambular por el mundo enorme que me parecía el barrio de la infancia y que yo siempre observaba con los ojos bien abiertos de quien no sabía nada y pensaba que todo lo sabía, sólo porque aguzaba el oído y escuchaba las conversaciones cuando hablaban los mayores.

En aquellos tiempos, por setenta, nuestros padres no tenían miedo de que les ocurriera alguna cosa a sus hijos, unos niños que apenas levantaban un palmo del suelo y que se divertían en la calle, inocentes del mundo y sus peligros. Yo creo que pasar, claro que pasaban cosas, sólo que eran episodios indignos de una columna en un periódico, de una pequeña noticia: no había que alarmar a los ciudadanos, no fuera que además de ocupar el pensamiento con la manera más sutil e inteligente de llenar los estómagos y ofrecerles un futuro a sus retoños un poquito mejor del que tenían, iban a tener la preocupación añadida de los abusos y los robos y ni tan siquiera se les iba a estar permitido salir ni a la puerta de la calle porque la vida era peor de lo que habían imaginado.

A pesar de ese aparente descuido de los padres y de los juegos éternos en los montones de tierra que generaban los pisos en incipiente construcción, iba yo a mis encargos con la promesa, eso sí, de no entretenerme más del tiempo necesario. Pero igual que dinero llama a dinero, gente llama a gente, y cuando aquella tarde salí a comprar el litro y medio de leche, por desgracia el único encargo de aquel día sin tareas escolares, me encontré en la puerta del callejón que daba a la vaquería con un griterío que me atrajo como un imán a los alfileres de una modista de barrio humilde que ganaba su sueldo con esmero.

Se trataba de una pareja que a mí entonces me pareció mayor, pero que mirándolo desde estos días que escribo, estoy segura de que no pasaban de los veinticinco años. Cuando llegué al círculo de personas silenciosas, el hombre y la mujer llevaban un rato discutiendo en un tono cada vez más intenso. Así que no supe cómo empezó aquella escena irremediable, aunque los retazos de la historia me indicaban que aquel hombre, vestido de faena, no estaba contento con la mujer que le había caído en suerte. No le gustaba que ella saliera sola a la calle, ni tan siquiera a los ultramarinos de la esquina a comprar el paquete de garbanzos. Tampoco era de su gusto la ropa que llevaba puesta aquella tarde (aunque la rebeca azul marino que la envolvía con desespero era parecida a la que tenía mi madre siempre a mano, en el respaldo de la silla), ni que no le diera hijos, a pesar de que llevaban casados más de un año. Se lo decía en un tono que daba miedo y me provocaba una inquietud inexplicable, sin que ningún espectador de la contienda osara intervenir y ni tan siquiera se decidiera a opinar con palabras sobre aquella escena de que sin pestañear eran testigos. Pero sin saber yo por qué, me daba unas poquitas ganas de llorar y me ponía tan alterada como cuando tenía que confesar en casa alguna travesura irremediable.

El hombre iba acortando la distancia en la boca oscura y descarnada de aquel callejón sin salida y para el general conocimiento, para el escarnio de aquella mujer despavorida, seguía gritando que aquel no era el camino, que eso no fue lo que acordaron, que era más puta que la madre que la había parido. Ella se justificaba a sollozos, de una manera tan desgarradora, que se había formado alrededor un corro de curiosos, como si asistiera a un espectáculo de balde. Nada habían pagado por la entrada, nada hacían pues para remediar la situación, porque ni uno solo de aquellos asistentes se creía con derecho a inmiscuirse en asuntos ajenos. En el corrillo no se oía ni el silencio, sólo asentían o negaban con la cabeza, nadie se decantaba por nadie, ningún hombre ponía al otro colorado y le decía, pero bueno, un hombre de verdad no trata así a una mujer, como yo había oído algunas veces. Las mujeres tampoco se compadecían abiertamente, no eran capaces de pronunciar aquello que pensaban, pues cada una de ellas estaba atenazada por sus cuitas y recordaba alguna escena de su casa o tenían la imagen de los familiares más cercanos que se llevaban el índice a los labios en señal del silencio más taimado. En las cosas de los matrimonios no hay que meterse, habían oído desde chicas, y lo tenían grabado a fuego. Aquellas mujeres miraban y miraban, pero tampoco eran capaces de regresar a sus hogares descarnados, a sus quehaceres y a sus cenas, a su vida cotidiana de delantal y tortillas francesas para niños con hambre de horas.

En un segundo pensé que mi madre me estaría esperando con la leche, que mi hermana Adela, de año y medio, debía tomar la papilla de la noche, pero yo tampoco era capaz de moverme del suelo, con aquella lechera cogida por su asa, ni podía retirar los ojos de aquella mujer despeinada y con la cara sucia por el llanto. Su rostro ha desaparecido del recuerdo con los años, pero han permanecido los rizos de sus cabellos largos y el rímel ennegreciendo sus mejillas en carreras con destino improvisado. No se ha borrado aquella tarde, que la tengo en mi cabeza desde entonces y a menudo, cuando aparece un suceso más trágico que el otro, en las noticias de las nueve, que es cuando descanso un rato en el sofá de la jornada de trabajo, me viene aquella mujer a la memoria y aquella gente mirando sin palabras. Me acuerdo de aquel zapato femenino con la punta gastada, torcido por el uso y raído el color que salió despedido por el aire y fue dando tumbos hasta llegar a mi lado, hasta quedarse ahí, quieto, como si me estuviera mirando y pidiendo auxilio a la niña indefensa que yo era y que aprendía en sólo media hora de aquella realidad amarga como pocas.

No recuerdo si fue el zapato derecho o el izquierdo el que se desprendió de pie con calcetín oscuro cuando aquella mujer recibió la sonora bofetada que nos dejó a todos tiritando. Se quedó quieta un momento –parecía que aquel golpe a mano abierta era la primera humillación que recibía en su vida cuando yo había sido testigo de las heridas que se producen con los labios– incrédula primero y luego más triste que avergonzada por la gente en quien en verdad no reparaba, tan centrada como estaba en su propia indignidad. La mujer no paraba de restregarse la cara ardiendo con los dedos juntos como una trinchera, invadidos por aquellos sabañones rojos por restallaban hinchados. Miraba la palma de la mano y se volvía a tocar para después limpiarse de lágrimas los carrillos con la manga de aquella rebeca que no era del gusto del marido, sucia por el cosmético que había comprado a domicilio. Aquella riña de esperpento continuó sin un zapato, a pesar del frío del invierno, aunque ese detalle no le importara a ella, tan ocupada como estaba en su aflicción de mujer desamparada. Y aquel objeto desvalido, cuya suela miraba hacia el cielo de la noche, con un agujero tapado con un pedazo de cartón de embalaje, pedía clemencia sin remedio y se había desplazado a trompicones por aquel círculo vicioso hasta llegar a mi lado, hasta ponerse a mi disposición como un vasallo, para lo que yo ordenara y quisiera menester.

Desde aquel momento no pude dejar de mirar aquel zapato y si supiera dibujar, lo plasmaría a la acuarela, diluido en su imagen, deformado, con aquel agujero en disimulo por donde se colaban el frío y las desgracias. Miraba al zapato y a su dueña y pensaba todo el tiempo, poniéndome en su piel –o eso es lo que creía con la aparente sabiduría que dan los nueve años que miran a otros niños más pequeños–, en la desgracia tan enorme que era perder un zapato, en lo mal que lo pasaría aquella mujer cuando se diera cuenta de que había malogrado su único par disponible en el armario y en lo que se enfadaría el marido por estar ella obligada a caminar coja por las calles, haciendo los recados, llamando la atención de los ajenos.

Yo sólo tenía un par para el invierno, unos zapatos marrones que por nada del mundo se rompían y que también servían para que los niños dieran patadas al balón sin inmutarse, como la fuerza de un animal de la selva, como el enorme gorila en que se habían convertido aquellos dos pedazos de cuero cosidos a conciencia. Mi madre los limpiaba con betún antes del sueño y parecía que estrenaba zapatos cada día, camino de la escuela. En el mes de septiembre, cuando comenzaba el curso, yo salía de la tienda llena de un placer inusual porque era la mayor y a veces me tocaba estrenar, si es que la señorita no había metido zapatos de colegio en aquellos bolsones de la tía. Otras veces me quedaba sin la pelota verde que daban de regalo, con la palabra gorila en relieve que los fabricantes dejaban dentro de la caja a los clientes diminutos, porque mis hermanos, que estrenaban infinitamente menos que yo, también tenían derecho a aquel juguete tan preciado.

Recogí el zapato y lo agarré con la mano —en la otra seguía estando la lechera— en la espera de aquella contienda tan adversa. Tan sólo dejé de mirar un momento a la pareja y ya se estaban besando, con una pasión inusitada, igual que antes lloraban y gritaban y él le echaba en cara tantas cosas. Aquellos espectadores ateridos miraban la pareja que regresaba probablemente a casa en precario equilibrio, sorteando las piedras de la calle. Él abarcaba los hombros de la mujer con una mano, con la otra fumaba un cigarrillo como si fuera el último acto de su vida, sin sacudir la ceniza que se llevaba el viento. Ella iba coja, como yo imaginaba, con el calcetín mojado, y no reparaba en que había perdido su objeto necesario porque sólo repetía, con voz entrecortada, que sentía en el alma no haber actuado en condiciones, que se iba a comportar a partir de ese momento, que iba a intentar mejorar a toda costa. La gente asentía con la cabeza y se repetía las frases advertidas desde siempre: en las cosas de los matrimonios no hay que meterse. Luego, miraban el reloj y regresaban con prisa de nuevo a sus hogares.

Me quedé clavada con aquel peso entre los dedos: la lechera y el zapato de la mujer que se iba alejando entre los fríos. Salí corriendo sin darme cuenta de que la leche se iba derramando por los bordes.

Grité con todas mis fuerzas sin pensarlo:

—¡Señora! ¡Señooooooooooooora!

Se dio vuelta, tan incrédula como al recibir la bofetada, y señaló su pecho. Su voz era un susurro agotado, para mí desconocido.

—¿Es a mí? ¿Qué me quieres chiquilla?

—Señora, su zapato —y se lo extendí a punto de las lágrimas.

Ella me miró con asombro, se miró el pie desnudo, como si no hubiera reparado en su falta, dejó sus dedos en mis manos pequeñas, se apoyó en mi hombro para calzarse, y me acarició la cara con aquellas manos ásperas y heladas, las uñas mordidas hasta el daño. El marido esperaba, con la impaciencia reflejada en su cara de bruto. Ella regresó trotando a su lado, lo más rápido que pudo, para no molestarlo, contenta por la tregua del momento, y lo alcanzó deprisa, con las manos al aire, y se fueron alejando por la boca abierta de aquel callejón sin salida, mientras yo los miraba hasta que se perdieron de vista.

Cuando entraba por la puerta con la lechera medio vacía (¿o tal vez estaba medio llena y yo no lo sabía?), mi hermana Adela lloraba, muerta de hambre y de cansancio. Mi madre, asustada, me recibió con una cara de alivio que duró unos segundos, porque se convirtió en un buen rapapolvo de repente. Me quitó la lechera para preparar la cena de la niña, y me ordenó que acallara su llanto con canciones. Me prohibió salir en toda la semana, pero el enfado duró poco y me levantó el castigo al día siguiente. Yo le hacía mucha falta, si no me dejaba salir se quedaba sin los pies y manos que le resolvían los recados.

Aquella noche, sin la luna del armario, porque no me atreví a acercarme por su cuarto, cuando ya estaba en la cama sin poder conciliar ni un solo sueño, me imaginaba a la mujer del callejón, coja sin remedio, caminando sin un zapato, en medio de aquella tarde de diciembre. Me la imaginaba sin un hombre que la agarrara después de los bofetones, pero sola y tranquila, como estaba mi madre en su vida de mujer casada y sin marido los días de diario, porque mi padre era representante de una casa de uniformes de trabajo y salía de viaje largo tiempo.

Desde aquel episodio han pasado más de treinta años y yo sigo soltera. Vivo sola en un apartamento que es mío, construido de vida y de retazos. He amado como no sabía que era posible, tengo buenos amigos, conocido pasiones repentinas que te aturden y te dejan intacta en una nube, hombres casados que salían un rato de su casa a airear más de tres canas y vienen a la mía para que yo les diera refugio, el techo y la comida. Así me gustan a mí las mujeres –me repiten algunos–, independientes, trabajadoras, profesionales, sensibles, pero fuertes... pero ya no tengo ni idea de en quién me he convertido.

Jamás escucharé llantos de niños reclamando la comida ni podré enviar a nadie a los recados, pero acepto sin espanto. Salgo de viaje varias veces al año, no caigo mal, tengo cierta conversación interesante y de vez en cuando puedo presumir ante el espejo de alguna cita que promete sorpresas. No espero un príncipe encantado que venga a sacarme de la hermosa casa donde vivo, ni tampoco permito que entre nadie en mi palacio infranqueable. No sé qué me pasa últimamente, pues cuando un hombre me levanta un poquito la voz lo pongo en la puerta sin palabras y recuerdo aquella mujer del callejón sin un zapato, caminando en balanceo inarmónico al lado de aquel tipo. Pienso con tristeza, que en su terror de cada día no pudo agradecerme su zapato inoportuno.

Me gustaría entonces buscarla, rodearla con mis brazos y besarla, pero no sé su nombre ni apellidos. Era, y es aún hoy día, una mujer de esas como hay tantas.

EL PUENTE COLGANTE
Elena Fernández Alonso (País Vasco, 1965)

Se oyó el timbre que daba permiso para partir y la barquilla comenzó a moverse. Roberta y Gonzalito, agarrados a la barra, observaban el paisaje a través de la ventanilla. Portugalete les esperaba. La corriente se colaba por una esquina de cristal rota. Ella apretó con la mano el cuello del abrigo, herencia de una vecina. Por eso, bailaba sobre su cuerpo y el frío penetraba por la holgura. Gonzalito, en cambio protegía sus piernas con unas medias gordas de lana hasta la rodilla. A pesar de la gélida temperatura, vestía pantalones cortos. Bajo la gabardina, su habitual camisa con el jersey de cuello en pico.

Se conocieron por casualidad, debido al trabajo de ayudante de pescatera de la muchacha. Los señores Aguirre eran otra de las numerosas familias de la zona residencial a las que llevaba el pedido.

Cada mañana tomaba el transbordador para cruzar la ría que separaba ambos márgenes. Le encantaba esa rutina, pero algunos días se convertía en un suplicio. La barquilla dejaba la parte central al descubierto y la lluvia racheada penetraba hasta empapar a los pasajeros. A veces, incluso el granizo golpeaba sin piedad. En esos momentos sentía envidia de los ocupantes de los coches, acomodados en los asientos a resguardo y al calor de la calefacción. Estos inconvenientes eran precisamente los que producían el rechazo de Elvira, la madre del niño, a probar el invento, como llamaba al práctico transporte. Claro que ella no tenía necesidad de utilizarlo. Tampoco estaba dispuesta a reconocer la fobia a compartir un espacio repleto de gente. El miedo irracional y la aprensión constituían su gran secreto.

La muchacha acababa de cumplir quince años cuando le buscaron ese trabajo. Una amiga de la familia, Agurtzane, gobernaba el puesto de pescado mercado de La Merced. El invierno había llegado y formaba parte de la rutina. Madrugaba tanto que la oscuridad y el intenso frío la acompañaban en el recorrido. Caminaba a paso ligero para mitigar el impacto de las temperaturas. Incluso a la carrera, si en el puesto de control en la otra margen se encendía la luz blanca. Eso significaba que el maquinista daba vía libre. Si perdía el viaje, le tocaría esperar media hora a la intemperie. También podía tomar el gasolino, situado a escasos metros, pero esa opción era mucho más cara.

La vuelta del trabajo, ya con la luz diurna, era mucho más agradable. Incluso merecía la pena esperar un rato para conseguir un puesto con vista. En pleno recorrido, un barco de gran calado parecía cruzarse en su camino con riesgo de choque. Era una impresión que le sucedía casi a diario, contenía la respiración hasta que uno de los dos salvaba la distancia y entonces ella soltaba el aire contenido. Su tío trabajaba en los astilleros construyendo barcos similares.

En el mercado las mañanas se vivían con gran ajetreo. El puesto de Doña Agurtzane tenía fama por sus productos frescos y de buena calidad. El proveedor salía con su propio barco y le vendía las piezas recién cogidas. De ahí que su clientela fuera la más selecta de la zona. Aunque la dueña también tenía sus trampas y los problemas económicos no permitían desperdiciar oportunidades. El hombre cada vez tenía que alejarse más de la costa para conseguir que picaran. Así que la mujer disponía de una única caja de pescado que tenía que estirar toda la semana. A veces recurría a trucos insospechados para mantener el buen aspecto de la mercancía. Enseñó a la joven muchos de sus secretos. Ella envejecía y el cuerpo se resentía cada día. Si algún día tuviese que abandonar, al menos habría alguien con cualidades para continuar.

Así aprendió Roberta a distinguir el pescado fresco de ojos brillantes y agallas de color rojo o parduzcas. Cuando perdían ese tono debían disimularlo untando la zona de sangre. El primer día que le tocó hacerlo, tuvo ganas de vomitar. El recipiente lleno de sangre agitó su estómago y más aún cuando tuvo que revolverlo con su propia mano. Con el tiempo se acostumbró.

Las señoras de las casas de estilo colonial, realizaban sus pedidos el día anterior. La jovencita, después de ayudar en las tareas más ingratas, como lavar las piezas bajo el agua helada, comenzaba el itinerario. La señora Elvira a veces la invitaba a desayunar. Así comenzó una relación más íntima con la familia. El pequeño Gonzalito estudiaba en el colegio de La Merced, por lo que a esas horas apenas coincidía con él, a no ser que fuera sábado o tuviera vacaciones escolares. Pero cuando estaba, la observaba a escondidas. Cuando cogió confianza con ella, comenzó a hacer muchas preguntas sobre su vida y el trabajo. Ella contestaba con sinceridad, pero sin entrar en demasiados detalles personales. Recelaba de ese niño, con aspecto de hombrecillo, debido sobre todo a la vestimenta tan clásica y a sus ademanes de persona mayor. Sin duda eran consecuencia de una escrupulosa educación. Siempre se le veía impoluto, como si nunca jugara. Y jamás le oyó levantar la voz, todo lo contrario a la mayoría de los niños que conocía.

A pesar de la dureza de los días, se sentía satisfecha de ser útil y aportar una ayuda en las necesidades de casa. Los años posteriores a la guerra no conseguían sacar de la miseria a gran parte de la población, que se las ingeniaba como podía. Incluso en las condiciones más extremas, no perdía las ganas de canturrear por los puestos. Agurtzane no entendía de dónde sacaba ese ánimo que todos habían perdido.

Una de esas mañanas de reparto y aunque no era muy habitual, comenzó a nevar. Una imagen idílica que contemplaban los habitantes de las majestuosas residencias desde las ventanas. Pero que Roberta sufría con unos zapatos resbaladizos que le obligaban a realizar piruetas para no perder equilibrios. Por fin llegó hasta la puerta de los Aguirre y doña Elvira la invitó a pasar.

—Entra y caliéntate un poco. Hoy hace un día para cuidarse. Además, tú ya eres como de la familia —le dijo con una sonrisa sincera.

Aquella frase distaba mucho de ser real. Ella no pasaba de la cocina donde se encontraba el servicio y era la interina la que le servía la leche bien caliente con algún dulce.

Se acercaba la Navidad y Gonzalito ya tenía vacaciones en la escuela. Ese día estaba muy contento y tenía ganas de hablar.

—He pintado un dibujo para ti.

Ella sintió el rostro ruborizado cuando lo observó con atención, no daba crédito a lo que veía. La voz de la madre hablaba desde la habitación pero iba en dirección a la cocina. Estrujó el papel contra su pecho en un intento de ocultarlo. La pintura representaba la mano de una muchacha con melena morena. En su mano sujetaba un rotulador con el que coloreaba el cuello del pez totalmente rojo. La escena era muy significativa, no sabía qué pretendía el niño. Pero la madre se acercaba y no podía permitir que lo viera o empezaría a hacer preguntas.

—¿Qué hacéis? —preguntó la madre.

Ella aún con cara de circunstancia se quedó sin palabras y fue el pequeño quien tomó la iniciativa.

—Quiero ir con Roberta y cruzar la ría en ese puente que se mueve —soltó de repente.

—Desde que te conoce está obsesionado con esa idea —añadió la mujer.— A mí no me gusta en absoluto, pero está tan aburrido que ya no sé qué hacer con él. Tal vez podrías llevarle ahora.

—¿Ahora? —preguntó, en un intento de ganar un poco de tiempo, mientras se recomponía y sopesaba las opciones de aquella encerrona.

La muchacha no alcanzaba a comprender ese capricho del niño. ¿Qué pretendía?, era una incógnita que le producía desasosiego. Aunque no lo sabía, eran precisamente sus relatos diarios, para ella simple rutina, los que habían despertado la curiosidad. Le contó cómo construían los barcos en los astilleros, ya que su tío trabajaba allí. El pequeño no podía creer esas historias, que en la escuela no le habían contado. En su imaginación las embarcaciones provenían de islas lejanas donde ya existían y nunca pensó que sucediera a escasos metros de donde él residía.

La pasión de sus palabras contrastaba con el desdén de la opinión de la madre. Según ésta, en aquel lado de la ría no había nada más que suciedad. Los niños se manchaban la ropa porque se tiraban al suelo para jugar y gritaban mucho. Eran muy molestos y él no tenían ninguna necesidad de transitar aquellos lares. El rechazo que mostraban sus padres se convirtió para él en un deseo, en un pequeño acto de rebeldía contra la rutinaria vida de la casa.

El niño la miraba y sonreía, con un gesto indicativo de que la tenía contra las cuerdas. Sus labios se abrieron todo lo que pudieron.

–De acuerdo –aceptó por fin, sabiendo que no le quedaba otro remedio. En el rostro de Gonzalito se reflejó la estela del triunfo.

EL EXTRAÑO CASO DE LA MAFIA TURCA

María Emilia Villarreal (Argentina, 1984)

Éramos un grupo de amigos. Una vez por semana nos juntábamos en el bar. La cita era obligada pero, la última vez que nos juntamos, el Chueco no estuvo.

Esa mañana, temprano, el Indio me llamó y me pidió llegar antes a la reunión de los jueves. No me explicó por qué pero, como me agarró medio dormido, le dije que sí y una vez que me había comprometido, no podía llegar tarde. Claro que después de una ducha, un pucho y unos mates con bizcochos, la voz del Indio (como su nombre lo indica, es un robusto y mestizo hombre de precarios modales) se infiltró en mi sistema nervioso y mis neuronas comenzaron a trabajar sobre una incógnita, elaborando diferentes hipótesis. De todas formas ese proceso no duró más de tres minutos porque a las neuronas, en realidad, no les interesaba saber para qué tenía que llegar antes a la reunión.

Lo llamé al Poyo, para preguntarle si él también estaba citado antes, pero me dijo que no tenía ni idea de ningún cambio. Como nunca hacíamos cadena no llamé a nadie más, por si el Indio me había citado solo a mí. Al Poyo (dice que le decían así sus amigos del colegio porque no podía escupir los garzos que le quedaban atravesados en la garganta, se los tragaba) le tuve que decir que en realidad tenía un mensaje en el contestador, pero que no se entendía un carajo, algo de un horario, de llegar antes. Y después, en una suerte de improvisación actoral, me acordaba que mi tía me había pedido llegar antes a su casa al otro día para pasar a buscar la comida que me hace para frizar porque se iba a lo de su amiga la Coca, y que debía ser ella. Lo que no tuve en cuenta, y no sé si el Poyo se lo habrá preguntado, es por qué no distinguiría bien entre la voz de un hombre y la de una mujer, más aun siendo de mi tía.

La cita era a las tres de la tarde, dos horas antes de lo habitual. Cuando miré el reloj eran las doce y media. Como la cama la estiro los domingos y mi tía viene a limpiar los lunes, no tenía nada que hacer en casa. Me preparé un sánguche de jamón y tomate. Después de comer, ir al baño y fumar, apagué la radio y salí. Iba a dar unas vueltas antes de llegar al bar. Si la cita era en privado, quería llegar temprano.

Hace como quince años que nos juntamos en el bar. Al Chueco (le decimos así, simplemente, por una malformación física que padece desde la infancia) y al Indio los conozco de la primaria; contando en años, hace casi cuarenta. Al Pipa (ese es su apodo porque no está en sus planes dejar el tabaco y lo fuma en esa especie de artefacto estilo detective privado) lo conocimos en uno de los recitales que Almendra dio en Obras en el 79, con motivo de su reencuentro. Nos hicimos amigos de él porque siempre lo veíamos con unas minas que estaban re buenas. Al final se casó con una de ellas, que ahora no está tan buena. Después de ese recital nunca dejamos de juntarnos. El Poyo es el nuevo del grupo, lo conocemos hace menos de diez años. Se vino a vivir a Hurlingham cuando se separó de la mujer. Iba solo al bar, a tomarse unos tragos, así que lo invitamos a nuestra mesa un día y desde ahí que nos acompaña. En un momento de la noche hay que pasarle un pañuelo porque le hace efecto el vermú y se acuerda de la señora, pero después se le pasa. Creo que la sigue queriendo. Y a la Turca (no sé por qué tiene ese apodo, nunca quise preguntar, pero dice que la llaman así desde la secundaria) la conocemos hace poco, ni dos años. En realidad, para mí no es parte del grupo, viene a ser como la secretaria, la que llama por teléfono martes o miércoles para confirmar la reunión del jueves, la que organiza el partido de dominó en el bar, etcétera. Eso no existía antes, no llamábamos por teléfono para confirmar ninguna cita, eso no es de machos. Sabíamos que los jueves estábamos ahí y punto. Nadie faltaba.

Pasé por el puesto de revistas de Carlitos y le pedí fiado el diario. Tenía pensado hacer tiempo en la plaza cerca del bar, leyendo sentado en un banquito al sol. Pero antes de sorprenderme con alguna de las notas de la sección "policiales", mis ojos descubrieron un hecho aún más criminal. Utilicé el diario para cubrirme la cara, en el caso de que fuera necesario. Aunque no parecían demasiado preocupados, o no se los veía muy incómodos saliendo juntos del hotel alojamiento. Eran el Pipa y la Turca. El hombre que conozco de hace treinta años, cagando a su mujer de toda la vida. Yo seguía evitando que me vieran. Después de salir del hotel, la Turca tomó un taxi y el Pipa se fue caminando, perdiéndose a la vuelta de la esquina. Eran las dos y media. La cabeza se me llenó de preguntas (cosa que no sucede muy a menudo). Una, era si esta escena tenía algo que ver con el Indio, no porque estuviera involucrado, sino que el hecho de haberme citado antes tal vez significaba que estaba manejando algún tipo de información al respecto.

A las tres llegué al bar. Saludé y fui bienvenido, como siempre. Pero el Jota, dueño del bar (ése es su apodo porque tiene una cicatriz en la cara, marca que le dejase un enfrentamiento en favor de la justicia, con la forma de esa letra) me miró sorprendido. Primero me preguntó si me sentía bien, y ahí me acordé que mi cara de pasmado todavía debía estar vigente. Había olvidado que llegaba dos horas antes que el resto. Le dije que como en casa no tenía un carajo que hacer, me había comprado el diario y lo iba a leer mientras esperaba a los muchachos. Sin que se lo pida, ni bien me senté ya tenía el vermú en la mesa. Aunque sé que en el bar el Jota nos atiende como reyes, creo que esa tarde se dio cuenta de que algo no andaba bien.

Ni a las tres y media ni a las cuatro apareció el Indio. Y yo como un boludo, haciéndome el que leía el diario. No sólo el sorete este no fue a la hora que me citó, sino que me obligó a cambiar el recorrido y consecuentemente fumarme ese disgusto. Le pedí el teléfono al Jota y lo llamé. No me atendió, por lo que supuse que ya había salido para el bar. Igual yo me hice el que hablaba con mi tía, que la llamaba para ver cómo estaba después de la caída en la vereda, y que le confirmaba que pasaba al otro día.

A las cinco puntual llegó el Poyo. Yo había ido al baño, así que cuando volví a la mesa él ya estaba sentado. Traté de hacerme bien el boludo, que no se notara en mi cara la parálisis emocional que estaba padeciendo. A los cinco minutos llegó la Turca. Así que no esperé más, y le pedí al Jota una ronda de vermú. No la podía mirar a los ojos, me parecía como que se iba a dar cuenta de que yo ya sabía todo. Pero ella se veía muy resuelta, de muy buen ánimo, hacía chistes y enseguida se puso a organizar el partido de dominó. Yo le dije que no contara conmigo, que me tenía que ir antes porque debía pasar por lo de mi tía. En eso llega el Pipa, que escucha que por primera vez en no sé cuántos años me tengo que ir antes, y me dice que me deje de hinchar las pelotas con mi tía. Yo no sé cómo me podía decir una cosa así después de haber andado de trampa por ahí. Eso me indignó. Lo miré fijo a los ojos y le dije que estaba bien, que me quedaba. Y ahí llegó el Indio.

Por lo general nos quedábamos hasta las nueve, más o menos. El Jota nos preparaba una picada, el cenicero se llenaba de colillas de puchos y entre uno y otro partido de dominó que mechábamos con charlas acerca de fútbol, política y economía, perdíamos la cuenta de las rondas de vermú. Ni a las seis y media ni a las siete apareció el Chueco. Cosa rara, porque nunca faltaba. Nadie faltaba. A las siete y cuarto llamó al bar y avisó que estaba con cagadera y que no se podía mover de la casa. Yo estaba tratando de buscar el momento para poder agarrar al Indio a solas y preguntarle para qué carajo me había citado antes. Como la Turca no siempre se quedaba hasta las nueve, elevé unas plegarias al Señor para que eso ocurriera así también ese día. No sé si Dios realmente me escuchó (o me entendió, la verdad es que rezar es algo que de mi tía no aprendí), o tenía algo más importante que hacer, cuestión que se fue a eso de las siete y media. Otra cosa que le pedí al Señor fue que el vermú no me soltara la lengua, porque no quería preguntarle al Pipa, con los muchachos ahí, qué carajo hacía a las dos y media de la tarde saliendo de un telo con la Turca. Al Indio no le saqué la mirada de encima, esperando que me hiciera una seña para ir a hablar solos al baño, pero el boludo se había olvidado que me despertó a la mañana, temprano, haciéndome cagar de un susto, para citarme dos horas antes al pedo porque no fue y para colmo, gracias a ese gesto su-yo, tener que haber sido testigo de aquel episodio. El Pipa me preguntó como dos veces si me sentía bien. Le dije que estaba preocupado por mi tía que se había cagado de un golpe en la vereda, por eso me iba a ir antes, pero como la había llamado y estaba bien, no hacía falta que vaya. Cuando lo miraba a los ojos, veía a otra persona. No era el mismo tipo del jueves anterior. O sí, era el mismo, pero se había mandado una cagada.

En el bar no pude hablar a solas con el Indio, así que cuando llegué a casa lo llamé por teléfono. Me había citado antes para preguntarme si podía pedirle plata prestada a mi tía, para prestársela a él, que la estaba necesitando urgente y que en unos días me la devolvería. Le pregunté para qué era exactamente. Primero me dijo que era un favor, como no queriendo entrar en detalles, y después me dijo que tenía unos "asuntos que resolver". Me fui a la cama. No podía dormirme y empezó a darme vueltas en la cabeza un chino. Se habían saludado con el Indio en el bar, yendo para el baño, pero era la primera vez que yo lo veía. La verdad es que en el momento no me llamó la atención. Era un chino, como los de los supermercados, que se saludaba con el Indio.

Al otro día mi tía me esperaba en su casa, como siempre. Pero las milanesas de berenjena no eran las mismas, el pastel de carne no era el mismo y el budín de pan... bueno, el budín de pan se parecía bastante al de siempre. No quise contarle nada acerca del asunto, pero como los años que tiene no los tiene al pedo (además es mi tía y me conoce) percibió que algo no andaba bien. Le dije que me había enterado que la mina que me gustaba andaba con otro tipo. Como era mentira que se iba a lo de su amiga la Coca, me tuve que quedar, porque no le puedo decir que no a mi tía cuando me ofrece esa mullidita cama que me prepara para dormir la siesta. Después de los mates con *scons* y palmeritas, me preparó la canasta con la comida para frizar, el bolso con la ropa limpia y me preguntó como siempre si me quería quedar a dormir. Le dije que no, como siempre, la besé en la frente, como siempre y me fui.

Llegué al bar a las ocho y media. El Jota no me esperaba, pero siempre me recibe bien, con la picada y el vermú. Si el chino era cliente del bar, el Jota lo tenía que conocer. Le dije que quería saber quién era, porque el Indio no es de esas personas que precisamente suele interactuar en lo cotidiano, así porque sí, con gente de otras tribus. Me dijo que era un amigo de la Turca, pero que no sabía qué tipo de relación los unía. Apoyando un brazo en el mostrador y frotándose con la mano libre el mentón, como haciendo un esfuerzo por recordar, su mirada se detuvo en una foto de Stan Laurel y Oliver Hardy enmarcada en un cuadro que cuelga en la pared del bar desde el día de su apertura. Me dijo que ya había visto en otra oportunidad al Indio con el chino, pero no en el bar (y claro, el Indio tampoco era tan pelotudo). Pero el Jota tenía un problema. El mismo duelo en donde se consagró victorioso, suceso que va a quedar marcado eternamente en su rostro, le provocó tal espasmo psicológico que su sistema de evocación de hechos a veces puede fallar, y ese fue uno de esos casos.

En el bar o en donde fuera, el Indio había estado haciendo negocios con ese chino. Demasiados problemas acumulaba ya en mi haber como para involucrarme también en los quilombos del Indio con la mafia china. Quedé tan devastado emocionalmente y agotado físicamente que ni siquiera fui a misa ese domingo.

El lunes mi tía fue a mi casa a limpiar, como siempre. Me encontró en cama, con cagadera y fiebre. Me dijo que podían ser los nervios y se lo atribuyó a la mina que le había dicho que me gustaba. Entre pitos y flautas se hicieron las seis y media de la tarde. Acepté la propuesta de mi tía y me fui a su casa hasta ayer. Yo ya no estaba para esos trotes, andar haciendo de detective privado y después tener que lidiar con los chanchullos ajenos.

A eso de las siete y media, volviendo de lo de mi tía, pasé por lo del Indio. Le iba a preguntar si quería acompañarme con un vermú en el bar. Pero no lo encontré. En el camino de regreso a mi casa me crucé con el chino. Me frenó y me saludó como si me conociera de toda la vida. Siguiéndole la corriente, no vaya a ser que se le suelte la cadena al loco, lo saludé amablemente. Me dijo que le diera sus saludos al Indio, al Chueco, al Pipa y también al Poyo.

Jueves. Reunión con los muchachos a las cinco. El Indio no me citó más temprano. Y "también al Poyo", significaba que los otros en algo raro andaban y que él no estaba incluido. Hay que cuidarse tanto de las mujeres como de los chinos. Yo soy Ramón. No tengo apodo. No ando con vueltas ni me meto en asuntos tramposos.

LOS AGUSTINOS
Yolanda Arroyo Pizarro (Puerto Rico, 1970)

1

Acostumbro guardar la navaja gillete dentro de la biblia. Preferiblemente en el salmo 51. Gracias a las reuniones del grupo he sabido que este fue el salmo preferido de San Agustín. Ellos mismos, durante las reuniones, me han explicado que Agustín fue santo y mártir de la madre iglesia. Lo he declarado, pues, mi mentor, aún después de muerto. Es mi inspiración y la de todos nosotros. Me habla en sueños y en mensajes telepáticos que a diario siento me envía. Convencido como estoy a estas alturas del propósito de mi existencia, no tengo problema alguno para seguir sus instrucciones.

Conocí del grupo leyendo una sección en el periódico *El Visitante*, en la que anunciaban sus ágapes. Después de visitarlos, todo se ha convertido en una concatenación de eventos. Eventos acertados, por cierto. Voy primero a una tertulia y allí descubro una máxima que dejara el Santo a sus seguidores en el año 433 d.c. De su propio puño y letra escribió: "Nada rebaja tanto a la mente varonil de su altura como acariciar mujeres".

2

Recién iniciado en el colectivo, encuentro esta otra cita: "Es Eva, la tentadora, de quien debemos cuidarnos en toda mujer".

Dicha lectura coincide con el incidente del condón. Así le llamo.

Resulta que empiezo a sospechar de la no lealtad de mi novia. Es decir, no que me sea infiel con otra persona. Algo peor. Peor que la pareja de uno quiera dejarte por otro, es que quiera dejarte por nadie. Descubro que inventa las excusas más tontas para irse de tiendas a solas, para ir a leer a la biblioteca o simplemente sentarse horas muertas en un parque. Sola. No llega nadie más. Ni siquiera una de sus amigas. Sola y sin mí.

Yo la sigo sin que ella lo note; paso incluso horas enteras observándola, viéndola aburrirse sin intentar contactarme. Concluyo que prefiere estar aburrida a estar conmigo. Es entonces cuando comienzo a intentar preñarla.

Como parejas de la modernidad que somos y porque aún estudiamos en la universidad, nos protegemos de traer al mundo bebés indeseados, así que utilizamos profilácticos en nuestras relaciones sexuales, que son muy pocas a decir verdad. He hecho lo indecible para tratar de multiplicar la cantidad de veces, pero la Eva tentadora que me ha tocado se las ingenia para aplazar los encuentros, no llega a las citas románticas, cancela si sabe que estaremos en solitario y hasta inventa que está en regla. Yo la descubro en la mentira, lo cual es muy fácil de corroborar ya que si ha ido al baño, tan pronto se va de mi apartamento busco los papeles higiénicos sucios o manchados de sangre, huelo el bote de basura y hasta la tapa del inodoro, y en ningún lugar encuentro desperdicios o retazos de menstruación. No solamente es tentadora, es maligna. Es minuciosamente maquiavélica.

La tarde del llamado *Halloween* —una de las peores del año en términos espirituales, por ser el momento en que más ataques demoniacos enfrenta el hombre de fe— doy con la misoginia salvadora de San Pablo, extraída de sus *Cartas Apostólicas* en *Primera a los Corintios* y en la *Primera a Timoteo*. Eso de enterarme que la mujer debe aprender en silencio y con total sumisión me hace bien. Eso de que debe hacer caso solemne al hombre y aceptar su perfecta voluntad, me provoca.

Y así, encuentro la joya: "Las mujeres no deben ser iluminadas ni educadas en forma alguna. De hecho, deberían ser segregadas, ya que son causa de insidiosas e involuntarias erecciones en los santos varones". Supe de inmediato que tenía que inventar un plan para que la Eva maligna dejara la universidad y se dedicara a mí.

En la perfecta consecución de mi plan, rompo cada condón que nos disponemos a usar. De manera disimulada. Tomo el paquetito aún sin abrir y lo traspaso con un alfiler varias veces. No se nota. Y cada vez que tenemos sexo, que son poquísimas, la Eva tentadora no sabe que está siendo inseminada.

3

Pero ella nunca queda encinta. Meses y meses pasan y jamás tiene barriga, ni vómitos mañaneros, ni pérdida del periodo. Le pregunto si está usando pastillas contraceptivas y lo niega. Ella me pregunta por qué le cuestiono eso. Le miento. Le digo que noto cierto acné en su rostro y que a lo mejor las hormonas de las pastillas le están afectando. Se queda muy silenciosa esa tarde. Extremadamente silenciosa. Y se va molesta. Después de eso no ha querido verme más.

4

Semanas más tarde lo comprendo todo cuando a mis manos llega el *Summa Theologica* de Santo Tomás de Aquino, y leo: "En lo que se refiere a la naturaleza del individuo, la mujer es defectuosa y mal nacida.

[...] La mujer es un hombre frustrado, un ser ocasional. [...] No alcanzo a ver qué utilidad puede servir la mujer para el hombre, si se excluye la función de concebir niños."

Entonces el ciberespacio abre nuevas oportunidades para mí. A insistencias del grupo, accedo a un foro en común en el que todos somos hombres y todos adoramos a san Agustín, a santo Tomás y a san Gregorio. De hecho, la página principal del foro se explaya con el lema: "Es más difícil encontrar una mujer buena que un cuervo blanco". Acto seguido, ingresas una identificación de usuario y una contraseña.

En el foro se leen iluminadoras palabras de Martín Lutero: "Las niñas empiezan a caminar y a hablar antes que los niños, porque la maleza crece siempre más rápido que las buenas semillas".

De Federico Arvesu: "El organismo de las mujeres está dispuesto al servicio de una matriz; el organismo del hombre se dispone para el servicio de un cerebro."

De Pitágoras: "Hay un principio bueno que ha creado el orden, la luz y el hombre, y un principio malo que ha creado el caos, las tinieblas y la mujer."

Una de las tardes, uno de los integrantes del foro me pregunta si yo estoy listo para el siguiente nivel. Inmediatamente digo que sí. Me cita para vernos en persona, a solas.

Nos encontramos en la Plaza Colón. Allí me da un papelito doblado que dice: "Maten a cada mujer que haya yacido con un hombre. Pero todas las mujeres jóvenes que no hayan conocido hombre, a esas manténganlas vivas para ustedes". Es la declaración *adverbatim* dictada por Moisés, transmitiendo las órdenes de Jehová Dios a su pueblo en el libro bíblico de *Números*, capítulo 31, versículos 17 al 18.

Él me mira y yo asiento. Estira su mano y se presenta conmigo: soy Elí. Yo contesto: me llamo Nehemías.

¿Estás listo, Nehemías?

5

Acostumbro guardar la navaja gillete dentro de la biblia. Preferiblemente en el salmo 51. Convencido como estoy del propósito de mi existencia, no tengo problema alguno con seguir las instrucciones.

Aguardo. El sol es una bola naranja augurando el final apocalíptico.

La Eva maldita de la tierra, a la que he seguido sin que lo note, se sentará dentro de poco en la banca del parque que acostumbra visitar aburridamente sola.

Esta tarde he prometido a Elí que iniciará el suplicio.

EL PASAJE
Pamela Ángela Villa Flores (Argentina, 1987)

Dormía plácidamente, con el gusto de la satisfacción de haberse ganado cada nuevo ensueño. Cabeceaba con orgullo cada vez que el arder del fuego de la chimenea le llenaba la cabeza con esas dormitaciones pesadas y calientes, en esas tardes invernales que congelaban los cristales del viejo mundo que ya no le pertenecía. Demasiado nuevo para aceptar su paso lento y torpe, lleno de filas de seres nuevos que no hablaban su misma lengua, que no esperaban de ella sino un dócil retiro a meditaciones domésticas en la más apacible tranquilidad, hasta que al final acabara fundiéndose en su quietud, adonde duermen las violetas después del verano (viendo pasar el frío), en las entrañas de la tierra (esperando el retorno de los largos días). En ese espacio irrumpía intermitentemente, cavando algunas veces más profundamente y otras no tanto. Pero las visitas a ese lugar, dejándose guiar por la fuerza de la sangre, no era sino otro tipo de sus adormecimientos en el sillón.

Uno tras otro, inalterables, se sucedían sus últimos días, esperando con calma no despertar de uno de sus sueños. Numerosas veces creyó sin éxito que sería justo en ese instante. Tantas veces su pesado cuerpo se aflojó hasta casi derretirse en la cuerina amarronada. Sintiéndose acompañada de todos los amados muertos que venían a buscarle, no ofrecía resistencia, haciendo el mayor esfuerzo posible en dejarse ir. Y no mirar atrás, adonde quedarían los hijos y las mascotas, el canto de los pájaros en el cerezo del jardín. No le temía a nada, excepto al dolor, sentía que ya estaba preparada para acabar con esa vida tanto como ésta lo estaba con ella, por eso no creía que hiciese falta ese último consuelo: sentir el desprendimiento del abrazo que la asesinaría.

Sin embargo, no moría. Cada nuevo despertar traía una nebulosa, atemorizantes segundos de confusión, las visiones del paraíso se transformaban en los muebles de roble bañados por luz, y se reacomodaba para hundirse más en su sillón, para iniciar otra sesión de muerte.

Ahora, como era usual, se despertaba sorprendida de su inagotable existencia, pero fuera de su costumbre, con la nostalgia a flor de piel. En su último sueño, cientos de imágenes pasadas volvieron desde algún lugar en las zonas del olvido. Las imágenes eran borrosas, lo que le conmovió fue la claridad de las sensaciones que despertaron. Su corazón exhausto parecía haber rejuvenecido con las taquicardias de novia nerviosa ante su primer beso, la desolación absoluta ante la muerte de su padre, su madre, y hermanos, y el dolor del desengaño de infieles amantes que se fueron. Había vuelto a sentir el fuerte olor a jazmines de la casa de campo de sus tíos, donde pasaran sus veranos de niña, el sonido del agua del arroyo cercano que corría, y a Dios observándole fijamente desde lo alto, escondido entre las nubes.

Había pasado los últimos quince años entre almohadones. En aquella habitación no se olía más que la lavandina con que la empleada limpiaba a veces, ni se escuchaba sino el crujir de los muebles al sentarse, sonido que sucedía a todos sus movimientos.

El renovado recuerdo de sus vidas anteriores le asaltó cuando se creía más despojada de él que nunca. Ochenta años de paso por el mundo en los que vivió como ella quiso, sin escuchar consejos de nadie y sin acumular miedo a nada. Pocas podrían jactarse de tal espectacularidad y variedad de experiencias, pero por muy dulce que la vida pudiera haberle sabido, aún restaban, entre muchas buenas memorias, otras pésimas y reprochables, que uno confía al tiempo, con la fe de que el esfuerzo por olvidarlas dará sus frutos. Fue a razón de esto que Mariela retornó a su cuarto, hacia el estante del ropero que hacía de almacén. Estiró su mano de dorso marchito para hacerse de un gran libro de cuero gastado en sus puntas, inscripto con letras doradas en la parte superior. Lo miró con detenimiento, intentando recordar más hondamente cuándo le había comprado, en qué tienda, si acaso la vendedora o vendedor sonreía o estaba serio. Todo fue inútil.

Acomodó su cuerpo nuevamente entre las cobijas y los cojines, poniendo el voluminoso álbum sobre su regazo. La habitación no estaba bien iluminada, pero la luz cálida que el fuego derramaba sobre ella bastaría para esos ojos tan acostumbrados a su brillo opaco.

En la pared, el reloj de *Deutschland über alles* trinó, imitando a los gorriones que no huían del invierno, y aún cantaban detrás del ladrillo y el cemento, cantaban todo el tiempo melodías universales de Paris, Ver-lín y Buenos Aires, sin duda los echaría de menos.

Miró un poco más la solidez del cubo negro, lo acarició fuertemente con las yemas, casi recordando cómo se sentía su superficie granulosa, cuán agradable le parecía, y que ya no se sentía sino dureza. El fuego chispeó en el caos de las maderas ardientes y un destello de luz más potente le regaló la visión de las circunferencias que recorrían la inmensidad de esa negrura como lo hicieran el primer día, cuando le compró, como cuando se lo enseñó a su primer esposo. No era como había creído, la que había cambiado era ella.

Pasó sus dedos por los bordes afilados de las hojas. Sin saber por dónde, lo abrió. Era pesado, le costó desplegar los dos pedazos de libro que desbordaban de sus piernas. Dos hileras de fotos saltaron hasta su memoria por sus ojos esmeralda, el aliento se contuvo en sus pulmones, articuló con los labios algo que no llegó a pronunciar, y se quedó saboreando esas letras que le llenaron los ojos de rojo y agua. No lloró. Los ojos se le secaron pero seguían rojos, se le acumuló la vida en ellos, y ahora disparaba vida a través de los que antes se dignaban a cerrarse y dormir, ya sin nada que quisieran ver, porque nadie les devolvía la mirada.

Pero esos ojos que la miraban desde las fotografías, las sonrisas, las manos que tomaban otras manos o que sentían la tela escondidas en los bolsillos, ellos la querían, la necesitaban. Vio una a una las fotografías que seguían: vacaciones con los esposos, Egipto, el caribe, el casamiento de los nenes, y se sentía la madre más orgullosa, todo lo que deseara alguna vez para sus hijos lo habían conseguido: amaban y eran amados, eran felices. Ya no la necesitaban, había cumplido con su parte. En uno de sus pensamientos, notó que en toda esa parte de su vida sólo aparecía parada entre el montón, detrás de alguno de sus hijos. Un actor de reparto, pensó, un buen escritor, eso es todo. Se recostó aún más, rumiando esa idea que le resultara tan cómoda y tibia: el soporte, la condición de posibilidad de toda una vida que ahora se desplegaba en algún lugar de la ciudad, una flor en el circuito de las flores de metal, como una máquina que se alimenta del sol.

Canturreó la canción de cuna favorita de sus hijos, y pensó que quizá ahora ellos la cantarían a los suyos. Era una vieja canción, realmente muy vieja, también había sido su favorita cuando niña. Su madre tenía la más dulce de las voces. "Mamá", dijo en voz baja con los párpados cerrados, hacía tanto que volteaba al escuchar ese nombre que ya no le parecía que le perteneciera a nadie más, ella era Mamá. Mas hubo una vez, en que ese nombre y esa calidez en la panza que suscitaba eran de otra. "Cuando yo era otra". Habló tan alto que el perro en su almohadón despertó, desacostumbrado al sonido de los humanos.

Con impaciencia volvió centenares de páginas atrás, hacia lugares que no viera en decenas de años. Se encontró con una fotografía de su hermano menor en el día de su boda. Vestía un traje de cola negro, y peinaba su oscuro cabello hacía atrás. Él era muy joven cuando la fotografía fue tomada, así que no podía saber que la ingenuidad del primer amor le impedía notar que la mujer con la que se casaría, no sólo era una aprovechadora que iba tras su dinero, sino que, además, ya estaba embarazada de otro hombre. Contemplar esa imagen le traía a la mente todos los terribles recuerdos de la miserable vida que su hermano vivió por culpa de la mujer que amaba, y que no pudo dejar de amar a pesar de todo hasta el día en que se quitó la vida, después de que ella se fugase con el padre de su hijo, dejándole solo, pobre y endeudado.

Tragó saliva conteniéndose, los tiempos de llorar hacía largo que habían acabado, y a los muertos había que dejarlos descansar en paz. No obstante, no pudo evitar querer sentirlo nuevamente, nadie sabía lo que sucedería cuando partió rumbo al altar. Ahora veía la foto de una escena del crimen, y no servía de nada.

Tocó con suavidad el rostro afeitado de Luis en la fotografía, y lo sintió, frío y terso como aquel día, y al abrir los ojos estaba allí, él, parado frente al espejo, acomodando su peinado con gomina para que quedara bien liso y brillante, repitiendo "acepto", "sí, acepto", mientras se alisaba las solapas. Mariela no se movía, permaneció de pie detrás de éste, observándolo por el reflejo. De repente, bajó la mirada y miró sus manos, eran jóvenes y lisas. "¿Vas a quedarte a vigilarme todo el día?, quédate tranquila, ya te dije que no voy a escaparme. Mejor ve a ver a Darla, puede que necesite una mano", escuchó que le decía, dejando el peine de lado y caminando hacia ella. Nuevamente le oyó decir entre risas: "¿Soy un príncipe azul, o no?" Mariela no perdió un segundo, no dudó, no temblaron sus rodillas, se abalanzó hacia el esbelto cuerpo de su hermano pequeño y lo envolvió entre sus finos brazos de veinteañera, afortunadamente en ese época no usaba maquillaje, por lo que no arruinó el traje de su hermano con sus lágrimas.

Inmediatamente lo tomó por las solapas y le exigió que no se casara, pero él no desistía, luego le suplicó que no lo hiciera, que abandonara a esa malvada mujer, que se salvara de la ruina y el dolor. "Si sientes algún cariño por mí, me escucharás y la dejarás", le dijo en un arrebato de cólera por la inconciencia de Luis, que se rehusaba a creerle, creyéndole víctima de un ataque de celos. "Ya te dije que no voy a dejar de quererte, no seas tonta, todo va a estar bien. Andando, ya es hora." "No", gritó jalando del traje con todas sus fuerzas, descosiendo ligeramente uno de los lados. "Cálmate, no sé qué te tienes, pero basta. Mejor quédate aquí, no quiero que armes una escena." Fue lo último que le escuchó decir a su adorado hermanito antes de abandonar el cuarto, y escuchar la marcha nupcial que le retumbó en los oídos al despertar en su polvorienta sala.

El álbum resbaló un poco sobre sus piernas y ella lo sujetó para que no cayera. Las fotos del casamiento continuaron siendo las mismas que recordaba, salvo que en una de ellas pudo ver algo que antes no había notado, en uno de los lados del traje de Luis colgaba un largo hilo.

Mariela plantó la vista en aquel hilo que se repetía en cada fotografía de la boda, y supo entonces que antes de ese día ese hilo no estaba allí. Sollozó medio segundo al recordar el calor del cuerpo de su hermano, el que había tenido que dejar partir a los brazos de la muerte una vez más, porque no había podido ir en contra de su voluntad. Debió haberlo obligado, tomado las medidas que fueran necesarias para repararlo todo, pero no lo hizo. Volvió páginas atrás, hacia la fotografía del espejo, pero cuando la tocó nada sucedió, sin importar cuántas veces cerrara los ojos para abrirlos después. Entonces miró de nuevo a Luis mirándose en la superficie fría y maciza. Estaba perdido para siempre.

Si su hermano no hubiese estado tan empeñado en casarse, quizá la hubiese escuchado, tal vez hubiera podido salvarse, pero el amor le conducía de la mano, con los ojos y los oídos tapados, y la juventud le hacía creer que todos se equivocaban menos él. Se había casado joven y enamorado, el pobre idiota.

Por otro lado, ¿significaba aquello que podía salvar a quien quisiera ser salvado? ¿Cuánto duraría este insospechado don que le regaló la vida? Considerando que pudiera esfumarse en cualquier instante, ¿a quién salvaría? Habló en secreto con su corazón el poco tiempo que dura una risa al aire, y supo exactamente adónde ir. Dejó caer sus párpados e inspiró profundamente, pensando en esa persona, en ese momento, temerosa de que fuera demasiado tarde, y abrió los ojos uno por vez. Dos niños estaban sentados de espalda, jugando en los matorrales, un pato graznó desde el corral detrás de la cabaña, las hojas rojas de los árboles pendían de su fino tallo jugando con la brisa del otoño, luchando por no caer. La brisa se convirtió en viento, y el viento en vendaval cuando la lluvia se sumó a la tarde nublada. Mariela corría colina abajo, los zapatos comenzaban a atorársele en la tierra que ahora se tornaba barro, y las trenzas que le hizo su madre volaban en todas direcciones a los lados de su cabeza. Corría esquivando los árboles, sin escuchar los gritos de su madre que había pedido a su tío que les fotografiara. Aunque todavía era temprano, debía advertir pronto la calamidad que llegaría y, si podía aventajar a la muerte, lo haría todo lo que pudiera.

La lluvia se acrecentó, el viento cedió unos momentos, ahora diluviaba, pero en breve ya no sería así. Cruzó la granja de los McDonell y supo que estaba muy cerca, a una o dos colinas. Sintió como cada paso se hacía más difícil, fue entonces que cayó al suelo, hundiéndose la mitad de su cuerpo y su cara en la tierra lodosa. Intentó levantarse una, dos veces, pero cayó a causa de lo resbaloso de la tierra. Giró su cuerpo hacia la derecha, y al dar con terreno un poco más firme pudo levantarse. Sin embargo, la tierra mojada y dura hizo que se atoraran sus pies, sin poder sacarlos de allí. Continuó corriendo hacia la oficina de correo del pueblo ya sin sus zapatos, medio enterrados en algún lugar del bosque.

La entrada del pueblo se encontraba desolada por la fuerte tormenta, todos los habitantes estaban resguardados en las viviendas y en los negocios, temerosos de abandonarlos porque el viento era tan fuerte que se llevaban con él carteles, veletas, sillas y cualquier otra cosa que se hallara en el exterior. A pesar de haber perdido valioso tiempo escapando del barro, calculaba que quedaba algo, y que él debía seguir aún allí, trabajando, por lo que corrió hasta la oficina que quedaba a pocos metros de la entrada del pueblo, con los pies lastimados pero feliz de poder ver su rostro una vez más.

¡Padre, padre!, gritó a viva voz abriendo las puertas del local, buscando con los ojos a la alta figura de larga barba y ojos compasivos. Entró y mojó con el agua que se desprendía de sus ropas y cabellos el suelo de madera, formando un pequeño charco a sus pies. No se atrevió a adentrarse más, menos porque temiera ensuciar las instalaciones que por el hecho de que sin importar donde mirara, su padre no estaba.

"Ahí estás, Mari, tú padre estaba muy asustado", escuchó que decía un compañero de trabajo de su padre. "¿Dónde está él?", preguntó inocentemente. "Tu madre llamó, dijo que habías desaparecido en el bosque justo cuando la tormenta comenzó y que no habías regresado, así que fue a buscarte", terminó de decir otro de los empleados del lugar. "¿Tú que haces aquí?" Se oyó que le preguntaban, pero ella ya no podía oírlos, había bajado su vista hacia sus pies pequeños y pecosos, estaban blancos y helados, el agua los había lavado. Afuera la tormenta se enfurecía sin pausa y elevaba a los cielos la basura que quedara olvidada. El día siguiente sería brillante y triste. En dos o tres horas darían la noticia. El charco debajo continuaba expandiéndose. En él se reflejaba su rostro de tirantes mejillas y labios rojos y pequeños como un capullo silvestre. El teléfono sonó.

Al volver todo lo que quedó fue dolor. Nada podía ser reparado, quedaba lo que quedaba y se perdía lo que se había perdido. Lloró amargamente el recuerdo de su padre, no podía continuar, nada cambiaría jamás, se dijo a sí misma con la respiración entrecortada por los sollozos que retumbaban en las esquinas y volvían al centro de la sala, para morirse en esa boca que se los tragaba. Sólo había llorado así el día que supo que ya nunca vería de nuevo a su padre. Ése era ése día otra vez, ya que volvía a sentir lo que era esperarle y saber que ya no le vería llegar, otro día que abrió la puerta y sólo halló dolor, el mismo que pasó una vida entera tratando de olvidar, hasta que éste la encontró a ella.

Desahogó su pecho hasta que se secaron sus penas, a un lado había quedado el álbum de fotos que hubiera guardado porque los recuerdos malos eran demasiados para querer revivirlos, y abandonado a su suerte en la oscuridad de un estante polvoriento, había sido dejado, no sin mucha reflexión que ahora rememoraba.

Se recostó tapándose con una gruesa frazada polaca, al tirar de ella el álbum cayó produciendo un gran estruendo que lejos de atraer su atención la repelió. Nada quería saber ya de las viejas fotografías, nada bueno podía salir de rebuscar en el pasado. Ella no era una anciana que se sentaba a recordar los buenos días de su juventud, ya los había vivido y con eso tenía más que suficiente, en cambio miraba siempre hacía adelante, y su futuro era sólo uno, la muerte.

El calor era insoportable dentro de la frazada, sacó la cabeza despacio, espiaba al fuego que se iba consumiendo, apagando a la habitación que ya no era tan iluminada como antes. Las sombras de los adornos sobre los estantes y en los muebles parecían gigantes que amenazaban de lejos a la anciana que yacía protegida del mundo en su sillón, las estatuillas bajaban la vista en dirección al mismo lugar, la anciana siguió el flujo de las miradas angelicales y dio con el álbum abierto en la primera hoja. Mariela volvió su espalda, decidida a sumirse en sueño otra vez, cuando escuchó un ladrido. Lo ignoró. Luego un segundo, y un tercero, y después ignorarlo fue imposible, porque los ladridos parecían interminables. Sólo cuando volteó su cuerpo hacia el álbum, el perro que estaba sentado al lado de éste, cesó de ladrar. Bufó y se acostó señalando con el hocico la segunda foto de la página. En blanco y negro se mostraba un paisaje torpemente sacado, mitad pasto, mitad cielo y un balde metálico. Nada memorable, a decir verdad, pero algo en esa fotografía le hacía sentirse bien, una sensación de paz infinita que no recordaba haber sentido nunca la llenaba, una tal que la equiparaba únicamente a la paz del paraíso después de la vida, pero que sentía extrañamente familiar.

Sacó la mano de la acumulación de pavor de la frazada, alargó los dedos sin quitar los ojos de la imagen, era pequeña y descolorida, chasqueó la lengua y se estiró todavía más y más, cayendo del sillón, rozándola con la punta del dedo del medio.

"Upa, ¿qué pasó, mari?, te caíste", dijo una voz dulce y cristalina que no tenía rostro, "¿esa es la cámara del tío Jorge? No le diremos que se cayó, ¿de acuerdo? Será nuestro secreto." Sintió su cuerpo elevarse por los aires, el pasto se veía lejano, pero no tenía miedo. Entre los árboles una hamaca era el refugio de su madre en los días soleados como ese, cuando la subía sobre su estómago. Su madre rió, y atrajo su pequeñísimo cuerpo hacia el suyo, recostándola. Besó una de sus manos y entonó una cancioncilla, mientras iban de izquierda a derecha. Lentamente, lentamente. Los latidos fuertes de su madre la calmaban, como cuando apretaba puñados de tierra mojada, y se sentía fresca y nueva en el mundo. El olor del agua de jazmines que destilaban los largos cabellos ondulados de su madre la mantenían despierta, distinto a la mano que al acariciarla la adormecía. Quería decirle a su madre que la quería por todas las veces que la increparía en el futuro, por las peleas diarias, antes de que se odiaran para siempre, dudando a veces si estaba enojada aún, hasta que un día una llamada llegó para acabar con la dubitación y dar paso al quizás. Apretó los músculos de la boca, pero sólo sonidos indescifrables se oyeron. Su madre sonrió. Frustrada se llevó el puño a la boca y cacheteó al aire con la mano tiesa y los dedos semi estirados, su inutilidad escapó de su cuerpo en forma de lágrimas. "Shh shh shh shh, tranquila, mami está acá", decían los mechones que tocaban el verdor del suelo. Volvió a ser recostada sobre el pecho de su madre, y juntando todas las fuerzas y concentración de que era posible, arrugó los labios condensando toda una vida de amor y cosas que decir, para hablar del verdor de los jardines en que jugarían juntas, el aceite de rosas que le pondría después de cada baño antes de dormir, las invitaciones de navidad que rechazaría con orgulloso dolor; la caricia a la lápida cuando ya no quedaran testigos. "Mamá", y su madre, al escucharla la besó en la frente y lloró de alegría. Y Mariela se durmió por fin, sintiéndose feliz y en calma, recordando el amor de su madre.

—Abuela —dijo la voz de su nieta mayor—, te quedaste dormida.

Mariela despertó y sonrió a la recién llegada. Perdón. Supongo que te cansaste de esperarme, dijo ella, tan radiante como recordaba que era. La anciana negó moviendo la cabeza a los lados. Sabía que vendrías, pensó, justo antes de que Mariela tomara la mano de su abuela, y caminaran hacia la puerta, donde el brillo del sol y el verde eran intensos. La anciana miró a la joven y se llenaron de lágrimas sus ojos.

—Estás hermosa nena —dijo por última vez antes de que se cerrara la puerta, y el perro elevara al cielo estrellado de julio su aullido ceremonial.

EL SECRETO
Lorena Escorcia (Colombia, 1980)

Al tres-pies nadie nunca lo ha visto pero canta, y cantó la mañana en que Efraím Arocha murió, sin más avisos ni premoniciones. Tan fugaz como la noticia de su muerte fue el entierro, que no hubo tiempo para duelos o lamentaciones.

Efraím había recorrido el país buscando un lugar para esconderse, en el trayecto había dejado hijos regados y les había dado el apellido. Aficionado paisajista, matemático y coleccionista. Diseñó dos jardines sin árboles ni agua, que pasaron a la infamia con los años; se sabía de memoria los cinco mil trescientos trece ejercicios del álgebra de Baldor; coleccionaba pinturas que se devaluaron con el tiempo y corrió en Brasil la maratón de San Silvestre, con Víctor Mora en el setenta y cinco. También se dijo que estuvo un número incierto de semanas en una cárcel en Santa Marta, por pasar contrabando desde Maicao hasta Mompox. Prófugo de la vergüenza, se hizo una nueva vida en un pueblo sin gloria. Lo llamaban el judío porque nunca lo veían en la iglesia, y porque prestaba plata al diez por ciento. Al morir no dejó ninguna deuda, solo una lista peligrosa de deudores, entre los que se contaban unos cuantos civiles con pistolas, el pastor, el cura y la mujer del carnicero.

Murió Arocha, dijeron en el pueblo, pero no de violencia sino de silencio, dos palabras a solo tres letras de distancia. Tan poco hablaba el judío de su propia vida que los recuerdos y también los olvidos voluntarios se le fueron acumulando en una de las arterias temporales que terminó por ceder a la tensión de los secretos. La mañana que murió se había despertado a las cinco y media, a las diez lo encontraron desmadejado sobre los azulejos del baño. El judío, por regla, nunca hablaba del pasado y se regocijaba alimentando la imaginación de los chismosos. "De pronto el alma se le salió del cuerpo y se perdió en el camino de regreso…" –susurraron esa tarde en la esquina de la plaza los que lo extrañaron para la partida de ajedrez de los jueves.

Cuando la madre del finado se presentó a la funeraria, después de dieciocho horas de viaje desde el valle de Sucre hasta la cordillera central, en una buseta y por un camino sinuoso y destapado, pudo distinguir entre los Arocha Pérez, los Arocha González, los Arocha Moreno, Hernández y Ramírez los marcados aspectos de la fisionomía de su hijo: unos ojos pequeños, sus mandíbulas gruesas con sus labios, la piel morena y los cabellos crespos.

—Hace treinta años que yo no sabía nada de él —repitió más de trescientas veces, sin mirar a los ojos, a los que llegaron al velorio que, confundidos, no supieron a cuál otra persona ofrecer las condolencias.

Venidos de ciudades vecinas y lejanas, o quizá recogiendo los pasos del difunto, los catorce hijos reconocidos de Efraím Arocha fueron llegando uno por uno. Los que estaban más cerca alcanzaron al velorio, otros lo vieron por última o por primera vez en el cementerio, cuando el sepulturero levantó la tapa del féretro de cedro negro, y hubo aquellos que no llegaron ni al entierro. No se supo quien tomó la decisión de meterlo a la bóveda tan rápido ni fue por evitar que el bochorno de la tarde empeorara la situación del cuerpo, o por soslayar el largo desfile de los hijos que fueron apareciendo de hora en hora desde todos los rincones de la geografía.

El ambiente no estaba particularmente invadido de tristeza sino de una clase de estupefacción perfumada de crisantemos y gladiolos. Los asistentes vestían el luto apenas necesario. Sin llantos ni la más mínima hipocresía. Los parientes llegaban frente al ataúd con pasos mudos, pero inevitablemente las miradas se volvían frente a ellos, para adivinarles en la cara el parentesco con el muerto, mientras rezaban con las uñas clavadas a las pepitas del rosario: "Dadle señor el descanso éterno" y "Y brille para él la luz perpetua". Entonces tomaban su vasito plástico con ese café aguado que siempre sirven en las funerarias, y buscaban la dama más vieja. "Esa debe ser mi abuela", pensaban. Y se dirigían con una cara neutra hacia la octogenaria vestida de negro, justo delante del féretro, rodeada de señoras con cara de tías. La saludaban y guiados por su mano se encontraba con uno de sus nuevos hermanos.

—Ese hijo mío sí que nos dio sorpresas, y las siguió dando hasta el día de su entierro —dijo la madre del difunto.

Las fórmulas de cortesía se fueron multiplicando durante la noche, en una interminable retahíla de: "Hola, mucho gusto", "¿Cómo estás?", seguido por sonrisa y apretón de manos.

—¿Tú también eres hijo del judío? —preguntó la mujer de falda de paño gris y blusa blanca de cuello bien planchado, con el cabello tenido detrás de la cabeza por una trenza que le llegaba a la cintura, al muchacho en el cual reconoció la misma cara de su padre.

—Sí, yo soy el penúltimo y vivía con él. Luego sigue mi hermana Damaris. ¿Y tú? Eres Helena Arocha, ¿verdad?

—Sí, mucho gusto, Helena Arocha Moncada, y quisiera saber... ¿de dónde me conoces?

—El gusto es mío, mi nombre es David Arocha Carmona —contestó el joven—. Te reconozco porque te vi el otro día en el periódico, eres la ganadora de los olímpicos de matemáticas del dos mil. Mi papá guardaba entre sus cosas una foto tuya.

—Mmm, eso no me lo esperaba —dijo Helena—, ¿y la niña?

—La niña es mi hermana. Lucero Carmona. No tiene el apellido Arocha.

—Mucho gusto Lucero. ¿Entonces Lucero no es hermana, no es hija de Arocha?

—Bueno, mi mamá dice que sí lo es y mi papá decía que no. Él nunca la quiso reconocer. Yo estoy del lado de mi hermana.

—¿Y tú de qué lado estás, Lucero? ¿Te gustaría pertenecer a esta familia?

—Sí, porque quiero tener un apellido y un padre, aunque sea un padre muerto —contestó Lucero, mirando fijamente a Helena, con una determinación inusual en una niña de diez años.

Helena dio una pequeña cátedra sobre la figura paterna, basada en las teorías freudianas, reflexionó sobre el abandono y la búsqueda afanosa del padre perdido. Dijo que no haberlo tenido, a ella también le costó mucho y la voz se le quebró un poco. Lucero la interrumpió:

—Pero tú tienes el apellido Arocha, eres una hija reconocida, no una "natural" como yo.

Helena cambió de tema.

—¿Y tú qué haces, David?

—Soy cabo en la escuela militar. Seré oficial del ejército, si dios lo permite.

—¡Ah! Tengo entendido que don Efraím era militar; ¿vas a seguir sus pasos entonces?

—Sí, voy a seguir la carrera que se vio frustrada en la vida de nuestro padre.

—Bueno, siempre hay alguien que quiere seguir los pasos de sus padres. Aunque no parece justo.

—Bueno, todo puede ser justo e injusto, depende del cristal con que se mire. A mí me tocó vivir con él y lo amé. Mi vida se dividió cuando dejó a mi madre con el nacimiento de mi hermana. Sin su ayuda, yo hubiera muerto de hambre o sería un criminal. Ahora me toca ir a ponerle el pecho a esta guerra.

Helena respiró y pasó dos sorbos de café.

—¿Y por qué dejó la carrera militar don Efraím?

—No lo sé. Él nunca hablaba de eso. Él nunca hablaba de nada, sólo trabajaba y mantenía la casa y la ropa muy ordenadas.

—Pero, con todo respeto David, por lo que he escuchado su vida no era muy ordenada que digamos.

—Eso no lo sé. Se sentía muy orgulloso de todos sus hijos. En especial de ti y de Juan Carlos. ¿Lo conoces?

—No, no lo conozco, pero me gustaría que me lo presentaras.

—Mira Juan, te presento a Helena, acaba de llegar.

—¡Ahh, Helena! ¿Cómo estás? Ya te habíamos visto con mi mamá el otro día en el periódico.

—¿Si? ¿Ustedes también?

—Bueno, supe que eras una de nuestras hermanas por dos cosas: la cara y el apellido. No hay más Arochas que nosotros ni mil kilómetros a la redonda. Ese día me fui con el periódico y le dije a mi mamá que me explicara eso. Que me parecía que tenía otra hermana. Ella no me contestó nada, dijo que era una coincidencia. ¿Sabes? Yo siempre crecí con la idea del hijo único, además del primogénito. Ahora no sé ni qué pensar, ni cómo sentirme. Esto es muy raro… aparecer de un día para otro con este reguero de hermanos…Ahora me toca organizar todo, la sucesión de los bienes.

—¿Y qué haces, Juan? —preguntó Helena.

—Soy fiscal en la capital. Pero me imagino que tú tendrás una carrera brillante. No hay muchos jóvenes que hayan ganado los olímpicos de matemáticas.

—Sí, estoy terminando una carrera de Artes y Restauración. Lo de las matemáticas no me apasiona a pesar que se me da muy bien.

—¡Vaya! Nunca me lo imaginé. La verdad es que no nos conocemos. Pero tendremos tiempo en el futuro, con lo de la sucesión, como dices. ¿Dejó algo el difunto?

—Mi papá dejó un terreno infértil cerca del páramo, una cuenta de ahorros que no he tenido tiempo de mirar y un montón de cheques de dineros que prestaba. Eso por el momento.

Fueron pasando muy rápido las horas. Afuera de la funeraria estaban los que querían evitar el calor de las veladoras y la gente.

—Yo no quiero que me vean porque me van a despellejar, como hacían con el pobre judío.

—No seas imbécil, Marlene. Nosotras también somos hijas. También tenemos derecho a hacer parte de la historia, ¿no crees?

—Pues yo no me siento muy cómoda diciendo que era la hija de un misógino.

–¿Qué? ¿De dónde sacas esa palabra, Marlene?

–El otro día pasaron en la tele una película de un hombre que despreciaba a las mujeres. Se llamaba *El Misógino*. Y este señor al que vamos a enterrar hoy era algo parecido. Sólo estuvo cerca de los hijos varones y de las mujeres que le dieron un hijo varón. A todas las demás las abandonó. Cuando tú naciste, el hombre se fue. Porque pensaba que con nuestra madre no podía tener un hijo varón, ya que se suponía que tú deberías ser un niño.

–¿Qué? ¿Arocha nos dejó cuando nací, porque nací mujer? Entonces sí era misógino –y siguió con la mirada la mujer que salía de la funeraria– ¡Oye! ¿Quién es esa mujer? Pareciera que es hermana.

–Es Helena Arocha, la que salió el otro día en el periódico. Que porque se había ganado los olímpicos de no sé qué cosa.

–¿Es atleta?

–Creo que sí. ¿Nos acercamos? Con esta cara de Arochas, seguro que nos conoce.

–¡Qué calor! –dijo Helena, dirigiéndose al par de mujeres.

–Sí, hace mucho calor allá adentro, son las velas y los velones, los que no tienen nada que ver con el difunto, sino que vienen a goterear café –contestó Marlene.

–¿Somos hermanas? –preguntó Helena, levantando las cejas mientras reconocía algo de su cara en las facciones de las dos mujeres.

–Sí, suponemos que si –sonrieron con ese sarcasmo de payaso triste que tenían todos los Arocha.

–Qué bueno será tener hermanas. Yo nunca he tenido una, nunca una confidente… Nunca alguien con quien contar aparte de mi madre.

–Yo soy Marlene, soy la hija mayor y ella es mi hermana, Sofía.

–Mucho gusto a las dos, me llamo Helena. ¿Así que hay hijos mayores que Juan Carlos?

–Sí, nosotras. Yo soy la primera, tengo treinta y tres años, cinco hijos. Mi hermana Sofía tiene treinta y uno, es madre soltera.

–¿Cinco hijos? –preguntó sorprendida y dirigiendo la cabeza rápido para mirar a las dos al tiempo– ¿Y tú una madre soltera? ¡Mis respetos! ¡Ah! Quiero presentarles a alguien –y se aproximó al grupo que estaba al lado de la puerta–, ven Juan Carlos, aquí apareció la primogénita.

–¿Primogénita? Yo creía que era el primero de la lista.

–Pues no –dijo Marlene–, la primera soy yo. ¡Mucho gusto!

–¡Así que tengo una hermana mayor! ¿y de donde vinieron ustedes?

–Venimos desde Arauca. Viajamos veinte horas, son como mil kilómetros. La carretera es muy mala, nos varamos dos veces.

—¿Y cómo se enteraron de la muerte de Arocha si estaban tan lejos y hace muchos años, imagino, que no lo veían?

—Las noticias malas no corren sino que vuelan y a veces son las primeras que llegan. Desde que salió de la casa sin despedirse, cuando nosotras teníamos tres años, hemos tratado de seguir su rastro. No fue tan difícil la búsqueda porque Arochas no hay muchos. Tenemos amigos que nos han informado de su vida. El resultado es que nos encontrarnos con ustedes y con la abuela luego de tantos años. ¡Qué mujer increíble! ¡¿Once hijos?! Alguno tenía que salir como Efraím. ¿No?

—Sí, alguno tenía que salir como Efraím y nos tocó a nosotros de papá —le respondió Sofía—, y entre otras cosas, ¿ustedes no creen que pudieron haberlo matado? Tenía tantos deudores.

—Cuando uno lo piensa bien, parecería que lo mataron pero, ¿alguno de ustedes piensa ponerse en el trabajo de abrir una investigación o una demanda? —dijo David, que hacía un tiempo se había acercado con el vasito de café a escuchar la conversación.

—Pues nosotras no —contestó Sofía.

—Pues yo tampoco abriría ninguna investigación. A mi papá lo mató la hipertensión. Nunca tomaba pastillas. Era un hombre terco y no creía en la medicina.

—Bueno, lo que único que pienso —dijo Marlene— es que debe ser duro, teniendo tantos hijos, no tener quien te llore el día del entierro.

Ese día se aceptó que no había primogénito sino hermana mayor, la abuela recuperó el derecho de abrazar a sus nietos y estuvo triste de encontrar a su hijo desaparecido y muerto; los hermanos reconocieron su herencia en la cara de los otros y Lucero fue sacada del olvido gracias a la ingeniería genética. Las madres tuvieron que decidir de cuál tela coserle al difunto su mortaja y el árbol genealógico creció hasta hacerse de un tamaño inconcebible, y hasta insoportable, que agregó abuelos, hermanos, sobrinos, tíos y primos al catálogo de los descendientes.

Los hermanos nunca se volvieron a encontrar luego de la sucesión, que le dio a cada uno doscientos pesos para pagar el viaje de regreso. El espíritu de Efraím Arocha se redujo en el corazón de todos hasta ocupar algún lugar borroso de un parque infame, de un tablero de ajedrez, una pintura devaluada, alguna fórmula de álgebra irresuelta, o un viaje muy largo hasta un pueblo muy feo.

La gente suele hablar de la experiencia de perder al padre como algo doloroso. Dices: "mi padre murió" y el amigo te da una palmadita lastimera en la espalda. Y tú contestas: «Gracias. Al tres-pies nadie lo ha visto pero canta, y cantó la mañana en que murió mi padre».

COMO UNA REINA
Ana Davies Rodriguez (España, 1955)

El día que me hicieron esa foto que parece que estoy sujetando un poste fue mi día de suerte. Aquel viejo no parecía de lo peor. Se veía limpiecito. Igual la manguera ya no se le paraba... pero así, mejor, se iba a conformar con magrearme a lo suave, o con mirar. Algunos se conforman con solo mirar. Así que decidí entrarle. Creo que le dije algo así como: *aquí hay un hombre que a lo mejor quiere compañía.* No se volvió, estaba como pasmado, mirando algo. Volví a entrarle: *mi amor, lo que quieras, baratico.* Tardé un rato en darme cuenta que el viejo llevaba en la oreja uno de esos aparatos para sordos. Debía tenerlo fuera de línea. Entonces los vi. Tirándome una foto. Una señora gorda y un chava que manejaba la máquina de retratar. Creo que fue el apuro que tenía ese día por cerrar con algo de dinero que me puse bien guapa, fuera de mí.

—Oye tú, ¿es que me conoces de algo para retratarme?

Avancé hacia ellos. El chico se acobardó y dio un paso atrás protegiendo la máquina. La tipa que lo acompañaba se puso suave conmigo.

—No se enfade señora, estamos haciendo un reportaje fotográfico.

—Bueno, tá bien, pero si queréis una modelo yo cobro por horas. A mí nadie me saca una foto si yo no quiero. ¿No es así?

—Tiene usted razón. Deberíamos haberle pedido permiso, pero es que estamos realizando un trabajo. Si quisiera ayudarnos...

Me ablandé porque se me hizo una lucecita en el cerebro de que allí, a lo mejor, había algo que sacar. Pertenecían a no sé qué iglesia y se dedicaban a sacar fotos a las putas de la calle. Querían conocer mi trabajo (dijeron muy finamente). Dónde vivía, y lo más importante: por qué me dedicaba a venderme en vez de tener otro oficio cualquiera.

Me pareció demasiado largo para contárselo en la calle y les invité a que conocieran el cuarto donde vivo. Total... ¿qué podía perder?

Cuando entraron en el portal ya se asustaron. Es un buen edificio, en la Latina, pero el dueño es un pobre tipo que está en una silla de ruedas. No limpia la escalera ni arregla la luz desde hace años. Nosotros le pagamos cuando podemos, o cuando queremos. Comparto el apartamento con tres chicas y un pajaroso. Es inofensivo. Él también se dedica a la calle, pero es español. Somos gente que va por libre, siempre que se puede. La calle está fea, pero todo lo que ganas es para ti.

Tengo un cuarto pequeño, interior. La gorda y el chava se acomodaron en las dos únicas sillas, y yo en la cama. Querían saberlo todo. El chava me pidió permiso para tirar fotos del cuarto. Lo primero que retrató fue el póster que tengo pegado en la pared de Playa Boca Chica. Y ahí empecé a inventar. Según inventaba, más me gustaba el invento. Que un turista se había enamorado de mí y me había traído a España con la promesa de casarse conmigo. Que cuando llegamos acá, como la familia era blanquita y de dinero, me rechazó por ser medio morena. Que quedé abandonada y sola y me puse a trabajar...

–¿En hostelería? –preguntó el chava. Al parecer él había trabajado en un bar. Le cogí la hebra.

– Si, pero el dueño del bar quiso abusar de mí y me dejó en la calle.

La gorda y el chava me miraban con una lástima tremenda. Y yo ahí eché los restos: que si yo era joven e inocente y me vi empujada a prostituirme... (esa palabra sé que a la gente como ellos les encanta) y que aunque siempre había querido dejar esta vida, los años pasan, y ya no tenía ninguna salida. Más ahora con la crisis, que no había trabajo ni para las jóvenes de piel lisita. El chava me miró los muslos, no con ganas, sino imaginando lo que había ahí antes de tener tres kilos de celulitis en cada uno. Me estiré la falda, como si me importara que un hombre me estuviera mirando. Eso acabó por ablandar a la gorda, que me dio una tarjeta: Hermanos Seglares Reconductores.

–¿Qué coño es eso?

–Estamos muy cerca de aquí, puede visitarnos cuando quiera, a lo mejor, podemos hacer algo por usted.

Me guiñó un ojo. No llegué a comprender lo que significaba aquel gesto. Lo que me asustó de verdad fue ver que se iban así, sin más, y no les había sacado ni para un café. Me eché a llorar como pude.

–Es que no tengo ayuda, y si fuera yo sola… pero mi mamá, ya tan vieja, que sigue en Santo Domingo, y todos los meses espera su dinerito para poder sobrevivir…

Recalqué lo último mientras me sonaba los mocos. Sobrevivir sonaba a librarse de un terremoto o una guerra. La gorda abrió su bolso. Creí que me iba a caer al suelo del gusto, pero la muy guarra sacó un fajo de estampitas de Santa María Magdalena.

– Es su patrona –dijo–, no lo olvide.

Cuando les iba a caer a golpes, el chava dejó la máquina de fotos colgándole sobre la barriga y sacó un billete de cincuenta euros. Me lo puso en la mano. Cuando salieron por la puerta estaba casi de anochecida, pero yo ese día ya no tenía que salir.

Decidí cambiar las sábanas de la cama para celebrarlo, y me serví un vaso de vino. Aquella noche me dormí mirando el póster churroso de Playa Boca Chica, sintiéndome como una reina.

BORGES EL EMIGRANTE
Beatriz Menéndez Vico (Cuba, 1973)

Mantengo la imagen de una mujer asomada a un balcón, digo balcón porque la imagen a veces aparece difusa y no es precisamente asomada sino parada en lo alto con las manos apoyadas a una superficie lisa y reluciente, tan reluciente como la túnica blanca que la cubre. A veces es así y sé que es una especie de sueño y me justifico porque nunca los sueños son como suelen ser y la verdad no esa que se asoma entre la bruma. No hay resplandor ni superficie pulida sino una mujer que me mira indiferente y que extiende las manos y yo corro asustada porque presiento el grito y el ruido que queda mientras busco el camino de regreso. Todavía la percibo y siento frio al ver el jardín abandonado, el sendero que conduce a los escalones, a la puerta oscura. Noto las rosas que crecen al lado de la fuente seca, al querubín con el dedo índice mutilado por el tiempo. Levanto la cabeza y me doy cuenta de que no lleva la túnica blanca sino un vestido azul ceñido, un sombrero ancho y las uñas laqueadas. No es ella, es la hermana, me dijo alguien, quizás Arturo, que a veces me acompañaba pero se quedaba rezagado porque teme a esa casona y a las hermanas, una loca y una cuerda. ¿Cuál de ellas preguntaba? Pero ya desde entonces comencé a darme cuenta de que respuestas no son tan fáciles como parecen.

En esa época mi madre estaba muy enferma y vivíamos con los abuelos, ellos no se ocupaban de mí, no les interesaba mi andar sin rumbo, mi curiosidad y mi desamparo. A los pocos meses mi madre murió y entonces supe que mi vida siempre sería algo más que una loca o una cuerda, algo más que un jardín abandonado.

A los quince años leo un libro, soy yo con la nariz afilada, los ojos hundidos, la delgadez y la piel pegada a los huesos. Apenas comes, dicen pero creo que en realidad no les interesa nada de mí. No sé por qué me aferro a la idea de que no les gusto, que me culpan de la muerte de mi madre, que me odian porque le recuerdo al hombre que se la llevó una noche y que después la abandonó en un andén de provincia. La historia la escuché en el tiempo en que mi madre trataba de espantar mis dudas. No es verdad, decía, él no nos abandonó, hizo lo que creyó mejor para nosotras. Quince años y el encono sólo aflojaba al leer las hojas llenas frases que trepaban hasta mi garganta. Me refugiaba en la lectura con empecinamiento, como si fuera lo único reconocible y vital para mí. En esa época caí enferma y mucho me costó reconocer que no me dejaron morir como creía, que cuando la fiebre subía alguien me secaba la frente, y a veces la besaba. Es mi madre, me dije y me mantuve en mi ceguera hasta en los días en que el sol se reflejaba en mi ventana de convaleciente y una de mis tías cantaba feliz porque al fin no tienes fiebre. Siempre el rencor y mis deseos de alejarme, deseo que me llevó a partir una mañana, quería estar lejos, nada mejor que una beca, un lugar para no verlos, para no sentir que era la huérfana, la rebelde que se negaba a vestir como dios manda, a comer correctamente, a no gesticular ni gritar, ni romper el vaso, el plato y contener la furia de mis días. Me fui y seguí leyendo, empecé a vivir entre amigos, a descubrir el cuadro colgado en la pared, a ver la película prohibida, a renegar de todo y de todos. Me aferré a los cambios que se sucedieron en el país, me sentí partícipe, odié a los que vivían pegados a costumbres y cosas, dejé de verlos para siempre. Ellos me seguían desde lejos y no entendían mi rencor. ¿De qué los culpaba? ¿Por qué buscaba el castigo por mis noches de pesadillas, por mis miedos por mi incapacidad de ver la quietud de un jardín abandonado? A él recurría algunas veces. Lo veía al transitar por el reparto de lujo convertido en campamento de estudiantes, jóvenes venidos de rincones míseros, ávidos todos, abrumados por los cambios y la felicidad de vivir un momento único. Yo entre ellos que quería eliminar todo vestigio de pertenencia a un mundo sin reclamos. Yo que quería cortar las ataduras pero a veces en mis recorridos llegaba hasta una casa afincada a lo lejos, un balcón donde creía descubrir la imagen de mi niñez y entonces allí detenida buscaba a la mujer de dedos fríos y ojos impasibles, a la que apenas pude conocer pero que dibujé con los trazos imprecisos de una imaginación traicionera.

    —¿Qué miras?

Sus manos moldeaban el barro pero yo sólo veía sus dedos fuertes, las uñas sucias, las venas, el vello fino

    —Me gustas —le dije.

    —Eres loca.

    —Te amo

Me acerqué, respiré su olor, el sudor en la nuca, en la camisa de tela fina, en los brazos. Me pegué a su espalda. El siguió moldeando el barro, me alcé para mirar a través de su hombro, vi el busto que aparecía, unos ojos muertos, una boca sin sonrisa. Trazos duros, fieros y yo repitiendo un te amo para lograr que dejara de golpear, de buscar una perfección que se le escapaba en el esfuerzo.

    —Eres una niña tonta —dijo casi para sí

    —No lo soy, tengo dieciocho.

Acaricié sus sienes, besé la espalda, él dejó el barró, tiró un poco a un lado y suspiró, se volvió y me pegué a él, mi cabeza rozaba su barbilla. Me apretó fuerte y me empujó despacio, me tiró en el diván desvencijado, no quiso mirar el oleo que colgaba, tampoco los grabados que reposaban en el rincón. Yo sabía que nunca quería ver cuando me poseía, no quería enredarse en la pesadumbre de una relación fracasada.

—Vete

Me levanto, busco mi ropa mientras él fuma mirando el techo.

—No vengas más.

Me hago la que no escucho, sigo abotonando la falda, me aliso el pelo para ocultar el deseo de besarlo de nuevo, de caer rendida junto a él. Solo intento darle paz con mi silencio, con mi forma de agacharme para ponerme las sandalias. Sé que sigue sin mirar y que está a punto de gritarme.

—¿No vas esta noche a la exposición?

Pregunto tratando de parecer distante. Tira la colilla, veo el humo que sube del piso, la aplasto. Esa noche no estuvo, lo busqué, esperé por él. Marcia una vez más se rió de mí. Es inútil, decía, Alejandro no te quiere, no quiere a nadie. Yo negaba, no creía en la dureza que todos se empeñaban en mostrarme. Sospechaba que él era como yo, que se ocultaba, que se negaba en cada gesto. A los tres días fui a verlo. Estaba contenta, feliz porque conseguí la beca para estudiar filología en la universidad. Toqué y me abrió la dueña de la casa, me dijo que no estaba, le pregunté si podía entrar a su estudio, me miró con fastidio, no sé si con algo de lástima. Ella conocía a Alejandro desde pequeño, por eso le alquiló la pieza del fondo. Ella me veía llegar, al principio con extrañeza, después con ese brillo entre tibio y desalentado. A veces me invitaba a lo alto para que tomara café mientras esperaba. Ella conocía de su talento, su éxito con las mujeres. No me dio consejos. Se dio cuenta que no los necesitaba. Tiene mujer, me dijo una vez, dos hijos pequeños. Viven en El Vedado, la esposa es profesora de la Universidad. Lo dijo sin malicia, sin caer en el detalle, sólo para dar sensación de honestidad porque percibía que él ocultaba la realidad tras una falsa apariencia de liberación y dejadez. No me importa, contesté casi desafiante. No se enfadó al escucharme, a lo mejor yo fui ella cuando sus pasos eran más fuertes y sus caderas más redondas.

—Entra —me dijo haciéndose a un lado.

Fui hasta el fondo, sabía que quedó mirándome, hasta que abrí la puerta y entré. Encima de la mesa el busto con los ojos ciegos, el rictus amargo. Me acerqué y recordé las manos modelando, tratando de sacar el rostro visto a través del tiempo y la memoria. Di vueltas por el estudio pensando en ese día cuando le conocí, en la galería de la Rampa, su nombre aparecía en el folleto. Uno de sus cuadros colgaba en la pared. Yo me detuve unos segundos, luego seguí sin percatarme de su presencia. Marcia me lo presentó casi al salir. Te gusta Borges, le pregunté después de vernos varias veces. No siempre, me dijo. Esa vez noté su indiferencia, su cansancio, después supe que no lo provocaban la arrogancia ni la maldad sino esa sensación de desapego que acompañaba todo sus actos. También noté que quizás por mi juventud o mi apasionamiento, nunca iba a estar a su altura. Seguí allí parada, luego me volví y caminé hasta el diván, me tiré guardando la alegría y la noticia de mi entrada a la Universidad, no supe qué hora era cuando me despertaron unos toques en la puerta. Abrí los ojos con lentitud. La puerta se abrió.

–¿Por qué sigues aquí? –preguntó la dueña– Él no vendrá.

Me senté y traté de acomodarme el pelo, pregunté la hora, se acercó y quedó parada frente a mí. Es tarde, me dijo.

–¿No sabe si viene mañana?

Se sentó junto a mí, ahora sí descubrí algo de lástima al decirme que no lo buscara más, Alejandro se había ido con la mujer y los hijos.

–Se fue del país.

Estoy en el apartamento que me dejaron después de mucho rogarme para que los siguiera. El apartamento al que casi nunca iba y que ahora necesito para esconderme, para buscar una vez más la presencia de mi madre y los pocos recuerdos de ella. Me senté frente al balcón con su retrato y dos cervezas, una cajetilla de cigarros y la certeza de que no moriría por la partida de Alejandro, como no morí por la muerte de mi madre. Las pérdidas no siempre nos hacen buscar la ansiada liberación que trae la muerte, sino que a veces se acumulan para crear un vacío que crece y crece hasta hacerse un abismo que traga y perpetúa el desencanto.

Estoy aquí sentada y de repente lo veo. Es él, a pesar del tiempo, a pesar de las gafas y el pelo canoso, a pesar de la lentitud de sus actos. Me acerco, me siento en el otro extremo del banco. Desde mi esquina busco explicaciones de un encuentro al que renuncié después de muchos intentos. Vuelvo a verme en aquella época, contemplo a esa muchacha que se hundió en el disparate y la desidia porque a raíz de la partida de Alejandro quiso despojarse de toda doradura suplementaria. Inició así una carrera en pos de ser lo que los demás querían que fuera. Se aferró al sin sentido, a la idea del sacrificio personal en aras del bien colectivo. Se perdió en la vorágine de un mundo sin matices. Fue una sombra hasta esa mañana en que decidió partir acompañada por la frustración, dos divorcios y dos hijos.

Sigo en mi borde sin creer que esté frente a mí. Junto las rodillas y trato de detener el corazón. Él intentó levantarse para ir hasta mí, el bastón y el libro cayeron al suelo. Yo fui más rápida, vine y me agache a recogerlos.

—¿Borges? —le pregunté al darle el libro

—Veo que recuerdas mi apellido

—Lo recuerdo todo, incluso aquello de que te gustaba a veces.

Conversamos, hablamos del tiempo, de los hijos, de sus nietos, del abandono de la pintura porque la urgencia del vivir hizo que arrinconara la vocación. Yo también le comenté de mi familia, esa que tanto odié y a la que tuve que recurrir arrepentida. Le conté de mis renuncias, de los poemas guardados en un cajón. Fue una plática de amigos, amigos que eluden detalles escabrosos. Después, una sonrisa, la despedida. Él quiso ponerse de pie en gesto de caballero, yo dije que no hacía falta.

Regreso a la verja y me veo de nuevo frente a la mujer de pelo largo y negro. No sé por qué la distingo como la primera vez: nítida, sin que el tiempo borren los ojos impasibles. Tiene la mano extendida, como si quisiera atraparme con sus dedos largos y fríos. Escucho el grito pero esta vez no siento miedo. Me marcho y de repente estoy detenida a los pies de la cama en la que mi madre muere mientras yo le ruego que no lo haga. Esta vez conservo la visión, no la niego, ya no la oculto en la tortura de una conciencia culpable, ya tampoco me veo persiguiendo una presencia que completó un paisaje de cenizas. Camino sin percatarme de la brisa que levanta las hojas. Llego al final del parque. Al cruzar la calle, me sentí liviana y tranquila. Colgada a lo lejos está la ciudad soberbia que vuelvo a nombrar.

DESDE MI BALCÓN

Nery Santos Gómez (Venezuela, 1967)

It's raining men, Hallelujah, it's raining men Amen.
The weather girls

Llueven hombres delgados, de miembros alargados y rostros enjutos, con sonrisas tibias y ganas atrapadas. Otros son robustos y caen con más fuerza como las gotas gordas que se estrellan contra mi ventana. Trato de salir, pero han cerrado la puerta con llave. Toda mi vida ha sido así. Pido que me saquen pero le echan la culpa al clima. Unos tienen barba y cabellos encrespados, otros son lampiños. Hay uno de ojos azules y otro los tiene rasgados como ojales desde donde asoman pequeños botones marrones. Me gustan todos. Quisiera ser el charco, donde caen ellos, danzando a mí alrededor. Produciendo hondas que alteran mis sentidos. Para ser charco hay que estar libre y aceptar, dejarse penetrar y crecer, hasta convertirse en corriente. Correr vereda abajo, escapar, salpicar, gozar. Arrastrar opiniones y frustraciones de madres hasta ahogarlas. Encontrar otras corrientes y unirse a ellas en un río de placer.

¡Qué hambre tengo! Me traen leche y galletas. Yo las rechazo. Si supieran que lo que quiero es un hombre. Un perfecto caballero, o un macho con porte de galán que infle el pecho como un gallo en conquista, o que tenga el corazón blandito y que sepa recitar poesía como deben hacer las tortugas para cortejar. Me gustan peludos y feos pero también los finos y suaves. Mamá me cerró la puerta del balcón. Ahora también me la cierran por la humedad. ¿Qué importa la lluvia si lo que quiero es mojarme? Yo aquí tan seca, como un desierto. En esta casa monocroma todo es igual, las sábanas, las cabezas, los uniformes.

Las gotas repiquetean sobre el techo de zinc. Son las voces de mis hombres. Quiero que tenga la voz gruesa para que vibre en mi oído. No importa que sea muy flaco, ¡qué rico pincharme en sus huesos!, o que sea muy gordo para cabalgar sobre su lomo. Que tenga bigotes para que haga cosquilla a mis mejillas o que le cuelgue una barba larga para juguetear con ella. También califican los calvos, me emociona poder frotar su inteligencia. ¡Eso sí! Que ningún jabón le robe el olor a hombre. Ese que mueve las entrañas, enciende el apetito y prende fiebres. Tanta calentura...

¡Micaela, desvístete! El estetoscopio resbala entre mis senos mustios que se durmieron esperando una caricia y que ahora paran sus montañas solo para recibir ese frío inmisericorde del metal. Me palpan el vientre y dicen que tengo úlceras. El vacío que nunca pude llenar. Huecos. Descubre mi brazo y me penetra. Acero contra piel solo puede obtener sangre. Así ha sido siempre. Dice que tengo diabetes. Un bajón de amor es lo que me pasa. Nunca pude bajar del balcón. Desde allí junto a mi madre escuchábamos a la comadre María diciendo que le salió mujeriego o a Lorena, la vecina, que le tocó un maricón. Esto no ayudaba y debía convencer a mamá. Lo intenté un par de veces. Fui horrenda, con aquellas trenzas como corona de viuda y aquel vestido de encajes que no estaba a la moda, Mamá lo hizo con la inspiración que le dejó aquel que se fue antes de yo nacer. Me pasé la noche sentada viendo a todos bailar. Sentada como a diario en este balcón, viendo pasar lo que queda.

—¿Doña Micaela, la pongo en la ventana? El balcón está mojado.

Él es gentil. Manos extrañas que me atienden, que obedecen al deber del dinero y no al de la sangre. Me quedé esperando llantos de madrugada pero solo escuché los míos, acuné solo la almohada. Me quedé con el ajuar estrujado y los sueños aún intactos y mojados. Nunca conseguí la semilla, a pesar de tener el terreno húmedo, fértil y abonado.

¿Están lloviendo hombres? ¿Ninguno para mí? Son muchos, se estrellan y resbalan en los surcos de mi rostro. Se deshacen y se convierten en agua desabrida. No me importa que sea alto, adivinaré sus expresiones cuando camine junto a él. Y si es bajito recostaré mi barbilla en su cabello mullido mientras siento que me devora el pecho con sus ojos. Uno, no pido más.

El cartero deja recados, ninguno para mí. Allí van los perros de la calle, persiguen a esa golfa. Sin reparar en el aguacero, mueven el rabo. Ella camina oronda, consciente de su poder; el mismo que dejé correr entre mis dedos.

—Hoy no llueve, doña Micaela. Hoy sí puedo sacarla al balcón. Bueno, cae una garúa fina.

Veo uno con sombrero, está un poco mojado como recién estrenado, se acerca, lo distingo con mis lentes de aumento. Camina derecho, erguido, tensando los músculos, decidido, impulsado por sus feromonas, las mismas que me trae el viento mezcladas con Jean Marie Farina, como signos inequívocos de su virilidad. Camina despacio, marcando los pasos, asegurando en cada huella la fuerza de su persona. Ya está más cerca, se me hace agua la boca pensar en morder esos labios gruesos que resguardan de seguro su dulce lengua, que adivino apasionada y muy traviesa.

¡Sí, ese es el hombre!

Seguro se llama Roberto, tal vez Ramiro, seguro un nombre bien varonil y apasionado, que suene en mi boca como el deseo fuerte que me embarga, pero que al pronunciar la última silaba deje una cadencia en el aire como este suspiro.

¡Ese es! Lo veo venir, tiene las manos grandes, está vestido de sueño, tiene ojos de filósofo y la bragueta abultada, por la v de su camisa abierta asoman muchos pelos.

¡Ese es el hombre! ¡Dios mío! …

Lástima que llegó cincuenta años tarde.

EL PLANTÓN
Guillerma Alicia Rioja Chumacero (Bolivia, 1982)

Acabo de descubrir que mi enfermedad tiene nombre. De acuerdo con Jules de Gaultier, yo sufro de bovarismo. Ya antes, durante mi juventud, había leído la novela de Flaubert y me identifiqué con la protagonista, si bien en esa época no reflexioné del porqué del parecido.

Así pensaba Anita mientras doblaba las sabanas de su cama y recogía la ropa sucia de su habitación. Anita bordeaba los 40 y había entrado en un proceso de depresión que ningún psicólogo de los que había consultado podía sacarla. Cuando se encontraba en esta situación le venía a la memoria la balada de Lucy Jordan recordándole que a su edad nada de lo que a los 16 se propuso había conseguido.

At the age of 37 she realized she'd never ride through Paris…, larala, lala. Diablos, debí terminar mi curso de inglés. Hoy, precisamente hoy, que se cumplen 10 más de los 10 años que me planteé como meta para lograr mis propósitos. Recuerdo que consideraba que ese era tiempo suficiente para aprender dos idiomas, viajar, tener un buen trabajo en el extranjero, de preferencia en tecnología.

Hoy 10 de julio, a veinte años de esa noche en la que durante un insomnio se armó su futuro y se planteó metas, hacía que se sintiera en un estado de insatisfacción consigo misma que había llegado a niveles crónicos. Y no es que Anita no hubiera conseguido nada en su vida. De hecho había logrado el sueño americano (un esposo con un trabajo seguro y bien remunerado, una casa propia con jardín delantero y patio trasero, una niña de 8 años y un niño de 10, además de un perro pastor, mascota de su niño), también era profesional y trabajaba en una editorial. Su vida había sido buena, todas las mañanas salía a trabajar en esa pequeña oficina, se reía sin ganas de los chistes de sus colegas, los pobres, se creían intelectuales por trabajar de editores, algunos hasta se creían críticos de novelas que deshacían con una frase simplona o un comentario escaso de autenticidad. Si bien era cierto que había novelas que no valía la pena leerlas, había otro tanto que tenía el mérito suficiente para ser compartidas, pero esos seres que se hacían llamar editores las desestimaban, negándole al mundo un poco de luz para esas horas ociosas.

No me encuentro en mi elemento, esas personas me parecen aves de rapiña, caen sobre una novela con ánimos de deshacerla y peor aún, sin ninguna intención de que pasen de ser prospectos. Los odio, los odio tanto o casi tanto como a mí misma, por lo menos yo tengo la virtud… no, tampoco la tengo, pero no soy igual que ellos, yo aún creo en la humanidad y en la capacidad creadora de la mente libre… humana.

No en vano participó en jornadas de protesta, creía en la humanidad, todavía pensaba que alguien estaba destinado a cambiar el mundo (quizá ella) y que éste era susceptible de ser cambiado. Desde la universidad en grupos de protesta, protestaban por tantas cosas... una sonrisa se dibujaba en su rostro cuando recordaba su época universitaria. Volvió a mirar a su alrededor, a sus colegas.

Pobres seres, quién puede vivir como ellos, son tan simples, tan tribales, sus aspiraciones no van más allá de sobrevivir y joder un poco mientras llega la hora de su muerte. ¿Será que soy igual a ellos? Me levanto en las mañanas a la misma hora, sigo la rutina de la ducha, desayuno para todos, salida a las apuradas y luego ocho horas de trabajo tedioso para al final volver a la casa con esas charlas rutinarias... Que cómo te ha ido, que otra vez la profesora me ha mandado a llamar al colegio, que tenés un rasguño nuevo en el rostro, que la merienda no es suficiente y habrá que darles en efectivo... Que mi jefe hoy estaba histérico, que la secretaria nueva no sabe ni redactar, que mi colega sigue mis pasos en la oficina.

Toda esa rutina la tenía hastiada, las voces la agobiaban y agradecía en esas horas que tuviera una imaginación bastante cultivada como para escapar de esa tediosa realidad.

Por Dios, mensaje de Rodrigo, justo hoy que recordaba a mis amigos de la universidad: todos a las... en el plantón delante de... los esperamos.

Sintió como si una vieja y cálida brisa del pasado emanara de ese mensaje de texto en su celular. Volvió a leerlo saboreando cada palabra, ahí tenía la puerta de escape de esa rutina que la asediaba. De pronto se iba el tedio y unas ganas de ser la que era hace tantos años volvía, y planificaba sus conversaciones con Rodrigo.

Tanto tiempo sin vernos... ¿Qué ha sido de tu vida?. ¿En serio que te has casado con Valeria, la del cabello corto que estudiaba para socióloga?. He sabido de algunas cosas de tu vida por los medios, cuando proclamas la defensa de los derechos humanos, de los animales, del medioambiente, realmente andas muy ocupado... ¿Te acuerdas de Jorge? Sí, el de lentes oscuros que no se los quitaba ni en clases, pues el otro día me lo he topado en la calle y hablamos un rato sobre nuestras actividades en la universidad, de cómo nos divertíamos armando rollo. Él también estaba deprimido porque trabajaba en una oficina pública, imagínate, él que jamás fue muy sociable. Nos despedimos recordándote como el gran líder que eras, extrañando tus discursos incendiarios pero verdaderos... realmente te he extrañado.

Las voces de sus colegas la sacan de su ensimismamiento, ya es hora del almuerzo y han decidido ir al restaurant que está cerca, como para no tardar porque tienen mucho trabajo atrasado, todos ríen estrepitosamente ante esta idea.

Realmente parecen hienas. Claro que iré con ustedes… esperen un segundo que recojo mis cosas… Ay, Carlitos, no exageres, no puede ser tan mala… ¿en serio?... pero ese error es común en los escritores jóvenes, no puedes rechazar una novela por esas nimiedades. En su vida Carlitos podrá hilvanar ni entender una historia en toda su magnitud, por eso es que se dedica a encontrar errores de redacción, le hace sentir creer que sabe. ¿No soy yo igual a él?

Entraron en el pequeño restaurant de la esquina, la comida comprendía tan sólo dos tipos de sopas y dos de segundos. El hambre de Anita escapa ante el escueto menú, pero siempre es así, no hay de donde elegir, nada especial sucede en esa cocina, la rutina es la norma. Norma, se repite en voz baja mientras toma asiento alrededor de la mesa.

Seguro estará Norma en el plantón, siempre fue avivada, no le tenía miedo a nadie. Recuerdo cuando se enfrentó al rector y le dio su histórica bofetada. Era muy valiente, aún vive sola y aporta con magníficos artículos sobre los acontecimientos políticos, algunos comentarios suyos llegan a influir tanto en la opinión pública que casi no la extraño porque la escucho en todas partes. Norma, nunca pude comprender muy bien como lograbas lo que te proponías.

La hora del almuerzo terminó y volviendo a la oficina trató de recordar qué había comido, pero ni el rastro de sabor en la boca la ayudaba, solo pensaba en el reencuentro con su viejo camarada, en la emoción de las rutinas universitarias que le aceleraban el corazón. Llamó a casa y dijo que volvería tarde, que pasaría por el supermercado y que no la esperaran despiertos.

Ya es hora de salida, mi pulso no afloja, me miran con interés, quizás escuchen como galopa mi corazón, pero nada dicen, solo siento sus miradas que calientan mi espalda. Rodrigo, allá voy. He leído un poco sobre la causa, es injusto, como no me he dado cuenta antes. Recuerdo que la semana pasada he tomado otra ruta para llegar al trabajo y al buscar una radio que me acompañe en el trayecto he creído reconocer la voz de Norma, ahora estoy segura que era ella; a las 7 PM, no olvidar… no quedarse en casa… es hora de que se escuche nuestra vos… si no, cómo podrás justificar tu paso por este mundo… cómo podrás ver a los ojos a tus hijos… Norma siempre fue tan valiente.

Su coche dobló la última cuadra que la separaba del plantón, no podía encontrar parqueo pero eso no la detuvo, estacionó en una acera transitada, se fijó que nadie la viera descender de ese elegante carro, aseguró las puertas y se marchó sin su bolso, vistiendo sólo las chanclas que usaba las veces que necesitaba caminar sin rumbo cuando le venía la nostalgia.

Qué aire tan puro, recuerdo estas melodías, qué jóvenes están todos por acá, casi parezco una anciana al lado de ellos… llamaré a Rodrigo para avisarle que ya llegué. No contesta… no importa, ya lo encontraré… cómo ha cambiado, ha gana-do un poco de peso pero esos ojos vivaces y oscuros no cambian… es Norma la que camina a su lado? Ella está igual, delgada, esbelta, pelo corto, ojos claros, mirada serena, esa voz que tiene, tan sonora, tan autoritaria, tan valiente… Se acercan… hola, tanto tiempo… claro que no he cambiado nada… yo también los extraña-ba… desde luego que sabía sobre este problema y le había hecho un seguimiento sólo que no encontraba cómo hacer algo, ya saben la familia, el trabajo, esas cosas que hacen la vida de una… pero desde luego que los apoyo, estoy acá y llegué para quedarme… ya están tan cerca… ya siento los pasos tan seguros de Norma… ya escucho su fresca carcajada… ya nos encontramos… HOLA COMPAÑERA.

Norma y Rodrigo saludan apenas, están apurados por ir al encuentro de los jóvenes que se suman al movimiento. Durante años han trabajado por esta unificación, todos juntos por una causa, eso no se veía hace tanto tiempo. Sus pechos se inflaman de orgullo por haber lo-grado tanta asistencia, enviaron mensajes a todos sus contactos, una vieja libreta de Norma les proporcionó antiguos contactos de la univer-sidad, quizás vengan, quizás no, cada uno ha hecho su vida, pero nada se pierde con intentar. Sus manos se tienden a la juventud que llega, pocas personas mayores han ido, se encuentran con los recién llegados

Mi corazón agitado vuelve a su cauce, ya mis manos no tiemblan y la espera que me parecía eterna ha terminado… Sé que ha pasado mucho tiempo, miro mis manos y encuentro manchas de sol y arrugas que no había percibido esta mañana… demasiado ruido para mis oídos… muchos jóvenes que gritan sin saber del futuro que les aguarda, viven como si fuera el último día… ayer preparé pollo, hoy creo que nos bastará con una ensalada… debo llamar a mi jefe y presentarle mi informe mensual… ¿por qué va tan lento mi automóvil? La radio no me trae nada nuevo… Norma ha sido arrestada por enésima vez, ya mañana saldrá y su vida continuará… la última curva antes de llegar a casa… ahí está Daniel, como siempre que llego tarde, esperándome en la entrada… adiós Daniel… At the age of thirty-seven she knew she'd found forever / As she rode along through Paris with the warm wind in her hair… Adios…

TODO PARECE CAMBIAR TANTO
Goldy Levy (Costa Rica, 1993)

Ella fuma su quinto cigarro de esta mañana. Cigarros. Los fuma uno tras otro, como si su boca no pudiera existir sin ellos.

Ella no ha llorado esta mañana. Lloran sus respiros con olor a tabaco, pero sus ojos están secos.

Seca, así se siente. Como aquellas viejas flores en su ventana, que todavía recuerda. Ella se siente como los pétalos, tan secos que se quiebran al tocarlos.

Le gustan los cigarros por el humo. Ella quiere dispersarse como el humo al viento, de gris a nada. Añora perderse como las partículas de humo en la inmensidad del mundo, que nunca se vuelven a encontrar.

Viendo la silueta de un árbol desnudo, sus líneas demarcadas por la nieve... ¡qué solo se ve el mundo! Tanta nieve, el árbol desnudo y tres bicicletas esperando dueños que nunca llegaron (tal vez se perdieron como el humo).

El sexto cigarro se acerca a su boca.

¿Cuánto tiempo lleva corriendo? No había días ni horas, había un horizonte vacío. Pero él corre.

Él corre hacia ella.

Adentro de él siente olas que se revuelcan y se mueven con la fuerza del mar en tormenta. Él corre hasta la esquina de esa calle cualquiera, en la que hace un frío endemoniado que quema. Mientras ella se quema por dentro con esos cigarros de corta vida, él corre con el pelo en la cara y la cara roja y fría.

El viento es seco.

Corre hasta tomarla de la mano y con su mano en la suya sigue corriendo. El sexto cigarro se va al piso. Ahora corren juntos, lejos de esa esquina, lejos de las colas de cigarros que aún siguen calientes. Qué importa, pues el corre y ella corre.

Corren y las esquinas desaparecen tras ellos. A él lo mueven esas olas, con furia de colores que rugen en su pecho. A ella la mueve él.

Por fin se ven y ahora corren. Corren hasta que no solo las esquinas desaparecen sino la calle también. El cemento se dispersa, es polvo lo que pisan y ya no hay árboles desnudos. Hay mucha nada, el viento es seco y todo es oscuro. No ven sus manos. Tan solo se sienten.

Entonces, él cierra los ojos para ver las olas rugir dentro de él. Las olas lo guían, son el balance que lo mueve, su centro de gravedad fluye en ese océano de su pecho. Ella cierra los ojos también.

—¿Dónde me has traído?

—Tus manos están frías.

—¡Estoy bien!

—¿Te puedo abrazar?

Aún con los ojos cerrados, ella se acerca a su pecho. Su chaqueta es gruesa, la lana roza su nariz.

Ella busca la caja de cigarros en el bolsillo de su chaqueta. Saca un cigarro y el encendedor. El centro de su cara se ilumina con el fuego tres segundos y su boca sostiene el cigarro. Él la mira y las olas en su pecho le llegan a la garganta.

—Siento que te vas con el humo

—¿Cómo?

—Como si con cada cigarro hay más de ti en el aire que dentro tuyo

—Qué extraño que eres, hace frío. ¿Qué estamos esperando?

Ella es toda aire y tiempo.

De repente, un rayo de luz roja se abre en el cielo. Es una luz suave que se asoma entre nubes gruesas. Ahora esa luz marca la línea de sus perfiles.

—No dejes de mirar la luz,

—¿Qué es?

—No sé, pero es muy hermosa...

En el cielo se empiezan a abrir agujeros de los que sale esa luz roja. Ahora miran el mundo pintado carmín. Se abren cada vez más agujeros en el cielo, desaparece el negro y aparecen más rayos rojos.

Ella ya no siente el frío seco, ni tampoco siente que todo se quiebra como flores muertas.

Bajo sus pies descubren arena, arena que es más como conchas pulverizadas, arena de colores que con la luz roja parece piedras preciosas. Cada grano brilla reflejando esa luz roja.

Ella se quita sus botas. Siempre le ha gustado sentir con sus pies. La arena que brilla suave como azúcar. Él se quita los zapatos también, y la chaqueta, y todo lo que sobra de ropa.

Mientras el cielo se abre y los alrededores se iluminan, todo parece cambiar tanto. Tanta paz.

Hay un mar, que es tal cual las olas que él tiene adentro. Es un mar que se mueve con voluntad propia.

Hay también árboles, pero sus siluetas ahora las corta la luz roja, las flores y frutas que crecen en sus tallos y ramas.

Todo el aire parece tener formas y estar presente también. Es como neblina suave y fresca que ilumina con los matices de luz roja.

Se acercan al mar que sereno los invita. Sus pies son abrazados por el agua tibia.

—¿Hace cuánto no te veo? —pregunta él.

Y es que, en este extraño lugar, todo cambia...

Sus tobillos son amarrados por el mar y ahora, no se pueden mover. El aire se vuelve seco, el agua empieza a rugir y congelarse alrededor de sus tobillos.

Ella lo mira con ojos que no le conocen, ojos que preguntan, ojos que han deseado.

—¿Dónde has estado todo este tiempo?

—Yo te busqué...

Tratan de acercarse el uno al otro pero el agua congelada les impide moverse.

—¿Qué está pasando? ¿Dónde me has traído? Ya no quiero esperar.

—¿Me recuerdas?

—Recuerdo que te quise.

—Yo también lo recuerdo.

El aire sigue seco. Ella siente que se quiebra, el mar de su pecho y en el que se sumerge sus tobillos, ruge. La temperatura empieza a bajar.

—¿Dónde estabas?

—He estado corriendo todo este tiempo.

—Buscaba algo, pero todo se volvió tan seco que tuve que esperar.

Uno frente al otro, mirándose a los ojos, pero no se pueden acercar. Y todo cambia, una vez más.

El agua congelada que aprisiona sus piernas comienza a dispersarse. De nuevo el aire toma forma, y el agua está serena.

Caminan uno hacia el otro y se toman de la mano.

Sentir sus manos. La veo, la he buscado pero no recuerdo su nombre, su cara y es que la quiero, porque me revuelca.

—¿Cómo te llamas? ¿Dónde te conocí?

Las olas en su pecho danzan en tormenta. El aire se vuelve viento. Los pies sumergidos en el agua empiezan a sentir el cambio. Busca sus pies y ya no los ve. El agua es roja. El mar bajo sus pies ya no es agua, sino sangre.

—¿Qué pasa? ¿Qué está pasando? ¡Sácame de aquí!

—No sé, lo siento. No sé qué he hecho, qué está pasando...

Un mar de sangre a sus pies.

—¡Sácame de aquí! ¡Por favor, sácame de aquí!

Y sus gritos y desesperación se ahogan en el viento, la sangre cada vez más densa. Él no se mueve y ella grita, palidece. Sus labios se quiebran, sus manos tiemblan y su piel cada vez se vuelve más blanca. Y él no se puede mover, con sangre hasta sus tobillos.

—No puedo moverme.

Ella cada vez más blanca, poco a poco se convierte en luz y viento. Ella, tan frágil.

Ella, ella, necesito sacarla de aquí.

—Dime tu nombre.

Ella abre la boca y mueve la lengua como si hablara, mas no salen palabras. Ella se está perdiendo en el viento.

El viento, el aire...

Dentro de él, las olas se mueven, rugen con más fuerza que nunca, pero no le dicen nada.

Con más fuerza de la que creía tener, mueve una pierna y luego la otra, sin soltar la mano de ella. La toma en sus brazos, al destello de luz que con costos respira. La acuesta en la arena y la mira a los ojos.

Los dos recuerdan aquel momento en aquel lugar, sin nombre ni sitio en el mapa. Escuchan en el *casette* de sus memorias aquella canción de jazz. Pueden verse mirándose uno al otro, y que se conocían, y que se tocaban, y que se escuchaban. Recuerdan el olor lavanda de una candela, el fuego que no se apagaba con el viento.

Sus labios se acarician sobre la arena preciosa... todo cambia. Ella vuelve a ser, y ya no se pierde en luz.

—Recuerdo tu amor al aire de montaña —dijo él.

—Recuerdo el olor de ese fuego, a ti junto a mí. ¿Dónde estábamos?

El rojo vuelve al cielo y el mar vuelve a ser mar. El aire es caliente y empiezan a caer las hojas de los árboles sobre la arena.

Cae una y después otra, y después mil y no se ven los árboles porque hay tantas hojas. Hojas secas, aire caliente y todo comienza a arder.

Empieza con una sola llama, una única llama en una de esas hojas secas, tan secas como flores muertas. Ahora, ya no es una llama, sino un ejército de ellas. Fuego azul que salta y arrasa tomando forma de fantasmas y hadas. Arde como el corazón de un atleta en triatlón. El fuego azul de las hojas se mueve cual si tuviese una trayectoria marcada. Los rodea. Los aprisiona.

La respiración se les acorta. Sus ojos ven cada vez más nublado. Cada vez más profundo. El fuego se acerca y no hay donde correr.

Uno junto al otro en la arena. Sudan y aun así no se mueven. Ella se recuesta en la arena.

—Esta es una hermosa manera de morir

Él se recuesta junto a ella. Listos para morir, cierran los ojos.

Estaban juntos en un apartamento vacío, en un edificio con vista a una ciudad. Las luces multicolores entraban por la ventana, y solo con esa luz definían sus siluetas. Él encendió una candela que olía a lavanda. Ella estaba sentada en el piso con una botella de vino.

Él se sentó. La agarró entre sus brazos, le mordió su largo pelo, su nariz y sus orejas. Ella sonreía, gruñía y lo atacaba de vuelta.

Ella desabotonó su pantalón y se abalanzó sobre él. Hacían el amor como dos bestias, dominando cada centímetro del cuerpo del otro. Se mordían, lamían y gemían.

En un grito de pasión, ella se perdió del mundo y su pie se inclinó sobre la candela.

La candela cayó al piso.

El fuego se abría camino en el apartamento, iluminando con su luz roja.

Abren los ojos, se miran.

—Te recuerdo.

—Te conozco.

Ya no hay fuego. Se besan, el aire es de lavanda y la arena brilla.

Se habían amado, habían vivido juntos. Sus vidas. Y ellos tan muertos.

Lo habían olvidado. Todo cambia tanto.

Caminan sobre la arena de colores, buscando un árbol con ramas abiertas. Se sientan a su sombra en la arena tan dulce, con el aire y con el mar. Las olas ya no se mueven. Ella ya no espera, ya no desea perderse en el aire.

—¡Aún no sé dónde estamos!

—No creo que importe...

Nadie les había contado que después de la vida hay más vida. Nunca lo habían imaginado. Tampoco les habían dicho que después de morirse uno espera y a veces olvida. O que la muerte es una vida en donde podemos escoger con quien la queremos pasar.

A veces todo se mueve en olas, y a veces se dispersa en el aire. De cualquier manera, todo está formado de partículas que vienen y van y se pierden en el infinito y no distinguen entre vida y muerte.

Así cada uno vive con algo que lo guía, poder escoger con quien pasar la muerte. Se vive en esas partículas que se unieron en un momento específico para ser, y dejar de ser.

INFIERNO (ESTACIÓN PENT-HOUSE)

Andrea Torres Armas (Ecuador, 1985)

Un par de golpes secos sobre un trozo de madera recubierto con anuncios publicitarios en papel periódico; todo para evitar la muerte de algún marinero en aguas de occidente. En el cristal de la ventana algo así como un reflejo, una silueta de mujer recubierta de humo y unas cortinas impregnadas con el olor a sexo lejano y tabaco barato.

Tengo la leve sensación de que estoy muerto y de haber llegado al infierno al más puro estilo luterano: definitivamente no estaba predestinado para la salvación y en aproximadamente dos milésimas de segundo tengo una cita con el diablo.

Siempre imaginé el infierno como un sitio lúgubre, asfixiante y recargado, decorado como las vitrinas de un centro comercial de alguna metrópoli decadente; los maniquíes por obra y gracia del espíritu santo se hallarían completamente desfigurados, como ajusticiados por el fuego inquisidor de la nueva era.

Pero no.

Heme aquí, en una especie de pent-house, de fondo tengo un piano de cola blanco que jamás podré tocar, conste que para mí no es castigo, por algún motivo no me dediqué a la música; eso me hubiera representado uno que otro problema existencial y con los habituales era suficiente. ¿Dónde estarán todos los desterrados hijos de Eva? Si les tocó una suite como la mía, no sé por qué decir que el infierno es un castigo.

Cada vez que me sentí derrotado me venía la idea de la muerte, pero nada de pegarme un tiro, no; el suicidio es un acto de cobardía injustificado e injustificable, por compensación creaba en mi cerebro la más perfecta escena de accidente para la crónica roja. Durante los seis últimos meses he sido atropellado por un tranvía descarriado, dos vehículos conducidos por mujeres histéricas, una moto Harley Davidson y una patrulla en persecución; una bala micro explosiva se incrustó en mis pulmones y además, una caída por las escaleras me causó un coma acompañado de severo daño cerebral.

Morir no era un alivio. Podía sentir el más intenso dolor corporal mientras creaba mis escenas y también experimentar la mortificación del llanto o su ausencia en mis múltiples funerales. Recuerdo una vez, la más terrible, fui sorprendido por la catalepsia; desperté en el momento en que una de mis amantes se inclinaba ante mi ataúd como reclamándome dejarla sola entre la multitud que curiosa e inesperadamente había acudido al funeral. Sus ojos llenos de furia y de tristeza clavados no me dejaban descansar, era como si escuchara su risa invocándome, diciéndome que no es hora, aun no has llegado a los cien, ¡despiértate cobarde! La sensación de asfixia causada por los algodones en las fosas nasales, de las que no salían ni siquiera mocos y mucho menos el equivalente a los lixiviados para los cadáveres, combinada con el calor producido por las velas que más parecían sirios pascuales esperando premonitoriamente mi resurrección, era desesperante. Al abrir los ojos me encontré en un cómodo ataúd y con las manos sobre el abdomen. Pobre Andrea; era claro que no tenía miedo y que su llanto no era de conmoción si no de reproche por haberle hecho lucir su traje negro sin justificación y dejar que por sus ojos cayeran un par de mundos, que si no despertaba bien hubieran podido ser galaxias. ¡Qué furia, qué mirada! Sus ojos concupiscentes alguna vez, reclamándome ahora por patán, como diciendo: Esta vez fuiste muy lejos...

Qué terror sentí al reaccionar del todo y ver que mis uñas habían crecido un poco y que por las comisuras de mis labios se escapaban un par hilos de sangre. Supongo que esa vez la decepción de mi vida se debió a un tema grave como haberme dado cuenta de la incongruencia cósmica, descubrir por qué un kilopondio no sería lo mismo en Quito que París, la incapacidad para asumir mi falibilidad cada vez más latente; ver que el biógrafo de Yoursenar se me había adelantado con mi obra cumbre: *Qué aburrido hubiera sido ser feliz,* o la imposibilidad de publicar *El decálogo de la felicidad* u *Otaku por despecho.*

Cada mañana despertaba de mal genio y con nostalgia; a veces por descubrir un rostro que habría querido desaparecer, y otras por el dolor de no verlo ahí. Tener la sensación de ser sorprendido por mi fiel súcubo y escuchar que el reloj seguía haciendo funcionar su desesperante y sonoro mecanismo, mientras esperaba caer dormido otra vez.

Una mosca descansa en la superficie de la pared en frente de mi sillón de fumar. ¿Sería posible fumar a una persona, sentir cómo su esencia se cuela en los pulmones y cada fibra del cerebro como una sublime bocanada de muerte?

Silencio. El más profundo y exquisito silencio, desprovisto de interrupciones, mortificantes de procesos eléctricos. Silencio. No sentir más que la propia respiración tratando de concentrarse en no ser descubierta, pretender que mis pasos densos y sonoros alcanzan un nivel excepcional de levedad para no ser escuchados en las madrugadas de contrabando en la cama de un hijo irrespetuoso con la casa paterna.

Crear una sincronía tal de movimientos que es posible pretender que mi sombra y yo somos uno mismo viviendo en armonía.

Cada peldaño de la escalera es un escollo circundado por feroces fieras al acecho que no desaparecerán ni al encender la luz del sol y mucho menos al encender la luz de la bombilla que por más de cinco años ha estado descompuesta.

Golpes en el cristal de la ventana del segundo piso; alguien que espera hallar un cuarto para poder pasar una noche acompañado por un alma, aunque sea una noche. La primera, la última, la definitiva.

El humo se escapa por un hoyo en la pared

Se ha abierto una ventana y una mujer cae a lo que alguna vez fuera un jardín; deja entrever una delicada sonrisa, una mueca de satisfacción espeluznante. ¿Por qué esta criatura no es rescatada en pleno vuelo por una bandada de cuervos? Su cabello negro es una oda a la elegancia y sobriedad más profunda. ¿Qué espera ese farol de la calle vecina para estallar por una sobrecarga y hacer un gran eco de colores festejando la decadencia de la vida?

Su cuerpo cae irremediablemente, cada ápice de su cabello corta el aire con tanta perfección que al parecer la noche desea mantenerla suspendida; los jirones de su vestido y de su piel son movidos como si recibiera de los dioses una última caricia en señal de despedida.

Otro golpe seco; ni un quejido, ni un lamento. Su cuerpo yace inerte sobre un puñado de tierra y al lado de un muro de ladrillo lindante con un ramillete de hortensias.

El tiempo detiene a las cortinas que aun hondean y una mano delgada cierra la ventana.

Una y veinticinco a.m. Hora final.

Todos los suicidas van al infierno, ¿será posible que la mosca en la pared haya logrado escabullirse y acompañe a la niña que ha venido a sentarse frente a mi piano, inexplicablemente blanco? Supongo que en un ataque de vil envidia esta mosca pretendió ser un cuervo y quiso hacer levitar a la muchacha, sujetándola por uno de sus cabellos y al ver su intento fallido decidió morir por una fuerte inanición.

Un cadáver exquisito entre la mosca y yo: Ella. Sólo palabras, nada de sangre.

Nunca fui capaz de escribir un diario sin avergonzarme. Mi vida en el "Mundo real" no era nada extremo. Me limitaba a tener una bitácora donde anotar de vez en cuando el nombre de una prostituta deslumbrante o el suceso interesante del día en alguna calle de Quito o cualquier lugar del mundo, no siempre debía estar ahí pero servía si podía imaginarlo. Presencié gracias a un bloc de notas la muerte de la música: todos los cd del mundo quedándose en blanco y el hombre que tarareaba una canción enmudeció a mitad del coro; a la mañana siguiente los diarios anunciaban una ola de suicidios en Madrid y lamentaban la provocación de un gran incendio cuyo alimento primordial eran instrumentos musicales, básicamente de madera. Charly García sólo pudo escribir *Say no more* como muestra de solidaridad mientras lloraba por el tipo al que preguntaban "¿cómo fue que se inició el incendio?"

¿Quién es este engendro que me mira cada vez que veo al espejo? Cierro los ojos, los abro y no desaparece; la última vez que lo vi pensé que era una alucinación porque estaba ebrio, pero ahora sigue ahí, estático, como queriendo hipnotizarme. Topa mi cara, sonríe con cada cicatriz como si se felicitara y me dice orgulloso: *yo te hice esto y así me lo agradeces*, se sienta en el piso del baño, se desarregla el pelo y ríe al ver que me ha vencido y que ya no tengo un lugar para escapar; se levanta, tantea algo en el aparador sobre del espejo y me alcanza una navaja de afeitar, trato de asesinarle pero se aleja, huye jadeante mientras le grito que no escape, que podría terminar siendo destruido por su propio mecanismo para sobrevivir. Regresa, ve directamente a mis ojos y me dice *sal de aquí, no pierdas el tiempo ahora que al fin has conseguido un poco de actitud.* Me da las espaldas y se aleja con un fuerte portazo tras de mí.

Hoy es un gran día —me digo—, deberías empezar a vivir.

He sobrevivido estos tres últimos días alimentándome de nicotina y lo que queda en la taza de café. Los obituarios lloriquean la pérdida de un gran benefactor y una ilustrísima matrona. Nadie se lamenta de no verme, ni yo mismo. Lo único que realmente me atormenta es un zumbido en mis oídos y ella que no para de tocar las mismas primeras notas de una canción de despedida. Me asusta pensar en la posibilidad de asomarme por la ventana y ver que la ciudad transcurre con el mismo tedio de siempre y se terminen mis cerillas. Me acerco a ella que mientras me ve, impasible, sigue tocando. Trato de rozar su mano y me detengo porque está totalmente fría y esa glacial sensación me recorre entero, siento que el vello corporal se eriza y me lastima el contacto con la ropa, el escozor es insoportable y empiezo a comprender por qué a este sitio le llaman Infierno.

LA ÚLTIMA GUERRA
Karin Rico Schuler (Venezuela, 1983)

La OSNUPG (Organización Suprema de las Naciones Unidas Post Guerra), no lo iba a permitir, o por lo menos haría hasta lo último por evitarlo. Eso es lo que decían los periódicos digitales clandestinos que no cesaban de inquietar a la población en cada rincón del planeta. Se sospechaba que existía un descubrimiento que tenía a todos los gobiernos del mundo en alerta y más unidos que nunca. Había miedo y mucha incertidumbre porque a pesar de la lentitud con la que corrían las noticias en el año 2113, debido a la censura y filtros impuestos por los regímenes, no faltaba mucho para que se descubriera qué era lo que tenía en jaque a los altos mandos de cada país.

El mundo entero esperaba que en cualquier momento sucediera un hecho de grandes magnitudes: un cataclismo, una visita alienígena, una cuarta guerra mundial o una insurrección de verdad, no de esas que nos habían dejado en la misma esclavitud de siempre y con los bolsillos llenos de dinero a sus dirigentes; como los títeres de siempre con distintos titiriteros.

La última aparente "rebelión" del siglo pasado que no había sido tal, fue una especie de autogolpe de algunas naciones, organizado en secreto por varios líderes políticos que simulaban ser enemigos, infiltrando a miles de sus militantes en las revueltas de los pueblos hartos de corrupción. Esto había dado origen a la tercera guerra mundial, para dejarnos de "regalo" un nuevo término en el que los individuos ahora éramos llamados supervalores del estado en el que vivíamos, lo que no era más que un disfraz del concepto "propiedad del estado". Todo esto, obra de la OSNUPG, con la excusa de mantener el control y protegernos, según ellos, de otra guerra mundial.

Ante los rumores de lo que podría suceder, se sentía la tensión en la calle. La gente compraba más enlatados y más tanques de oxígeno, porque ya no era posible vivir sin estos últimos en la ciudad; solamente en algunas partes del campo se podía respirar sin ellos. El vecino, que tenía una empresa de tanques, me negó los que le supliqué me vendiera para pagarlas en cuanto pudiera. Por su parte, el gobierno implantó el toque de queda a las 18 horas y ordenó que nos reportáramos desde nuestros hogares sin falta a las 18:30, pasando por el escáner que había en cada casa los sensores que teníamos implantados en las costillas desde el nacimiento. No había manera de deshacernos de ellos, ya que se producía la muerte al momento con tan solo intentarlo.

Así transcurrieron varias semanas hasta que al fin sucedió lo que tanto se había esperado; en la madrugada desperté por el sonido de los aviones que no dejaban de pasar. Me asomé por la ventana y se veían como un enjambre de aeronaves de guerra. Al salir de la casa y ver que lanzaban una especie de bolas que al tocar tierra expulsaban un gas, corrí adentro para resguardarme en el baño con mi esposa y mi bebé. Ella lloraba con la niña en brazos y yo las protegía con mi cuerpo o al menos eso intentaba. Se escuchaban gritos por todas partes, y como quiera el gas entró por debajo de la puerta pero, para mi sorpresa, no olía a nada y no nos hizo más que asustarnos. Estuvimos alrededor de hora y media escondidos hasta que por fin no se escuchó ningún avión y los gritos habían cesado en su mayoría. Me asomé nuevamente a la ventana, los vecinos salían a ver qué había sucedido y algunas ambulancias y carros a toda velocidad pasaban por el frente. Yo no quería salir ni iba a permitir que mi familia lo hiciera, así que encendimos el televisor y en uno de los canales universales permitidos, el periodista visiblemente afectado decía que aún no existía un reporte oficial, pero que se había recibido de casi todos los corresponsales a nivel mundial la misma noticia de los aviones lanzando los gases, y que se manejaba la información de muchos fallecidos en las calles.

No lográbamos entender por qué no habíamos muerto ni qué había sucedido. Todo era confuso, y las pocas estaciones de radio y televisión no ayudaban mucho. De repente apareció en todos los canales una misma imagen con subtítulos en la parte inferior de la pantalla en la que hablaba una mujer, rodeada de varias personas y quien se identificó como Carla Vázquez, científica uruguaya. Señaló estar hablando en nombre de miles de científicos unidos alrededor de todas las naciones del mundo. Explicó que lo que había sucedido unas horas antes era el producto de más de un siglo de investigación, basándose en muchos estudios, pero principalmente en los realizados a finales del siglo XX e inicios del XXI por el doctor en fisiología celular y molecular Marcelo Cereijido y el doctor Gerhard Roth, gracias a los cuales habían descubierto el origen y erradicación de la maldad. El mencionado gas eliminaría solo a aquellas personas que poseyeran en sus células la perversidad pura, que era la que al final había llevado al planeta al estado de caos en el que se encontraba. Asimismo dijo que aunque los gobiernos habían intentado evitarlo, más pudo la fuerza científica unida y la ayuda de ciertas organizaciones en cada país, de absolutamente todo el mundo. "Es algo que agradecerán nuestras generaciones futuras. Por más duro que parezca, aunque mueran personas cercanas y hasta familiares, recordemos que es la maldad lo que estamos erradicando. Es un nuevo despertar para la humanidad", concluyó la mujer.

Inmediatamente los canales regresaron a las noticias y fue cuando la avalancha de sucesos se develó: millones de muertos, ningún presidente de país alguno había sobrevivido, desde las grandes potencias hasta los países más pequeños, así como otros gobernantes, y hasta equipos de gobierno en su totalidad. También curas, pastores de diversas religiones, grandes empresarios, algunos premios nobel de la paz, parte de la ciudad del Vaticano, la OSNUPG en pleno, en fin, ese gas había acabado con gente sin importar su estatus o aparente benevolencia: había matado a millares en todas partes. Por supuesto, gente cercana murió, algunos para mi sorpresa e inmensa tristeza y otros no tanto. Perdí a algunos de mis primos, a mi suegra, mi jefe, el mecánico, muchos vecinos entre ellos aquel que me negó las bombas de oxígeno y varios compañeros de trabajo.

La población mundial se redujo de 11000 a aproximadamente 2000 millones de personas. Hubo una reorganización total a nivel político y social y los cambios generados fueron notables al pasar los años: nos eliminaron de manera segura los sensores, la hambruna y la pobreza desaparecieron, las guerras pasaron a ser solo hechos enseñados en las clases de Historia Universal, el calentamiento global disminuyó, dejamos de usar tanques de oxígeno para vivir, y las nuevas farmacéuticas erradicaron enfermedades como el cáncer y el sida, que antes aparentaban ser incurables.

Y así fue como el año 2113 sería recordado para la posteridad como el año de la emancipación de la humanidad, el año de la última guerra.

MADAME BOVARY SOY YO

Michelle Vázquez Soriano (México, 1983)

La pornografía para mí, al principio, se trataba de un juego más o menos impostado e inofensivo. Y gustaba un poco de ella sólo por diversión, para provocar el deseo y después olvidarla. Nunca la soporté más de media hora, con esas felaciones interminables, con esas posiciones acrobáticas y esos golpecitos en el sexo de las féminas que en la vida real no excitan a nadie. Luego, la falsa idea de que la saliva es un buen lubricante. Nada de eso. La saliva y el agua mojan, pero no tienen esa consistencia resbaladiza de los fluidos. Quizá era lo único que me molestaba. Que era una mala escuela de educación sexual. Que la excitación era fingida. "Son putas, no actrices", escuché alguna vez en su defensa. Y sí, era eso lo que me irritaba, en especial esas mujeres que miran a la cámara para seducirla, o porque son novatas y no saben qué hacer con el enorme sexo que no les cabe en la boca y el zoom que se les estrella en la cara. Ver esas fallidas escenas de miradas suplicantes de aprobación y de desconcierto hace que se me corte el deseo de golpe. Tampoco gusto de las mujeres que lo saben todo. De las que piden a gritos más y más. Intenté un poco con los videos amateur y funcionaron, pero sólo por poco tiempo. Me gustaba la naturalidad, la sencillez, el formato casero de las ediciones, pero todo era tan normal e íntimo que no duró mucho tiempo mi interés. Eso era. Siempre había un pero. Hasta que un día me topé con una cinta que me hizo cambiar de opinión. No se trataba de la típica rubia de figura perfecta, más producto de la cirugía que del ejercicio, ni de hombres musculosos. Nada de eso. Debo reconocer que no fueron las mujeres ni los hombres en particular lo que me atrajo, sino la combinación de esas panzas enormes y esos sexos flácidos cogiendo a lindas y jóvenes mujeres. Eso era lo que yo buscaba. Lo único que por más que pasa el tiempo, no consigue aburrirme. Ahora poseo una galería más o menos selecta de bellas mujeres, que yo adoro porque no intentan convencernos de su ternura ni de su inocencia con agudos chillidos de dolor. No, yo las amo porque no miran a la cámara y se les nota en la cara, o por lo menos yo les creo que aman esos sexos viejos y flácidos que les caben en la boca, esos sexos diminutos de hombrecito insignificante que masturban casi con la punta de los dedos. Amo a esas esbeltas cinturas de enormes senos que se dejan fornicar por sus abuelos, por esos viejos repugnantes que difícilmente consiguen una erección. Amo las caderas lentas, esas caras viejas, rojas, esas cabezas calvas, esos sexos oscuros, feos y diminutos que cogen a sus nietas, no literalmente, me refiero a esas pieles jóvenes, duras y que no sienten asco. Esas caras bonitas que gustan de esas panzas infladas. Poco a poco desarrollé el gusto por los sexos peludos. Regresé a la vieja estética. Y después, a los afeitados de nuevo. Elegía también las escenas en donde, en medio de tanta bestialidad, cabía la pasión de un beso. En una ocasión, fue la única vez que me sucedió, me tocaba mientras veía esas imágenes y de pronto, un charco. Tuve eso que algunos llaman un orgasmo vaginal. Un montón de líquido expulsado de golpe. Me asustó un poco la anormalidad, pero después lo interpreté como una señal. Y tras un largo periodo de celibato, decidí que debía probar en mi propia carne esas sensaciones. Así que aprovechando el verano, salí a la calle con ligeras blusas entalladas y faldas muy cortas. Recordé que casi un par de años atrás, mientras esperaba a unos amigos afuera de un centro deportivo, topé a un tipo viejo y sucio que me miraba metida en unas apretadas mallas. Estaría a unos seis metros de distancia recargado sobre el cofre de un auto. Yo volteaba en aquella dirección porque era por donde mis amigos debían llegar. Al principio noté que se rascaba el sexo y rápido fingí que no lo había notado. Pensé que se trataba de un accidente. Pero cuando volví la vista en la misma dirección, el hombre se rascaba con más insistencia. No se trataba de una equivocación, así que de nueva cuenta miré a otra parte. Lo hice por mucho tiempo, dando a entender que entendía y que no estaba interesada. Pero cuando volteé de nuevo, el hombre tenía en sus manos un gran sexo moreno que mostraba para mí. Asustada subí las escaleras del edificio en donde esperaba y acusé al hombre con los instructores del centro deportivo. Cuando salimos, ya se había dado a la fuga. En otra ocasión, sucedió en un autobús. Tendría no más de diecisiete años, también era verano y salía de la escuela. Y por inercia juvenil, escogía siempre los lugares más aislados de la mirada pública. Además, la ventana me venía bien para entretenerme durante el trayecto. Junto a mí se sentó un pequeño hombrecito.

El trayecto era más o menos largo. Pero recuerdo que muy cerca de mi punto de llegada, pegué sin querer en el brazo de mi compañero de asiento. Yo volteé con una sonrisa y dije: perdón. El hombrecito se inclinó mucho hacia adelante y sólo sonrió. Cuando quise ver lo que escondía, vi en su mano un diminuto pene. Él rápidamente se levantó del asiento y descendió justo a tiempo del autobús. Me quedé perpleja. Y miré mi cuerpo ultrajado. Llevaba una falda muy corta y una blusa blanca muy entallada. Recuerdo que en esos días yo estaba asustada porque un seno me había crecido desproporcionadamente. O por lo menos así lo veía. Cuando llegué a casa le conté a mi madre mi ultraje, pero ella se rió. No sé si por incomprensión o porque la cosa no había pasado a mayor. No importa. Sacamos una cita con una ginecóloga y el asunto del seno quedó aclarado. Es normal, es parte del crecimiento y el desajuste hormonal. Más o menos esas fueron las palabras de la doctora; una mujer que no me inspiraba nada de confianza, porque al final de la consulta terminó por soltarme una clase de moral, a la vez que alababa mis senos. Decía que eran hermosos y que debía cuidar mi cuerpo de la promiscuidad masculina. Cosas por el estilo. La verdad es que yo tenía otras opiniones en cuanto al cuerpo. Yo conocía el sexo desde antes de que esos dos hombres en las calles me mostraran lo que tenían. Y ver esas carnes morenas o pequeñas colgando no me asustaba verdaderamente. Actuaba con indignación porque era parte de la educación que había recibido. Pero para mí era otra cosa. Era carne. Y fue esta especie de frialdad, como algunos gustan de llamar, lo que me llevó a la carrera de Medicina.

Yo nunca pude disociar el cuerpo de las sensaciones. Y cuando digo que sólo era carne, no la estoy reduciendo. Pero pronto aprendí, no siempre con éxito, a quitarle esas auras que la rodean. Así que se me ocurrió probar. Y repetí el ritual que años atrás había provocado la excitación de unos hombres, indeseables para muchas, aunque esta vez con toda la intención de aceptar la invitación. Me paseé en entalladas licras por los centros deportivos. Daba vueltas esperando a mi acosador, pero nada. Ningún hombre parecía tener el ánimo de rascarse el pene. Mucho menos de mostrarlo. Volví a sentarme en la parte trasera de los autobuses en cortos y ligeros vestidos de verano, pero no. Los hombres que yo buscaba no estaban. Y sentí la frustración que seguramente mis acosadores experimentaron años atrás. Era yo una Madame Bovary que perseguía hombres. No en busca de amor como la aburrida mente de Flaubert imaginó, sino, creo que ya lo dejé claro.

El punto era que no iba a darme por vencida y tuve que recurrir al recurso más obvio: los bares y las cantinas. No pretendía fingir inocencia. Tampoco lo contrario. Era el punto. Quería un encuentro genuino y genial. De verdad tenía un deseo enloquecido por ser mamada por un cuerpo sudoroso, agitado, viejo, incrédulo ante su suerte. Desde luego, no iba a hacerlo sin ocultar mi identidad. No quería una relación. Sólo un encuentro de dos cuerpos que se excitan mutuamente. No sabía cómo pedir que deseaba ser mamada por una barba rasposa que me inflamara el clítoris. Quería brincar sobre un pene forzadamente erecto.

Pero debía reducir mi personalidad a otra cosa, más creíble si prefiere. Así que me inventé un nombre y otra profesión: Jacqueline Jiménez, mesera. El único punto en que no podía mentir era mi edad: veintidós.

Todavía recuerdo la primera vez, fue con un hombre de cincuenta y tres años. Casado como la mayoría. Obviamente él no podía llevarme a su casa ni yo a la mía. Mis padres me dan ciertas libertades, pero aquello hubiera sido demasiado. Porque algo que debo aclarar es que mi, llamémosle, retorcido deseo por las panzas hinchadas y los penes flácidos, no es consecuencia de algún traumatismo de la infancia. Nunca abusaron de mí, ni mi padre ni mi hermano me violaron o hicieron proposiciones anormales. Nada. Tuve todo para tener un desarrollo mental sano. Y quizá, ése fue el único punto que me desvió. Todo a mi alrededor era la normalidad misma, entonces, yo deseaba otra cosa. Además, tampoco entendía por qué la sexualidad debía escandalizar en ninguna de sus expresiones.

Fue en un bar. Pedí una cerveza y me senté sola en la barra. Los primeros en acercarse fueron los más jóvenes, no sabían que eran los que menos posibilidades tenían conmigo. Así que tuve que despacharlos a todos amablemente y me acerqué a un señor que también estaba solo en la barra. Era alto, más que gordo, panzón, tenía el nacimiento de una calvicie justo en la parte centro-sur de la cabeza. Llevaba un suéter rojo quemado y pantalones de vestir beige. Me acerqué a él con una pobreza de recursos que hicieran creíbles mi interés en él. Creo que pensó que yo era una prostituta, pero cuando le dije que había perdido a mi padre y que él me recordaba mucho a él, se sintió más tranquilo. Una copa, después otra, ya saben, una falsa necesidad de protección; el sentimiento paterno mezclado con el deseo. Y al fin sucedió. Salimos del bar y le dije que había pasado una agradable noche con él y que no quería que terminara. Me tomó, animado por el alcohol, por la cintura y me besó. El resto fue fácil. Fuimos a un hotel y allí sucedió lo que tanto esperaba. Me quité el vestido y vi su cara. El gesto torpe y desesperado que yo esperaba. Me quitó muy aprisa los calzones y sacó su flácido y feo pene que yo tomé entre mis manos. Me mamaba desesperadamente. Yo estaba más excitada por su desesperación que por su manera de tocarme. Mamaba y mamaba. Tocaba de vez en cuando mis senos o hundía su cara en ellos. Yo le besaba la boca y acariciaba su panza. Después, hice mi parte. Probé el sabor de un pene viejo y aún más flácido por culpa del alcohol. Todo un reto hacer que tuviera una erección capaz de penetrar. Pero lo conseguimos. Y monté a mi bestia peluda mientras él sujetaba mi esbelta cintura. Sudaba. Sudaba como cerdo y gemía como un animal. Yo me frotaba con fuerza. Me sacudía. Tardamos mucho tiempo en lograr su eyaculación, pero estaba satisfecha. Al terminar yo seguí acostada encima de él besando su cara marcada. Su rostro rojo. Feo. Viejo. Atroz.

Por supuesto que no lo volví a ver ni regresé a aquel bar, que estaba muy lejos de mi casa y de los lugares que yo frecuentaba. Todavía fascinada con la sensación de esa lengua grotesca sobre mi vulva fui a buscar más. Ahora deseaba a un hombre flaco, flaquísimo, en los huesos. El más feo. El más calvo. El más desagradable, y lo encontré. Grité como una loca en su cama. No sé cuánto tiempo tendría sin acostarse con mujer alguna, y de pronto estaba mamando, apretando, jalando a una piel suave de veintidós años que lo mamaba y lo apretaba frenética también. Me lamía el culo fascinado y mi excitación no podía ser mayor. Cada vez, antes de marcharme, me despedía con un número telefónico y una promesa falsa de volver a verlos. Sentía una excitación exacerbada cada vez que estaba en esas camas, al lado de esos cuerpos viejos. Cada vez que me abrían fascinados la vagina. Ya con los dedos. Ya con la lengua. Felices de sentir la piel suave y afeitada. Lamían. Lamían. Lo mismo que yo. Además, me vino una rara sensación de satisfacción frente a Dios. No es que yo sea creyente, pero me refiero a eso que la cultura y nuestra educación nos ha dado. Los sermones, la ginecóloga que me hablaba de mis hermosos senos y de la promiscuidad masculina. Así que frente a todo eso sentía una gran satisfacción. Abrir mi vagina en todas esas camas me hacía pensar que era una gran boca desdentada con la que intentaba reírme de Dios. Pero, después, claro, como todo en la vida, también vinieron las malas experiencias. La que yo imaginé en su momento la cólera del vengador.

Pasé todo mi verano cogiendo viejos gordos o simplemente repugnantes. En una ocasión, por ejemplo, era de noche y de camino a casa me paró un retardado. Su retraso era ligero, pero yo supe que el pobre no estaba del todo bien de sus facultades. Pero parecía excitado. O esa impresión me dio porque se paró justo frente a mí y me soltó un: ¿Puedes sacarme mi lechita? Aquello era de mal gusto. Y no estaba segura. No estaba en mis expectativas cogerme a un retardado, pero sabía que aquello era una oportunidad única. Así que lo tomé de la mano y lo llevé a un callejón oscuro. Allí mismo me agaché para mamarlo. Después, con algunas dificultades, me penetró. Lo dejé con los pantalones en los tobillos y me marché corriendo. Ése, desde luego, no fue el suceso desagradable. Sino una noche de borrachera. Un poco pasados de copas, mi acompañante no se conformó con lo que le di y vio en mí la oportunidad de coger un culo apretado. Y me sodomizó a la fuerza. No sabría decir si aquello fue una violación, aunque sí me resistí. La sodomía todavía no estaba entre mis planes pues, por contradictorio que parezca, me ganaba un poco el pudor. Me sodomizó y se sirvió de mí como quiso. Era de esperarse, me superaba en fuerza y no pude hacer mucho cuando los condones se habían agotado. Estaba asustada, es verdad. Aun así, sentí placer.

Como sea, en mi condición de estudiante de Medicina sabía que era preferible salir de dudas pronto. Y allí estaba yo, sola con mis miedos y mis perversiones, esperando en los corredores blanquísimos, como me imagino deben ser las puertas del cielo, de un centro de salud. Viendo ir y venir a esas enfermeras y enfermeros, blanquísimos también como ángeles sin alas, llevando y trayendo fichas, cuestionarios y penitencias. Tenía ganas de llorar, de salir corriendo y olvidar todo eso. Pero no había manera, la carne es una experiencia intransferible, contagiosa, pero intransferible. Y pensé que, quizá, era momento de renunciar a mi alocada persecución de hombres a lo Madame Bovary. Ese patético personaje que Flaubert inventó y que no sé en qué momento de extravío se les ocurrió colgarle el titulito de heroína, porque estoy segura de que si alguien se le hubiera ocurrido inventar a una Emma de nuestro siglo, sería una de esas putas que miran a la cámara y que intentan convencernos de su inocencia con insoportables chillidos de dolor.

Los exámenes no salieron mal, pero yo pasé un invierno un poco gris. Pensé que como experiencia era suficiente y que aquello ya había llegado demasiado lejos. Ya conocía callejones oscuros, la parte trasera de los autos, hoteles, departamentos en deplorables condiciones, sofás, camas, baños, tinas, más camas, mesas, más hoteles, cocinas y más camas. Y de pronto me dio por pensar en que tal vez Dios sí existía y que no debía provocar su ira. Así que volví al camino de la normalidad. Conocí a un chico en la universidad y la cosa fluía. El sexo no estaba mal. Pero pronto quise otros juegos. Visitamos tiendas con artículos de sexo, pero otra vez, allí estaba yo ante la impostura de prostitutas que miran a la cámara, que tienen las vaginas secas, que golpean sus sexos con palmaditas, que las lubrican con saliva. Y no. No pude interesarme más por esa hipócrita parafernalia. Mi supuesto novio estaba fascinado conmigo. Decía que con sus antiguas novias nunca podía hablar de sexo. Y a escuchar la misma cantaleta de siempre. Yo no podía seguir interesada. Así que, no sin cierta pena, tuve que romperle las ilusiones que se había hecho conmigo y lo dejé. Aunque tampoco podía regresar a los bares y a las cantinas. Ya había tenido mi dosis de eso. Pero se me ocurrió probar el extremo opuesto. Carnes vírgenes y deseosas de tener la más mínima oportunidad. Creí que debía irrumpir en sus vidas antes de que una novia los traumatizara y los castigara con mezquinas caricias y largas temporadas sin sexo.

Otra vez yo. La perseguidora de hombres. La que no se imaginó Flaubert. La que no busca amor sino sexo. Afortunadamente, las cosas para mí son un poco más simples. Los hombres son tímidos, pero no tontos. Sólo hay que empujarlos un poquito. Y allí estaba yo, otra vez siendo penetrada con la misma desesperación de los viejos, pero por jóvenes. Muy jóvenes. Guapos o feos. Los que tienen acné y todas rechazan. Ésos eran mis preferidos. Yo los ayudaba a vengar a todas esas vaginas secas que los rechazaban. Yo los mamaba y me dejaba mamar con satisfacción. Sólo que después de un rato también tuve que renunciar. No por falta de placer, sino que a esa edad los hombres se enamoran con mucha facilidad y luego las complicaciones. En fin.

Renuncié al sexo por una larga temporada. Pero entonces, los videos y el deseo de nuevo. Dios podía esperar. Decidí que iría por última vez a un bar en busca de sexo. Extrañaba a los señores. A los gordos. A esos seres que jamás les presentaría a mis padres o amigos. Sólo una cosa más deseaba antes de mi, tal vez, retirada del submundo de los bares y el sexo. Ya que, aunque un poco a la fuerza, había conocido la sodomía, quería ser penetrada simultáneamente. Y fui en busca de mis dos hombres. Que al final fueron tres. Ninguno de mis orificios quedó sin penetrar. Estaba dolorida. Maltratada. Vejada. Y extasiada. Después, el celibato de nuevo.

Hace ya casi un año de aquella noche. El culo me dolió una semana entera. Una calamidad caminar o sentarse. Después Dios. La ginecóloga. La que hablaba de mis hermosos senos. Creo que ahí mismo le hubiera encantado mamarlos. Y más que tocarlos, apretarlos. Pobre, me gustan los cuerpos de las mujeres pero no el de ella. Además, siempre falta algo. Una cosa dura, o semidura entre las piernas. A veces no sé de qué manera volveré a irrumpir en el sexo. No sé si algún día me corrija. Pero es que a veces también siento miedo. Y creo que alguien, no sé cómo, desde el cielo se ríe de mí. Pero entonces la vagina se me humedece. Se abre sola. Sonríe. Después, habla y me dice: ven vamos, porque no damos una vuelta por ahí.

EL CUADRO
Luz Darriba Magadán (Uruguay)

Ese una marina. Una acuarela bastante bien lograda, donde un barco encalla en un mar aparentemente calmo.

—¿No te extraña?

—No, la gente es muy rara —respondió el hombre masticando una zanahoria—. Acuérdate cuando encontramos el bargueño que dijiste que era *art deco*. ¡Maravilloso!, casi perfecto, y en la basura. ¡Son muy raros!

—Esto es diferente —replicó la mujer—, un mueble es algo diferente. Te puedes aburrir de él, puede que pertenezca a alguien de quien te repatea haberlo heredado, te mudas a un piso más pequeño, que sé yo, mil cosas... Pero, ¿quién se desprende de un buen cuadro? Porque, éste, es un buen cuadro. Pintado por alguien que conoce el oficio. No alcanzo a ver la firma, pásame una lupa, por favor, Horacio.

—Toma, Clara, la lupa —dijo el hombre estirando, con desgana, el brazo—. Y déjalo ya, mujer. Vamos a comer algo al tailandés de la esquina. Nuestra nevera está pobre de necesidad.

—¡Espera, espera, mira aquí! —dijo ella, apuntando con su dedo—. Aquí hay algo, algo que no se distinguía a simple vista. Déjame mirar con calma.

—¡Dios mío, Clara, ni que fueras entomóloga, tía! —protestó Horacio—. ¡Deja ese cuadro de una vez y pidamos unas pizzas!

—¡Es un hombre, Horacio! Éste bulto, ésta sombra, aquí, en la playa. Es un hombre —dijo Clara, emocionada.

Horacio se acercó sin ganas a curiosear el descubrimiento de su mujer royendo un trozo de parmesano.

—Sí, parece una persona... no sé por qué dices un hombre. Es, o parece, una persona... Lo que no entiendo es qué hace este tipo, tipa, en una playa desierta, en un mar helado... ¡los artistas son todos locos!

—Gracias por la parte que me toca —ironizó Clara, acercándose con su lupa a la enigmática tabla.

—No lo decía por ti... en general. ¿No me vas a decir que en el fondo no están un poco tocados todos? —se justificó Horacio— Siempre me ha llamado la atención esa gente que no sabe por qué hace lo que hace, y encima lo hace porque sí, sin que nadie, o casi nadie, se interese por ello...; lo dicho: locos.

—No me daré por aludida —aseguró Clara ensimismada en sus descubrimientos—. Creo que he visto algo más... ¡Horacio, hay otra persona en el cuadro! ¡Es increíble! —se entusiasmaba—. Una figura más pequeña, ¡mira!, ¿una mujer?

—Clara...., son dos bultos, quizás simplemente dos manchas, deja ya de ver espejismos y vamos a comer algo, que me estoy poniendo malo.

—Vaya, pues a comer, así dejas de protestar. Eso sí, pagas tú.

—¡Por supuesto, faltaría más!

El restaurante de la esquina, un tugurio de dudoso linaje, estaba a rebosar. Horacio y Clara hubieron de hacer antesala un buen rato antes de ser atendidos.

A Clara no le atraía nada ese sitio con menú inamovible y decorado decadente, pero le gustaba aún menos oír protestar a su marido, o ponerse a cocinar con algo importante, como lo del cuadro, entre manos.

En cambio, Horacio y su estómago a prueba de bombas, cuando empezaba a acusar los efectos del apetito, engullía lo que fuera, a condición de que fuera de inmediato.

Comieron sin apenas intercambiar palabras. Preocupados por sus pequeños mundos. Clara no podía apartar sus pensamientos de los recientes hallazgos:

—¿Te das cuenta de lo extraña que es esa obra, verdad? —dijo sin apartar la vista de su Ped Dang; pollo reseco y jengibre generoso.

—¡Mira que eres pesaíta, mujer! Deja de pensar en el bendito cuadro y come, que está todo muy sabroso —masculló Horacio, con la boca llena de Sukijakithai.

Clara no respondió, no hizo falta. Mentarle su paladar de mercadillo, u otra lindeza por el estilo —de que él era consciente—, no haría sino ahondar las tiranteces. Mejor dejarse llevar por las ensoñaciones, y por su cuadro.

Las cosas no andaban todo lo bien que podía esperarse de una pareja que desafió, en su momento, las convenciones sociales. Para estar juntos, para dar rienda suelta a una pasión de la que cada vez quedaban menos vestigios.

Llevaban casi una eternidad, desde la época de estudiantes, cuando se relacionaron como si chocaran dos planetas. Si no hubieran coincidido (apenas un semestre) en la facultad, por la que Horacio hizo un pasaje fugaz y Clara se quedó hasta ser catedrática, jamás se habrían conocido. Al menos era lo que pensaba Clara al constatar, casi a diario, su falta de objetivos comunes.

Clara era una intelectual de una familia de intelectuales. Gente no rica pero emparentada con la flor y nata locales. De gran arraigo en esa pequeña villa donde todos se conocían lo suficiente, en fatigas y miserias, como para no pasar por alto ningún desajuste social como su boda con Horacio.

Horacio provenía de otra realidad, de otro tiempo. Su familia, desarticulada, no encajaba en las reuniones del Pazo familiar de Clara, al que era asiduo la creme de esa "aristocracia rancia" (como la bautizó Horacio con resentimiento). No había sido bien recibido o, mejor dicho, había sido recibido con un aire de superioridad que le perdonaba las eternas borracheras de su padre albañil, las manos gastadas de limpiar mierda ajena de su madre y su propia falta de modales, sólo por ser objeto del deseo de la consentida primogénita, con devaneos de progre.

Tuvieron, y se les escurrió por la alcantarilla de los anhelos perdidos, una relación basada en el respeto mutuo y un enorme afecto que sobrevivió a la locura que les dejaba sin aliento. Decidieron estar juntos a duras y maduras. Formar una familia que se asemejara lo menos posible a aquellas de las que provenían, y resistir el futuro con sus propios medios y posibilidades. Pero la vida no solamente se llevó por delante los sueños; arrasó también con casi todos los buenos propósitos.

Con el tiempo, como suele suceder, fueron pareciéndose cada vez más a los que los engendraron. Aquellos de cuya influencia querían escapar. Horacio no bebía como su padre aunque comenzaba a incorporar alguno de sus peores defectos. Clara, a su vez, procuraba huir sin éxito del elitismo que le inculcaron con tanto celo.

Imaginaron hijos o hijas que no fueron. Gastó cada uno a su manera su cuota de esperanza. En los últimos tiempos, la inercia o la terquedad los mantenía unidos en una consistencia parecida a la ternura, al reconocimiento del otro, de la otra, como compañero de viaje. Pero en una franja horaria en la que los desencuentros eran moneda corriente.

Difícil vibrar con las mismas cosas, aquellas que les disparaban emociones, que los transportaban a un tiempo y a un espacio del que, sólo ella y él, conocían las coordenadas.

Ese día, al regresar a casa, tras una mala comida, Clara y Horacio miraban el cielo buscando explicaciones que la tierra no podía darles. Se enterraban en sus pequeñas historias, escurrían el bulto a las respuestas de sobra conocidas.

Horacio eligió una buena siesta que, según él, merecía, y Clara regresó con la paciencia de un monje a su pequeño estudio donde, ajeno a sus elucubraciones, permanecía el cuadro.

Se preparó un café cargado para espantar el regusto a curry y encendió el cigarro que la norma le impedía fumar en recintos públicos.

No era una asidua fumadora aunque, en ocasiones, su propio cuerpo le reclamaba ese pequeño placer.

Se dio a sí misma el tiempo de recreo, descorrió las cortinas dejando entrar la bonhomía de aquel sábado de primavera, y regresó casi feliz a su reducto de ensoñaciones, su mínimo lugar en el mundo.

Cuál no sería su sorpresa cuando al pasar un paño suave por el cuadro para limpiarlo, notó que la imagen había cambiado sustancialmente. ¡No podía ser! No tenía lógica... no obstante, extendiendo, una y otra vez, un tejido especial para estos menesteres, confirmaba, lupa en mano, que las cosas ya no estaban como antes.

El cuadro, una acuarela de pequeño formato pintada sobre un papel muy grueso adherido a una tabla, se desplegaba en toda su magnificencia ante los desconcertados ojos de Clara. Unos rítmicos trazos de lápiz, que le pasaron inadvertidos, resplandecían ahora.

La playa se ensanchó, el horizonte crecía en tonalidades indescriptibles, y el barco encallado estaba hundido; como si ya no pudiera soportar el esfuerzo de mantenerse en pie. Acosado por ese mar que comenzaba a embravecerse. Y lo más significativo, inquietante acaso, eran las dos figuras perdidas en el paisaje: alejadas, en otra posición. Como si la mano maestra que las creó aún estuviera allí para modificar su obra. Quizás no fuera mucha la distancia, pero alcanzaba para no despistar la mirada experta de Clara. No cabía en sí de gozo y desasosiego.

Pensó en llamar a Horacio, en compartir el descubrimiento. Se detuvo ante la certeza de que el cabezota de su marido no sólo no le daría la razón, sino que le recriminaría haber interrumpido su sagrada siesta del sábado.

Además, ¿si todo fuera producto de su fantasía?, ¿si fuese sólo el efecto de la limpieza?, o lo que es peor: ¿si esas figuras que ella creía ver como un hombre y una mujer sólo fueran dos torpes manchas sin empeño alguno?

Demasiadas preguntas, demasiada excitación para un sábado anodino. Lo mejor era limpiar con prolijidad esa bendita tabla y dedicar el resto del día a leer, corregir trabajos de alumnos, o no hacer nada, que ella también se lo había ganado.

Desde que la empresa de Horacio se fuera a pique, el sueldo de Clara era el único sustento. Él insistía en buscar empleos para los que no estaba capacitado y el tiempo se retiraba sin dejar ver la prometida luz al final del túnel. Clara se las ingeniaba para que le cayera siempre algún pedido de ordenadores —restos de la tienda— que reportara a Horacio un dinero de bolsillo. Mantener a flote su dignidad era la idea.

No podía reprocharle nada. Horacio se empeñó en aquella empresa, visiblemente no rentable, por sentirse menos, para darle lo que creía que ella tanto valoraba. Buscó malos socios, no contó con el tsunami llamado crisis que puso todo patas arriba y sumó a esto su nula experiencia empresarial. Lo otro, lo de buscar trabajo, tampoco se le daba bien. Una cierta tendencia a recrearse en el fracaso tenía ese hombre que vagaba como un zombi por la casa. Un ser por el que ella lo habría dado todo, pensó Clara con ternura, repasando ese cuadro que parecía tener vida propia:

—¡Ostras! Juraría que esto hace un rato no estaba así, ¡dios mío!... ¡Horacio! —gritó con todas sus fuerzas Clara.

Pero no hubo respuesta.

El domingo transcurrió con más pena que gloria y Clara tuvo que acceder a visitar a unos amigos de Horacio (que le caían francamente mal), antes que volver con la frente marchita al tailandés, o intentarlo con el peruano de la avenida, algo mejor pero hediento a fritanga.

No soportaba a la pareja amiga de Horacio. Viejos compinches de barrio que extendieron las amistades infantiles hasta convertirlas en una suerte de convivencia que ella veía vulgar y cansina.

Sin embargo, el matrimonio era eso, ¿o no?... las duras, las maduras, pensaba Clara, ensayando una mueca sustituta de la sonrisa, que no la delatara en presencia de aquellos cafres, congelados en la adolescencia, que le negaban el paso a unos jueguecitos cuyo código le era ajeno.

En el fondo le daba un poco de envidia no franquear esa puerta donde las risas eran sinceras. Así era ella: una sosa de cojones, como la definía Horacio, con alarmante frecuencia.

Sus libros, su "musiquita", sus clases en la facultad, sus cuadros, y una insensibilidad total para la comida o las diversiones del pueblo: el reguetón, la salsa, el merengue, que Clara deploraba.

De vez en cuando su marido se volvía hacia ella para constatar su presencia, asegurarse de que aún estuviera allí, dedicarle una sonrisa agradecida.

Porque Clara, sólo estaba en apariencia. Su mente volaba hacia una playa indómita y un horizonte del que sólo ella distinguía los matices.

Volvieron en lo sucesivo a su rutina: Clara a las clases y Horacio a la búsqueda infructuosa de trabajo.

Apenas coincidían por las noches, a la hora de hincarle el diente a una cena pergeñada por Horacio, en su afán de hacerse perdonar la inútil cosecha de la jornada.

Como si sobre ellos se cerniera el fantasma de antiguos errores, terceras relaciones de cuando aún tenían deseos de sentir –aunque fuera con otros–, malas pasadas de la vida... Horacio y Clara se negaban a indagar en los porqués del hastío, que había llegado para quedarse.

–No has vuelto a hablar del cuadro –dijo Horacio con la boca llena.

–No –contestó Clara, incómoda por la pregunta.

–¡Tanto interés que tenías, y ya se te ha pasado! –se burló.

–No empieces, anda, que ya sé cómo acaban estas cosas... y no hables con la boca llena, por favor.

–Vale, mejor me voy al sobre, no te veo ilusionada con el diálogo –sentenció Horacio, levantándose de la mesa, con voluntad de acostarse.

–No tardo –susurró Clara, aunque nadie le había preguntado.

E inmediatamente, movida por la curiosidad, se dirigió a su rincón y desenvolvió con cuidado el cuadro, protegido por finas gasas.

Se sentía triste. Lo de siempre cada vez que ella y Horacio chocaban contra sus propias frustraciones. Esa crisis, si es que lo era, estaba durando demasiado.

Unas lágrimas inoportunas se le escurrieron sobre la tabla. Clara se restregó los ojos con fuerza, no daba crédito a su vista: el cielo era ahora tormentoso, con unas oscuras nubes de grueso trazo que escapaban del papel. La arena se volvió casi negra. Del barco sólo asomaba un mástil. Las pequeñas figuritas se alejaron tanto que ya no había manera de relacionarlas visualmente.

Intentó llamar a su marido; el grito se le ahogó en la garganta.

Fotografío la tela y se maldijo por no habérsele ocurrido antes, a ella, tan detallista.

Envolvió el cuadro y se fue a acostar. Mañana sería otro día. Precisamente, sábado. Una semana desde el encuentro del cuadro arrimado contra un árbol, como un niño perdido.

Decidieron, tras una agria disputa, abordar el fin de semana cada uno por su lado. Nada de restaurantes apestosos ni amigos indeseables.

Clara se encontró de pronto con todo un día en blanco, sin tener que complacer a nadie. La sacudió un pequeño júbilo transformado por momentos en pesadumbre. Una angustiosa sensación de vacío.

Eligió llamar a alguna amiga; no tardó en comprobar que tenía muy descuidado ese aspecto de su vida. "Hola, soy Clara, ¿hace tanto que no nos vemos?, ¿qué no te llamo, ni te felicito por tu cumpleaños?" Demasiadas explicaciones. ¿A casa de sus padres?, ¿a la burbuja en la que las emociones se guardaban en frascos? No, en absoluto. ¿Qué hacer entonces con tanto tiempo por delante? ¿Una película, un almuerzo en un lugar acogedor y sin olores? ¿Una caminata por la orilla del río como cuando era niña?

Se le quedaba todo corto, o largo. Tantos años funcionando en tandem, que no sabía cómo disfrutar de una soledad con la que convivía acompañada.

Finalmente, se arregló con esmero y salió a la calle. Entró en los museos, los recorrió de cabo a rabo, y conversó con cuanto conocido o por conocer halló a su paso.

Cuando sus pies acusaron el cansancio se sentó en el parque al que la llevaba su padre de pequeña. A ver patos y cisnes deslizarse por el estanque, niños y niñas arrastrando a sus madres y padres por el camino de tierra, ancianos intentando retener el tiempo en los bancos. Se sintió feliz. Se sintió ella, ella sin mitades a completar. Ella entera.

Regresó extenuada y satisfecha de su suficiencia.

Horacio no había vuelto, lo cual, en cierta medida, agradeció. Encendió el único cigarrillo del día, se estiró en el sofá de la sala contemplando sus largas piernas y juzgando que aún eran hermosas. Dejó que el tiempo transcurriera.

Se encontró acariciando nuevamente ese trozo de papel pintado, que tanto la había confundido los últimos días. Allí, las cosas aún mutaban, de manera casi imperceptible, pensó Clara, pero mutaban.

El cielo era ahora rojo, incendiado. El barco había desaparecido de escena; ni se adivinaría su existencia anterior. Las dos figuras, algo más definidas, no, decididamente más definidas –se dijo Clara–, marchaban en sentido opuesto, hacia los márgenes. Hacia otro mundo, hacia otra vida, vaticinaba Clara como si le cupiera alguna responsabilidad en esos cambios.

Por el ventanuco, hacia el cielo del cuarto abuhardillado en el que Clara había instalado su pequeño estudio, se dejaba ver la mitad de una luna redonda con una amenazadora aureola de lluvia. Un trozo gris de cielo recortado y unas gotas de rocío, con vocación de juntarse, pegadas al cristal.

Je suis venue te dire que je m'en vais, tarareaba Clara, recogiendo, uno a uno, sus pinceles. Y sus botes de acrílico, y sus lápices de colores. Dejó todo en una caja, para llevárselo en otro momento. Echó un vistazo a ese, su reino, y se lamentó de que el único contacto con el exterior fuera una mísera ventana parca en estrellas. Contaba en más de tres décadas su vida y no podía ver, cuando se le antojara, las estrellas.

Al cabo de un rato, sin proponérselo, sin meditarlo, sin saber que provenía de un profundo deseo, comenzó a hacer la maleta.

Se dio el tiempo de escribir con afecto una larga carta en la que se inculpaba en parte por ese fracaso común que convirtió un vínculo desbordante de vida en un estanque macilento. Pidió disculpas a Horacio por su flaqueza, por irse de ese modo, por no haberse dado cuenta antes.

No olvidó decirle que no prescindiera de ella como humana, como persona. No como amiga, porque sería hipócrita, pero sí como la compañera de ruta que había sido y con cuyo afecto podría contar por lo que les quedara de vida... Etcétera, etcétera... Palabras sentidas que le brotaban sin pensar y luego se censuraba.

Cogió el cuadro, de cuya composición habían desaparecido las pequeñas figuras, ¿o eran tal vez manchas?, ¡qué más daba!... y lo metió en una bolsa grande de residuos para llevarlo consigo. Decidió, en el último instante, abandonarlo sobre la mesa de la sala.

Bajó en el ascensor, salió a la calle, y caminó arrastrado su trailer hasta la terminal de autobuses. Recitó, para sí misma, un viejo poema de la infancia: *le bonheur est dans le pré/ cours y vite/ cours y vite/ le bonheur est dans le pré/ cours y vite il va filer.*

Ignoraba todo del futuro. De cómo lo afrontaría, pero, ¿acaso hay alguien o algo que pueda predecirlo?

Horacio entró en la casa sin reparar, de entre las sombras nocturnas, en la menuda figura de su mujer atravesando la niebla.

Pensaba en que no habría cena, y que ya era bastante tarde para pedir unas pizzas.

Resuelto a frustrarse de nuevo, se autoengañó con la idea de proponerle a Clara un paseo por el río, como en los viejos tiempos.

Le extrañó encontrar las luces apagadas... ¿Adónde diablos iría Clara?, ésta tía está muy rara... no se puede contar con ella para nada..., está distante, arisca, parece otra... no es la Clarita con la que me casé, no lo es. ¿Qué hay en esta bolsa, leches?... ¿Qué demonios hace aquí este puñetero cuadro? No entiendo que le ha visto Clara a esta birria de pintura... Por cierto, ¿de qué figuras hablaría la fantasiosa de mi mujer?... ¿las habrá limpiado?, quizás haya pintado por encima... Aquí no se ve más que la playa, el barco de las narices, un mar bastante calmo; sí, muy calmo, y un cielo estúpidamente despejado.

UNA HABITACIÓN QUE DA AL MAR
Karen Escalona Santos (Guinea Ecuatorial, 1985)

He aquí lo difícil:
caminar por las calles
y señalar el cielo o la tierra.
A. Pizarnik

La mañana que enterramos al viejo hacía un día precioso, como hoy, de mucho sol y árboles y flores reventando en colores y olores. Era primavera. No pude ir a la playa. Tuve que quedarme en la ciudad por si su mujer necesitaba alguna cosa: lavar los platos, limpiar la casa, comenzar a meter las ropas en las maletas por lo de los recuerdos, o quedarme tras la puerta de la habitación escuchándole mientras lloraba.

En el taxi, camino a casa, marqué el número de Sylvia. Ella tan distante, tan mujer inteligente de ojos garzos. Antes de llegar me detuve en el mercado. Era jueves y los jueves llevan verduras y frutas frescas. Siempre compro en el mismo sitio, donde Olga, una mujer ro-busta y dedos regordetes que no puedes dejar de mirar mientras va poniendo dentro de la bolsa las zanahorias, los tomates, las naranjas y, por favor, medio kilo de cebollas. Nunca para de hablar. Cinco minutos bastan para que me ponga al tanto de todo lo que ocurre en la zona. Ese día no dijo nada. Sólo me miraba con sus ojos bolos, humedecidos, y no sé si fue el agua que llevaban dentro lo que me hizo recordar el único día que vi al viejo con ojos iguales a como los tenía Olga en ese momento.

—¿Y nunca te has preguntado la opinión que tengo de ti? —le solté después de gritarme: "Loco, eres un loco de mierda", cuando lancé una botella contra la pared porque él llevaba dos días bebiendo sin parar.

Se quedó quieto, rígido, y el agua que le vi en los ojos se parecía en algo a lo que tenía Olga en los suyos mientras me entregaba el cambio y decía que las mejores langostas las tiene Paco. Ve a casa, niñito, has te-nido un día muy duro. Mandaré a alguien para llevártelas.

Iba justo de tiempo. Sylvia estaba al llegar así que empecé a acomo-darlo todo un poco, quitar el polvo, vaciar los ceniceros, poner en la bolsa de basura las botellas de vino vacías, doblar la ropa como lo hice cuatro años atrás con la del viejo. Había mandado a alguien diciéndome que le mandara sus cosas, que lo había arreglado con su mujer y volvía a su casa. Recuerdo que coloqué los pantalones debajo, las camisas encima, los calcetines a la izquierda y los calzoncillos a la derecha. Le di las cosas al chico y me preguntó por los zapatos:

—¿Qué zapatos? Él sólo tiene un par y los lleva puestos.

Era fin de año.

Sylvia siempre llama a la puerta suavemente. No le gusta el timbre porque hace un ruido de infierno, ¿sabes? Un ruido metálico e impersonal que no tiene que ver conmigo, por eso doy siete golpecitos rápidos. Así te aseguras que soy yo.

La conocí en la exposición de Marcos, un amigo. A él le gustaban mis poemas. Ella era su novia. Esa noche terminamos los tres en mi casa bebiendo ron, ellos sentados en el suelo mientras yo, encima de la mesa, les decía poemas de Vallejo y teorizaba sobre el compromiso político de los artistas: Susan Sontag.

Dos días después la encontré esperándome frente a mi puerta.

—Entonces, ¿el comunismo enaltece al ser humano o no?

—Sólo si nace conmigo entre tus piernas —le dije y ni siquiera pensé en Marcos y mis poemas.

El viejo me dijo que le encantaba verme sonreír porque pocas veces lo hacía. Yo me puse serio y le dije que si en los once años que no supe de él alguna vez pensó en ello.

—Todos los días —dijo.

—Pues vaya mierda de nostalgia por tu hijo, ¿no?

—Es que no entiendes.

—A ver, explícamelo ahora.

—No sé, no puedo.

—¿Qué es lo que no sabes? ¿Qué es lo que no puedes?

—No seas tan duro conmigo.

—Soy objetivo. Durante once cumpleaños me senté al lado del teléfono todo el día esperando que me llamaras, pero ya veo que preferías emborracharte a echarle cojones a la cosa.

—Ve a dormir. Mañana tienes que trabajar. Mañana tienes que hacer tuyo el mundo —y abrió la sexta cerveza.

Sylvia nunca llega tarde. Dice que cuando se llega tarde no valoramos el tiempo del otro. Coincido. Casi siempre coincido con ella. Hablamos del arte, el gran Arte, ese que no te deja respirar cuando lo descubres. A veces la interrumpo y le recuerdo a Egon Schiele, el pequeño miserable, flaco libidinoso que puso al cuerpo delante del lienzo, de frente, de espaldas, de rodillas el cuerpo delante del lienzo. Cuerpos sin pudor, cuerpos espléndidos en su desnudez. ¿Y los retratos, Sylvia? ¿Si te desnudas y te quedas quieta me dejas escribirte un poema mientras te miro?

—No seas mediocre —respondió.

El viejo nunca fue un mediocre. Títulos y más títulos guardados en el cajón porque decía que lo de los títulos era circunstancial y temporal, como a veces es la amistad, mi niño.

—Viejo, no siempre la amistad es así.

—Tú eres joven y tienes mucho que aprender. A los demás lo que les importa es la felicidad personal aunque les cueste alienarse.

—¿Eso hiciste tú?

—No empieces.

Yo no empiezo, sólo miro el reloj y pienso en el buen tiempo que hace. Mi apartamento tiene vista al mar. Veo los barcos que se mueven casi en cámara lenta, mientras atracan en el puerto. Bestias de hierro golpeadas por el salitre.

Vi a Sylvia descender del taxi. Corrí hasta el reproductor y puse a Pink Floyd. Ella dice que le revienta la cabeza Pink Floyd, que le hace pensar mucho, como esa fotografía de Marilyn Monroe leyendo *Hojas de hierba*. Porque en la vida, si piensas demasiado, mueres triste y solo: nada será suficiente, cariño.

Creo que el viejo se emborrachaba para no pensar, pero así, borracho, lo hacía más. Decía que siempre me había querido. La distancia me mataba, mi niño, pero llamarte era más duro. A veces dejaba que sonara el teléfono y cuando respondías y escuchaba tu voz, colgaba. ¿Qué iba a decirte? ¿Qué me dirías tú?

—Eso se llama miedo.

Escuché los golpes y me apresuré a abrir.

—Tu problema es esa música de mierda —dijo mientras dejaba el bolso sobre la mesa, acercándose y besándome la frente. Yo busqué su boca pero ella quiso besarme la frente—. Y bueno, ¿qué has hecho esta semana? ¿Dónde está el vino?

—No mucho. He escrito un poema. Lo puse a enfriar en la nevera.

—¿Puedo leerlo?

—Aún tengo que limpiarlo. Hay unos ruidos que no me gustan.

—Esa es la forma, ¿y el contenido?

—Es un poema. Si está mal la forma, está mal el contenido. Se lo he escrito a Marcos.

—¿Y por qué a Marcos? —dio un sorbo al vino.

—No lo sé. Surgió así. Un poema para Marcos.

—Pudiste escribírmelo a mí.

—Los poemas tuyos no te gustan.

—Lo que no me gusta es el contenido.

—Lo que no te gusta es que son sobre ti.

—Tal vez. No me parece poético que los demás vean mi vagina como la ves tú, una naranja mecánica, un jemer rojo.

—Eso te lo acabas de inventar.

—No, eso lo dices en tus poemas. En todos.

Al viejo sólo le escribí un poema. Un largo y triste poema. Lo retrata bebiendo en la terraza, tarareando boleros. Olvidaba la melodía y daba un trago lento hasta que la recordaba. Nunca se lo di. No quería que supiera lo patética que era su vida, pidiendo perdón cuando estaba a punto de sentarse en el borde de la cama con la cabeza entre las manos, aguantando por ambos la miseria que se nos había empozado dentro. El viejo siempre fue un tipo triste. A veces me daba pena y me sentaba con él a beber cerveza y hablábamos de los conocidos que no veía hacía años. Terminaba llorando, como siempre, tal vez descubriendo que había perdido la memoria de lo que fue, de lo que fuimos. Que se había abandonado, que me había abandonado, y no le quedaba más que aceptar lo que llegara, no importaba si bueno o malo, sólo tenía que esperar lo que fuese. Yo dejaba la cerveza por la mitad y me largaba.

—¿Qué vas a cocinar? —dijo Sylvia sirviéndonos otra copa de vino.

—Le he pedido unas langostas a Olga.

—¿Y qué celebramos? Siempre dices que cocinas langostas cuando algo muy bueno pasa.

—Pues nada. O tal vez sea el poema de Marcos.

—¿Se lo vas a dar?

—Ya lo hice.

—¿Y qué te dijo?

—Cosas sin trascendencia. Que no lo había respetado: *No has respetado nuestra amistad. Eres un cerdo. Ella nunca te va a querer.* Y guardó el papel en su bolsillo.

—No te fue tan mal.

—¿Es cierto que nunca me vas a querer?

—¿Y tú? ¿Tú me quieres?

—Te he escrito un poemario.

—¿Qué significa eso?

—No lo sé. ¿Que escribo por ti?

—No debieses hacerlo. No es justo para ninguno de los dos.

—Entonces nunca me vas a querer.

—Le das demasiadas vueltas, cuando no hay mucho qué entender.

—No, dime. Hoy necesito saberlo.

—A veces creo que daría todo por ti, pero otras veces no.

—¿Por qué a veces no?

—No lo sé.

El viejo era el maestro en no saber lo que pensaba o quería. Existía porque no le quedaba de otra. Vivía con esa extraña resignación de quien quiere morir pronto pero no tiene valor para matarse. Como esperando expectante a que algo surja y le cambie la orfandad de la vida. Pero esto rara vez ocurre.

—Y hoy, ¿qué sientes hoy?

—Hoy no siento nada.

—¿Por qué viniste?

—Porque quiero acostarme contigo.

—¿Cómo puedes acostarte conmigo sin sentir nada?

—Porque siempre me das lo que busco.

—¿Y si no te hubiese llamado?

—Hubiera llamado a Marcos, pero terminará implorándome que vuelva y hoy no quiero tristezas.

—Te comportas como una puta.

—Lo sé. Será por eso que me escribes poemas.

—Creo que mejor te vas.

—¿Y eso?

—Me he puesto triste.

—¿Por lo que te he dicho de Marcos?

—No, Sylvia, es todo. Cuando sales de la cama me siento vacío.

—Está bien. Te llamaré el sábado por si se te ha pasado.

Acabó su copa de un trago y me besó mordiéndome los labios hasta sangrar. Cerró la puerta y pensé en que tenía una botella de ron guardada. Necesitaba algo fuerte. Serví un vaso generoso y puse hielo. Brindé por el viejo. El pobre viejo que me apretó fuerte la mano y empezó a llorar, porque ni muriéndose dejó de hacerlo. Luego fue un sollozo ahogado y decir mi nombre.

Al salir del hospital pensé en cuando era pequeño y me abrazaba fuerte, como para que no me fuese volando de un momento a otro. Mi saltamontes loco, decía mientras me besaba los ojos para que no viese el mundo. Pero el mundo estaba frente a mí con la boca abierta, engulléndome como un remolino en medio del mar durante once años que fueron una vida.

Esa tarde llamé a Olga y le recordé que me trajesen las langostas más grandes.

Ahora miro los barcos entrando a puerto, casi deteniendo los motores, convirtiendo los rugidos en hilos de olas rotas y pienso en que hoy hace un día precioso, como la mañana que enterramos al viejo.

LAS FLORES DE LOTO

Luisa Fernández-Miranda Parra (España, 1955)

La ropa negra, aun sin estrenar, colgaba del respaldo de la silla. La falda tenía una línea blanca de pespuntes que desentonaba. María la recorrió, comprobando que le había salido recta. Se puso a coser el dobladillo, aunque no le hubiera molestado dejar el hilo blanco bordeándolo, como una luz en medio de la noche. Mientras cosía pensaba que hubiera preferido vivir en un país en que el luto fuera blanco.

Le costaba acostumbrarse a las gafas de cerca, de vez en cuando tenía que quitárselas para frotarse sus ojos resecos, porque le parecía que la tela negra se le aproximaba tanto a la cara que se le convertía en una venda.

Había mucho silencio y se puso a canturrear hasta que se dio cuenta de que no podía hacerlo, con el cuerpo casi caliente de su marido. Cerró la ventana. Tuvo la sensación de que alguien le hablaba. Encendió la radio y dio vueltas y vueltas al dial sin decidirse por ninguna emisora. Antonio había sido el único que la ponía. Todas las noches habían dormido con el soniquete de los carruseles y tableros deportivos y las tardes tristes de los domingos compartían las mismas voces chillonas que retransmitían los partidos de fútbol.

En una de las emisoras escuchó la palabra Ikebana y la repitió varias veces: i-ke-ba-na, con k. Le sonó a algo nuevo. Sintió como si le soplaran a la cara. Le gustó la voz suave de la mujer japonesa, que hablaba en un español con esfuerzo, del arte de los arreglos florales.

Alargó la mano y abrió el bloc de las medidas de las señoras, que aunque llevaba mucho tiempo sin usar, aún seguía guardándolo en el cesto de costura, por si acaso, como si las tallas pudieran seguir intactas a través de los años. Escribió la palabra ikebana, con su caligrafía insegura, conforme la iba deletreando la mujer de la radio.

Como el sonido lo había puesto bajo, tuvo que acercarse para poder escucharla. Tal vez Antonio la estuviera observando desde algún sitio y seguro que se reía de ella. ¡Qué tonterías!, diría.

Hablaban de flores. A ella, como a todas las mujeres, le gustaban las flores pero nunca se había atrevido a comprarlas, le hubiera agradado que él, como hacían otros, le hubiera traído un ramo por San Valentín o por su cumpleaños.

Se puso a escuchar con atención. Dejó de coser. Quiso imaginar que la mujer de Japón, ¡qué lejos debía estar ese país!, le hablaba a ella sola.

Se imaginó que le diría que le iba a enseñar muchas cosas nuevas, que sabía que le gustaban las flores y era muy habilidosa. ¡La de trajes bonitos que había cosido de soltera! Le habría contestado, porque al casarse solo llevaba su casa y su marido y los llevaba muy bien, pero después de lo de Antonio ya no se le ocurría nada.

La japonesa también le contaría que muchas mujeres saben hacer más cosas que los hombres, y mejor hechas, porque algunos se pierden, como el suyo, entre gritos y broncas.

La voz de la radio decía, confirmando lo que ella imaginaba, que las mujeres hacían los mejores arreglos florales, porque, en general, están más dotadas para las cosas delicadas

María sonrió, como si la tuviera enfrente, agradecida.

Ella nunca había puesto flores en un jarrón.

En ningún momento de su vida había estado quieta, sin hacer nada, escuchando la radio, como ahora, y se sintió incómoda así, manosobremano, ya tenía la casa limpia y recogida y apenas preparaba comida, total para ella sola. Tendría que terminar de una vez los jerséis de los nietos. Ni en Navidad los tendría terminados, entre unas cosas y otras.

Pero esto de las flores le parecía que le iba a gustar aunque no le sirviera para nada. ¿Qué hubiera dicho Antonio de verla perder el tiempo?

—Es para serenar la mente y llenarla de alegría —decía la japonesa, como si le respondiera.

—Alegría —repitió ella en voz baja.

Apuntó en el bloc de notas las flores que tenía que tener y cómo tendría que ir mezclándolas. Por el color y el tamaño.

Pensó comprar un cuaderno bonito.

Durante un rato dejó de oír la voz de Antonio que no había parado de hablarle como por dentro. .

Cuando terminó la clase volvió con la costura y al acabar estiró la falda y la planchó. Se la puso con la blusa negra. Ni se miró en el espejo grande del dormitorio.

Tenía que ir al cementerio para visitarle, qué otra cosa iba a hacer. Además, estaba lo de la lápida.

Esa mañana no se pintó los labios y se peinó como pensaba que tendría que peinarse una viuda.

Abrió la ventana para ventilar el cuarto, para quitar el olor a colonia de hombre. Nunca le había gustado y ahora le daba nauseas. Regó los geranios despacio, quitando las hojas que se habían quedado marrones. Le pareció volver a oír su voz ronca, carraspeando en medio de cada palabra, María, María, ¿por dónde andas? Tráeme el desayuno, así no, con más azúcar, ¡vaya porquería de café!, estas galletas mira, mira… luego cuando la enfermedad, la retahíla empezaba por las pastillas, la almohada más arriba o ponme la pera o abre la ventana o ciérrala y luego cuando entraba en la habitación del hospital, siempre decía: ya era hora, ¿no?

Le hubiera gustado que sus hijos se quedaran algo más con ella, pero se tuvieron que ir en seguida nada más terminar el entierro. Una para Alemania y el otro a América.

Antes de tomar el autobús al cementerio, se le ocurrió entrar en la floristería del mercado, donde se había parado tantas mañanas. Eligió una docena de claveles rojos.

No son para mí, estuvo a punto de decir a la dependienta.

Al entrar en el cementerio fue directo a visitar a Antonio en su tumba. Le habían dado un plano y le costó encontrarla. Mientras andaba oía sus pasos muy fuertes y empezó a andar de puntillas. No le gustaba andar entre muertos. Apenas había nadie.

Cuando llegó donde estaba él sólo había tierra y le puso rápidamente las flores, para que no se enfadara. Intentó colocarlas de forma bonita.

Se quedó un rato de pie, sin saber qué hacer, mirando la tierra y las flores, hasta que oyó una voz cercana.

—Buenos días,

—Lo mismo, buenos días…

Era la voz de un hombre que estaba sentado al lado de otra tumba. Ella le miró de reojo, porque sentía sus ojos posados en su cara. Debía de tener más o menos su misma edad. Le notó las mejillas sonrosadas. Estaba sentado en una silla plegable. De vez en cuando sus miradas se cruzaban y ambos bajaban la vista. En realidad ella no sabía dónde mirar, no le gustaban las otras tumbas, con sus vidas ya perdidas y tan silenciosas. Él empezó a sonreírla.

No podía dejar de observarle. Tenía ojos pequeños, encajados entre las mejillas hinchadas y su cuerpo le pareció un globo apretado. Antonio, en cambio, era delgado, tenía buen porte y seguro que le sacaría más de una cabeza. Aquel hombre no iba mal vestido pero no le sentaba bien la ropa. Le gustó, en cambio, cómo olía a hierbas del campo.

Ese día solo se saludaron, él abría la boca de vez en cuando como para decir algo, pero luego la cerraba. A ella no se le ocurría qué decirle y menos delante de la tumba de su marido.

Al marcharse, él continuaba quieto, sentado y volvió a fijar sus ojos en el suelo. Ella le dijo adiós bajito cuando ya no supo qué más hacer y se fue a elegir una lápida un poco cara, de puro mármol, blanco con vetas rosas, como a él le hubiera gustado, lo mejor de lo mejor.

Al día siguiente, al levantarse, puso la radio un poco más alta para no perderse nada. Escuchó atenta, sin hacer otras cosas, la segunda lección de ikebana. Ese día el arreglo era únicamente de flores blancas. La japonesa enseñaba cómo manipularlas, desde el principio; cómo hacerles el corte, y la forma en que deberían acariciarlas, más que tocarlas, pues aún, según decía la japonesa, conservaban algo de vida y luego les enseñaba a mezclarlas, para lograr la serenidad del alma.

Cuando tuvo la casa recogida fue de nuevo al cementerio. Volvió a entrar en el mercado y compró una maceta de gardenias para llevarle a Antonio. Después de comprarlas se dio cuenta de que ya no podría olerlas. Volvió a subir y la dejó en la terraza. Olió las flores antes de volver a salir.

Le pareció que el hombre del cementerio la estaba esperando. Al verla le dio la impresión de que sus ojos eran como los de un pájaro, se movían rápido de un lado a otro, como si volaran por todo el espacio. Ya no miró para abajo como el primer día. Solo se saludaron. Siguieron en silencio todo el rato, mirándose cada vez más. Ella colocó de nuevo los claveles del día anterior, quitando los mustios y por un momento le dio la impresión de que Antonio se habría enfadado de estar vivo, pero no lo estaba.

Todos los días al levantarse, antes de ir al cementerio, hacía lo mismo, oía el programa de ikebana, recogía un poco la casa, y ya tenía muchos arreglos apuntados en el nuevo cuaderno de tapas de flores.

Tras varias semanas, seguía coincidiendo con aquel hombre en el cementerio. A veces, cuando sentía su olor a hierbas cerraba los ojos y le daba la impresión de que estaba en otro sitio y era una persona diferente. Para distraerse miraba las flores de las demás tumbas y se le ocurrían nuevas formas de colocarlas, aunque nunca se atrevió a hacerlo. Seguían sin dirigirse la palabra, pero empezaba a devolverle las sonrisas. Sólo se decían buenos días al llegar y hasta mañana al marcharse.

Una mañana de mucho calor, después de añadir a las flores del día anterior –tal y como venía haciendo– un solo clavel rojo, le pareció volver a oír la voz de su marido que le hablaba muy rápido, como cuando estaba enfadado y se le atropellaban las palabras. La regañaba por no traerle más flores. Mal, María, roñosa, María, María, muy mal. Sentía la voz recorriéndole la garganta, entrando en los pulmones, hasta llegar al corazón. Allí, esa voz humeante le impedía respirar, hasta que se volvió silencio. Cuando dejó de oírla, la tumba se convirtió en techo y el cielo en suelo.

Él debió de notar cómo se desplomaba y no la dejó caer, corrió a su lado. Tomó el pañuelo que siempre llevaba para enjugarse el sudor, por el lado limpio lo mojó en una botellita de agua y se lo pasó por la cara, con mucha suavidad, despacio. Entonces, por primera vez desde la muerte de Antonio, se echó a llorar y las lágrimas se resbalaban por las manos de él. Para limpiarme la mente, pensó, y continuó llorando hasta que los ojos volvieron a secarse.

Él se había colocado a su lado, encima de la lápida de mármol recién estrenada y le pasó la mano por el hombro. A ella le gustó sentir la placidez de su cuerpo. El de Antonio era de piedra. Cerró los ojos y se mantuvo pegada al cuerpo de aquel hombre que le parecía el de una nube. Debieron de estar así un buen rato. Ella se sintió mejor, el cielo volvió a estar arriba y su marido muy abajo.

—¿Quién era él? —le dijo con una voz callada

—Es, es… bueno, fue mi… mi… marido. ¿Y usted?

—Mi madre… ¿puedo tratarte de tú?

—Yo… es muy reciente, hace tan solo… —tuvo que parar a pensar porque no se acordaba de cuantos días hacía.

—Bueno… me gusta verte. Estoy soltero, siempre tuve que cuidar de mi madre, se quedó viuda joven y ya sabes, el hijo de una viuda ni siquiera podía hacer la mili. Ahora quiero empezar a vivir… Ya me entiendes… Usted, tú —le dijo de pronto, mirándole a los ojos por primera vez—, tienes unos ojos azules tan bonitos…

—¿Así qué, así que… no se casó? Yo tengo dos hijos ya casados. La chica en Alemania y el otro en Nevada. Ya soy abuela —le dijo mientras pensaba que no era eso lo que hubiera querido decirle

—Yo podría serlo, pero… Tienes ojos de aguamarina.

—Tengo que irme —dijo azorada, sin saber adónde iba a ir. Deme el pañuelo y se lo traigo lavado y planchado.

Se puso de pie, alisándose la falda, y empezó a tirarse de ella.

—¿Cómo te llamas?

—María

— Yo Fran, mi madre me llamaba Paco y a veces Paquito, pero a mí me gusta Fran. ¿Podemos dar un paseo juntos?

Empezaron a caminar. Pero cuando iban a traspasar la tapia del cementerio a ella no le pareció bien que les vieran juntos y se alejó sin mirar atrás.

Al día siguiente de haberse hablado, ella se pintó los labios. Y se fue canturreando por el camino lleno de flores.

– Hoy, estás, estás… –le dijo al verla.

Desde aquel día empezaron a contarse cosas poco a poco. Ella apenas le hablaba de Antonio pero sí le contaba de su pueblo, del huerto y de las margaritas que salían, como si fueran un milagro, sin que nadie las hubiera plantado. A ella le gustaba hacer ramilletes. Pero a veces, de repente, en medio de alguna conversación, se levantaba de la tumba de su marido, como si tuviera algo que la quemara.

Al salir, se marchaba como si tuviera muchas cosas que hacer, pero aún no sabía en qué emplear el tiempo, ahora que nadie, por primera vez en su vida, le pedía nada. Por la tardes, mientras tenía encendida la televisión, tricotaba jerséis para sus nietos, pero como apenas les veía, nunca sabía si les iban a servir. Mientras tricotaba pensaba en cómo sería Japón y en las flores de loto que había visto en fotografías.

Seguía oyendo a la japonesa en las mañanas. Se había atrevido a hacer los arreglos de flores más sencillos; mientras los hacía, sus manos se movían sueltas y no oía la voz de Antonio. Su cabeza iba y venía por inmensos campos de colores. Fue colocando los arreglos en la mesa grande del salón, cuando se marchitaban no los tiraba, aprendió a conservarlos. Poco a poco desapareció el olor caliente de Antonio. La casa empezaba a olerle a aire.

Avanzaba el verano y un día de mucha luz se vistió de alivio. Se puso los pendientes y el collar de aguamarinas. .

–Vienes, vienes… –dijo el hombre del cementerio al verla. Y ella no se quedó en la tumba del marido. Se fueron a pasear fuera de las tapias.

Cuando ya no le cabían más arreglos en la mesa grande, de pronto, dejó de oír a su marido.

Una mañana despertó con el olor a la colonia de Fran, prendido en el aire y pensó no volver a visitar la tumba de su marido. Además, ya no lo era. Por última vez se dirigió al cementerio para esperar a Fran. Se quedó fuera, cuando le vio a lo lejos se dio cuenta de que en realidad no era como un globo apretado, sino como una flor de varios pétalos.

–Me voy a Japón. ¿Vienes? –le dijo ella.

ASCENSOR EN LA OTRA REALIDAD
Nieve Andrea Sádaba Alcolea (Reino Unido, 1988)

Ya era la tercera vez que aquel ascensor se paraba en lo que iba de semana; comenzó a plantearse llamar a alguien que lo reparase. Nadie más iba a hacerlo, pues en aquel portal ya sólo quedaban dos ancianas que vivían en la planta baja, y que por tanto les traía sin cuidado si el ascensor iba como si se ponía de pie sobre dos patas de avestruz y se iba corriendo; el deportista del sexto, por su parte, rara vez lo utilizaba, es más, llegó a dudar de que supiera de su existencia; y qué decir de la familia tan rara que vivía enfrente que, por no decir, no decía ni hola cuando se encontraban. Aquellas personas y él, Luis.

Con gesto asqueado, pulsó el botón de timbre del condenado aparato, que se acababa de atrancar entre el quinto y el sexto piso. Si salía alguien a ayudarle, ya podía estar agradecido. ¿Por qué tendría que haberse ido a vivir a ese portal, con la de pisos que había en Madrid?

—¿Es que están todos sordos en este barrio, o qué? —masculló— ¡Esto ya es el colmo! ¡Eh, ¿hay alguien ahí fuera?! —golpeó los laterales del habitáculo— ¿Alguien puede oírme?

Silencio.

Desistió de llamar la atención de los vecinos, y lo intentó con el propio ascensor. ¿Para qué serviría aquel botoncito de arriba?

—Nada más fácil de averiguar —se contestó a sí mismo, al tiempo que lo accionaba.

Acto seguido, se abrieron las compuertas. Arriba quedaba un trozo de puerta del sexto piso; tal vez pudiera salir por allí. Siquiera, liberarse de aquellas cuatro paredes tan cerca las unas de las otras que poco menos que amenazaban con aplastarle.

Pese a que pareciese ridículo que un señor serio y de cierta edad como él supiese jugar al hombre-araña, se dispuso a intentarlo. Eso, o quedarse atrapado en una caja colgante. Era fácil: sólo había que recordar sus tiempos adolescentes...

Con más de un fallo de cálculo y algún que otro cabezazo, consiguió salir por el reducido espacio que el aparato dejaba. Le dio la impresión de que el ascensor se burlaba de él; podía casi oír las risitas a sus espaldas.

Al llegar a su piso, el séptimo, lo que oyó fueron carcajadas, pero éstas procedían del deportista de abajo, que debía de haber estado espiando su salida por la mirilla de la puerta.

—¿Cómo pueden ser tan estúpidos?– refunfuñó con el suficiente volumen como para que el de abajo le oyese.

Cosas como ésta ocurrían a diario en aquella escalera, y es que no podían haber caído especímenes más variopintos e incompatibles.

Entró en su casa, y acto seguido fue a buscar la guía de teléfonos. Necesitaba con urgencia un profesional que reparase el ascensor.

—Y de paso, a ver si me repara los vecinos… —murmuró frunciendo el ceño con desdén, mientras hojeaba el listín.

Arreglamos su ascensor en el día, al precio más bajo de toda la ciudad.
Telf: 666 000 666

Tan harto estaba de los incidentes, que llamó al primer anunciante que vio. Con la guía en una mano y el auricular descolgado en la otra, fue marcando el número, plagado de seis.

Tras unos instantes de silencio, se abrió la línea. Un pitido. Otro. Y un último.

—¿Diga?

—Hola. Llamaba por…

—…por lo del ascensor que le ha atrapado ya tres veces en la semana… —se quedó pasmado.

O bien aquello era un bromazo, o iba a empezar a creer en esas cosas a la voz de YA.

—¿Hola? —se oyó al otro lado de la línea— ¡Hola!

Colgó de golpe y se sentó, o mejor dicho, se desplomó en el sofá, pálido como un fantasma, y helado de pies a cabeza.

Sólo entonces reparó en lo alterado que estaba. El sudor, tan helado como él, le corría por la espalda, y el número le bailaba ante los ojos desorbitados.

"Luis —se dijo—, estás como una cabra."

Respiró hondo varias veces, y volvió a coger la guía telefónica, para buscar otro técnico, uno, a ser posible, al que tuviese que explicar la avería. Entonces sonó el teléfono.

—¿Diga?

—Hola, soy el que repara ascensores. Ha llamado usted antes, ¿me equivoco?

—Eh… sí. Sí, es que se ha cortado —no se le ocurrió nada mejor que decir.

—Pues venga, ¿Cuándo arreglamos ese ascensor que se para?

—Oiga, pero, ¿cuándo le he dicho yo que…?

—¿Mañana le viene bien?–

Nada. No hubo forma humana de sacarle una palabra a la misteriosa voz. Dicho y hecho; acordaron que al día siguiente el técnico-666 se presentaría allí.

—Tenga la bondad de proporcionarme una estufa —pidió por último.

—Perdone, pero en este portal lo que nos sobra este julio es calor…
—en vano, había colgado ya.

La intriga lo llenaba en todo su ser. No podía, en absoluto, ser casualidad… ¿Y cómo, si no, explicaba todo aquello?

Lo primero, el número de teléfono. Luego, aquellas adivinaciones sobre lo ocurrido; y más tarde, esas peculiaridades del técnico. Una estufa en pleno julio. Como no fuese para tratar el calor y la asfixia de aquel verano por medio de la homeopatía…

Se encontraba aquella tarde, una vez más, sentado en el sofá del diminuto y sobrio salón de su piso, frente al televisor apagado. Las ideas bailaban caóticamente en su cabeza, y daba la impresión de que, de un momento a otro, iba a lanzar una gran bocanada de humo.

Opinó que a su alrededor había demasiado silencio; un silencio tenso e incómodo, sólo turbado por el alboroto lejano de los automóviles abajo en la calle; bajo un sol abrasador cuyos rayos penetraban por la ventana que daba al balcón.

No quedaba sino esperar, al fin y al cabo, era cosa del ascensor y no suya si ocurría algo, ¿no? Resolvió que era una estupidez dejarse llevar por un miedo tan irracional, y pulsó un canal cualquiera del mando para encender el televisor.

No encontró más que telebasura, de modo que apagó.

Entonces sonó el teléfono. Creyendo que podía ser el técnico, se lo pensó dos veces antes de descolgar.

—¿Diga? —una voz de señora mayor le llegó con ternura desde el otro lado del hilo.

—Luis, hijo, ¿qué tal estás?

—¡Jo, mamá, qué susto! —exclamó, aliviado.

—¿Te pasa algo, pues? Te noto alterado…

—No, nada… —disimuló él.

—Bueno, si no quieres contar… Te llamaba para decirte que hacemos una comida el domingo con tus hermanos. ¿Vendrás?

—Sí, claro. Cuenta conmigo.

—¿Cómo va todo? ¿Bien?

Sonó el timbre del portal.

—Sí… Bueno, mamá, que tengo que colgar, ¿vale? Adiós.

Colgó, y fue a abrir al técnico, que se presentó arriba en un tiempo récord, teniendo en cuenta que el ascensor no funcionaba.

Éste no era otro que el chaval con el que se había parado a hablar hacía cosa de un mes, cuando iba en metro al trabajo, y el tren se averió. Habían quedado todos atrapados en el oscuro túnel subterráneo, con su claustrofobia incluida.

—Hombre, qué sorpresa —fue el saludo del técnico.

—¿Tú eres el del 666? —preguntó Luis, vacilante, tendiéndole una estufa— Aquí tienes, pero...

—Hombre, ¿no irá usted a creerse esas tonterías de los núme-ros...? —rió el otro, con confianza— Lo de la estufa es una manía, como otras muchas... Bien, veamos ese aparato...

Tras echar un fugaz vistazo al ascensor, el tipo resolvió:

—Usted vaya a hacer lo que tenga; yo me hago cargo. Sólo le digo de antemano que cobro 6,66 € la hora... —al ver la cara de horror y estupefacción de su cliente, añadió, hipócritamente jocoso—: Huy, perdone. Es una manía mía, ¿sabe? Adoro el número 6. De todos modos, podemos hacer un trato: ¿le parecen bien 7€?

—No; déjelo como quiera —respondió Luis, intentando en vano disimular la mala espina que le daba todo aquello. En el fondo le aterraba, y por otra parte le parecía una solemne majadería. ¿Qué importarían los números?

De todos modos, no podía echarse atrás. El técnico se reiría de él por toda la eternidad. A lo mejor incluso la noticia de su "superstición" corría por Madrid como la pólvora. Visto lo visto...

Luis terminó por dejar al extraño solo con la estufa (¿Para qué corcho la querría?) y el ascensor.

—Trabajo concluido —oyó Luis una voz a sus espaldas, apenas una hora más tarde.

—Pe... pero... si yo había cerrado la... la puerta... yo... —¡¿cómo había entrado, si había cerrado con llave?!

—No sé de qué se sorprende; es la cosa más sencilla del mundo —respondió el técnico— Bueno, qué, ¿me va a pagar o no?

—Sí; sí, claro.

Luis le pagó, deseando con todas sus fuerzas no volver a encontrarse con aquel tipo.

—Tenga un buen día, y no desee esas cosas —dijo por último el personaje, volviendo a dejarle una grotesca mueca congelada del rostro.

Durante los días siguientes retornó la calma y la normalidad a la vida de Luis, quien una noche de aquellas tomó, soñoliento, el ascensor para subir a su piso. Apenas se daba cuenta de lo que hacía; el día había sido realmente agotador, y venía dormido desde que salió del trabajo.

Pulsó el séptimo botón del aparato, y éste cerró automáticamente las puertas.

La pantallita oscura de rojos números digitales empezó a indicar las plantas: 1, 2, 3, 4...

Luis miró el reloj, y comenzó a pensar para sí que nunca estaba en casa, que a ver para qué se había comprado un piso, para luego no estar nunca a no ser cuando dormía.

Cuando volvió a mirar con gesto interrogativo la pantallita, lo que vio le dejó helado: piso 53. Y seguía subiendo.

¡¡Si aquel edificio sólo tenía 8!!

Inconscientemente, se agarró al asa del ascensor con una mano, mientras con la otra se pellizcaba insistentemente para asegurarse de que no estaba soñando.

No se despertó.

Los números seguían creciendo: 68, 69... hasta detenerse en 73. Entonces se abrieron las puertas, dejando paso a una oscuridad absoluta, y un vacío impresionante.

Se le erizó el vello de la nuca al pensar a qué altura estaría en ese momento, y aún más: dónde estaría. ¿Se podía subir a un piso que no existía? Asustado, se asomó con cautela, aun aferrándose al asa, para ver si veía algo.

Una tenue luz al frente, de ésas que pone "SALIDA" en verde, se iluminó de improviso. Y, bajo ella, Luis descubrió una puerta.

El problema radicaba en que entre puerta y puerta no había suelo y la caja del ascensor había comenzado a columpiarse peligrosamente.

El silencio alrededor era impresionante.

Descubrió una sirga cerca, y se colgó de ella en un intento desesperado por salir de allí.

Con un pie en el ascensor, el otro débilmente apoyado en el diminuto escalón frente a la puerta cerrada, y agarrado fuertemente a la sirga con una mano, alcanzó con la otra la manilla.

Con un suspiro de alivio, comprobó que se abría, y entró sin pensárselo dos veces.

Se encontraba en un piso que parecía habitado, pero eso no lo advirtió hasta haber cerrado la hoja tras él, olvidando aquel vacío que le aterrorizaba.

¿Dónde diablos estaba, y lo que era más urgente: cómo iba a salir de allí?

Entonces se dio cuenta de que la puerta le había conducido a algún lugar. Aquel era un piso algo frío y húmedo, de colores azules mortecinos. Por las ventanas apenas entraba la luz del día, extrañamente, ya que se veía el sol a través de ellas brillar con fuerza.

¡El sol! Miró el reloj, que marcaba fiel la una de la madrugada.

¿Qué diablos pasaba allí?

Lo mismo empezaba a ver ojos por todos lados, como en aquel cuadro del salón de su casa...

—¡Eh! ¿Hay alguien aquí? ¡Hola!

Silencio.

El susto que llevaba encima le sobrecogía; pero empezaba a despertar en él una curiosidad que fue creciendo a medida que iba adquiriendo confianza. ¿Dónde estaría situado, en las coordenadas espacio-tiempo, aquel lugar? Porque fijo era que aquello no estaba en el mundo ni en la realidad que él conocía.

Todo había sido culpa del técnico del 666. Seguro. Antes de su llegada, nunca habían ocurrido cosas de ese tipo.

—¡Maldito diablo! —la voz recorrió cada superficie, cada rincón oculto, y retornó a oídos de su locutor con un matiz de la misma condición que el escenario.

Anduvo lentamente por el interior del piso. Éste, muy escueto y casi de apariencia pobre, constaba de un extraño pasillo, ancho y corto, casi cuadrado, y tres habitaciones a un lado, que quedaban al frente de la puerta de entrada; y dos en el lado contrario. A la derecha había una de las extrañas y selectivas ventanas. Todo allí tenía luz azul-verde-grisáceo de sueño confuso, de fondo acuático sin agua.

—Si no estuviese tan cansado... —terminó por decirse Luis tras un sonoro bostezo.

Volver no podía, aquello estaba más que claro. Por otra parte, aquel piso estaba —seguro— habitado; si volvían los dueños mientras él estaba y le descubrían dormido, se iba a organizar allí la de Dios. Le asaltó una duda: ¿De dónde vendrían? ¿Utilizarían también aquel ascensor loco?

Abrió de nuevo la puerta. Allí, nada había cambiado. La caja del ascensor, iluminada con los neones blancos que tenía en el techo, pendía silenciosa y seria de su sirga en medio de la oscuridad absoluta. Sólo entonces tuvo la idea Luis de mirar más arriba. Cuál no fue su sorpresa al advertir que allí había más y más puertas en plena pared, como si fuesen ventanas a un patio de tinieblas permanentes.

Suspiró resignado, a la vista de que nada se podía hacer, sino intentar dormir un poco. Cerró y se encaminó a otra de las puertas en busca de algo que se pareciese a un dormitorio. La cabeza le daba vueltas, y estaba tan exhausto que ya nada le sorprendía. Bien podía aparecer un duende de su reloj y decirle "hola", que no se iba ni a inmutar.

Entró por la puerta del centro. Allí aún entraba menos luz del sol radiante que brillaba en el exterior. Había un colchón sobre un somier metálico con patas bajas. El colchón estaba cubierto por mantas azules-verdes-grises arrugadas, arrebujadas en uno de los extremos. También había una almohada, al parecer, rellena con trozos irregulares de goma-espuma, cuya funda daba todo el aspecto de haberse usado sin descanso durante siglos, así como las sábanas y las mantas. Allí fue Luis a desplomarse, completamente desfallecido. En menos de cinco segundos ya dormía como una marmota.

Durante su sueño, miles de sombras inquietas recorrían la estancia, sombras oscuras y casi transparentes. Formas incompletas, irreconocibles.

Cuando, muchas horas más tarde, Luis despertó, se encontró rodeado de aquellos seres danzarines del aire, ahora más frío que antes.

—¿Qué es esto...? —murmuró medio dormido, antes de darse cuenta plena de lo que ocurría.

Extrañas nubes danzantes en torno a él, moviéndose escurridizas y silenciosas en el aire. Le llegó a la mente la imagen del técnico. ¿Sombras? ¿Qué significaba aquella estufa en pleno verano?

—¡Es el diablo en persona! —exclamó de pronto, pensando al segundo siguiente que era una estupidez.

Bueno, ¿y quién le decía que no?

No le dio tiempo de comerse mucho la cabeza con aquello, pues las sombras desaparecieron al instante, y se oyó la cerradura de la puerta.

Ahogó un grito.

"Ya están aquí. —pensó— ¿Qué serán?"

Se oían voces humanas. Parecían un hombre y una mujer.

—Hombre, ya sé que estos días está todo muy raro...

—Pero, ¿no crees que podría ser...?

Luis salió de la habitación con cara de susto y las manos en alto.

—Yo... yo he subido en el ascensor —tartamudeó— No podía bajar...

Ante sí tenía una pareja de unos cuarenta años. Eran de lo más común, salvo el hecho de que vivían allí, por lo visto. Eso, y que su color tenía aquel toque característico que parecía bañar aquel lugar. Más tarde pudo comprobar que en su propio cuerpo había ocurrido lo mismo.

La mujer, de mirada tranquila y gesto juvenil, no se sorprendió en absoluto, y le comentó a su compañero:

—Mira, éste debe de ser de ésos que viven abajo, donde el mundo esférico. Ya te dije que el ascensor aquel no era bueno, y mira que venirnos a vivir a un edificio de dos realidades...

—¿Qué dices, mujer —replicó el otro, algo aturdido por la aparición y el comentario de su cónyuge—, si era de los mejores? Sin embargo, tienes razón; es ya el tercero que se queda atrapado en el barrio en lo que va del mes...

Luis observaba petrificado la escena. ¿De qué estarían hablando?

—¿Pueden explicarme qué ocurre? —rogó, confuso— Yo sólo subía al séptimo, que es mi piso, y el ascensor me ha traído hasta el 73. Lo más extraño es que ignoraba que este edificio tuviese más de ocho plantas.

—Y no tiene más —afirmó la mujer.

—Vaya, esto es un problema... —dijo el hombre.

—¿Por qué?

—Porque el piso más bajo del edificio es éste, y nosotros no tenemos medios para llegar allí donde vives —explicó la mujer.

Luis estaba cada vez más atemorizado. Le aterraba la sola idea de quedarse en aquel Ningún Sitio para siempre.

—No puede ser —respondió, abandonando su actitud de intruso descubierto y dirigiéndose a la puerta. Abrió.

Para su sorpresa, allí había un rellano y dos escalones que llevaban a un portal. ¿Dónde estaban el oscuro hueco y el ascensor, y aquellas puertas asomándose al precipicio?

—¡No es posible! —exclamó.

—¿Qué es lo que no es posible? —preguntó la mujer.

—¡Que no está!

Terminó por contarles a aquellos recién conocidos su extraña aventura desde el punto en que había decidido reparar el ascensor.

—También es raro lo que cuentas, sí... —comentó después el hombre, llamado Llache—. Claro que es el único modo de explicar que hayas aparecido aquí... ¿No, Sira?

—Pues sí, la verdad. No se me ocurre nada más —corroboró la mujer.— ¿Y dices que había un ascensor ahí colgado en medio de la nada?

—Sí —respondió Luis—, lo que ocurre es que no servía para nada, porque no iba... —pensó unos instantes. ¿Y si llamaba de nuevo al técnico? Tenía que pedir cuentas por todo aquello, y tal vez pudiera sacarle de allí. En ese caso, sería la única salvación para Luis.

—¿Tenéis un teléfono?

Dicho y hecho, cogió el auricular, y marcó: 666000666.

Enseguida se apareció una respuesta al otro lado del hilo:

—¿Problemas, Luis?

—Oiga, ¿cómo sabe que…?

—Nada. Déjese usted de historias. ¿Quiere que vaya o no? Decídase pronto, que tengo prisa.

—Sí, por favor. Estoy en…

—El primer piso, el de Llache y Sira. Ya lo sé. —y colgó.

Se quedó paralizado de nuevo, con el auricular a medio camino entre la oreja y el aparato, la mente en blanco y los ojos desorbitados.

—¿Te ocurre algo? —preguntó Llache, con tono de preocupación.

—Lo ha vuelto a hacer —replicó Luis— Ha adivinado TODO.

—Me huele muy mal… —Sira se ponía nerviosa por momentos— ¿Deberíamos dejar que viniese?

—…yo creo que, simplemente, nada podéis hacer por evitarlo.

El tipo había aparecido tras ellos con un maletín azul metálico en la mano, vestido muy elegante, con gesto seguro y sonrisa malévola.

La sorpresa arrancó un grito sobresaltado a Sira.

—Oh, vaya, tú… —dijo Luis, volviéndose.

—El mismo —y al decirlo, el tipo movió un pie, con lo que quedó al descubierto una pata de cabra bajo el pantalón.

666… Lo tenía más que claro. Ahora sí.

—Tú… —dijo, con los ojos de par en par, mirándolo fijamente lleno de pavor y señalándole con el índice— Tú eres…

—Yo soy —se sonrió irónico el "técnico"—. Pero no te preocupes, no quiero tu alma, querido. Quiero otra cosa, algo que ya me has dado sin enterarte: tu tiempo.

—¿Qué? —Luis no cabía en sí de pura confusión y aturdimiento— ¿Mi tiempo, dices?

—Claro —respondió el Diablo con toda naturalidad.— Necesitaba tu tiempo para seguir vivo. Es mi alimento, el tiempo de los mortales. Por eso me he nutrido del tiempo de tu vida, para hacerme más fuerte. Y a ti ya no te queda nada. Porque sin tiempo uno no es nada. Tu estancia en la Tierra ha finalizado, en cuanto bajes a tu piso, morirás.

—¿Cómo es eso? —preguntó Luis— Sigo vivo. ¡No estoy muerto!

—Eso crees. Éste no es tu mundo —explicó el Diablo—. Ahora, ¿quieres que arregle el ascensor, o…?

—¡¡No!! —exclamó Luis, desesperado.

—Tal vez, si llegásemos a un acuerdo... —intervino Sira— ¿Podría vivir una nueva vida aquí?

—No, yo opto por tirarlo por el hueco, a ver qué ocurre.

¿Aquello lo decía Llache? Un escalofrío tremendo lo recorrió de arriba abajo. ¿Qué estaban maquinando aquel trío diabólico?

La expresión de Sira se tornó maliciosa, casi no parecía ella.

—Ven, Luis, que voy a probar cómo te quedan los brazos unidos a la cabeza...

Pero, ¿qué barbaridades estaba diciendo? ¿Qué ocurría?

—¡Eh! ¿Qué queréis de mí? ¡Nooo!!
¡¡¡¡¡¡¡¡¡¡¡RRRIIIIIIIIINNNNNNNNNGGGGGG!!!!!!!!!!!!!!!!!!!!!!!!!!!!!!!!!!!!!

Se despertó, sobresaltado, gritando todavía fuera de sí:

—¡Dejadme en paz, malditos demonios!

Abrió los ojos. El sol del final de aquel tórrido día entraba furtivamente con sus rayos anaranjados por entre las cortinas, trazando líneas rectas de luz a su paso.

¿Todo había sido un sueño?

Sonó el teléfono, pero le daba pánico coger. ¿Y si...?

No hizo falta que cogiese, porque una voz salió directamente del aparato en tono socarrón, irónico y, sobre todo, muy conocido:

—¿Problemas, Luis?

Gritó. Gritó y siguió gritando, hasta despertar en una camilla blanca, rodeado de enfermeras y médicos, y lleno de extraños aparatos conectados a su cuerpo.

—Ya despierta, doctor.

—Ha sido largo pero ha valido la pena. Un gran avance para la ciencia. Ya sabemos un poco más sobre la mente durante el sueño.

—Gracias, señor, por su colaboración —le hablaba una amable enfermera—. ¿Puede usted levantarse, por favor?

—¿Eh? —Luis tenía la cabeza tan revuelta que apenas podía recordar que se había sometido a un largo experimento onírico de más de tres días. Por supuesto, por métodos artificiales. Sólo sacó en claro una cosa: dada su experiencia, no volvería a repetirlo.

—El experimento ha sido todo un éxito —le repitió la enfermera—. Vamos, levántese. Ha pasado su madre ya dos veces para decirle que tiene una comida el domingo con sus hermanos...

Salió del edificio recordando, desconcertado, que su casa, a fin de cuentas, no tenía ascensor...

LO QUE PASÓ AL PRINCIPIO
Claudia Sánchez Rodríguez (México, 1972)

1

Desde niña sabía que acabaría enloqueciendo, lo que no sabía era cuándo, ni cómo.

Hoy en la mañana desperté con una jaqueca más aguda que el barritar de un elefante acorralado, ya llevaba tres meses con esos dolores. No quería levantarme pero tenía que ver a Arcadio, mi jefe, a las 10 en punto en el café de siempre. Teníamos que comenzar la selección de fotografías para la exposición.

Con lo que me molesta encontrarme a solas con mi jefe, cómo le da por hablar y hablar del calentamiento global, del ocaso de la vida, de la agonía del mundo. ¿Cómo podría preocuparme por la agonía del mundo si apenas podía con la mía? Alcancé los analgésicos del buró y me tragué tres pastillas.

Logré salir de la cama, me vi al espejo, Dios, pero qué demacrada, me vendrían muy bien unas vacaciones de mí misma. ¿Cuándo fue la última vez que fui a la playa? Ya ni me acuerdo. Al salir de la recámara vi un insecto en el suelo, lo evalué a golpe de ojo para decidir si matarlo o no, lo pisé a medias, sentí un crujir muy breve bajo mi sandalia, volví a observarlo, había una luz en medio de su cuerpo, parecía luchar por no extinguirse, pero al final se apagó sin remedio. Era una luciérnaga.

Fui a la cocina a preparar el té y abrí la ventana. Desde ahí, vi que el muchacho del departamento de enfrente ya se había levantado y, como cada mañana, se preparaba para ir al trabajo, caminando de aquí para allá con el torso desnudo. Lo miré con poca discreción.

Iba a regresar a lo del té, pero de pronto lo vi voltear hacia mí, sus ojos comenzaron a crecer rápidamente hasta alcanzar el tamaño de los de un carnero. Un carnero desmedido. Me miró fijamente y sonrió, su sonrisa también creció, y siguió creciendo hasta que la tetera comenzó a silbar. Di un traspié con el corazón desbocado. Cuando quise apagar la hornilla, las llamas comenzaron a ascender como si fueran una enredadera púrpura trepando al techo.

Pero, ¿qué pasa?, ¿qué está pasando? Agua. Pronto.

Quise tomar la jarra pero me di cuenta de que se había encogido a un tamaño ridículo, igual que las tazas y las tres cacerolas de la repisa.

Me froté la cara con fuerza, pero la escena no cambió, de hecho el carnero seguía mirando por la ventana, sólo que ahora sus ojos eran todavía más grandes, mucho más.

Me deslicé de espaldas por la pared, estaba muy fría, me quedé sentada unos segundos, luego salí a gatas de la cocina, llegué al baño y abrí el agua fría de la regadera.

2

Mi jefe estaba ahí, en la mesa de siempre y como siempre, muy puntual. Me echo un vistazo de arriba a abajo, no supe si con gusto o con sorna.

Sacó una carpeta con fotografías y empezó a hacer comentarios que yo escuché vagamente, no podía dejar de pensar en el carnero y la enredadera de fuego. Cuando terminamos de hacer la selección de las fotos que se exhibirían en la exposición, cerró su computadora portátil, me miró fijamente y dijo en tono acusatorio ¡¿Sabes que este año no cayó nieve en el volcán Popocatépetl?! Se levantó, se dio la vuelta y se alejó (casi diría que con aire triunfal por ser él quien me diera esa primicia), dejando las fotos revueltas en la mesa; yo no quería mirar nada con atención, me daba horror que las cosas crecieran o se encogieran, así que pasaba de una foto a la taza del café, luego a la servilleta garabateada, a los cuadritos de azúcar y después a otra foto. Dios mío, nadie debe enterarse de que me estoy volviendo loca.

El día transcurrió de una forma extrañamente normal. Aquello de la mañana se fue borrando de mi pensamiento, la violencia de esa angustia no dejaba ya sino algo parecido a un aleteo cada vez más lento.

Con los días todo se integró al plano de los recuerdos. De todas formas, cuando me despertaba, siempre buscaba indicios de sanidad mental y si, por ejemplo, decía sol y ahí estaba su luz, yo tomaba aquello como un punto a mi favor.

3

Aquella mañana me sentía feliz porque el carnero me había invitado a una reunión en su departamento. Le dije que iba a hacer lo posible por asistir, no es que tuviera algo que hacer, pero quería hacerme la importante. Arcadio me llamó a su despacho, ya habían aceptado la selección de fotos pero todavía no estaban satisfechos con los textos. Entré y él estaba en el teléfono, me senté a esperar, estaba pensando en qué llevarle a mi vecino, quizá una bandeja de sushi o mejor una botella de vino. Arcadio colgó y volteó hacia mí. De pronto sentí que me iba por un agujero blanco a cuyo fondo creí no llegar viva, me agarré del escritorio con las dos manos lo más fuerte que pude. Arcadio dijo: "lo de la vez pasada no es broma, Juliana, créemelo, ¿tú sabes cuántas consecuencias medioambientales vamos a sufrir este año?" Juro que no sé cómo se empequeñeció de golpe, todo él, su cara, su traje gris claro y su anillo de casado. También los objetos del escritorio, incluidas la lámpara y la planta. Respiré muy hondo y le dije, tratando de disimular mi alarma: "Arcadio, ¿estás bien?" y me contestó levantando la voz: "cómo quieres que esté bien con las cosas que están pasando, ¿pero qué no te das cuenta?" Todo se lo está cargando el diablo y la gente tan fresca, ¡pero es que es inaudito! Bajé la mirada y descubrí que mis manos se habían vuelto enormes, descomunales, y toda yo y mis piernas, mi cabello colgaba casi hasta rozar el suelo. Estaba aterrada, cómo me vino a pasar esto frente al imbécil de Arcadio, me paralicé.

No podía entender cómo era posible que mi jefe no se diera cuenta de lo que nos estaba sucediendo, seguía ahí, tan normal, levantando frente a mí su pequeñísimo dedo índice, increpándome: "Se van a secar los arroyos, y claro, así cómo se van a recargar los mantos acuíferos, eso significa sequía, Juliana, sequía, muerte del ganado y malas cosechas, significa también..." Miré por la ventana, había un pájaro posado en un cable de luz, vi cómo extendía unas alas cada vez más grandes, tan grandes que las plumas empezaron a meterse a la oficina.

Me levanté y me precipité hacia la puerta, a mi paso el suelo se extendía y se encogía como una sábana al aire. Nunca voy a saber cómo llegué al baño. Me encerré y me dejé caer llorando a mares, de haber podido, habría llorado sobre los mantos acuíferos, seguro eso habría aliviado la sequía de este año. Llamé a mi padre para que fuera a recogerme. Cuando llegó ya estaba más tranquila, subí a su auto y le dije: "Papá, estoy enloqueciendo".

Ese fin de semana me hicieron estudios de todo tipo en el hospital. Los doctores no hallaron nada, aparentemente todo estaba bien conmigo. Las horas se me fueron en la cama, llena de miedo, esperando ver caer la última piedra de mi universo. Me agobiaba pensar en la fragilidad de mi lucidez, a ratos me llenaba de animadversión contra todo y me complacía imaginar la agonía de la nieve del Popocatépetl.

El lunes no fui a trabajar. Papá me llevó el desayuno a la habitación. Yo deseé atragantarme con un bocado y morir de cuajo.

Cuando volví a la oficina todo seguía igual, hice un esfuerzo sobrehumano por retomar mi rutina, a ratos lo conseguía, pero el terror latente de que mi entorno creciera de una vez por todas y ya nunca volviera a su tamaño no me dejaba bajar la guardia.

Tuvimos una junta, la exposición se inauguraría dentro de un mes, así que había que afinar todos los detalles cuanto antes, nos esperaban semanas muy intensas. Arcadio andaba muy amable, cosa rara, no sé por qué pero parecía feliz.

En cierto momento coincidimos en la sala de juntas, yo traté de escabullirme pero me cerró el paso diciendo: "Ey, ey, ey, ¿sabes cuánto va a tardar tu vaso desechable en degradarse? Mil años. Tú te vas a tomar ese té en menos de cinco minutos y tu vaso de unicel seguirá rodando en la naturaleza durante mil años. ¿Crees que eso esté bien, Juliana? Dímelo…", reclamó cruzando los brazos.

Comencé a temblar. No eran los mil años, ni los cinco minutos. No eran los manantiales secos, ni el glaciar extinto del volcán. Era una sensación de inminente ruptura con la realidad que se me había metido de golpe entre las costillas. Cerré los ojos, mi jefe me sostuvo por el brazo y me dijo: "Oye, pero qué te pasa, últimamente has estado muy rara, yo sé que estos temas nos afectan a todos, pero la cuestión no es preocuparse sino ocuparse —enfatizó con autoridad moral—, he observado que todo esto te pone mal, por eso quiero proponerte que te unas a nuestro movimiento ecológico por la salvación del planeta..." Se me cayó el té, tuve que abrir los ojos, de todas maneras qué más daba ya si el mundo seguía ahí o si se había retraído como una ola... "¿Me escuchas, Juliana?, vamos a hacer una gran manifestación, es en dos semanas, puedes venir, mientras más seamos..." "Sí, Arcadio, sí, qué gran idea, una manifestación, tenemos que lograr que la gente no pierda la conciencia..." Me dio vueltas la cabeza.

Por la noche el carnero vino a tocar a la puerta, guardé silencio para que creyera que yo no estaba en casa, qué caso tenía flirtear con el amor cuando la locura amenazaba con clavarme sus fauces en el cuello, o en el cráneo, mejor dicho. Sólo quería morir, era lo único. Me quedé dormida en el sillón. Soñé que el carnero me miraba con ojos de luna llena, resplandecientes, abarcando la nada con su luz plateada, había un árbol inmenso cuyo follaje se perdía entre las nubes y yo era una mota de polvo con una voz tan potente como el tañido de una campana, gritándole al carnero: "Deja ya de mirarme, maldita sea, deja de mirarme". Desperté y vi como la estancia se convertía en un espejo convexo. Siempre temí perder la razón, siempre supe que esto sucedería.

Lo que pasó después

Decidí hacer mi vida a un lado y entregarme a la locura. No tenía alternativas. Corté relaciones con el mundo y me encerré en casa. Mi única ocupación era cuidar de los bonsáis que mi padre me había ido regalando en mis cumpleaños.

Mis pocos amigos me buscaban cada vez menos, el carnero ya no llamó a mi puerta, Arcadio me mandó varios mensajes para invitarme a manifestaciones ecológicas y otras actividades en pro del medio ambiente, luego se rindió y desapareció. Quién sabe cuánto tiempo pasé así. Sufría pensando en todos los años que me quedaban por delante.

Lo que ya no pude saber si pasó

Esa mañana hacía un sol espléndido. La sala de mi casa era ya una galería con tantos dibujos que había hecho. O más bien un micro bosque de bonsáis. Estaba mirando los haces de la luz que se filtraban por la ventana cuando sonó mi celular. Era mi padre. Estaba exultante, me dijo: "Juliana, tienes que escuchar esto, te vas a desmayar del gusto, he dado con la respuesta para tu caso, no estás demente, sufres de algo llamado síndrome de Alicia en el país de las maravillas, es un padecimiento muy raro pero con el tratamiento adecuado tienes todas las posibilidades de..." "Papá, por favor, ahora no tengo tiempo." Colgué. La luz del sol se había vuelto un animal dorado que me miraba absorto, pude reconocer en él con toda la claridad de mi conciencia a la luciérnaga aquella que había matado un día. Así fue como supe que no estaba loca. Me sentí muy feliz. Hacía tanto que no me sentía así de feliz.

BASTANTE PEOR QUE LA MUERTE

Gabriela Gorches Guerrero (México, 1961)

Si uno realmente se lo propone no es difícil matar a alguien.

La muerte prevista era lenta, sobre todo eso, muy lenta, como para resarcir cada instante de tantos años de matrimonio. Planeaba quizá abandonarme en una bodega del largo pasillo, hasta que muriera de hambre, tal vez de miedo, escuchando el carcomerse de las almas ahí atrapadas, intuyendo cómo terminaban por fundirse en las paredes cual si fueran malos recuerdos.

Aún tengo presentes esos días fríos que vivimos. Helados. Por las mañanas sin sol el viento bramaba a intervalos tortuosos, como si estuviera dando a luz. Era el alumbramiento triste de una hembra que había sido violada y además no conocía el amor. Si menciono la palabra amor es por nombrar de alguna manera aquellas sesiones incómodas. Después del acto sexual ya no nos mirábamos. Y hacía mucho tiempo que él no olía a lo mismo de antes... antes, cuando su mirada seguía siendo tierna, de buena gente, decía mi papá, demasiado formal, pero buena gente. ¡Si hubiera podido verlo más tarde! El ritual tenía lugar aproximadamente una vez por semana. Para mí consistía en un rato de sentirme un poco sucia o incómoda o mal. Para él, no sé, no sé lo que era. En realidad no entiendo el porqué de semejantes parodias: él parecía ausente, y yo, resistiendo apenas, como asfixiada bajo una lápida. Por su parte, no sé. Se consideraría obligado, tal vez. Ni siquiera se entera de que me tiene así, enterrada, pensaba yo, es como hacerlo con un cadáver. Pero quizá para él no era tan desagradable porque seguía pidiéndomelo, periódicamente; nunca con mucha insistencia. Y yo respondía sin entusiasmo ni disgusto. Es verdad que en los últimos meses me sentía, además, empequeñecida por una nueva forma suya de mirar: las pestañas inferiores apelmazadas en una sola línea negra, muy negra y extraña. Daba la impresión de que alguien se la había dibujado para disfrazarlo de villano. Opté por no darle mayor importancia. Mientras no sucediera algo grave, o yo no estuviera preparada para cortar el mal de raíz, sólo la paz valía la pena. Vivir en paz dentro de lo posible. Aunque... no eran pacíficas las mentadas sesiones semanales: sus ojos me despreciaban...

Tu mirada me alcanza y yo desaparezco.
Ya no me ves, quisieras borrarme sin reconocerme.

Un día empecé a tenerle miedo. Un miedo irracional. Cuando nos rozábamos al pasar cerca uno del otro yo estaba segura de que me había inyectado algo, o sería un navajazo o una punción con algún metal envenenado, como en las películas. Porque tuvimos una época en la que nos encantaban. Vimos muchísimas películas. Todas las vimos hasta que dejaron de ponernos *In the mood for love* y nuestra relación se convirtió en algo contrario, y sin embargo parecido, a lo que sucede en aquélla, mi preferida, una cinta oriental. Trata de un desencuentro y dos historias que nunca se acoplan al mismo devenir. Los protagonistas, los enamorados, andan cada uno su camino, y a veces se cruzan. Son sus ritmos de andar los que se rozan. Los tacones de ella son astas de bestia que danza entregada a una música casi imperceptible, y su falda es la capa del torero, el deseo del hombre, que se retira, apenas, y vuelve ondulante. Los dos caminan como reyes, con paso seguro, tan firme y seguro que no admite la irrupción del otro. Se rozan, sólo; son las estelas de sus pasos las que se rozan y por un instante entran en armonía... Esto lo capta la cámara, nítidamente, y el espectador comprende que no deben tocarse pues cada uno es perfecto en su soledad-grandeza. Como la de los reyes.

¡Ya está! Por fin lo comprendo. Fue a partir de esa otra película que descubrí la verdad en sus ojos (es curioso: parecería que nuestra vida es ficción). Fuimos los actores de esa chica cuyo proyecto escolar consistía en la realización de un cortometraje. No sé por qué se fijó en nosotros. ¿Qué habrá captado ella o su cámara en mí, en el rostro de él? ¿Cómo le transformó la expresión para siempre? Fue quizá cuando él se vio a sí mismo en pantalla que comprendió lo que deseaba.

La acción comienza en un pasillo largo; se percibe inmenso aunque a simple vista aparece sólo lo que va quedando atrapado en una burbuja de luz: los contornos lumínicos vibran inciertos en el sudor de las paredes, mientras el centro de fuego se detiene en objetivos cambiantes, pero precisos: el número impreso sobre la puerta de cada bodega. El paso de quien porta la lamparilla es vacilante, por eso hace vibrar la burbuja. La cámara sabe captar el vacío sin fin de ese corredor y, además, adivina la falta de espacio tras cada una de las puertas. No muestra el interior, sin embargo, sugiere que, adentro, los incomunicados se revuelcan en sus propios desechos, en el desamor que les roba la libertad. La luz de la cámara avanza como carcelero iluminando siluetas olvidadas en una cloaca. La música no anuncia, es desolada, monótona, húmeda como el piso. De repente se interrumpe. La burbuja lumínica explota, convertida en flujo que trepa por el techo y un santiamén aparece al otro lado del pasillo. En su avance agitado, saltando de puerta en puerta, encuentra aquella de dónde provino una inhalación frenética, como el volver a la vida de una persona semi ahogada: yo.

La escena se centra en mi rostro. No entiendo qué pasa. No tengo memoria. Palpo el suelo, las paredes y respiro el aire encerrado en mi tumba.

Despierto en mi encierro,   huele a moho y a ti.
Despierto en mi encierro, no estoy a salvo de tu indiferencia
Despierto en mi encierro, ¿es que todavía soy tuya?

Cuando estoy leyendo sentada sobre la cama y hay un corte de electricidad, suelo voltear hacia arriba: descubro un poco de luz, todavía semiviva en torno a la lámpara que aún fosforece. El techo comienza a elevarse despacio, llevado por la acción de mi propia mirada. Mientras, voy entrando en un silencio arenoso por donde resbalan mis oídos. Desde que la chica me alumbró con el reflector, encuentro nuevos fulgores en la recámara: la puerta a la derecha, el baño, la rendija entre las cortinas... varias corrientes de electrones surcan mi intimidad como si fueran estrellas fugaces. Pero si me he quitado las lentillas de contacto, la miopía me las hace aparecer como una masa, medio morada, medio blanca, medio luz negra de las fiestas de mi adolescencia. El "negocio" de mis hermanos consistía en encerrar aquella luz en una caja y llevarla hasta los diferentes salones para convertirlos en pequeñas discotecas. Yo en cambio sólo disfrutaba el ambiente de blancura engañosa, envuelta en esa luz, bailaba con mis amigos... y, más tarde, con él. Fue en la misma época de una de las dos fotografías que aún conservo de nosotros juntos. Dos, sólo. No narran toda nuestra historia, sino sus extremos. Extremos que sin embargo no están alejados. Alejados no. No lo están tanto como me ha gustado creer. Ya en la primera foto existe un indicio de la última. Éramos novios. La conservo porque disimula las grietas en el muro de la habitación del fondo y quizá también porque he apostado a necesitarla un día. El mentón de él me roza el pelo. Su abrazo acerca nuestros cuerpos; me mantiene muy cerca. El antebrazo es el suyo de siempre y ahí apoyo la espalda. En cambio, el hombro salta como la articulación de un juguete. El pecho henchido, muestra ante la cámara la presa que trae acurrucada bajo el ala: yo. Los dos tenemos mucho pelo... aunque en aquella época ni siquiera nos fijábamos en detalles como ese; él lo lleva largo y un poco ondulado.

Enfrentamos la cámara con una satisfacción increíble, imposible. Su mirada abraza también, se posa, retiene, quiere tocarme. Son otros ojos.

Una noche como tantas él estaba en la cocina. Desde arriba lo oía abrir cajones y frotarse las manos. Lo esperaba, temiendo esa sugerencia que era casi orden: "te va a quitar la tos, tómatelo, no seas necia". Y yo dócil: "¿Tú, crees?" Había momentos en que parecía que aún me dejaba llevar. Al menos lo hubiera deseado: tenerle confianza. Por instantes me autoengañaba con en el hecho de mi mala vista y, sin más, cedía al calor de su voz. En realidad hubiera ansiado no distinguir nada, hubiera querido olfatearlo de cerca, sin tener que reparar en los ojos oscurecidos por una línea extraña. Pero era inútil: la chica de la cámara había terminado su corto y, sin saber lo que hacía, decidió mostrármelo.

La cámara abrió su lente y la rutina dejó de existir
La cámara abrió su lente, quisimos aparecer en primer plano
La cámara abrió su lente, reprodujo un universo distinto

Necesitaba negarme sin que él notara que había descubierto el olor a veneno para ratas. Su nueva estrategia. Ya había tenido que pasar la noche en vela: de espaldas a él, con los ojos cerrados por temor a delatarme, inmóvil, fingiendo una respiración como creía tenerla dormida. Él, no sé. Dormiría a ratos, tal vez. Pero yo intentaba interceptar ideas y sueños en el instante mismo de su nacimiento en el cerebro enemigo. Una vez más lo logré: como una pista anónima, esa misma tarde había llegado a mi olfato una prueba de sus fechorías. Me acerqué al espejo hasta casi tocarlo con la nariz, la distancia que mi pobre vista necesita para entregarme alguna imagen. No reconocí mis propios ojos hinchados, ni las pestañas que mal sombreaban un marrón enrojecido. Me acerqué hasta que mi nariz sintió el frío y se retrajo, dejando la impresión de una mancha amorfa: en ella se escondía un olor rancio, a veneno. ¿Qué hacer? Me sentía realmente sucia, incluso fea e incómoda, por lo que supuse que no tardaría en subir con el brebaje… y con la solicitud implícita para nuestro encuentro semanal. Creo que él no reconocía excepciones, todas las semanas tenía que cumplir la misma rutina. Aunque a veces se quedaba dormido sobre el banco, esperando la ebullición del agua, y despertaba sólo hasta que ésta se había consumido y la olla empezaba a crujir de resequedad. Nada en el mundo, fuera del crujir de esa olla, podía despertarlo. Y entonces ya era tarde. Esa noche era incluso más tarde que otras veces, sin embargo, subió con la taza. Recuerdo que, ardiente, la traía envuelta en sus manos; yo creí ver sus palmas llenas de ampollas que él disimuló bajo la bata. No me quedó más remedio que beber, sintiendo en las entrañas el paso del líquido, disimulando. No tenía idea si la muerte por veneno de rata sería dolorosa, aunque definitivamente menos se me antojaba podrirme en una bodega húmeda, sola y a oscuras con mis rencores, imaginando que, en lugar del veneno, fuera alguna de esas repugnantes ratas lo que me corría por dentro (las odio sobre todas las cosas). El rosa de la cola que arrastran como falo pellejudo me da ganas de subirme en una silla a patalear y gritar y suplicar: "déjame salir, ayúdenme, ayúdame".

En las noches me invade el silencio. Sólo un instante. Enseguida empieza el ronquido de máquina sin aceitar que me entra por los tímpanos y corroe mis intestinos. ¡Y se queja de mi tos! A él le falta combustible, o está podrido y le intoxica los pulmones, la sangre; suena a descompuesto y a corrupto. Bilis ácida de olor nauseabundo despide los vapores sulfurosos que flotan sobre sus pupilas. Su cara es color vejez en la oscuridad de la noche, y color muerte. En el cortometraje, el padre malvado les inventa a los hijos que su madre tenía un amante. Les dice que se fugaron los dos después de una fiesta. Precisamente el día en que ella desparece. "Es una hipócrita", les asegura, "no vale la pena ni recordarla". Por eso, a ellos nos les sorprende que él se cite con una antigua amiga. ¿Por qué la secuestra?, me pregunto, ¿para qué la mantiene viva? El día del secuestro iban a salir. Todavía salían juntos, con el único afán de alejarse de esa habitación que los condenaba a encontrarse constantemente y a un rechazo mayor tras cada encuentro. Al pasar cerca, sus cuerpos se contorsionaban para no rozarse, porque la piel que nunca encuentra su descanso en el otro se carga de energía negativa. Por eso salían corriendo: huían del abismo gestado cuando estaban juntos. De pronto un "ya estoy, ¿nos vamos?" irrumpe en la escena real. No es mi intención, pero mi voz suena a amenaza. Es peor que la línea negra de pestañas apelmazadas. Él siempre está listo antes que yo y me detesta por ello. No sabe si traigo zapatos, si me puse pendientes, porque me detesta, no me observa ni lo hará en toda la noche. Pero logrará que tome el brebaje y antes de verme caer inconsciente me sacará de la fiesta a la vista de todos. Perdonen, dirá, mi mujer se sintió mal... Aunque lo cierto es que había planeado dejarme esta noche ¡es una hipócrita!... y a ustedes les hizo creer que la víctima era ella.

No te mueras todavía, resiste hasta el final
No te mueras todavía, déjame ser yo quien acabe contigo
No te mueras todavía, me asustan los funerales

Siempre pensé que nuestra relación se agotaría poco a poco. Sin sobresaltos. Es más, sabía que cuando quisiéramos señalar el inicio de la decadencia no habría manera... y tampoco tendría importancia. Creo que desde el principio le tuve terror a la indiferencia. Él, no sé; yo entonces no conocía el verdadero miedo. Mi sospecha empezó el mismo día de la fiesta, cuando me sugirió las gafas: "tienes los ojos muy irritados", dijo. En realidad, el sólo hecho de que hiciera comentarios sobre mi aspecto era inusual. Más aún su sugerencia de que regresara a cambiarme de ropa, ¡cuando él ya estaba listo y esperando en el coche!

Entré a casa. A tientas encendí las luces mientras imaginaba la sensación húmeda y rasposa de los muros en la bodega, el aroma enmohecido. ¿Cómo podría moverme sin mis lentillas? ¿Sin las gafas siquiera? Porque seguramente él me las quitaría una vez yo inconsciente y cuando al fin despertara lo haría sólo a medias; estaría quizá rodeada de ratas, de falos colgantes, rosados, trazando líneas sinuosas en torno a mi cuerpo. No pude soportar esa imagen. Fue entonces cuando repentinamente me sentí iluminada por la luz de la cámara. A mi espalda, el ayudante de la chica alumbraba la escena con su reflector. Mi corazón se aceleró. Lo había dicho ella, y era la directora: improvisen, actúen naturalmente, hagan y digan como en la vida real. Cada latido era una patada que me vaciaba de sangre. En la última escena del cortometraje aparece él, de espaldas, se le reconoce por el pelo escaso. Va caminando por el largo pasillo hasta que se detiene frente a la puerta de su prisionera. En vez de orgullo esa presa le provoca rabia. Se quita la argolla de matrimonio antes de pasar los víveres por el hueco. Cada día –o quizá era cada semana–, en un acto repetitivo, el carcelero le lleva a su víctima un vaso de agua y un trozo de pan que hace pasar a través de la rendija del tabique gris. La víctima los toma siempre, por costumbre; porque comer es también un acto repetitivo que la mayoría de las veces no tiene relación con el placer, ni siquiera con la supervivencia.

Sigo comiendo de tu mano que no sabe alimentar
Sigo comiendo de tu mano, me mantienes viva, apenas
Sigo comiendo de tu mano y más me falta

Ya cambiada salí de la casa con las gafas puestas. Pero en la bolsa del pantalón guardé las lentillas. Hacía frío. Yo tosía flemas que a él le describí como pedazos de pulmón. Se trataba quizá de los primeros efectos del veneno. Quería desenmascararlo, aunque... después de esa noche desaparecieron. Me miraba con tal impaciencia que temí me estrangularía ahí mismo, frente a los vecinos. Pero logró controlarse. En la fiesta no me dirigió la palabra. Ni yo a él. Se habrá acobardado, pensé. Nunca lo supe. ¿O habría cambiado de plan? Hasta yo me sorprendí cuando bajando del coche me ofreció un tecito para la tos. Brebaje envenenado, dirás, estuve a punto de gritarle, pero a mi vez logré la calma y fingí indiferencia. También yo tenía un plan. Evitando mostrar desconfianza lo acompañé a estacionar el coche, como en los buenos tiempos. Subimos la escalera caminando despacio, uno al lado del otro, sin siquiera esquivar los pequeños roces. Él se quitó sólo la corbata y bajó de nuevo; yo me quedé arriba varios minutos. Me desvestí despacio. Sobre las pupilas irritadas volví a colocarme las lentillas, a calzarme, podría decir, considerando que también ellas me otorgan libertad de movimiento, me permiten escapar. Después de un rato, bajé. Sin moverme, ni respirar casi, esperé paciente detrás de la puerta hasta que escuché su ronquido. Entonces me asomé y lo vi tambaleante sobre el banco de la cocina. Un escalofrío paralizó mis dedos: ¡Intoxicación! El agua de la olla hervía frenética, pero aún no empezaba a consumirse. La taza con hojas de hierbabuena parecía llorar junto al fuego. Respirando entre emanaciones de vapor me quedé observándolo: ¿por qué nunca había probado intoxicarme con gas? Poco a poco, sin sobresaltos, percibí sobre mi espalda el desvanecimiento del reflector.

Hasta que la muerte los separe, o se olvide de ustedes
Hasta que la muerte los separe, nadie se lo garantiza
Hasta que la muerte los separe, peor sería si los uniera

Años han pasado. Me pregunto por qué aún no lo ha hecho. Algunos días me alcanza con su mirada de pestañas apelmazadas en una sola línea negra: sé que reflexiona, investiga sobre nuevas técnicas. Hace planes mientras copula conmigo como si fuera un cadáver. ¿Yo? Yo quedo en vela, al acecho de esos planes. Si él pasa cerca, por sí solo mi cuerpo se contorsiona y enseguida reviso mis mangas, recorro la tela en busca del navajazo. Todas las noches siento ardores en las entrañas... Nuestros ritmos de andar se aproximan, a veces. También las estelas de nuestros pasos se rozan y por instantes entramos en una cierta armonía: es la indiferencia. Son temblores que, sin embargo, ya no se parecen al miedo. Se repiten sin cesar, se acumulan. Tardarán siglos en fundirse contra las paredes.

DIARIOS DE CARNE
Verónica Otero Ríos (Puerto Rico)

Tiene el pezón adolorido. Toda la noche chupando, abriendo la boca, chillando, tenía hambre. Ella también. Así como se levantaba, la dejaba dormida y al cabo de unos minutos, regresaba hambrienta, como si nada hubiese pasado por su boca, mientras soñaba despierta con otras vidas y otras sombras... no las que se hacían en sus brazos sino las que se hacía en su cabeza. Dos hombres o tres, así como cuando concibió a Estefanía. No entendía por qué dejó pasar los meses y pulgadas de su panza, y ya qué, era tarde, la tenía y la hería pero no más que Estefanía a ella, no más que esa punzada en el pecho y esas cadenas que la amordazaban, ese tufo de leche y caca, a piel limpia de bebé dormido y la encerrona de la cuarentena. Era suficiente para querer salir corriendo y dejarla morir de hambre.

Habían sido unos meses largos llenos de soledad, alguna que otra chingada, de esas a la segura porque prometían ausencia de consecuencias. A veces se lo metían los hombres, alguna que otra mano de mujer, lenguas sin rostro y sin nombres. Pero era eso, sexo vacío que jamás se negaba pero que luego en la mañana la hacía bañarse por más tiempo, frotarse con más ímpetu, rascarse hasta que la piel se hinchara. Vivía sola aunque tenía visitas, en especial la doña Erminia que a veces llegaba con almuerzo: pobrecita, estás muy flaca, toma comidita pa' que tengas fuerzas pa' criar. O Pecas la diva, que le cantaba las nuevas canciones que escribía para El Bar Rosado. Ahí donde empezó su vida de noche, donde renunció a su empleo secretarial y se convirtió en puta.

Ahora ni secretaria ni puta sino madre.

Pone a colar el café, prende las noticias, mira impasible la calle de los muertos del barrio vecino. Conoce al que murió, lo chingó unas cuantas veces, él pocas veces le pagó. Qué bueno que se murió, por cabrón. Hacía frío, Estefanía dormía, ella no quería levantarse del mueble, quería comprar ropa y tacos nuevos, quería borrar las estrías que la crema de cacao no borró, arrancar la grasa que le faltaba por bajar, pintarse el pelo de rojo vivo, como cuando era la más fosforescente del burdel. No mucho cambia, le dijeron, se puede joder y cobrar con crías, cuídate del departamento de la familia, una no quiere que se los lleven. Pero ella sí, lo había pensado tanto, desde que le dio teta en el hospital que la recibió arrugadita y frágil. Los primeros días era divertido, tenía una muñequita con quien hablar, jugar a que vestía y alimentaba pero luego fue pesado, no se callaba, se quejaba por las noches y por el día dormía. La programación local era basura, tanta hipocresía sonreída, tanta noticia mala, tenía retorcijones. Abrió la nevera y no había comida y allí la doña Erminia le cuidaba la Estefanía y ella se arreglaba como para ir a La Casa Española, como si alguna vez hubiese ido.

El carro público se tarda siempre y cuando llega, siempre se la liga. Intenta ignorar esos ojos de gato sarnoso que la violan desde el retrovisor. Ni por el doble se lo chingaba. Allí cuando se paraba casi se le metía por la falda y ella suspiraba con asco alguna cabronería de perra fina para defenderse.

El supermercado está lleno. Las doñas con la tríada de muchachos gritones jodiendo, los pinches de las dubineras brillando, cada quién con dos carros de compra, dos o tres obreros con sus canastitas. A ella no le importa, lo que tiene es hambre y ganas de chichar. Mucha potería para el resuelve, la carne está cara, el carnicero la ve pasar y le guiña el ojo, ella sonríe, tiene ojos verdes, le saca la lengua, ella se moja. Pasa como si nada para los cereales. Piensa en la renta, tiene que pagar la semana que viene. No tiene nada en la cuenta, lo sabe y se ve tentada. Va a mirar las carnes.

¿Te ayudo corazón?

Busco carne.

¿De qué tipo?

La que quieras.

Y entiende. Conoce los hombres como él. Le pregunta para salir, ella le dice que cobra. Él hace una mueca pero le dice que tiene quince de *break*. Deja el carrito en la góndola y se pierde en el almacén. Mira las cajas y las toca, no había tenido sexo en un sitio así. Se mojó más. Sacó de la cartera un paquete de condones y se sentó en un escalón.

Allá arriba, le dijo él

Apesta a carne.

No puedo hacer más ná, mujer.

Subieron y cerró la puerta. La pegó de la pared y le metió la cara en las tetas. Casi siempre hacían lo mismo. Las apretó y ella gritó. Le dolió.

Te gusta.

Me gusta.

Puta.

La manosea con apuro y la sienta en una mesa, se abre el pantalón y saca la pinga, nada asombrosa pero útil. Se la pasa por encima y le mete las manos. Ella gime bajito por si acaso, él a veces murmura suciedades. Le chupa las tetas. Le duele. Sale leche. A él no le importa. La baja de la mesa y la vira de espaldas, le trepa las nalgas, le mueve la tanga y se lo mete y así hasta que se vino, bastante rápido. Ella queda igual. Se limpia con una servilleta. El condón se quedó sin abrir. Él le da 30 pesos, no tiene más nada.

Te regalo un *steak*.

Gracias.

Regresa con la carne. Quiere bañarse. Le pica entre las piernas, vaya descuido. Las tetas le inundan el sostén, no quiere pensar en el llanto. Va de camino, frotándose disimuladamente y ve el carro público a lo lejos. Las dos manchas en la blusa le dicen al mundo lo que es, el picor bajo la falda se lo dice solo a ella. El conductor ya la vio, la estaba esperando. Ella lo mira pero se le pierden los ojos. Los senos siguen botando, le duele. Esquiva el paisaje del auto, piensa que doña Erminia parece buena madre. Se rasca sin pudor, ya no lo soporta. Mira las calles y a la gente, gente que no es del supermercado ni de los carros públicos, gente que no son la vecina, gente que no son Estefanía. Ya no está viendo el auto, tiene los ojos perdidos, tiene media sonrisa y una media lágrima. El llanto se vuelve un eco en la lejanía, los pechos se revientan. Sabe que la están mirando. Sabe que saben hacia dónde va.

EL ACORDEÓN
Iana Rocha (Francia, 1984)

El acordeón es un piano que respira. Tranquilo, con calma, respira. El acordeón respira tan bien que acaba reemplazando a tus pulmones mientras tus manos le entregan tu respiración. Eso es: tu respiración sale de los pulmones, pasa por los dedos y busca al piano que estás apretando hasta que ya no puedas respirar. Cada vez que das una bocanada, ésta alimenta al acordeón que se va hinchando, hinchando… y, cuando por fin consigues respirar, el acordeón se estrecha, pero se estrecha tanto que hay que darle vida de nuevo. Tú lo reanimas y otra vez él crece. Recobra fuerzas y poder, pero tú ya no eres nada…

Ahora bien, en este momento, cuando ya no te queda nada, tienes la sensación de explotar. Es fácil. Ves, tocar el acordeón, no es sino vivir y morir, inspirar y expirar, crecer y caer. Cada uno lo hace. Todos tenemos nuestros momentos de gloria y todos fallamos al final.

¿No me crees? ¿Qué te pasa? ¿Piensas que no todos los hombres son músicos, no conoces mucha gente que tiene un acordeón en casa? Tonto. Claro que todos los hombres y todas las mujeres siempre andan con un piano que respira en el pecho. No seas ingenuo. La mayoría de los acordeones son invisibles. Cuando lloras de verdad, cuando cantas con las entrañas, cuando te ríes sin una sombra de timidez, tu acordeón se hincha: se hincha y casi explota en el cielo. Cuando vuelves a la tierra, lo doblas para que ocupe menos espacio.

Es obvio que cada uno toca el acordeón a su manera. La mayoría de la gente toca en silencio o a solas. Algunos se atreven a sacar notas para los demás pero no son siempre lo bastante bonitas para ser escuchadas.

Luego están los virtuosos: son muy pocos, y a veces se los confunde con dioses. Mi tío paterno era uno de ellos. Verlo tocar era cosa tremenda… una locura. Hasta su hermano mayor, que solía tener más autoridad y más suerte en la vida, lo escuchaba como a Dios Todo Poderoso.

Vamos, respira. Respira de verdad. No te devolveré este acordeón mientras no sepas hincharte y crecer solito. Agarra tu acordeón. Anda, busca las notas que se esconden en tu vientre. Ahora sácalas, que quiero escucharlas. ¡Anda, crece! Y si tienes que caer, no importa: uno aprende a caer…

Eso… está bien. Recobra el aliento y no te esfuerces. Cuidado, que tú, si te esfuerzas, puedes llegar a ser un virtuoso… y es peligroso, ¿te das cuenta?

A todos los virtuosos les ocurren desdichas. A mi tío, por ejemplo. Su talento llegó a los oídos de los dioses y les volvió locos de celos. Total: fue el muerto más joven de la familia. Dicen que fue un accidente de coche, pero nunca me lo he creído.

La gente es tan ingenua… Mi tío, un genio, muere a los veinte años, y dicen que es un accidente de coche. En serio…

Espera, haremos una pausa. Has trabajado bastante por hoy. Te esfuerzas demasiado. No está bien, si sigues así te vas a quedar sin respirar. ¡Mírate, estás agotado! ¡Siéntate, por dios! ¿Ya te he contado que me hice acordeonista gracias a mi tío? Así fue: mi padre echaba de menos a su hermano, quería que volviera a la vida a toda costa, e intenté ayudarlo. Empecé a soplar en el acordeón de mi tío, a inspirar con él… y como era el acordeón de un virtuoso, me convertí en un genio. ¿No me crees? ¿Piensas que exagero? ¿Acaso confías en mí?

Bueno, como te contaba, a los veinte años, yo era un genio. Era rica, sabes. Me pagaban generosamente para que tocara con los mejores. Sí, todos me admiraban. ¡Qué agradable respirar con un acordeón de rey y tener tanta fuerza para mis pequeños pulmones! Me imaginaba que iba a ser un gigante eterno, con la cabeza navegando entre nubes, y el cielo como único horizonte. Así fue… hasta que el diablo quiso que lo cobrara.

Tanto había trabajado esa vez. Yo iba a ser el acordeón solista del concierto más importante de Madrid. Madrid… quisieron que cambiara de instrumento porque… ¡Pero el acordeón que querían darme era tan grande, era inmenso! Un monstruo, un monstruo de verdad.

Les dije que no podía. Esa cosa me iba a sacar toda la energía en tan poco tiempo que no alcanzaría a llegar al final del concierto. No me creyeron: una lástima. Me dijeron que era esta cosa o le darían la oportunidad a otro más valiente. Era ridículo: nadie podía aguantar ese acordeón.

Yo tuve que aceptar.

Lo hice porque era la mejor y saqué las notas más hermosas que me quedaban para Madrid. Pero siempre he tenido las articulaciones frágiles, sobre todo en los dedos.

Antes de que se acabara la primera parte, en las últimas notas, algo reventó en mi mano derecha. Llamaron a la ambulancia. Los socorros consiguieron llegar cuanto antes para inyectarme una fuerte dosis de morfina y hacerme olvidar que ya no tenía tendones. Se acabó la pausa y volví al escenario. No sentía nada: era como tener entre los brazos un piano sin cuerdas. Tenía que llegar al final de Madrid, con un piano sin cuerdas, yo que sólo sé de acordeones.

Lo logré. Me aplaudieron mucho, sabes... Pero era el final y ya no escuchaba nada. El acordeón estaba en el suelo. Lo veía muy de cerca porque me había caído con él. Cuando desperté de mi sueño de morfina, me dijeron que no podía seguir abrazando acordeones; ahora era yo sin pecho-piano, yo sin pulmones, yo sin cielo, sin horizonte....

El único consejo que te puedo dar para ser un buen músico, es que no intentes sacar conclusiones de esta historia, sería perder el tiempo, y no creas que es una historia triste. Tan sólo es una historia de acordeón... O sea, vivir y morir, inspirar y expirar, crecer y caer.

Lo más interesante, es que todo el mundo lo hace, pero cada uno trae su toque.

EL VIAJE
Alicia Javier (Estados Unidos, 1994)

El reloj marcaba las 11:11 de la mañana cuando Peter Almonte despertó. De inmediato cerró los ojos y se dispuso a pedir un deseo. Desde que era muy joven, el 11:11 siempre había estado muy presente en su vida. Recordaba que todos o la gran mayoría de eventos importantes que había tenido a lo largo de su casi cuarenta años habían ocurrido con ese número. El día en que decidió emigrar a los Estados Unidos (Noviembre, 11), cuando se graduó de la universidad, la ceremonia de graduación fue a las 11 de la mañana y solo otros diez jóvenes se recibieron ese día. Sin contar otros sucesos más en los que el 11:11 volvía a parecer. Por esta razón lo adoptó como su número de buena suerte.

Se levantó lleno de energía, en pocas horas tomaría un vuelo que lo llevaría a la República Dominicana a visitar a su familia luego de cinco años sin verla.

Fue a la cocina y se preparó algo para desayunar y se sentó en la mesa de la sala. Mientras comía, cogió el tiquete de avión que estaba a un lado de la mesa y le echó una mirada.

"A las 2:09 sale de Boston el primer vuelo", dijo para sí. Y siguió leyendo: "A las 3:50 es el último". "No digas: el último", se reprochó y miro a su fiel amigo Dumbo, un Bulldog inglés. Soltó el ticket y lo acaricio.

¿Estás triste? Dijo y seguía acariciándolo. Serán solo dos semanas.

El perro lo miro como si entendiera lo que su amo le decía. Cuando cesaron las caricias, se recostó a sus pies. Peter entonces siguió comiendo pero de repente sintió un escalofrío recorrer todo su cuerpo, miró a Dumbo y estaba con las orejas paradas mirando hacia la puerta como a la espera de alguien. Sin saber por qué se puso nervioso y con la mirada empezó a revisar la sala. Al pasar los ojos por la ventana frente a él, entre la cortina vio una sombra desplazarse con rapidez. Su corazón comenzó a latir cada vez más fuerte, contuvo la respiración unos segundos y espero que alguien llamara a la puerta.

Nadie tocó y el trató de tranquilizarse.

"Debe ser mi imaginación", pensó.

Minutos después, cuando se iba a parar, volvió a aparecer la sombra. De nuevo estaba entre la cortina y permaneció por un breve lapso ahí. Dumbo ladraba sin despegar la vista de la ventana. La sombra caminó hacia la puerta y desapareció.

"Tranquilo Dumbo", dijo Peter, "debe ser el cartero".

El perro siguió nervioso, caminaba de un lado al otro con los pelos erizados. Pero esta vez aullaba como si presintiera algo.

Peter salió a asegurarse de que era el señor del correo. Pero no había nadie. Revisó el buzón y estaba vacío. Inquieto, regresó adentro y repaso en su mente lo que había visto.

"Si", dijo, "no estoy loco". Era la figura de una persona alta, algo encorvada. "La vi. Tenía puesto un abrigo". Dumbo se paró frente a él, seguía algo excitado. Peter se agachó y empezó a acariciar su cabeza.

"Creo que ambos amanecimos raros hoy", dijo y, cuando lo sintió un poco más calmado, fue a ducharse.

Ya en la ducha escuchó como si alguien orinara en el inodoro. Cerró el grifo y paró los oídos para escuchar mejor. Nervioso, abrió la cortina y salió.

Sintió que les faltaban las fuerzas cuando volvió a ver la sombra desaparecer antes sus ojos. Y, para empeorar la situación, Dumbo aullaba de nuevo, esta vez, con más fuerza. Peter cogió la toalla y fue al cuarto a vestirse. Estaba temblando y camino a la habitación, en dos ocasiones, mandó a callar al perro. Pero fue en vano, Dumbo siguió igual.

"¿Serás que le paso algo a mi familia?", pensó mientras se vestía. "¿Y si es mi madre que ahora que voy a visitarla se muere?" De niño había escuchado historias de personas que antes de morir o ya muertas, salían a deambular. Algunas, incluso visitaban a algún familiar querido para despedirse de él.

"Estoy desvariando", dijo. "Si le hubiese pasado algo a mi mamá, seguro mis hermanos me hubieran llamado." Terminó de arreglarse y antes de salir fue a despedirse de Dumbo, que seguía nervioso y aullaba tirado en un rincón de la sala.

Durante el trayecto al aeropuerto, se volvió a topar varias veces con el 11:11. Primero lo vio en un camión que paso por su lado. Luego en un carro de la policía. Por último, hasta el taxi marcaba el número en su pantalla.

"Hoy es mi día de suerte", comentó en voz alta.

El chofer ignoro el comentario y todo el camino, se mantuvo en silencio.

Una vez que Peter estuvo dentro del avión, se percató de que su asiento era el numero 22A. Respiro aliviado y se sentó. Por suerte, el vuelo hacia la ciudad de New York fue corto y no tuvo mucho tiempo para pensar. Tenía que abordar de inmediato el vuelo de conexión que lo llevaría a su país y, sin perder tiempo, se dirigió a la puerta de embarque. Respiro con alivio cuando leyó en la pantalla que no había retraso. Ya más tranquilo, se sentó a esperar y miró el ticket de avión. Otra vez el número de asiento era el mismo, solo que esta vez no era 22 A sino, 22B.

"No cabe duda de que hoy es mi día de suerte", pensó. "11 + 11 es igual a 22. Eso no es coincidencia. Ya pronto veré a mi familia." Minutos después comenzaron a abordar el avión y uno de los primeros en subir fue Peter Almonte.

Cuando llevaban una hora en el aire, la azafata dio la orden de que permanecieran en sus asientos con el cinturón abrochado. Dijo que se enfrentarían a fuertes vientos.

Como era de esperarse, los pasajeros se pusieron un poco nerviosos pero acataron los órdenes confiados. Por su parte, Peter se acomodó en el asiento tranquilo y convencido de que todo iba a estar bien. Miró a la joven que venía a su lado derecho y le dijo:

—No temas. Todo va a salir bien.

Ella lo miro y con la mayor tranquilidad le dijo:

—¿Usted cree que si?

—Estoy seguro —dijo un poco nervioso por la fría mirada con que la muchacha lo observaba. Decidió no seguir hablando con ella y volteó a mirar por la ventana.

—Es la hora —dijo ella de pronto.

—¿Qué dice? —dijo él y la miró extrañado.

Ella no respondió y él volvió a hablar:

—¿Qué quiso decir con eso?

La muchacha lo ignoró, se arregló el velo negro que llevaba en la cabeza y cerró los ojos.

"Está loca" —pensó Peter.

Aun así, sintió un poco de miedo y un frio inmenso arropó su cuerpo. Cerró los ojos e intento rezar un Padre Nuestro pero no pudo porque en ese momento la nave comenzó a sacudirse con fuerza y luego empezó a descender con rapidez. Los pasajeros gritaron aterrados. Las luces se apagaron pero, solo por unos segundos. Cuando volvieron a encenderse, ya el avión había recuperado estabilidad. Aunque, fue solo por breve tiempo porque un golpe de viento hizo crujir el fuselaje de la nave y de nuevo comenzó a descender. Peter sintió que su alma le abandonaba el cuerpo y, mientras eso pasaba, recordó su niñez y toda su vida en solo segundos.

Las luces se volvieron a apagar y en ese momento Peter despertó del sueño profundo en el que minutos antes había caído.

"Dios. ¿Será que le pasó algo a mi madre?", volvió a pensar. Miró a su derecha y notó la ausencia de la joven con la que había cruzado algunas palabras, mas no le dio importancia.

Cuando el avión aterrizó fue el primero en salir, ahora más que nunca necesitaba ver a su familia y comprobar que todos estaban bien. Camino a la puerta de salida vio a varios paramédicos entrar corriendo al aeropuerto.

"¿Qué habrá pasado?", pensó.

En ese instante volvió a su mente la joven misteriosa que venía a su lado en el avión. "Seguro le pasó algo y por eso que no la vi cuando desperté", dijo para sí y siguió su camino.

Al salir a la calle se subió a un autobús, se sentó y sin saber cómo, se quedó dormido. Cuando despertó y miró por la ventana, se volvió a poner nervioso. No sabía dónde estaba. La ciudad había cambiado mucho, ya no era una simple urbe, sino que se había convertido en una gran metrópolis.

Salió del vehículo y, al tratar de pedir ayuda para llegar a casa de su madre, comprendió que también la gente había cambiado y ya no eran tan amables como lo habían sido años atrás.

Por más que trató, nadie se detuvo ni siquiera a hablar con él y, cuando empezaba, a desanimarse un taxi se paró frente a él y le abrió la puerta. Peter subió al vehículo y vio que la cara del chofer le parecía familiar.

"Es raro", pensó, ¿dónde lo he visto?

Todo el camino se sintió incomodo a tal punto que no quiso hablar con el hombre. Por suerte, parecía que el taxista tampoco quería hablar con él y el silencio sólo se rompió cuando llegaron. Peter le dio las gracias al buen samaritano y ya saliendo del vehículo escuchó la voz del hombre que le dijo: "Aquí te espero".

Peter salió rápido del carro, cerró la puerta y volteó a mirarlo. Pensó decirle algo pero se detuvo cuando vio que a través del cristal oscuro del vehículo la silueta del hombre lucía diferente. Esto lo puso nervioso, y por un momento intentó buscar en sus recuerdos esa imagen. Pero luego pensó que no valía la pena.

"Ya estoy con los míos."

Siguió el camino a casa de su madre y, frente a la vivienda vio con asombro la multitud de gente que había ido a recibirlo.

"Alguien les avisó e hicieron una fiesta", pensó. Sonrió ya más relajado y entró a reunirse con su familia pero, para su sorpresa, nadie se percató de su llegada. Todos estaban llorando.

"Le pasó algo a mama", pensó, asustado. "¿Cómo es que nadie me aviso?"

A su mente vinieron los recuerdos de la sombra en la ventana y los números que ese día más que nunca lo persiguieron. Se adentró más y pudo ver el ataúd. Respiro aliviado cuando vio a su mama y a su lado estaba su hermana menor.

"No es ella", pensó, "entonces, ¿quién murió? ¡Mi hermano!", dijo y empezó a recorrer la habitación con la mirada. "¿Dónde está Miguel? ¿Por qué nadie me aviso? Ahora entiendo todo. Miguel fue a despedirse de mí, es por eso que Dumbo estaba tan nervioso. Por eso ese número 11:11 me persiguió todo el día."

Se acercó más a l ataúd, necesitaba saber de quién se trataba. Nadie le prestaba la más mínima atención. Cuando por fin pudo ver la cara del difunto, entendió lo que había sucedido.

Salió corriendo de la casa y miró a todos lados. Allí estaba el taxista. Tenía las manos en el volante y la mirada fija en él, que seguía en total confusión.

Peter Almonte no tuvo duda, la silueta del chofer encajaba perfectamente con la sombra en su casa. Caminó hacia el taxi y, cuando estuvo cerca, abrió la puerta y titubeó unos segundos antes de entrar.

"¿Necesita más tiempo?", preguntó el conductor.

"¿Tiempo? ¿Ya de que me sirve?", contestó.

Y entró al auto. El reloj marcaba las 11:11 de la noche, el número que siempre pensó que era su amuleto para la buena suerte. Además, representaba su viaje al más allá. El chofer emprendió la marcha para conducirlo a la que sería su última morada.

LA NIÑA DEL BALCÓN
Lourdes Portela (USA)

La vi por primera vez en un día de agosto tan caluroso que las calles de Madrid hervían y exhalaban un tufo a alquitrán requemado.

Allí estaba ella, sentada muy quieta en el suelo del balcón, contemplando el paso de los transeúntes con atención obsesiva y sujetando los barrotes de hierro con las manos cerradas en puños, como una presa atisbando los pasillos de la cárcel desde su celda.

El balcón estaba en el segundo piso de un edificio antiguo, una de las casas viejas que asoman al Río Manzanares desde el Paseo de la Florida. La calle semeja un parque largo y estrecho, salpicada de árboles extraordinariamente frondosos y bancos milagrosamente indemnes a la ola de vandalismo que azota todas las ciudades.

No sé si fue su mirada fija desde unos ojos tan redondos y negros que parecían ventanas abiertas hacia las profundidades del espacio o la fuerza desesperada con que sus puños se aferraban a los barrotes del balcón, el caso es que busqué un banco cercano bajo la sombra de un roble y me senté a contemplarla.

Al poco rato, los sonidos de los coches circulando como bestias mecánicas en la jungla de las carreteras cercanas se fueron difuminando hasta desaparecer. Los pasos de los transeúntes veloces y ocupados se acallaron e incluso el murmullo del agua murió en la garganta del río tan próximo.

Como una ráfaga suave de brisa llego a mí un susurro, una canción musitada calladamente, como un suspiro. La niña del balcón entonaba una melodía antigua con voz infantil, entrecortada y distraída, y yo sentí la obsesión germinar en mi corazón.

Cerré los ojos para oírla mejor, para absorber el canturreo hasta la última nota desafinada, y cuando los abrí de nuevo para seguir contemplándola, la niña había desaparecido. Esperé durante horas y cuando anocheció, desperté de mi ensueño sintiendo el cuerpo anquilosado y una cierta dosis de vergüenza. Así que me sacudí el estupor como un perro se sacude el agua después de un chapuzón y, sorprendida de mí misma, recorrí decidida las dos manzanas que me separaban del portal de mi edificio.

A la tarde siguiente me encontré de nuevo sentada en el mismo banco, protegida por las ramas del mismo árbol y percibiendo el aliento a barro estancado que exhala el Manzanares durante el verano.

La niña estaba en su balcón, agarrada a los barrotes, la mirada fija y la voz entonando su melodía infantil. Me quedé allí sentada contemplándola hasta que el cansancio del calor de agosto me hizo cerrar los ojos durante un instante y, de nuevo, desapareció.

Y lo mismo la tarde siguiente y todas las tardes durante el tórrido verano madrileño.

Durante las mañanas, antes de mi paseo a lo largo de las aceras de la Florida, me hacía a mí misma miles de preguntas. ¿Por qué nadie más veía a la niña en el viejo balcón? ¿Acaso los transeúntes estaban tan ocupados en sus quehaceres que no prestaban atención a la pequeña o, realmente, no la veían? ¿Y de dónde procedía la obsesión, ya enfermiza, que me anclaba al mismo lugar todas las tardes?

Pero las preguntas perdían su poder inquisitivo cuando caía la tarde y mis pasos de dirigían automáticamente hacia el banco que ya consideraba de mi propiedad, y se difuminaban completamente cuando mis ojos se posaban en la figura infantil que canturreaba en su balcón. El tiempo discurría mezclado con la corriente perezosa del Manzanares, y el mundo desaparecía de mi entorno mientras intentaba discernir las palabras de la canción de la niña, que siempre desaparecía cuando mi obsesiva mirada perdía su objetivo durante un mero segundo.

Una tarde, ya muy cercana al ocaso del verano, me encontré sentada en el banco sosteniendo la manta de mi Sofía, la hija que perdí a los pocos días de nacer. No recuerdo el haberla buscado o el haber sentido la necesidad de llevarla conmigo. Hacía ya tres años desde la muerte de mi pequeña y, aunque siempre sentiría en mi corazón una herida sin cicatrizar, la consideraba en un estado avanzado de recuperación.

Esa noche dormí con la manta entre mis brazos, preguntándome si el motivo de mis recuerdos era la presencia de la niña del balcón. Por primera vez en más de un año, me desperté en mitad de la noche sobresaltada por mis propios sollozos. En un estado de tristeza demoledora, creí ver la figura blanca de la cuna de Sofía entre las sombras nocturnas. Pero otra vez, como en mis tardes sentada en el banco de la Florida, la figura se desvaneció durante un instantáneo parpadeo.

El Paseo de la Florida es una calle como las de antaño, ni la modernidad ni los azotes de las crisis económicas han cambiado el carácter casi pueblerino de la comunidad. Los vecinos se conocen desde generaciones y permanecen y viven sus vidas en la calle que los vio nacer. Todavía hay pequeñas tiendas donde hacer la compra, panaderías, carnicerías o zapaterías. En verano los bares adornan las aceras con mesas para que los clientes disfruten de las cervezas en la brisa espesa del Manzanares, y los domingos de invierno familias enteras pasan las tardes viendo el fútbol y sembrando el suelo de cáscaras de deliciosas gambas al ajillo.

Pedí un café con leche en el bar más cercano al edificio de la niña del balcón. El dueño, un hombre amplio y afable, parecía más que dispuesto a entablar conversación, así que enseguida le pregunté si sabía quién vivía en el segundo piso del edificio que compartía pared con su bar.

El hombre, de repente, encontró una serie de manchas imperdonables en el mostrador y, paño en ristre, comenzó a limpiar la barra con aplicación. Pero si algo había aprendido yo en el mes de observación obsesiva de un balcón era la habilidad de no cejar en mi empeño. Cuando el dueño del bar entendió por fin que mi mirada fija era una muestra de mi terquedad, musitó entre dientes:

—Ahí no vive nadie desde hace más de setenta años. Todo el edificio está condenado.

No dije nada. La mirada triste que el hombre me regaló me anonadó con su intensidad. Dejé un billete sobre el mostrador y salí del bar sin decir una palabra más.

Yo sabía perfectamente que mis visitas a la niña del balcón estaban envueltas en un tupido manto de ensueño y no me sorprendió demasiado la información de que el edificio estaba vacío. Pero también sentía mi corazón pesado con una renovada carga de tristeza, y la pequeña tras los barrotes de hierro estaba de alguna manera relacionada con la recuperada añoranza de mi hija perdida.

La entrada del otoño en Madrid es magnífica. Antes del comienzo de las lluvias y del frío, la estación transforma la ciudad en una pintura llena de colores vivos. Amarillos, naranjas y los azules pálidos del cielo de finales de setiembre resaltan en un Madrid que se recupera del sofoco del calor del verano. Los árboles del Paseo de la Florida se convierten en hogueras de llamas rojizas, y capas de hojas quejumbrosas cubren el suelo y navegan como minúsculos botes por el agua del Manzanares.

Las noches son apacibles, llenas de brisa y estrellas, y los madrileños salen a pasear para respirar el aire fresco y disfrutar de una paz efímera, amenazada por la proximidad del invierno y el enloquecido trajín de las Navidades.

No soy una mujer atlética ni poseo una fuerza física apreciable. Pero sí que me caracterizo por la determinación a la hora de tomar decisiones y llevar a cabo lo decidido.

Estaba muy entrada la noche cuando me encontré frente al portal del edificio de la niña del balcón. La calle estaba desierta, sólo se oía el murmullo de las hojas crujiendo al paso del viento y del agua del río que discurría somnolienta.

Una vez ante la puerta, me pregunté a mí misma cómo pensaba arreglármelas para abrirla. En mi soliloquio también me cuestioné sobre los riesgos de deambular dentro de un edificio condenado desde hace casi un siglo. Pero todas las preguntas quedaron suspendidas en el aire otoñal cuando la pesada puerta de madera de abrió sola, con un sonoro quejido de anciana artrítica.

Cuando recuperé el aliento y mi corazón volvió a latir a un ritmo relativamente normal, me decidí a entrar en el portal. Mis pasos resonaban como en una cueva oscura y húmeda y podía oír las carreras ligeras de las sorprendidas ratas. Cuando se cerró la puerta detrás de mí, no me asusté ni me asombré siquiera, embebida como estaba en el ambiente lúgubre del lugar y la necesidad de encontrar información. Linterna en mano, procedí a ascender las roídas escaleras de madera hacia el segundo piso. Las paredes supuraban un líquido espeso con un ácido olor a moho y las telas de araña brillaban inundadas de perlas reflejando la luz. El aire era denso y sofocante y permanecía inmóvil. Mi cabello empapado de humedad pesaba en mi cabeza y la ropa se adhería a mi cuerpo encharcado de sudor.

Por fin llegué a la puerta del segundo piso. La madera era tan vieja y estaba tan castigada por la humedad que parecía parte de la quilla de un galeón antiguo. Durante unos minutos quedé inmóvil observando la puerta y respirando agitadamente.

Desde el interior del piso se escucharon risas infantiles, carreras y sonidos de juegos. Había alguien en aquel piso condenado. Había niños.

No recuerdo cómo abrí la puerta o si lo hizo por sí sola, pero de repente me encontré al otro lado, dentro de la casa.

Más humedad y más oscuridad. El aire estaba tan viciado por su encierro de años que casi no podía respirar. El haz de luz de mi linterna reveló alfombras que se deshacían, muebles devorados por las ratas y los hongos y paredes agrietadas que mostraban las profundas arrugas de la edad.

De nuevo oí risas. Unos pasos de pies pequeños volaron entre las habitaciones, raudos y traviesos. Avancé lentamente por el pasillo dirigiéndome al centro del piso, un salón grande de techos altos con el suelo poblado de restos putrefactos de colchones, colocados en ordenadas filas a lo largo de la pared.

Una sombra se proyectó frente a mí y vislumbré una figura deslizándose rápidamente entre los colchones. Y otra que se movía velozmente contra la pared. Y muchas más, muchísimas sombras que pululaban por la casa juguetonamente, sin dejarme enfocar en ellas mi linterna para examinar sus figuras. Pero podía escuchar sus voces, sus risas infantiles.

La casa estaba llena de niños.

Seguí adelante mi expedición, arrastrando mis temblorosas piernas y sujetando la linterna con ambas manos. Y por fin encontré la habitación con el balcón que daba al Manzanares.

La niña estaba sentada en el suelo y me miraba sonriente, como si hubiera estado esperándome.

—¡Qué bien que hayas venido a visitarme! Pero ten cuidado y habla bajito, que no te oiga el Coronel y se despierte.

La voz me había abandonado y las preguntas me ahogaban atascadas en el fondo de mi garganta.

La niña se levantó del suelo, me abrazó con fuerza y pude sentir la densidad real de su pequeño cuerpo. Por fin recuperé el habla y empecé a desgranar un rosario de preguntas.

—No lo entiendo, ¿eres un fantasma?

—Puede. Sólo sé que estoy muerta desde hace muchos años y que solamente gente muy triste puede verme y sentirme.

—¿Quién es el Coronel?

La niña se llevó el índice a los labios y con una expresión de miedo se acercó a hablarme al oído.

—El Coronel es el que operaba a los niños para que fueran mejores. Pero todos se murieron durante las operaciones. Y lo tenemos prisionero en uno de los armarios. Pero podría escaparse.

—¿Y las risas que oigo? ¿Las voces?

—Son los niños que operó, están atrapados aquí para siempre.

—Y tú, ¿por qué estás aquí? Tú eres distinta…

La niña sonrió y apretó aún más el abrazo.

—Yo tenía un trabajo, y lo hacía la mar de bien, por eso soy distinta.

Un escalofrió me hizo tiritar y sentir la ropa sudorosa empapada en agua helada.

—¿Y qué trabajo era ese?

—Yo atraía a los niños a la casa, para que el Coronel los operara. Desde el balcón los elegía y, cuando cantaba mi canción especial, ellos no podían evitar ser arrastrados aquí. ¡El Coronel decía que era una sirena encantadora de náufragos!

Una tremenda pesadez invadió mi cuerpo, que deseaba descansar de tanta locura y tristeza. Una cierta repugnancia me hacía desear también romper el contacto con la niña.

De pronto, todo se oscureció.

Me desperté en el banco, bajo mi árbol de ya escasas hojas amarillas que bailaban movidas por los primeros vientos fríos del invierno que se aproximaba. Apenas había transeúntes circulando por el paseo del río y las ventanas de los edificios estaban cerradas, con las cortinas echadas.

Alcé la mirada hacia el balcón del segundo piso.

Gruesos paneles de madera condenaban la puerta y ocultaban los barrotes. Todos los balcones, todas las ventanas del edificio estaban firmemente tapiadas.

Una niña, enfundada en un moderno abrigo de colores brillantes, pasó cerca de mi banco pedaleando en su bicicleta y me sonrió contenta. Mientras se alejaba, volvió la cabeza coronada de graciosas coletas y vi como sus labios se movían, murmurando algo que el viento me trajo sólo para mis oídos.

—¡Sofía dice que tengas cuidado con las sirenas!

EL APAGÓN
Eugènia Llonch Grané (España, 1963)

Me desperté sobre las ocho. A esa hora mi marido ya había salido a trabajar y estaba completamente sola. Por la mañana me gusta dejar la habitación a media luz para realizar mi sesión de yoga así que, tras desperezarme y abrir los ojos, me senté en la cama y toqué el interruptor para subir la persiana hasta la mitad, aunque esta vez no obedeció al suave contacto de mi dedo. Por un momento el frío plástico duro y blanco me pareció que cobraba vida y como un niño rebelde, no atendía a mis intrucciones. Mi mente, todavía dormida, tardó unos segúndos en procesar que no había luz. "Habrá saltado el automático", pensé. Me levanté y sin ponerme nada encima bajé las escaleras con cuidado de no tropezar. Ninguna de las persianas eléctricas que nuestro arquitecto decidió colocar durante la reforma de la casa funcionaba. Él no debía de saber que la luz podría irse en cuanto le pareciese. Hacía frío, más de lo habitual. Entré en la cocina y abrí la puerta del cuartito de la limpieza donde el mismo señor había decidido instalar los interruptores generales. Todos estaban mirando hacia arriba. Los bajé y los volví a subir para asegurarme, era lo único que sabía que se debía hacer en estos casos, pero no oí ningún ruido ni señal de conexión. Parecía como si alguien los hubiera dejado inertes, sin vida. Me urgía ir al baño y entré en el lavabo de la planta baja. Pude asearme acompañada por el único haz de luz que entraba por la claraboya. A tientas, como si fuera ciega, me dirigí de nuevo a la cocina para ver si encontraba una vela. Abrí el armario en el mismo momento en que recordé que no había. Es de aquellas cosas que nunca recuerdo apuntar en la lista de la compra. Me vino a la mente una pequeña linterna que yacía abandonada a su suerte en el cuartito de la leña, pero para ir a buscarla debía abrigarme y salir al jardín. Recorrí de nuevo la larga escalinata en forma de caracol, esta vez de subida. Iba despacio. Mis pies temblaron ante la frialdad del mármol. Al llegar a mi habitación pude oír como una fina lluvia acariciaba suavemente las ventanas que, cerradas a cal y canto, parecían extremecerse a su contacto. Palpé y exploré cada rincón de mi cuarto como si fuera la primera vez que entraba. Alcancé mi sudadera, la que me pongo para andar por casa y que dejo siempre en la misma silla. Me la puse encima del pijama y aunque pude sentirla fría y húmeda, al contacto con mi cuerpo tibio fue ganando calor. Salí y me acerqué al chisme en forma de rueda que regula la temperatura de la casa. Comprobé que estaba parado. Pensé que el inventor de todo estos aparatos eléctricos, un día, decidió que no pasaría nada si yo moría congelada en el caso de que la corriente decidiera fugarse de mi casa para no volver.

Empecé a bajar de nuevo pero esta vez no me sujeté. Quise saber por unos segundos lo que percibía siendo invidente. Sentí el mismo miedo al vacío que cuando de pequeña atravesaba el corredor del viejo piso. Aquel pasillo, largo, oscuro y estrecho que unía, no sé por qué motivo, el comedor con el lavabo y que separaba todos mis rincones del resto de la casa. Era como si marcara una separación entre yo y las personas que ocupaban las habitaciones que había tras él.

No quise que el vértigo durara y terminé cogiéndome de la barandilla y bajando despacio para no caer. No tenía ganas de volver a experimentar el mismo pánico que sentía cada vez que no me querían acompañar hasta el lavabo y yo, con seis, siete u ocho años, debía recorrer sola aquella especie de túnel tan solo acompañada por el ruido de mis pasos, el silencio y la oscuridad.

Bajé los escalones de uno en uno, ahora con los ojos bien abiertos. Tan solo entraba un poco de luz por alguna de las persianas que no cerraba herméticamente pero me empezaba a acostumbrar a la penumbra que invadía el ambiente. Se oía el agua caer cada vez con más fuerza y chocar contra las paredes de la casa y recordé aquellos momentos de soledad infinita que sentía en clase cuando, por causa de la lluvia, no podía salir al recreo y mi mirada se perdía en el vacío observando como las finas gotas de agua dibujaban piruetas en el cristal.

Abrí la puerta de la entrada principal y un soplo de viento y lluvia, que burló el pequeño porche, me dejó completamente empapada y me devolvió al momento presente. Los nubarrones de un cielo totalmente gris anunciaban más lluvia. Me terminé de abrochar las zapatillas, abrí un pequeño paraguas que cogí del armario y salí de la casa rodeándola por la derecha. Sucumbí al olor de las hojarasca y del suelo mojado de otoño que me acompañó hasta el viejo cuarto. No entraba en él desde que mi hijo me dijo que había visto un nido de ratones y que para desprenderse de ellos no los había matado sino que los había cogido en una caja y los había depositado en el bosque, no muy lejos de dónde vivimos. Dijo que sus padres ya sabrían dónde buscarlos. Desde ese día, siempre he pensado que los pobres ratones volverían hasta mi casa para encontrarse con sus crías. No como mis padres, que se fueron un viernes por la tarde y no volvieron cuando debían hacerlo. No cuando yo los esperaba. Se habían ido a pasar el fin de semana a la montaña con mi hermana pero ella ya no regresó. No volví a verla. Mis padres vinieron al cabo de un tiempo, cuando ya se habían recuperado de las lesiones físicas. Durante una semana a mí me alojaron en casa de una niña de la escuela que hacía mi curso, pero en la otra clase. Ni tan siquiera éramos amigas. También tenía una ratita que se llamaba Casilda. A pesar de estar con una familia que no me era del todo extraña, pude sentir durante siete largos días el peso del abandono y la incertidumbre por no saber exactamente qué hacía yo allí. Demasiado pequeña para entender pero lo suficientemente mayor para saber, intuía que algo grave estaba pasando.

Cuando volví a casa ya la habían enterrado. Nadie supo nunca que desde la distancia todo se vive peor, nadie excepto yo.

El primer día, tras la vuelta a clase, la monja de primero de primaria me llamó a su pupitre y señalando al cielo me dijo muy convencida que mi hermana estaba allí. No terminé de entenderla pero enseguida comprendí que ese lugar en el que ella se encontraba debía ser muy lejos y que yo difícilmente volvería a verla. Que yo recuerde, fue la única persona que me dio una explicación, porque todos los miembros de mi familia se comportaron como si yo fuera invisible y como si mi hermana muerta jamás hubiera existido para mí.

Abrí con cuidado la puerta del cuartito, estaba oscuro y una mezcla de olor a moho y a leña inundó mi nariz. Un leño inmenso que sobresalía del resto me recordó al "tío" de Navidad que nos traía los regalos cuando yo era niña. Es uno de los pocos recuerdos que guardo con mi madre cuando, en los días previos a las fiestas navideñas, ella me acompañaba hasta la salita de juegos donde el mágico tronco parecía estar esperando que cada noche le colocáramos frutas y galletas en un plato para poder engordar y así convertir aquella comida en muchos regalos. Guardo intacto en mi memoria el momento que mi madre me acompañaba a la mañana siguiente a recoger las sobras de su festín nocturno. Este es uno de los pocos recuerdos que conservo de pequeña con mamá porque tras el accidente ya apenas la vi.

Me entretuve mirando por dentro del viejo cuartucho en el que no había ningún rastro de ratón pero donde tampoco encontré la linterna. Volví a cerrar la puerta y pasando esta vez por el otro lado me fijé en cómo los arbustos marchitos y los árboles sin hojas, detrás del viejo columpio, le conferían a mi jardín un aspecto un tanto triste. Además, no quedaba ninguna de las rosas que habían florecido en la primavera pasada. Miré a lo lejos y me quedé un rato contemplando el bosque y la montaña así como las casas del pueblo que desde la altitud en que me encontraba eran como pequeños puntos de colores que mezclados en mi retina y desdibujados por la cortina de agua que caía, habría plasmado en un lienzo si hubiera sabido pintar.

Dejé el paraguas y las zapatillas fuera y entré de nuevo en la casa. Me fui a mi habitación y realicé la sesión de yoga y meditación diaria. Pensé que para ello no necesitaba mucha luz. Al terminar sentí una enorme sensación que quietud y observé que me empezaba a sentir cómoda entre tanta oscuridad. Me imaginé una buena ducha caliente pero enseguida recordé que no era posible, el calentador tampoco funcionaba. Me vestí con las mismas prendas que había dejado en la silla la noche anterior y bajé las escaleras, esta vez con más soltura. No tenía ninguna indicación exacta de la hora pero debía ser tarde, sobre las 11h. calculé. Tenía frío y mi estómago empezaba a quejarse por el hambre. Saqué pan del congelador y mientras esperaba a que se descongelara, decidí aprovechar la única llamada que podía hacer con el móvil, antes de que la batería se acabara, para comunicarme con el ayuntamiento. Quizás ellos sabrían si había alguna avería y para cuando se restablecería el servicio. Llamé y me contestó una chica que me habló con desgano. Al comentarle mi problema, me dijo que ya se lo habían comunicado otras personas de la montaña pero que allí no tenían constancia de ninguna avería. "Pruebe usted con el teléfono de emergencias de la Compañía, seguro ellos podrán decirle algo", me dijo secamente antes de colgar. Pensé que si habían llamado otras personas de la misma zona, seguro el problema no sería de mi instalación y me tranquilicé. De todas maneras telefoneé a la Compañía. Esta vez la mujer que me atendió fue agradable, pidió mi número de teléfono y mi ubicación exacta, diciéndome que me llamaría en media hora para darme alguna explicación. Justo después de colgar, el móvil emitió un largo y quejumbroso pitido y se quedó sin batería. Ahora sí que estaba totalmente incomunicada. Me sentía un poco como cuando decidieron que ya tenía edad suficiente como para dormir en la cama que había ocupado mi hermana. Eso fue cuando me cambiaron al dormitorio que siempre había sido de ellas dos y que ahora mi otra hermana compartía con una cama vacía. Mi hermana mayor, que estaba en plena adolescencia, consiguió escapar a tanta tristeza con la ayuda de su primer, gran y único amor. Fue aquel sentimiento tan fuerte hacia él lo que la ayudó a sobrevivir ante una pérdida que sus catorce años no le dejaron encajar y se convirtió en su escudo frente a un mundo con el que ella sola no se atrevía a lidiar. Se agarró a él con todas sus fuerzas y se encerró tanto en sí misma que terminó por levantar un muro con el resto de la familia que todavía hoy no creo que haya terminado de derribar. Era la única hermana que me quedaba y yo la quería con todo mi ser pero ella nunca estaba. No la recuerdo cerca, no a mi lado. Lo que sí recuerdo es aquella cama en la que dormía con mis miedos y con el fantasma de una hermana. Estaba en el otro extremo de la casa, lejos del comedor, del televisor, de las conversaciones; pasada la frontera entre donde yo escuchaba que había vida y donde me sentía morir.

Entré en la cocina y como no pude preparar café, ni calentar leche, ni tostar pan, me conformé con un desayuno frío. No me podía ni imaginar cómo se las debían arreglar antes de que se inventara la corriente eléctrica. Creo que si nuestros antepasados levantaran la cabeza, alucinarían con todos estos inventos. Tampoco podía trabajar con el portátil porque no tenía acceso a internet. Ya era casi mediodía y los truenos y los relámpagos sacudían la casa produciendo un ligero temblor en los cristales. La perra, que en toda la mañana tan solo se había movido para desperezarse en su manta, se levantó de golpe y pude percibir que me miraba con cara de espanto. Enseguida entendí lo que quería y le di permiso para que subiera hasta el cuarto de mi hijo y se escondiera bajo de cama, su escondite favorito y en el que siempre se pone cuando tiene miedo. A mí también me hubiera gustado tener algún lugar en el que reconfortarme cuando cada tarde llegaba de la escuela y María me decía que mi madre no estaba. Aquella tristeza profunda por la falta de mi hermana y también mi madre, a la que no veía nunca, se podía palpar en todos los rincones de la casa. Las imágenes que tengo son borrosas como salidas de un sueño en las que ella llora mirando el álbum familiar, ese álbum que todavía hoy me ayuda a recordar los momentos que la fragilidad de mis seis años no pudo retener y guardar para siempre.

Se acercaba la hora de preparar la comida y seguía a oscuras. Decidí llegarme hasta la casa más cercana de la montaña para preguntar si sabían alguna cosa sobre la luz. Aunque estaba lejos, quedaba mucho más cerca que el pueblo. Además este día yo no disponía de mi furgoneta. Me puse el impermeable, las botas y salí. Todavía llovía aunque no tanto. Empecé a andar por el camino, ladera arriba. Mi perra me siguió. Tardamos unos veinte minutos. Al llegar, mi acompañante se detuvo y no quiso entrar porque oyó ladrar a otro perro, era el de ellos. Pensó que aquello no era territorio para ella y decidió esperarme sentada allí mismo. Me miraba con asombro, como si intuyera que a mí no me gustaba el terreno que me disponía a pisar. La verja estaba abierta, así que subí directamente por la pendiente que llegaba hasta la casa. Cuando llegué arriba, vi que había dos viviendas en lugar de una sola y que cada una tenía su entrada. Estaban separadas por un trozo de terreno. Pensé que allí estaba en busca de ayuda y que a lo mejor mi vecino ni tan siquiera sabía quién era yo. Me habían explicado que el hombre que vivía allí era un tipo bajito, solitario y no muy simpático, puede que lo hubiera visto un par de veces en el pueblo, y que tenía un perro en un cercado que no era peligroso ya que solo lo utilizaba para cazar. Yo jamás podría tener un perro encerrado porque en mi casa los perros siempre han sido como uno más de la familia, a otro nivel quizás, pero uno más. Me acordé de mi perro Funk. Era un animal pequeño y bondadoso y aunque era pequinés, no hacía ningún honor al mal carácter de su raza. Así como por más que me esfuerce no puedo recordar el duelo de mi hermana, sé que viví la muerte de mi perro con un profundo dolor. Creo que todas las lágrimas que no pude vaciar por la muerte de ella, las lloré con su muerte, cuatro años más tarde. Recuerdo que ese día no fui a la escuela y mi redacción de tema libre fue sobre él, aunque las otras niñas no entendieron que yo estuviese tan triste y llorase todo el rato. Desde ese día no he podido ver nunca más a ningún animal sufrir y por eso este perro del cercado me daba tanta pena.

Mientras vacilaba sobre qué entrada elegir pude ver como un hombre me estaba mirando desde el cristal contiguo a la puerta de madera de una de las casas. Yo debía estar a unos cuatro metros y ese hombre era muy parecido a mi vecino. Sólo lo había visto en contadas ocasiones pero hubiera jurado que era idéntico a él, aunque más alto, un poco más corpulento y más viejo. No me atreví a acercarme. El cristal era de un tono marrón y el extraño personaje me miraba fijamente con cara de pocos amigos. Estaba inmóvil. La misma cara, la misma ropa y las mismas gafas que la persona que yo recordaba, pero este tenía una mirada penetrante de esas que te hacen salir corriendo. No me decía nada pero daba a entender es que me fuera, que allí yo no era bienvenida. Esta era mi percepción. Le hice varias señales saludándole con la mano, pero no se movió. Ni tan siquiera parpadeó. Aquel extraño personaje me asustaba tanto como lo hacían los posters que mi hermana tenía colgados en la pared del dormitorio y que eran mi máxima pesadilla. De noche, cuando ya me habían acostado y hasta que ella no venía, aquellas extrañas figuras parecían cobrar vida y convertirse en horribles espectros que me miraban. Así mismo me miraba aquel hombre y empecé a sentir el mismo pánico, un pánico que me inmovilizaba totalmente y que me impedía hasta respirar. El perro empezó a aullar y a dar vueltas dentro del cercado como si estuviera preso de la locura. Mi perra contestó aullando todavía más. Varios truenos seguidos de un fuerte relámpago se encargaron de mantenerme anclada en el suelo sin apenas moverme. La situación era extrañísima: Mi perra, que parecía estar avisándome de algún peligro en relación a aquel misterioso señor que me miraba con cara de pocos amigos, y el perro de ellos, víctima de un ataque de locura, dando vueltas como un poseso, mientras yo contemplaba aquella rarísima situación muerta de miedo, empapada por la lluvia y sin poder moverme. Aquel hombre era robusto y tenía una altura considerable, por lo que pensé que de un momento a otro se acabaría su paciencia, saldría de la casa e iría a por mí, igual que las extrañas caras que mi hermana tenía colgadas por toda la habitación y que parecía que de un momento a otro cobrarían vida. Cuando pude reaccionar y me di cuenta de que no había nadie más por allí, me giré y vi que estaba a pocos metros de la entrada de la otra casa, subí las escaleras y toqué el timbre. Estaba tan nerviosa que llamé varias veces sin acordarme de que no había luz.

Por un momento pensé que si nadie había oído todo aquel jaleo y había un loco viviendo en la otra casa lo mejor que podía hacer era salir corriendo pero, sin saber cómo, mis nudillos ya estaban tocando a la puerta. No respondió nadie. Volví a llamar, esta vez más fuerte. Me pareció oír unos pasos y empecé a temblar. Imaginé una docena de clones de mi vecino saliendo escopeta en mano. Al fin la puerta se abrió y un hombre se quedó inmóvil, allí en la puerta, con cara de pocos amigos. La figura que apareció ante mí sí que era la de mi vecino, metro sesenta, tal como yo lo recordaba y no llevaba ninguna escopeta. Su cara no mostraba ni pizca de asombro. Me fui tranquilizando. Él se quedó mirándome fijamente y me dijo:

—¿Qué ocurre? ¿Tienes algún problema?

—Mmmmmh, ¡no, no! Si estás comiendo... en fin... ¡no quería molestarte! dije casi olvidando el motivo que me había llevado hasta allí— La luz, es por lo de la luz. ¿Tú tienes? —le dije con voz entrecortada.

—No, claro. Yo tampoco tengo.

Parecía como si le tuviera que ir arrancando las palabras a la fuerza y de una en una.

—Entonces, ¿es normal? ¡Porque yo llevo toda la mañana sin electricidad!

— Sí, yo también —me dijo casi impasible con la misma expresión del hombre que se escondía tras el cristal de la otra casa.

—¿Pero, sabes lo que ocurre? —no podía entender por qué le costaba tanto darme una explicación, ¡si es que la había!

— Sí que lo sé —me dijo.

–¡Ah! –contesté yo– ¿Y…? –si alguien nos hubiera estado grabando, tendría un buen guión para una película, pensé.

–¿No has recibido la notificación del Ayuntamiento? –me preguntó finalmente.

–¿Qué notificación? Hace un rato los he llamado y no sabían nada.

–Es que esos no se enteran –me contestó con brusquedad–. Es por las obras que están haciendo en la carretera. Han tenido que cortar la electricidad de toda la montaña.

– ¡Ah! ¿Y sabes cuándo piensan restablecerla? –le pregunté sintiéndome un poco más confiada.

–En el papel ponía unas siete horas. No creo que tarden en volver a darla.

–¡Ah!, vale, gracias, ya estoy más tranquila, es que no hemos recibido nada y estaba preocupada pensando que no fuera un problema de nuestra instalación ¡Como la casa es vieja!, y perdona, pero eres el vecino que me queda más cerca...

–No, de nada. ¡Hasta otra! –me dijo en un tono no muy amigable.

–Bueno, pues adiós y gracias –le contesté.

Pero cuando ya había bajado la mitad de los escalones y él ya se disponía a entrar en su casa, no pude evitar girarme y señalando a la misteriosa figura le dije:

– Oye, por cierto he estado un buen rato haciéndole señales a aquel hombre que está en la puerta de allá y no me ha hecho caso. ¿Quién es? Se parece mucho a ti...

– ¡Ah, sí!, es una réplica de mí mismo –me dijo con solemnidad.

– ¡Pero...!

–Es una figura de cera –me dijo finalmente–, es como yo, pero en tamaño más grande.

Sin darme ninguna explicación más se despidió de mí y cerró dando un ligero portazo.

Nos despedimos y bajé por la pendiente. Mi perra me esperaba impaciente. Durante el trayecto de vuelta estuve meditando sobre ese hombre y su doble. Pensé en lo solo que se debía sentir para necesitar la compañía de una figura de cera. A mí también me hubiera gustado tener una doble, una gemela real, auténtica, de verdad para poder compartir los momentos de soledad y la tristeza que me producía ver a mi padre esconderse en mi habitación a llorar en silencio por el peso de la pena.

Al llegar a mi casa la luz todavía no había vuelto y me sentí terriblemente sola, la misma soledad que sentía de niña cuando, de una en una, todas las mujeres de mi casa me fueron abandonando. Primero mi hermana mediana que un día, sin esperarlo, se marchó para no volver, tras ella mi madre que nunca estaba en casa y finalmente mi hermana mayor. La que nunca me abandonó fue María, mi niñera, ella era la que me acompañaba siempre y el hombro en el que yo podía llorar, me preparaba la merienda y me contaba cuentos cuando yo no quería comer. Vivía en casa y para mí fue como una abuela. Una abuela a la que quise como a una madre. Y mi padre tampoco me abandonó, él fue una figura clave en mi vida. Recuerdo que cada tarde cuando llegaba a casa después del trabajo, tan solo abrir la puerta, daba un silbido tan inconfundible que yo ya sabía que era él. Entonces el pasillo se ensanchaba y ya no me daba miedo. Corría hasta sus brazos que me levantaban todo lo alto que alcanzaban y me preguntaba: *"¿Com està el meu xerric, xerrac, xerruc?"* Él se volcó en mí. Yo era la pequeña, la niña de sus ojos, aquella criatura que le acompañaba a comprar el libro el día de St. Jordi y a la que llevaba a bailar sardanas todos los domingos. Aquella pequeña que hacía sus delicias y a quién, montada en sus pantuflas, paseaba de un lado al otro de la casa. La niña que fue un bálsamo para sus heridas y que le ayudó a sobrellevar la terrible culpa que debía caer sobre sus hombros porque él era quien conducía el coche que colisionó con el camión, él era quien no conocía bien la carretera por la que transitaba y él fue quien no pudo ver el *Stop* en el que debía haberse parado.

LA OTRA PRINCESA
Yolanda Luna Sandoval (México, 1990)

Sé que ha amanecido porque esa jodida golondrina comienza a cantar. Me haría muy feliz poder tener una escopeta y darle un tiro directamente a la cabeza, pum. Silencio... Aunque es un bonito deseo, nunca
me atrevería, ni a eso ni a muchas otras cosas más, no tengo las agallas,
nunca las he tenido y nunca las tendré. Lo positivo de la situación, es
que reconozco mis deficiencias y eso me ahorra mucho dinero en tera-
pias. En fin, es otro jodido viernes por la mañana, bendito sea Dios.
Me levanto y me duele la cabeza, pero eso tampoco es noticia nueva, ya
que para mí los jueves, oficialmente se han convertido en viernes, aunque claro, mi madre santa, preferiría que la acompañase a los jueves de
club, donde según ella puedo conocer un guapo "caballero" que me
saque de esta "torre encantada", pero yo no creo en "caballeros" y en
cuanto a "torres encantadas", hasta ahora no se ha aparecido Ana por
aquí, así que por el momento no dejare mis jueves oficialmente conver-
tidos en viernes. No me baño porque no he comprado gas y el agua
estará tremendamente helada. Me lavo la cara y me miro por el espejo,
no veo un bello ángel, la verdad es que soy una pinche vieja fea pero
tampoco soy un mártir de la fealdad, nunca me ha molestado en absoluto, soy lo que soy y nada más. Me pongo un poco de jabón sobre el
labio y la escena me recuerda aquel día que mi sobrinita Inés entró sin
preguntar y me vio rasúrame el bigote. "¿Tía qué haces?", me preguntó
sorprendida, "eso solo lo hacen los hombres". ¿Qué se supone que le
contestas a una niña de diez años a la que sus padres se han empeñado
en mantener en un mundo de cristal? La verdad es que tenía muchas
ganas de decirle: "hija, no todas tenemos el dinero de tu madre para ir
al spa, o la suerte de ser lampiñas, hay mujeres que parecemos pinches
changos, somos peludas". Pero no podía hacerlo, así que le conteste lo
apropiado para que entendiera: "lo sé cariño, pero no tuve tiempo de ir
a depilarme y quiero verme bien para la comida". Por un minuto pro-
cesó la información que le di y se fue. Regresando a la realidad, me gustaría poder ser como Frida, pero no me puedo dar ese lujo. Baje para
irme al trabajo y mi flamante "carruaje" me esperaba. No sé cuántos
años tendrá ese bocho naranja, pero hasta ahora no me ha dejado tirada
en el camino y espero que no lo haga durante un largo rato. Mi trabajo
no está lejos de mi torre, unas cuantas cuadras. Trabajo con el señor
Bernardo, finísimo abogado dice la sociedad, viejo rabo verde digo yo.

La labor que hago para el corrupto hombre, no es otra que ser su asistente, contesto sus llamadas y hago papeleos y aguanto que me vea los senos, pero eso no es exclusivo para mí ya que para el viejo Bernardo eso es todo un deporte. El día pasa lento pero, por suerte, pasa. Tengo que ir a comer con mi madre y mi hermana Sarah. "Tengo que", por qué mi madre me ha obligado, al parecer Sarah está deprimida. Hay cosas que no entiendo, Sarah es la típica princesa de cuento, la niña bonita que se topó con su príncipe guapo, millonario, azul, millonario, encantador y, claro, millonario. Tiene todo lo que quiere y aun así nunca la veo feliz. Nos ha invitado a comer a un exclusivo hotel, me bajo del bocho y le doy las llaves al *ballet parking*. "Cuidado, no me lo maltrates", le digo al pobre hombre refiriéndome a mi viejo auto, sé que no debería decir esas cosas, pero decirlas me saca una enorme sonrisa en la cara. El lugar es ostentoso, veo a mi madre y a Sarah, la cual está en un mar de lágrimas. "Cariño, que bueno que llegas" me dice mi madre, que aunque no lo crean aprendió a ser rica rápidamente. Si la vieran, nadie creería que ella y la señora que vendía cena en la esquina eran la misma. Me siento y me ofrecen una copa de vino. Sarah sigue llorando y me veo a obligada a pregunta por qué. "¿Qué ha pasado, Sarah?", pero hubiese entendido más a un bebé recién nacido que a ella. "La ha engañado", me susurró mi madre. "Ya veo", me limité a contestar. El príncipe azul la había engañado, ¿pero de cuál vez hablábamos? Se dice que no hay peor ciego que el que no quiere ver, pero qué esperaba Sarah de un guapísimo millonario sin escrúpulos. "¿Qué harás al respecto?", le pregunté. Sarah se quedó en silencio. Como siempre, mi madre habló por ella: "así es el matrimonio hija, hay veces que tenemos que perdonar algún desliz de nuestra pareja". Sarah no dijo nada, estaba más que dispuesta a seguir con la situación y cuando alguien decide su destino no hay mucho que decir. Terminamos nuestra comida, la cual disfruté enormemente, ya que no había tenido una comida así en mucho tiempo. Me despedí de mi madre y mi hermana y maneje sin rumbo. Comenzaba a oscurecer, me estacione al lado de un parque ya que se me antojaba un cigarro. Me senté en una banca y encendí un cigarro. "¿Me das uno?", me asustó una vieja que se sentó a mi lado. Era una vagabunda y podría jurar que era el mismito fantasma de Chávela. La andrajosa mujer se fumó el cigarro como si fuese el último de su vida. Mientras la observaba me preguntaba cómo es que una persona podría convertirse en vagabundo. "A veces por malas decisiones", dijo la vieja, como si me hubiese leído la mente. "¿De qué habla?" "De la vida, ¿qué tipo de vida quieres llevar?", me preguntó. No estoy muy segura de por qué le contesté, pero lo hice: "supongo que quiero llevar una vida como la que quiere todo el mundo, una vida buena, no sé, lo que todas las mujeres sueñan, un final de felices para siempre". "El felices para siempre no existe niña, y si no te lo habían dicho, esta vieja te lo está diciendo, princesas de cuentos de hadas, son pocas las que han existido. Las mujeres quieren ser como ellas porque nunca leyeron entre líneas, nunca vieron a las mujeres detrás de esas princesas, las mujeres que son reales, la felicidad nunca estará asociada a la posesión de tesoros, la felicidad no la da un hombre apuesto ni una hermosa cara y un escultural cuerpo, la felicidad se encuentra en lo más profundo de uno mismo", dijo la vieja. No sabía si reírme, correr o llorar. Sus palabras habían hurgado de una manera extraña en mí. Le ofrecí otro cigarro pero se negó. Se levantó y de un momento a otro desapareció de mi vista. Ni siquiera me dejó darle las gracias.

Las palabras de la mujer me afectaron más de lo que creía, hasta el punto que comencé a analizar mi vida: tenía veintiocho años y nunca había hecho lo que realmente me placía. Siempre supe que en el fondo tenía alma de aventurera y, aunque no creía en señales y esas cosas, la vieja sí que era una de ellas. Caminé hasta un teléfono de monedas y, sin pensarlo, lo hice.

—Sarah, sé que no lo dije en la comida pero me das pena, eres hermosa e inteligente pero no tienes dignidad, tu marido es un prostituto y te lo digo de la manera bonita, no tienes idea de las palabras que están en la punta de mi boca, pero al final del día tú decides vivir esa vida, es una lástima hermana —colgué y una parte de mí se sentía mejor.

—Madre, solo te llamo para decirte que me siento muy decepcionada de ti, Sarah tiene un problema y tú no la apoyas, tu avaricia te gana, ¿dónde quedan tus principios y tantas horas en la iglesia? Por una parte quiero que sepas que me da gusto que seas así, porque así puedo saber cómo no quiero ser —por fin me sentía liberada.

Ya emocionada le llame a don Bernardo, pero por suerte colgué a tiempo. En estos tiempos es una bendición tener trabajo y aunque tenga muchas ganas de dejarlo es algo que no me puedo dar el lujo de dejar a la suerte. A pesar de ello, camine por la calle sintiéndome liberada porque sabía que mi vida no era una fantasía que terminaría a media noche, mi vida era real.

Regresé al bocho y decidí ir a visitar a Rocky dedos de tornillo, que en realidad se llamaba Raúl. El hombre distaba mucho de ser un príncipe azul: no era muy alto, ni era guapo, tenía una prominente barriga y en su cara llevaba una barba extraña, pero tenía un buen corazón y aunque no teníamos nada serio, últimamente me pasaba por la cabeza formalizar la situación. En fin, todavía tenía tiempo por delante para pensarlo.

Sé que ha amanecido porque el ruidoso reloj ha sonado. Se lo que están pensando, pero era justo y necesario, no lo hice con una escopeta y, aunque estuve tentada a usar la técnica de doña Fabrizia, la que usa con los gatos de la cuadra, "la última cena", tampoco lo hice. La golondrina se fue, era la hora de iniciar su viaje. Sé que la tendré el próximo año y aunque sea un ave ruidosa, estoy segura que no me molestara más, ya que tanto ella como yo nos encontramos en un viaje que acaba de comenzar.

LA CASA DE PLUTÓN

Norma Yamille Cuéllar Fuentes (México, 1977)

Conocí a Pedro para hablar sobre un proyecto de cine. Platicamos del tema, pero las cervezas rápidamente nos guiaron hacia otro: ambos teníamos treinta años y estábamos enamorados de un ex compañero de prepa. Él tenía conocidos que lloraban por un ex compañero de secundaria o primaria y planeamos un grupo de apoyo para gente como nosotros, los caminantes heridos. Pasaron dos semanas y nos reunimos todos en mi departamento. No sé quién me nombró líder del grupo. No era psiquiatra ni astróloga, pero dije que estábamos afectados por una obsesión-compulsión y que se podía controlar con medicamentos. Que un aspecto Luna-Plutón en la carta astral también nos podía predisponer a obsesionarnos con una persona, porque la Luna rige los sentimientos y Plutón es el Dios del Inframundo. Pedro, cuatro mujeres y cuatro hombres me ponían atención, pero nadie se mostró interesado en las pastillas. El grupo era variado: había alcohólicos, realistas (sabían que el amor platónico nunca iba a hacerles caso) y erotómanos (estaban seguros de que el objeto de su afecto les correspondía). Una mujer tenía cientos de copias de una foto de su amado y las licuaba con papillas Gerber, era todo su alimento. Quería traer a su amorcito recorriendo su cuerpo. Tres miembros del club, a consecuencia de sus repetidas visitas a los tribunales, ya eran especialistas en leyes. No se consideraban acosadores. Yo, alcohólica-realista, tenía mucho tiempo sin saber de mi amor y mi sueldo no me permitía pagar un detective. El mantra del grupo era la canción *Saving All My Love for You*, de Whitney Houston:

A few stolen moments is all that we share / you've got your family, and they need you there...

Las reuniones semanales transcurrieron entre borracheras, recortes de periódicos y fotografías. En los cumpleaños de los amados, catorce de febrero, navidades y años nuevos tendríamos juntas extraordinarias, en las que haríamos lo posible para evitar que el caminante herido molestara al objeto de su afecto. Íbamos a distraer al enfermo, le haríamos escribir en un pizarrón planas que rezaran "Acosarlo NO hará que me quiera" o, de plano, íbamos a amarrarlo. Investigamos sobre terapia Gestalt. Una noche recreamos las graduaciones de escuela que nos dejaron melancólicos. Adornamos el depa con globos, serpentinas y confeti. Sacamos impresiones de fotos de los rostros de los amados y las pusimos a manera de máscara en las caras de los presentes... no faltaron las lágrimas, las confesiones a último minuto (No te vayas, yo... ¡te quiero!) ni las peticiones (¿Podrías dejarme tus datos, para seguir en contacto?). Unos traían uniformes de primaria y frenos, otros lucían hombreras y copetes llenos de spray. Esa noche confesé haber superado a mi amor platónico el 31 de diciembre del 2008, a las 24:00 horas. Dije que había fundado el grupo porque tenía mucha experiencia en el tema y me limité a observar.

La siguiente reunión fue tranquila. Los miembros del club no deseaban curarse, sólo querían saber que había más personas como ellos. Escuchamos que alguien se aproximaba: una atractiva mujer de unos 30 años.

—Buenas noches —saludó, desde el marco de la puerta.

Le acerqué una silla. Pedro me susurró al oído que no la conocía, pero algo en ella me parecía familiar.

—¿Tienes algo que quisieras compartir, amiga? —preguntó Pedro.

— Yo —suspiró—, lo conocí en preparatoria. Creo que me enamoré de sus ojos, porque desde la primera vez que los vi ya no los pude olvidar. Nunca fui popular en la escuela, él nunca supo de mí. Pasaron los años, y él no salía de mi cabeza. Mi familia no sabía de mi amor no correspondido. O eso creía. Un día vi la sección de Sociales del periódico: en la portada estaba él, se había casado. Llegué destrozada a mi casa. Mis padres se preguntaban a gritos cómo me había enterado, luego descubrí en su cuarto montones de periódicos con esa portada. Ese día me juré no volver a llorar. Contraté a un investigador privado que me dio la dirección de la casa de él, de su esposa y sus dos bebés, porque se habían casado después de ser padres. Pasó un tiempo y vi en Internet que una pareja buscaba una muchacha de quedada para hacer labores domésticas. Esa pareja eran... él y su esposa. Fui a su casa, hablé con la mujer y me dio el trabajo, aunque no tuviera experiencia.

—¿Hace cuánto fue eso? —cuestioné.

—Un año —contestó—. Me dieron un cuarto. Él y su esposa trabajan, así que soy niñera, limpio, cocino, pago los recibos, lavo y plancho la ropa, recibo a las visitas. A las 6 de la mañana ya tengo el desayuno para todos, el lonche de él y de su esposa para el mediodía. El periódico. Los biberones. Voy al cuarto de él, acomodo sus cosas, huelo su loción. Imagino que ésa es nuestra casa, que tenemos dos hijos y que él me quiere. Lo acompaño a cenas con sus jefes cuando la esposa está de viaje. Con esa familia he ido a la playa, he pasado la Navidad, el Año Nuevo, sus cumpleaños...

—¿Qué haces con tu dinero? –preguntó Esther.

—Conseguí un aparato para intervenir su teléfono –respondió–, así que cuando me llama para pedirme algo, ya lo tengo listo. Nada pasa en la familia sin que yo me entere.

—¿Y en tu día libre, a dónde sales? –cuestionó Ismael.

—Me quedo en la casa –comentó–, los bebés me adoran, no pueden estar lejos de mí, ni yo lejos de su papá. Y tengo que hacer la cena, porque les pongo pastillas para dormir a él y a su esposa. Está comprobado que el 80 por ciento de las parejas tiene relaciones sexuales en la noche.

—¡Les das pastillas para dormir! –exclamé– ¡Eso no está bien! ¿A dónde quieres llegar?

—No se trata de a dónde quiero llegar, sino a dónde llegué –contestó–: soy feliz.

Todos empezaron a hablar encima de los demás, enloquecidos.

—A ver –me dirigí al club–, hagamos una pausa. Lo que ella está haciendo está mal, no lo tomen como una opción...

—No creo estar haciendo algún daño –comentó la mujer.

—¿Por qué no vas al psiquiatra y los dejas en paz? –grité.

—Me cansé de luchar con mi mente y considerarla mi enemiga –ella no alzó la voz–, ya no siento el vacío. Y no voy a tomar unas estúpidas pastillas que van a dejarme sin alma.

—¿Y tú? ¿No has pensado en ti? ¿Cuándo vas a tener una vida? –cuestionó Pedro.

—Mi vida es él –le respondió–, ¿y tú? ¿Vas a llegar a viejo metido en este cuarto?

—¡Cállate! –exclamó Pedro.

Todos polemizaban en voz alta. Entre el alboroto noté vacía la silla de aquella mujer. Sólo había un recibo de luz, con el domicilio, pensé, de la casa de su amado. Al día siguiente busqué esa dirección. Oprimí un timbre, y una joven abrió la puerta.

—¿Qué se le ofrece? –preguntó.

—Buenas... tardes... me llamo Sandra... eh... quisiera hablarle sobre la chica que limpia...

Me dejó pasar al recibidor.

—¿Qué dijiste, sobre la ayuda de la limpieza? –dijo.

—Este... –no sabía por dónde comenzar–, ¿la niñera está ahorita en la casa?

—¿No sabes lo que pasó? ¿No viniste por el anuncio del periódico?

—No.

—¡La queríamos tanto! Era nuestro ángel de la guarda... hace un año mi esposo y yo la invitamos a cenar para anunciarle que estaba embarazada otra vez... en la mañana entramos a su cuarto, se nos hizo raro que no estuviera despierta... ¡ella se ahorcó! —lloró—, no sabemos por qué... no dejó una nota, ¡nada!

—¿Tú conociste a Laura? —un hombre entró al recibidor: el amor de aquella mujer que se había ahorcado, el amor de aquella esposa y madre... y, también, mi único amor. La suicida me pareció familiar porque estuvimos juntas en la preparatoria, donde nos enamoramos del mismo compañero: Gilberto. Los ojos verdes de él me sacudieron, como si pudieran leerme. Estaba claro: Plutón reinaba en ese hogar.

—Sí —murmuré— la conocí... un poco.

—¿No sabes de alguien que quiera trabajar aquí, limpiando la casa y cuidando bebés? Llevamos un año sin conseguir alguien que nos ayude, ponemos anuncios en el periódico y...

—Pues... —lo interrumpí—, no tengo experiencia, pero Laura me contó sobre sus labores, y creo que puedo hacer un buen trabajo.

INDICE

OTROS TÍTULOS DEL
SELLO BOVARISMOS
LA PEREZA EDICIONES

Amor Fou
Marta Sanz

Según Isaac Rosa, escritor español, *Amor Fou* es, "ironía del título al margen, una novela de amor. El amor como posibilidad llena de trampas, el amor como dolor, como enfermedad y locura (…) Una historia de humillados y ofendidos, frente a felices que pretenden disfrutar gratis del amor, sustraerlo al mercado, como si amar no fuese otra forma de poder adquisitivo, de desigualdad".

El rap de la morgue y otros cuentos
Claudia Amengual

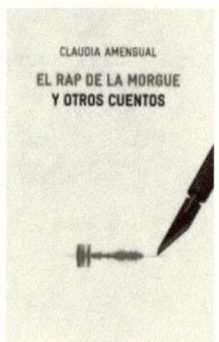

Hay una palabra, y un sentimiento, que no podrá encontrar el lector en ninguna de las nueve historias que se narran en *El rap de la morgue y otros cuentos*: la clemencia. Y hay una certeza que cruza y enhebra sus personajes: la más seca derrota. No lo saben pero en su soledad son seres iluminados por la verdad, aunque es una verdad que tarda, una verdad que ilumina y mata. No es otro su destino, y no puede serlo, porque el miedo, la rutina y la hipocresía les atenazan. Todos ellos quieren huir, pero terminan siempre huyendo hacia adelante.

Noches de Obon
María José Rivera

Esta novela pudiera ser leída como un libro de viajes. Algo debe, sí, a los *road movies* del cine, pero sobre todo es un viaje interior y tremendo al fuego de la pasión y al horror de la venganza, con Barcelona, Marsella, Shanghai y Kioto como escenarios y el fantasma de Montecristo flotando sobre las aguas turbias de la irracionalidad.

Las Noches de Obon son también un paseo nocturno por el Oriente que nunca atravesó el tamiz del pensamiento griego, con su animismo y su tao, sus desencantos, sus miles de dioses y su culto a los ancestros. Con sus inquebrantables reglas sociales, en las que se siente el enorme peso de las tradiciones y de la familia. El Oriente mítico que no cuestiona la subordinación.

El jazz ácido de Nueva Zelanda
Amanda R. Pérez

Esta, la primera novela de su autora, plantea un mundo no ya imposible sino indeseable, pero contradictoriamente cercano y hasta real.
El entramado alineal de sus caracteres genera personajes en conflicto,
primero consigo mismos y por ello con los demás, siempre oscuros y
siempre irresolubles. Su cinismo pragmático y su resignada filosofía hace que la única luz que desprenden sea, a fin de cuentas, fatua y fatal.

SOBRE AUTORA DE LA OBRA EN PORTADA

Liudmila López Domínguez (La Habana, 1977), es una de las más destacadas artistas plásticas cubanas contemporáneas. Sobresale por su creación, de naturaleza seductora y reflexiva, y por una visión de género contundente y renovadora. Escultora, grabadora y pintora, estudió en la Escuela Vocacional de Artes Plásticas de Santiago de Cuba y en la Escuela profesional de Bellas Artes José Joaquín Tejada, de la misma ciudad. Sus obras han sido expuestas en la Galería Clisemo de Atenas, Grecia; la Fundación Granell, Santiago de Compostela, España; y en Estados Unidos en la Printed Image Gallery de Philadelphia; la Lehigh University Art Galleries de Bethlehem; y el Brodsky Center, de New Jersey.

www.ingramcontent.com/pod-product-compliance
Lightning Source LLC
Chambersburg PA
CBHW050538260626
47157CB00002B/344